Der Drachenkrieger

Lochguard Highland Drachen
Buch 4

Jessie Donovan

Mythical Lake Press, LLC

Impressum

Dies ist eine erfundene Geschichte. Namen, Charaktere, Orte und Vorfälle sind entweder ein Fantasieprodukt der Autorin oder werden fiktional verwendet. Jegliche Ähnlichkeit mit Personen, ob lebend oder tot, Firmen, Ereignissen oder Orten ist rein zufällig.

Der Drachenkrieger
Englisches Copyright © 2017 Laura Hoak-Kagey
Deutsches Copyright © 2024 Laura Hoak-Kagey
Deutsche Übersetzung von Anna Drago und Katrin Dolle
Mythical Lake Press, LLC
www.JessieDonovan.com

Cover-Art von Laura Hoak-Kagey von Mythical Lake Design

ISBN: 979-8891560314

Die **Stonefire Drachen** und **Lochguard Highland Drachen** Serien sind miteinander verflochten. Da so viele Leser nach der Lesereihenfolge fragen, habe ich sie in dieses Buch aufgenommen. (Diese Liste gilt ab Februar 2026.)

Dem Drachen geopfert (Stonefire Drachen #1)

Den Drachen verführen (Stonefire Drachen #2)

Die Drachen offenbaren (Stonefire Drachen #3)

Den Drachen heilen (Stonefire Drachen #4)

Den Drachen wiedererwecken (Stonefire Drachen #5)

Das Dilemma des Drachen (Lochguard Highland Drachen #1)

Vom Drachen geliebt (Stonefire Drachen #6)

Der Drachenwächter (Lochguard Highland Drachen #2)

Dem Drachen ergeben (Stonefire Drachen #7)

Das Drachenherz (Lochguard Highland Drachen #3)

Vom Drachen geheilt (Stonefire Drachen #8)

Der Drachenkrieger (Lochguard Highland Drachen #4)

Dem Drachen helfen (Stonefire Drachen #9)

Den Drachen finden (Stonefire Drachen #10)

Vom Drachen ersehnt (Stonefire Drachen #11)

Die Drachenfamilie (Lochguard Highland Drachen #5)

Skyhunter gewinnen (Stonefire Drachen Universum #1)

Kapitel Eins

Faye MacKenzie trommelte mit den Fingern gegen ihren Oberschenkel.

Allein zu leben war langweilig.

Nachdem sie jahrelang gedroht hatte, wegen ihrer älteren Zwillingsbrüder auszuziehen und weil ihre Mutter sich ständig einmischte, hatte Faye endlich ein eigenes Haus bekommen, nachdem ihre Mum den Menschen Ross Anderson gepaart hatte. Selbst nach ein paar Wochen und willkürlichem Auspacken vereinzelter Dinge fühlte es sich immer noch nicht wie ihr Zuhause an. Es war einfach zu *still*.

Ihr Drache meldete sich zu Wort. *Mich wirst du immer haben.*

Ich weiß, aber das ist nicht dasselbe. Ich vermisse meine Familie.

Dann besuch sie.

Sie seufzte. *Das tue ich jeden Tag. Aber alle sind*

frisch gepaart, außer Finn, und er macht sich Sorgen um Arabella und die bevorstehende Geburt ihrer Drillinge.

Dann finde etwas anderes zu tun. Bis dahin werde ich schlafen.

So viel dazu, dass ihr Drache immer für sie da war.

Mit einem Seufzen ging sie zum Fenster. Sie vermisste die alten Zeiten, als sie Lochguards oberste Beschützerin war. Es war schwierig gewesen, von sechzehn-Stunden-Arbeitstagen keinen festen Job mehr zu haben.

Doch als sie hinter sich griff und ihren Rücken berührte, wo ihr beschädigter Flügelknochen hervorkam, wenn sie sich in einen Drachen verwandelte, machte Faye sich keine Illusionen über ihre Zukunft. Keine Physiotherapie würde sie wieder in perfekte Form bringen, was für den Sicherheitschef eines Drachen-Clans unabdingbar war.

Grant McFarland hatte jetzt ihren alten Job.

Der blöde Grant. Obwohl sie nicht mehr wütend war, weil er ihren Job als oberster Beschützer übernommen hatte, wollte er sie dennoch nicht als Vollzeitmitglied seines Teams annehmen, nicht einmal für etwas so Langweiliges wie die Monitorüberwachung. Aye, er hatte ihr im Januar erlaubt, beim Angriff auf Lochguard zu helfen, aber seitdem hatte er ihr kaum Aufmerksamkeit geschenkt.

Und wenn sie ihn fand, war er in letzter Zeit zu nett zu ihr. Sie wollte nicht glauben, dass es aus

Mitleid war, aber ihre Familie könnte sich einge-
mischt und ihn vielleicht davon überzeugt haben, sie
für eine Weile bei Laune zu halten. Wenn ja, war das
eine Million Mal schlimmer.

Nun, sie war es leid, zu warten und sich das zu
fragen. Es war an der Zeit, Grant in die Enge zu
treiben und ihn zu zwingen, ihr einen Job zu geben.

Mit einem Knurren verließ sie das Cottage und
ignorierte jeden, an dem sie vorbeikam. Sobald sie
sich etwas in den Kopf gesetzt hatte, mochte Faye
nicht gestört werden, besonders nicht von noch einer
anderen Person, die fragte, ob es ihr gut ging oder
was ihr Flügel machte.

Wenn sie jemals zum Himmel aufblickten,
hätten sie verdammt nochmal eine Vorstellung.

Ihr Drache hob den Kopf. *Dein Zorn wird ihn
nicht überzeugen.*

*Nett zu sein auch nicht. Er hat es vorher schon
nicht gemocht, wenn ich gegen ihn gewonnen habe.
Ich denke, es ist an der Zeit, die Vergangenheit zur
Sprache zu bringen und sie zu meinem Vorteil zu
nutzen.*

*Manchmal sollte die Vergangenheit in der
Vergangenheit bleiben.*

Auf wessen Seite stehst du eigentlich?

*Darauf werde ich nicht antworten. Wenn du ihn
nicht endlich küsst, lasse ich dich das selbst regeln.*

Die Erinnerung an das Mal, als Faye eine
Wunde an Grants Brust gereinigt und er sich herun-
tergebeugt hatte, als wollte er sie küssen.

Faye fasste immer noch nicht, dass sie fast die Distanz geschlossen hatte, um ihre Lippen auf seine zu drücken.

Nein! Grant bedeutete nur Ärger. Er hatte vor ein paar Jahren ziemlich deutlich gemacht, was er wirklich von ihr hielt. Obwohl er vielleicht etwas reifer war und gelernt hatte, zivil mit ihr umzugehen, glaubte Faye nicht, dass er sich allzu sehr verändert hätte.

Sie war nicht feminin genug für ihn, woran er sie während ihrer Zeit in der britischen Armee oft genug erinnert hatte.

Angetrieben von wütenden Erinnerungen ging Faye schneller. Es war an der Zeit, einen Job zu bekommen, und sie wollte alles tun, was nötig war, damit Grant ihn ihr gab.

Grant McFarland saß Iris Mahajan gegenüber, dem besten Tracker aller Lochguard-Beschützer, und runzelte die Stirn. „Bist du sicher, dass du die Spur verloren hast? Ich habe ihn Ende letzten Jahres ziemlich schwer verletzt, und angesichts seines Alters denke ich, dass es nicht sauber geheilt ist."

Iris hob ihre schwarzen Augenbrauen. „Ich verstehe deine Frustration, aber meine Fähigkeiten in Frage zu stellen, hilft nichts. Wir werden deinen Onkel schon irgendwann finden."

Grant seufzte. „Ich weiß, aber Finn will, dass die

Verräter vor der Geburt seiner Drillinge eingesperrt oder zumindest gefangen werden."

Letztes Jahr hatte ein großer Teil von Lochguard den Clan lieber verlassen, als Finlay Stewart als Clan-Führer zu akzeptieren, darunter etwa die Hälfte von Grants Familie. Grant und die anderen loyalen Beschützer hatten im vergangenen Herbst sogar gegen die Verräter in der Nähe eines Krankenhauses in Elgin gekämpft. Obwohl er seinen Onkel während der Schlacht verletzt hatte, hatte niemand von Roderick McFarland gehört oder ihn gesehen.

Und angesichts dessen, dass Grant viele seiner Fähigkeiten und Taktiken als Jugendlicher von seinem Onkel gelernt hatte, würde es nicht einfach werden, Roderick zu finden.

Iris zuckte mit den Schultern. „Fergus arbeitet immer noch an seinen Kontakten, und ich schleiche mich weiter davon, wenn niemand hinsieht und versuche, deinen Onkel und die anderen bei ihm zu finden."

Fergus MacKenzie sammelte Informationen für den Clan Lochguard.

Grant stand auf und ging zu einer Karte von Schottland. Gerade, als er auf einen Abschnitt östlich von Elgin hinwies, platzte Faye MacKenzie in sein Büro herein. „Wir müssen reden, Grant."

„Faye, ich bin beschäftigt. Komm später wieder."

Sie verschränkte die Arme vor der Brust. „Nein. Das hier kann nicht warten."

Er machte einen Schritt auf sie zu. „Ist alles in Ordnung? Ist jemand verletzt?"

„Ja. Nein. In dieser Reihenfolge."

Die Ein-Wort-Antworten schickten einen Ansturm der Wut durch seinen Körper. „Was ist dann verdammt nochmal so wichtig?"

Faye sah Iris an. „Ich denke, du solltest gehen."

Grant sprach, bevor Iris sich rühren konnte. „Bleib!"

„Ich glaube wirklich, du willst sie nicht dafür hier haben, McFarland."

Sein Drache meldete sich zu Wort. *Es ist nie gut, wenn sie unseren Nachnamen benutzt.*

Iris stand auf. „Ich war sowieso vorerst fertig. Ich schaue später nochmal vorbei, Grant."

Nachdem Iris Faye einen fragenden Blick zugeworfen hatte, schloss sie die Tür. Sobald sie ins Schloss fiel, stürzte Faye zu ihm und stieß ihm in die Brust. „Warum bist du mir aus dem Weg gegangen?"

„Deshalb bist du hier reingeplatzt? Faye, ich bin dir nicht aus dem Weg gegangen."

Sein Drache meldete sich zu Wort. *Lügner!*

„Ach, aye? Warum haben dann deine Pupillen gerade geblitzt?"

Er beugte sich hinunter. „Innere Drachen reden, Faye. Sei nicht albern."

„Bin ich nicht. Ich möchte wissen, warum du mich in einer Minute in streng geheime Projekte eingeweiht und sogar bei meiner Physiotherapie geholfen hast und in der nächsten Minute verschwindest und ich nicht einmal ein Treffen mit dir Wochen im Voraus vereinbaren kann."

„Falls du es vergessen hast, wir bauen nach dem Angriff im Januar immer noch wieder auf."

„Quatsch! Die Veränderung ist neu, und wenn überhaupt, ist es ruhiger geworden, und du solltest mehr Freizeit haben."

„Tu nicht so, als würdest du meinen Job kennen, Faye."

In der Sekunde, in der er das gesagt hatte, bereute Grant es.

Faye hob das Kinn. „Ich kenne deinen Job besser als jeder andere, Grant. Du hast ihn mir weggenommen."

„Also weißt du, Mädel, das ist nicht fair. Jemand musste übernehmen, und ich weiß, dass du nicht egoistisch genug bist, um zu wünschen, dass der Clan ungeschützt bleibt."

„Natürlich nicht. Aber selbst, wenn ich nie wieder oberste Beschützerin sein kann, bin ich ein Aktivposten. Ich brauche einen Job, Grant, oder ich werde bald verrückt."

„Warum hast du das dann nicht einfach gesagt, anstatt mich anzugreifen?"

„Nur so konnte ich deine Aufmerksamkeit gewinnen. Glaub mir, ich habe noch immer ein Arsenal an Dingen, die ich nutzen kann, wenn nötig."

Während sie einander anstarrten, bewunderte er das Feuer in ihren Augen und ihre rosa Wangen.

Sein Drache sagte: *Warum wehrst du dich dagegen, sie zu küssen?*

Weil die Hälfte meiner Familie Verräter sind, und wenn sie Wind davon bekommen, dass ich mir eine Gefährtin genommen habe, werden sie ihr nachgehen.

Faye kann auf sich selbst aufpassen.

Nicht gegen Dutzende Drachen, besonders mit ihrem Flügel, wie er jetzt ist.

Sein Tier schnaubte. *Sie ist eine Kriegerin. Gib ihr eine Chance, es zu beweisen.*

Faye pikste ihm wieder in die Brust. „Hallo, Erde an Grant. Entweder sagst du mir, wovon dein Drache spricht, oder ich benutze besagtes Arsenal."

„So neugierig ich auch auf dein Arsenal bin, ich würde lieber nicht mit einer Kralle an meinen Eiern aufwachen. Ich finde was für dich zu tun."

„Wann? Wenn du es aufschiebst, komme ich immer wieder zurück, und vielleicht wirst du eines Tages aufwachen, und eins deiner Eier vermissen."

Er lehnte sich in seinem Stuhl zurück. Hätte nicht die Drohung über seinem Kopf gehangen, hätte er sie geneckt.

Aber Faye war in der Ferne sicherer. Zumindest vorerst.

Grant ignorierte das Grollen seines Drachen und antwortete: „Wie wär's mit jetzt? Ich möchte, dass du Fergus wegen der Informationen, die ich angefordert habe, ein wenig unter Druck setzt."

Sie legte eine Hand an ihre Hüfte und machte

mit der anderen eine Geste. „Worüber? Ich werde nichts blind tun."

Sein Tier meldete sich wieder. *Sie wird es sowieso herausfinden. Sie können ihr nicht wehtun, nur weil sie Fergus mit Informationen geholfen hat. Dein Beschützerinstinkt läuft auf Hochtouren.*

Letztes Jahr hätte Grant nicht gezögert. Faye war einer der Menschen, denen er vollkommen vertraute, und sie arbeitete immer hart.

Aber seit sie seine Wunde gereinigt und er daran gedacht hatte, sie zu küssen, wollte er sie nur beschützen.

Grant brauchte im Moment keine weiteren Komplikationen in seinem Leben, und Faye zu küssen würde die Sache definitiv verkomplizieren.

Das Mädel zu umwerben, müsste warten.

Sein Tier grunzte. *Wenn nicht ein anderer sie zuerst nimmt.*

Grant sah Faye erneut in die Augen. „Ich suche die Verräter, die den Clan verlassen haben."

Fayes Haltung entspannte sich einen Bruchteil. „Hattest du schon Erfolg?"

„Noch nicht, obwohl Iris mir hilft."

Sie hielt eine Sekunde inne, bevor sie sagte: „Du solltest um mehr Hilfe bitten. Es kann nicht leicht für dich sein, Grant, dass dein Onkel, Dad und andere Familienmitglieder Lochguard verraten haben."

Er kniff die Augen zusammen. „Du glaubst, ich weiß das nicht?" Er erhob sich. „Einer der Gründe, warum ich nichts gesagt habe, ist, dass ich kein Mitleid wollte. Besonders du solltest wissen, wie schrecklich es ist, das in den Augen eines anderen zu sehen."

Faye straffte die Schultern. „Es ist nicht Mitleid in meinen Augen, Grant, nur Sorge. Obwohl ich nie wissen werde, warum ich mir Sorgen mache."

Sein Tier grunzte. *Weil sie uns küssen will.*

Er verkniff es sich, auf ihre Lippen zu sehen. „Du musst dir um mich keine Sorgen machen. Ich kümmere mich um die Situation", erklärte Grant.

Sie musterte ihn eine Sekunde, bevor sie sagte: „Der Grant, den ich kenne, hätte mir gesagt, ich solle mich um meine verdammten eigenen Angelegenheiten kümmern. Was stimmt nicht mit dir?"

Er bemühte sich, sein Gesicht ausdruckslos zu halten. „Nichts, mir geht nur gerade viel durch den Kopf. Aber wenn du willst, dass ich dich beleidige, dann kann ich das ganz einfach machen, Mädel."

„Du nennst mich fast nie ‚Mädel'. Etwas stimmt nicht."

Sie ging zu ihm, und Grant bemühte sich, nicht einen Schritt zurückzutreten. Fayes femininer Duft erfüllte seine Nase, und sein Drache brüllte. *Sie ist direkt vor dir. Sei kein Idiot.*

Fast hätte er die Hand gehoben, um ihr eine verirrte Locke hinter das Ohr zu stecken, aber stattdessen nahm er ihren Ellenbogen und drehte die Drachenfrau zur Tür. „Da du jetzt für mich arbeitest, musst du mit Fergus reden. Es sei denn, du willst, dass ich jemand anderen finde, der das tut?"

Nach einem langen Blick schüttelte sie den Kopf. „Nein. Ich werde vorerst dein Laufbursche sein, aber vielleicht sehe ich, ob ich auch selbst Informationen herausfinden kann."

„Denk nicht einmal daran, den Clans zu verlassen."

„Die Flugbeschränkung wegen der Angriffe von feindlichen Drohnen auf Drachenwandler wurde letzte Woche aufgehoben. Ich kann kommen und gehen, wie es mir gefällt."

„Faye ..."

„Ich melde mich später."

Damit verließ Faye den Raum.

Grant strich mit den Händen über sein kurz geschnittenes Haar. *Sie wird auf die Suche gehen, nicht wahr?*

Warum vertraust du ihr nicht? Sie ist kein Teenager mehr. Faye weiß, wie man versteckt bleibt, und erkennt auch, wann es Zeit ist, sich zurückzuziehen. Vielleicht gefällt dir der Gedanke nicht, dass sie Dinge vor uns herausfindet.

Du klingst wie sie. Wir sind zu alt für Wettkämpfe.

Sein Drache schnaubte. *Mit zunehmendem Alter wirst du langweilig.*

Anstatt seinem Tier zu antworten, setzte Grant sich hinter seinen Schreibtisch und sah sich die ausgedruckten Profile jedes Clanmitglieds an, das

Lochguard dauerhaft verlassen hatte. Da musste etwas drin sein, das er gebrauchen konnte. Er kannte vielleicht seine eigene Familie, aber es gab andere, die er kaum kannte, außer Hallo zu sagen oder Small-talk zu machen.

Trotzdem musste er herausfinden, wo sie sich versteckten, bevor Faye es tat. Der Gedanke, dass sie allein gegen die abtrünnigen Drachenwandler kämpfte, gefiel ihm gar nicht.

Obwohl er es nie laut zugeben würde, war der Grund, dass er, sobald die Bedrohung eingedämmt war, plante, Faye den Hof zu machen. Allein der Gedanke daran, sie wild und fordernd auf sich zu haben, schickte Blut in seinen Schwanz. Ihr Tempe-rament mochte ihn ärgern, wenn es um die Arbeit ging, aber es würde sie zu einem Feuerbrand machen, wenn sie nackt wäre.

Sein Drache meldete sich wieder zu Wort. *Dann hör auf, Zeit zu schinden. Auch ohne sie zu küssen, kannst du ihr den Hof machen.*

Nein. Ich brauche keine Ablenkungen.

Grant ignorierte sein Tier und konzentrierte sich wieder auf seine Arbeit. Er würde nie eine Chance bei Faye MacKenzie haben, wenn er versagte.

Kapitel Zwei

F aye joggte zum Haus ihres Bruders Fergus und versuchte herauszufinden, warum Grant sich so seltsam benahm. Auch wenn er es gut verborgen hatte, hätte sie schwören können, dass er auf ihre Lippen gesehen hatte.

Vielleicht bildete sie sich die Dinge nur ein.

Ihr Tier seufzte. *Warum leugnest du es? Wir wollen ihn, und das hier ist nicht mehr das 18. Jahrhundert, wo Frauen warten mussten, bis Männer die Initiative ergriffen. Küss ihn, fick ihn, und dann können wir uns darauf konzentrieren, den Clan zu beschützen.*

Ich weiß, worauf du hinauswillst, aber ich tue mal so, als wüsste ich nicht, wovon du sprichst. Diese Situation wird nicht gut enden.

Ihr Drache knurrte. *Er sollte uns gehören. Warum es leugnen?*

Und warum jetzt?

Weil keiner von euch bereit war.

Es ist mir egal, ob du glaubst, alles zu wissen, es wird nicht passieren. Grants Stimmungsschwankungen würden mich in den Wahnsinn treiben.

Faye warf ihren Drachen in ein mentales Labyrinth und ging schneller. Bewegung half immer, sich zu konzentrieren, und sie musste auf jeden Fall ihre Gedanken an Grant bereinigen. Ihre Brüder waren aufmerksam, und das Letzte, was sie brauchte, waren ihre Sticheleien, besonders wenn ihre Mutter von Grants möglichem Interesse erfuhr und sie ermunterte, den Drachenmann zu küssen.

Aber nur, weil alle außer ihr in ihrer Familie gepaart waren, bedeutete das nicht, dass Faye sich der Menge anschließen würde. Vielleicht wollte sie irgendwann einen Gefährten und eine Familie, aber bis sie ihre Position innerhalb des Clans herausgefunden hatte und darin herausragte, mussten Küsse und Sex warten.

Sie näherte sich dem alten Sinclair-Haus, das langsam das Haus der MacKenzie-Zwillinge wurde. Zwei Häuser teilten sich eine Wand, und ähnlich wie ihre identischen Zwillingsbrüder sahen beide Hälften an der Oberfläche gleich aus, aber es gab winzige Unterschiede. Bei Frasers Hälfte wuchsen Pflanzen zufällig, mit einer Mischung aus Gras und einem Gartenzwerg, der auf einem Drachen ritt, während Fergus' Hälfte gut geschnitten und gepflegt war, ohne protzige Dekorationen. Jede Hälfte reprä-sentierte ihre Brüder gut.

Faye bewegte sich langsamer und hielt an der Treppe der linken Hälfte an. Sie hatte kaum geklopft, da öffnete sich schon die Tür zu einer lächelnden rothaarigen Menschenfrau mit grünen Augen. Es war ihre Schwägerin Gina MacDonald-MacKenzie. Faye winkte. „Hi, Gina!"

Der amerikanische Akzent des Menschen begrüßte ihre Ohren. „Ich habe dich erst später erwartet, aber komm rein!"

Sie trat ins Haus ein. „Ich habe Clan-Geschäfte mit Fergus zu besprechen. Einer der Beschützer sagte, er arbeite heute von zu Hause aus, aye?"

„Ja, er ist hier. Jamie hat eine Erkältung, und Fergus ist überzeugt, dass es sich in die Pest verwan-deln wird."

Jamie MacDonald-MacKenzie war Ginas Sohn, aber Fergus behandelte den Jungen wie seinen eige-nen; schließlich war er seit dem Tag der Geburt des Kleinen dagewesen.

„Verwöhn ihn zu oft, und er wird denken, dass er das ständig machen kann", erinnerte Faye sie.

„Ach, ich weiß. Aber ich fühle mich selbst nicht gut, also hab' ich seinen Forderungen nachgegeben."

Faye sah Gina an und bemerkte schließlich die Ringe unter ihren Augen und die geröteten Wangen. „Ich kann nicht glauben, dass mein Bruder dich zur Tür geschickt hat. Du solltest im Bett sein."

Gina hob die Augenbrauen, als sie Faye den Flur hinunter zu Fergus' Arbeitszimmer begleitete. „Du klingst genau wie er. Ich wäre ja im Bett, aber ich konnte Jamie nicht dazu bringen, ruhig zu sein. Fergus hat die magische Berührung, also hält er ihn und versucht, das Baby zum Einschlafen zu bringen."

Ihre Schwägerin legte einen Finger an die Lippen und öffnete leise die Tür zum Arbeitszimmer. Fergus saß drinnen mit dem kleinen Jamie in der Armbeuge. Ihr ernster Bruder hatte ein Lächeln im Gesicht, während er eine Melodie summte.

Als er das Lied beendet hatte, blickte er auf und flüsterte: „Du bist zu früh, Faye."

Sie verdrehte die Augen, hielt aber ihre Stimme leise. „Ich wusste nicht, dass ich einen Termin für einen Besuch brauchte."

„Das tust du nicht, aber es ist mitten am Tag", antwortete Fergus.

„Ich bin geschäftlich hier. Grant schickt mich."

Fergus stand langsam auf, um den Kleinen nicht zu wecken. „Weswegen?"

Gina streckte ihre Arme aus. „Gib mir Jamie und sprich mit deiner Schwester."

„Aber du bist krank."

„Du hast den harten Teil übernommen und ihn zum Schlafen gebracht. Unser kleiner Mann und ich können gemeinsam ein Nickerchen machen."

Sobald Fergus Jamie in Ginas Arme manövriert hatte, küsste er ihre Wange. „Ruf mich mit deinem Handy an, wenn du was brauchst."

„Ich habe vor, für ein paar Stunden wie eine Tote zu schlafen." Fergus hob eine Augenbraue, und Gina seufzte. „Na schön, ich werde es in der Nähe haben."

„Ich liebe dich, Mädel."

Gina lächelte. „Ich liebe dich auch." Sie sah zu Faye. „Sobald es mir besser geht, sollten wir einen Mädelsabend mit Holly und meiner Schwester machen. Es ist schon viel zu lange her, seit wir uns das letzte Mal getroffen haben."

„Obwohl wir nicht allzu viel Quatsch machen können, da Holly schwanger ist, bin ich mir sicher, mir fällt schon etwas ein, das grenzwertig ist."

Fergus knurrte. „Faye Cleopatra!"

Faye flüsterte laut: „Du gehst besser, Gina, sonst erlässt er ein Edikt, von dem er glaubt, dass du es befolgen wirst."

Gina schmunzelte, ging aber Richtung Tür. „Bis später."

Sobald sie allein waren, sagte Faye: „Grant braucht ein Update über die Verräter."

„Du arbeitest jetzt also daran, aye?"

„Wenn du dir nicht was anhören willst, frag nicht nach Einzelheiten."

Fergus sah ihr in die Augen. „Wenn er dir wehtut, Faye, sag es mir. Ich bringe es in Ordnung."

Faye kannte ihren Bruder und seine übertriebene Schutzbereitschaft und zwang sich nur zu einem Lächeln, anstatt Zeit mit Streiten zu verschwenden. „Die Information, Fergus?"

Er ging zu seinem Schreibtisch und öffnete seinen Laptop. „Es gibt nicht viel, fürchte ich. Auch wenn sich alle an die Schlacht in der Nähe des Elgin NHS Krankenhauses erinnern, haben nicht viele Menschen fliegende Drachen in anderen Teilen Schottlands gesehen. Die Verräter müssen sich irgendwo in ihrer menschlichen Gestalt verstecken."

Faye ließ sich in den Stuhl vor Fergus' Schreibtisch fallen. „Es gibt nur eine begrenzte Zahl an Orten, an denen man sich so lange verstecken kann, ohne bemerkt zu werden. Hast du eine Liste?"

„Aye, aber warum bist du so eifrig? Grant hat dich nicht als Tracker engagiert, oder? Du bist stark, aber nicht ganz bei voller Kampfkraft."

Fergus' Zweifel ging direkt in ihr Herz, aber Faye hielt ihr Gesicht neutral, um es zu verbergen. „Meine Aufgabe ist es, so viele Informationen wie möglich zu erhalten. Du bist eine Quelle, aber ich habe andere." Sie streckte eine Hand aus. „Gib mir die Liste."

Fergus nahm ein Blatt Papier und sah ihr in die Augen. „Sei einfach vorsichtig, Faye. Wir haben dich schon einmal fast verloren, und du hast beim nächsten Mal vielleicht nicht mehr so viel Glück."

Sie nahm ihm das Blatt Papier aus den Händen und stand auf. „Der Unfall und die daraus resultierende Verletzung waren nicht meine Schuld. Niemand wusste, dass die Drachenritter elektrische Sprengpistolen haben würden, die einen Drachen vom Himmel holen können. Und wenn es um die Arbeit geht, bin ich immer vorsichtig."

Bevor Fergus noch ein Wort sagen konnte, marschierte Faye aus seinem Arbeitszimmer und überflog die Liste. Sie wollte unbedingt selbst ein paar Orte erkunden, aber ihr Pflichtgefühl gegenüber dem Clan war stärker.

Dennoch, als sie Fergus' Haus verließ und zurück zum zentralen Kommandogebäude der Beschützer eilte, hatte Faye eine Idee. Sie musste nur Grant davon überzeugen, mitzumachen.

Grant verließ das zentrale Kommandogebäude und ging zum hinteren Landebereich. Da er auf Informationen wartete und eine Stunde lang keine Termine hatte, würde er sich Zeit zum Fliegen nehmen und etwas von seiner überschüssigen Energie verbrennen.

Sein Tier war wieder frei und fragte, *Und warum?*

Du weißt verdammt gut, warum.

Ja, aber ich möchte, dass du zugibst, dass es schwierig wird, Faye zu sehen und mit ihr zu arbeiten, aber sie nicht zu küssen. Vielleicht siehst du dann die Dinge auf meine Art.

Während er noch darüber nachdachte, ob er antworten sollte oder nicht, ging er um eine Ecke und stieß mit Faye MacKenzie zusammen.

Instinktiv griff er nach ihr, um sie aufzufangen, aber anders, als er es bei anderen gemacht hätte, ließ er ihre Schultern nicht los. Der rationale Teil seines Geistes sagte, er mache das, damit sie nicht wegliefe, aber sein Drache schnaubte nur und sagte: *Es liegt daran, dass du nicht loslassen willst.*

Es war auch nicht gerade hilfreich, dass er nichts anderes wollte, als die Haut unter seinen Fingern zu streicheln und zu sehen, wie ihre Augen blitzten.

Er räusperte sich und fragte: „Geht's dir gut?"

„Grant McFarland, mit dir zusammenzustoßen, wird mir keine Knochen brechen." Sie pikste in seine Brust. „Du bist im Moment viel zu nett. Sag mir, was los ist." Er öffnete den Mund, um etwas zu erwidern, doch sie kam ihm zuvor. „Und etwas *stimmt* nicht. Du hast mir sonst immer die Wahrheit gesagt, auch wenn es mir nicht gefiel. Ändere das jetzt nicht."

Er musterte die Sommersprossen-Sprenkel auf ihrer Nase, bevor er ihr in die Augen sah. „In bestimmten Fällen kann die Wahrheit zerstörerisch sein."

„Okay, jetzt bin ich mehr als nur neugierig. Wenn du die Informationen willst, die ich von Fergus habe, dann solltest du besser anfangen zu reden."

„Einem Vorgesetzten Informationen vorenthalten? Das klingt gar nicht nach dir."

Sie hob ihr Kinn. „Wenn es nur du und ich sind, gibt es keinen Vorgesetzten."

„Ach, aye? Seit wann?"

„Seit immer. Selbst als ich oberste Beschützerin war, war es so. Ich war recht großzügig angesichts der

Ereignisse, die sich während unserer Zeit bei den britischen Streitkräften ereignet haben."

Die Erinnerung an Faye, die ihn nach einem Gerangel zu Boden drückte und ihn in ihrer Zeit bei der Armee fast geküsst hätte, blitzte ihm in den Sinn. Da er jung und dumm gewesen war, hatte Grant es zur Abwechslung auf eine Menschenfrau abgesehen. Um Faye wegzustoßen, hatte er ihr gesagt, dass sie nicht feminin genug sei und er sich nie so für sie interessieren würde.

Sein Drache grunzte. *Du warst ein Narr.*

„Ich dachte, wir hätten das hinter uns gelassen", sagte er.

„Ich auch, aber dann hast du wieder angefangen, dich wie ein Fremder zu benehmen. Ich habe dich nie um einen Gefallen gebeten, nachdem du dich nicht entschuldigt hast, aber jetzt tue ich es. Ich will wissen, warum du dich so merkwürdig verhältst." Sie packte sein Handgelenk und grub ihre Nägel hinein. „Und denk daran, dass mir auch ein wenig Raufen nichts macht, um Antworten zu bekommen. Ich war immer besser darin, jemanden festzunageln als du."

Mit Fayes Körperwärme so nah an ihm, war es nicht schwer sich vorzustellen, wie sich ihre weichen Brüste gegen seinen Rücken pressten, wenn sie ihn zu Boden drückte.

Sein Blick fiel auf ihre Lippen, und jeder Instinkt drängte ihn, sie zu beanspruchen. Keine andere Frau würde ihn je so sehr auf Trab halten wie Faye

MacKenzie. Mehr noch, sie war auf mehr als eine Weise mit ihm auf Augenhöhe.

Sein Drache meldete sich wieder zu Wort. *Dann mach es. Sag es ihr. Küss sie. Beanspruche sie.*

Faye legte einen Finger unter sein Kinn und hob es. „Meine Augen sind hier, Grant."

In seinen Ohren klang ihre Stimme rau. Aber so, wie sein Herz pochte, konnte es auch eine Kombination aus der Lust seines Drachen und seiner Fantasie gewesen sein.

Häng deine Lust nicht mir an. Du willst sie genauso sehr wie ich. Okay, fast so sehr wie ich.

Er bewegte eine Hand, um ihre Wange zu berühren. Als Faye nicht versuchte, sich wegzuziehen, antwortete er: „Du willst wirklich nicht wissen, warum ich so nett bin, Mädel. Das ist etwas, wozu keiner von uns bereit ist."

Grant streichelte die weiche Haut ihrer Wange und wartete darauf, wie Faye reagieren würde. Als sie sich in seine Berührung lehnte, hätte er fast gestöhnt.

Faye flüsterte: „Du warst immer der nervige Junge, der als Kind versucht hat, mich zu bezwingen. Wann hast du es dir anders überlegt?"

Er beugte sich vor. „Also fühlst du es auch."

„Natürlich tue ich das."

„Dann kennst du die Antwort genauso gut wie ich – es ist einfach passiert."

Während sie sich gegenseitig in die Augen starrten, konnte Grant hören, wie sich Fayes Herzfrequenz beschleunigte. Ihre Pupillen blitzten auf, wahrscheinlich ähnlich wie seine.

Die einzige Frage war, ob beide ihre Tiere kontrollieren könnten, um sich auf die Mission zu konzentrieren.

Als er an die Verräter dachte und was sie Faye antun könnten, wenn sie sie gefangen nehmen würden, ließ Grant sie los und trat zurück.

Faye blinzelte. „Was?"

Er entschied sich, ehrlich zu sein, sonst würde Faye nie aufhören, ihn zu bedrängen. „Nichts, was ich will, ist wichtiger, als die Verräter zu finden und einzudämmen. Sie könnten jeden oder alles nehmen, was ich schätze, und es zu ihrem eigenen Vorteil verdrehen."

In Fayes Augen blitzte Feuer auf. „Du hast gerade angedeutet, dass ich nicht auf mich selbst aufpassen kann." Als er nicht antwortete, knurrte Faye und warf ihm ein paar Blätter Papier zu. „Da sind die Informationen, die ich von Fergus bekommen habe. Sobald ich mehr habe, werde ich dich finden. Und keine Sorge, ich werde dich sonst nicht belästigen. Nicht, dass du zu kräftig atmest und mir einen Knochen brichst."

Faye stürmte davon, und Grant seufzte. Er wusste, wie sensibel Faye seit ihrem Unfall wegen ihrer Kraft und Fähigkeiten war, und doch hatte er sie tief getroffen, um sie wegzustoßen. Vielleicht würde sie es eines Tages verstehen.

Was? Dass du nicht an sie glaubst? Vielleicht hast du deine Chance verloren.

Es immer noch Zeit, mich um sie zu bemühen.

Red dir das nur weiter ein. Sie verzeiht dir hiernach vielleicht nicht.

Er sah Fayes wildes, lockiges braunes Haar in der Ferne verschwinden und hoffte, dass sich sein Drache irrte.

Kapitel Drei

Faye wusste nicht, ob sie weinen oder gegen die Wand schlagen wollte.

Sie hatte nicht erwartet, dass ausgerechnet Grant ihre Fähigkeiten abtat. Er war derjenige gewesen, der ihr bei der Physiotherapie geholfen hatte, nachdem sie von der seltsamen elektrischen Sprengpistole vom Himmel geschossen worden war. Vielleicht hätte sie das Fliegen nie wieder gelernt, wenn er nicht Tag für Tag ihren Arsch aus dem Cottage ihrer Mutter und auf den Trainingsbereich gezogen hätte, um ihre Muskeln wieder aufzubauen.

Grant war auch derjenige gewesen, der sie zu seinem geheimen Projekt eingeladen hatte, wo sie gelernt hatten, Plastikbehälter mit gemahlener Alraunwurzel und Immergrün zu werfen, um die Drachenfeinde zu zwingen, sich in ihre menschliche Gestalt zurückzuverwandeln. Sie war sogar Teamleiterin für das Projekt gewesen und hatte während des letzten Angriffs auf Lochguard problemlos die richtigen Manöver ausgeführt.

Seine veränderte Einstellung ergab keinen Sinn.

Ihr Tier meldete sich zu Wort. *Weil er uns als potentielle Gefährtin und nicht als Kollegin sieht.*

Das sollte keinen Unterschied machen. Wenn er mich will, sollte er mich ganz wollen und nicht versuchen, mich zu ändern.

Du gibst also zu, dass du ihn willst?

Das dachte ich, aber jetzt bin ich mir nicht so sicher.

Gib ihm Zeit.

Warum? Ich werde nicht warten und mich nach ihm verzehren. Wenn er mich nicht in die Pläne einbezieht, die Verräter zu finden und mit ihnen umzugehen, werde ich es auf eigene Faust tun.

Bevor ihr Drache antworten konnte, entdeckte sie Catherine „Cat" MacAllister, die Älteste der fünf MacAllister-Geschwister. Faye hob eine Hand zum Gruß und versuchte, den Kurs zu ändern, aber Cat trat in ihren Weg und sagte: „Wohin so eilig?"

Sie und Cat waren einander als Kinder nahe gewesen, aber als Faye sich mit dreizehn entschieden hatte, Beschützerin zu werden, und Cat ihr Herz darauf gerichtet hatte, Künstlerin zu werden, waren sie auseinandergedriftet. Als sie jedoch auf die blauen Augen und das kurze, dunkle Haar ihrer ehemaligen Freundin blickte, fiel Faye ein, dass Cat keine Verbindung zu ihrer Familie oder den Beschützern hatte. Sie konnte sagen, was sie wollte, und es würde wahrscheinlich nicht bei ihnen ankommen, also platzte sie heraus: „Weg von allem."

Cat hob eine Braue. „Seit wann läufst du vor deinen Problemen davon?"

„Ich laufe nicht davon", knurrte sie. „Ich laufe, um sie zu lösen."

„Du hast den wilden Blick, den mein Grandpa bekommt, bevor er seinem Nachbarn etwas Idiotisches antut, wie zum Beispiel einen Felsen auf einen Stall fallen lassen oder eine seiner Kühe orange anmalen. Vielleicht brauchst du eine Verschnaufpause, um deinen Kopf freizubekommen. Davon versuche ich auch meinen Grandpa zu überzeugen."

„Da dein Grandpa Archie MacAllister ist und er sich ständig bei Finn beschwert, denke ich, dass deine Methode nicht sehr gut funktioniert."

Archie und sein Nachbar Cal hatten sich fast ihr ganzes Leben lang befehdet. Unglücklicherweise beanspruchten ihre Mätzchen eine Menge von Finns Zeit als Clanführer.

Cat lächelte. „Manchmal funktioniert es. Obwohl ich zugeben muss, dass ich meinen Großvater schon mehrmals an einen Stuhl fesseln wollte."

Einer von Fayes Mundwinkeln zuckte nach oben. „Ich denke, der ganze Clan hat schon das ein oder andere Mal daran gedacht, ihn und Cal zu fesseln."

Kichernd zeigte Cat zum Haupteinkaufs- und Restaurantbereich des Clans. „Ich glaube nicht, dass es mir gelingen wird, dich zu fesseln, aber willst du nicht mit mir zu Mittag essen? Wir können eine kleine Tasse Suppe essen und uns dann über den Kuchen meiner Mutter hermachen. Sie verwahrt immer die besten Stücke für mich und meine Geschwister auf."

Cats Mutter Sylvia leitete das Restaurant des Clans. „Ich weiß nicht, Cat. Ich habe etwas Wichtiges zu tun."

„Bist du wieder Beschützerin?"

„Nein."

„Hast du einen neuen Job? Im Clan hat keiner was davon gesagt."

Sie runzelte die Stirn. „Möglicherweise, obwohl ich vielleicht gerade dafür gesorgt habe, dass ich entlassen werde."

„Gut, dann hast du doch vorerst freie Zeit. Komm schon. Betrachte es als eine Wiedergutmachung dafür, dass du mir Kaugummi ins Haar geklebt hast, als ich geschlafen hab', und ich es am nächsten Morgen abschneiden musste. Das war eine erschütternde Erfahrung für eine Zehnjährige."

Sie zeigte mit einem Finger. „Hey, du hast damit angefangen, weil du deinen Bruder Connor herausgefordert hast, mich zu küssen."

Cat zuckte mit den Schultern. „Ich bin mir sicher, dass du vorher auch etwas getan hast, um mich zu provozieren. Du warst immer die Anstifterin."

Faye öffnete den Mund, doch dann lachte sie.

„Ich habe es wahrscheinlich wirklich angefangen, wenn ich so darüber nachdenke."

Cat fädelte ihren Arm durch Fayes. „Dann komm schon. Ich fahre in ein paar Tagen zu einer Sonderausstellung, die durch Schottland tourt, und ich weiß nicht genau, wann ich zurück sein werde, um mal wieder mit dir zu quatschen."

„Du gehst?"

„Aye, für kurze Zeit. Die MDA-Direktorin hat es als einen Versuch vorgeschlagen, den Menschen entgegenzukommen. Kunst kann Kulturen überwinden und all das. Sie hat vor ein paar Monaten um Einreichungen gebeten, und ich war eine der Auserwählten. Es hat viel Arbeit gekostet, Finn davon zu überzeugen, mich gehen zu lassen, und sobald er und Grant einen Beschützer ausgewählt haben, der mich begleitet, wird alles geklärt sein."

Faye sah Cat von der Seite an. „Dir ist also noch kein Schutz zugeteilt worden?"

„Noch nicht." Cat sah ihr in die Augen. „Warum?"

Faye ging los. „Vielleicht kann ich das machen."

„Aber du hast doch gesagt, du bist keine Beschützerin mehr."

„Grant hat mich vor Kurzem wieder willkommen geheißen, aber noch keinen festen Platz für mich gefunden. Als deine Beschützerin zu fungieren, könnte die perfekte Lösung sein."

Cat steigerte ihr Tempo, und Faye hielt mit. „Mir gefällt die Idee. Ich vertraue dir nicht nur, es bedeutet, dass du jetzt definitiv mit mir zu Mittag essen musst."

„Selbst nach allem, was wir als Kinder getan haben, vertraust du mir immer noch?"

„Ach, aye. Du hast ein gutes Herz, Faye MacKenzie. Und du bist auch loyal. Außerdem war ich selbst nicht gerade ein Engel. Wir haben uns beide ganz schön auf Trab gehalten. Wir haben auch beide gewusst, was es bedeutet, nervige Geschwister zu haben, über die wir lachen und jammern konnten. Um ehrlich zu sein, vermisse ich es, das mit dir zu tun."

Faye lächelte. „Ich auch."

„Gut, beeilen wir uns. Ich bin mir sicher, dass wir beide Geschichten über unsere Geschwister abladen müssen, und der Tag hat nur eine begrenzte Zahl an Stunden."

„Du möchtest, dass wir im Restaurant deiner Mutter plaudern? Wenn sie uns hört, wird sie uns wahrscheinlich schimmeligen Kuchen servieren."

Cat schüttelte den Kopf. „Wir essen oben in unserer Wohnung über dem Restaurant und schließen die Tür ab. Da die Wände schallisoliert sind, um den Lärm vom Restaurant abzuhalten, wird niemand was mitbekommen. Das gibt mir auch die Möglichkeit, dir von meiner Kunstshow-Tour zu erzählen. Je mehr du weißt, desto größer ist die Chance, dass Grant dir erlaubt, mitzukommen."

Faye nickte. „Du solltest mir auch etwas von deiner Kunst zeigen. Wenn ich ehrlich bin, habe ich irgendwann nicht mehr mitbekommen, was du malst."

„Keine Sorge. Du hattest in den letzten fünf Jahren auch eine Menge um die Ohren. Du bist eine wunderbare Inspiration für die weiblichen Drachenwandler des Clans."

Sie drehte den Kopf. „Pardon?"

Cat lächelte breiter. „Es stimmt aber. Während der schottische Drachen-Clan demgegenüber, dass Frauen eine wichtige Rolle im Clan spielen, offener war als die anderen in Großbritannien, warst du Lochguards erste oberste Beschützerin. Deshalb gibt es mehrere Mädchen im Teenageralter, die eines Tages das erreichen wollen, was du getan hast."

Faye räusperte sich. „Wenn du meinst."

Cat legte eine Hand über ihr Herz. „Nein, wird Faye MacKenzie etwa rot? Ich bin mir nicht sicher, ob ich das gesehen habe, seit einer unserer Klassenkameraden dich während eines Wrestlingmatches zu Boden gedrückt und versucht hat, dich zu küssen."

„Desmond Smith. Den hatte ich ganz vergessen."

„Siehst du? Wir haben eine Menge zu bequatschen. Ich war nervös, jemanden wie Brodie MacNeil zugeteilt zu bekommen, der selten zwei Worte sagt. Du bist eine viel unterhaltsamere Wahl."

Als Faye ihre Jugendfreundin ansah, war es, als hätten sie sich erst vor ein paar Tagen gesprochen und nicht vor vielen Jahren. Freunde wie diese waren rar gesät.

Schließlich erreichten sie Sylvia MacAllisters

Restaurant *Dragon's Delight*. Als sie zusah, wie Cat Essen für sie bestellte und Faye mit Cats Mutter Freundlichkeiten austauschte, erkannte sie, wie sehr sie es vermisst hatte, eine Freundin zu haben. Schon, sie kam mit den Gefährtinnen ihrer Brüder zurecht, aber in der Armee und als Beschützerin war sie immer von Männern umgeben gewesen.

Sie hoffte nur, dass sie Cats Vertrauen nicht brach, wenn sie den Auftrag erhielt. Denn so sehr Faye eine Freundin haben wollte, mit der sie reden konnte, sie wollte noch mehr die Verräter aufspüren. Cat auf ihrer Kunstshow-Reise zu begleiten, wäre die perfekte Art, dies zu tun. Sie musste nur ihren Cousin Finn davon überzeugen, dass es eine gute Idee war.

Grant las Fergus' Bericht zum dritten Mal zu Ende, als jemand an die Tür klopfte.

Sein Drache blühte auf. *Vielleicht ist es Faye.*

Grant ignorierte sein Tier und rief: „Herein!"

Die Tür öffnete sich, um die blonde, braunäugige Gestalt von Lochguards Clan-Anführer Finlay Stewart zu enthüllen.

Grant hob eine Braue. „Ich habe dich gar nicht erwartet, Finn. Stimmt was nicht?"

„Genau genommen stimmt alles. Aber ich habe einen Vorschlag für dich."

Er hoffte, Faye war nicht zu ihrem Cousin

gegangen und hatte um einen Gefallen gebeten. „Was kann ich für dich tun?"

Einer von Fayes Mundwinkeln zuckte nach oben. „Wenn du Faye zuliebe nett zu mir bist, kannst du gleich aufhören."

„Also hat sie es dir gesagt."

„Nicht alles, aber genug." Finn setzte sich auf den Stuhl gegenüber von Grants Schreibtisch. „Sie hat erwähnt, dass sie keine feste Stelle hat, und einen Vorschlag gemacht."

„Wenn sie wieder an die Front gehen will, werde ich sie nicht freigeben, Finn. Nicht einmal für dich."

„Um ehrlich zu sein, würde ich das auch nicht. Zumindest noch nicht. Sie muss ihr Vertrauen noch vollständig wiederherstellen. Faye hat sich jedoch genug erholt, um wieder einige Pflichten zu übernehmen. Sie möchte Cat MacAllister auf ihrer Ausstellungstour durch Schottland begleiten."

Sein Tier schnaubte. *Entweder will sie vor uns weglaufen, die Verräter selbst suchen oder beides.*

Da kommt mir eine Idee.

Grant antwortete: „Ich habe auch daran gedacht, Cat zu begleiten." Finn hob fragend seine Augenbrauen, und Grant fuhr fort: „Ich muss Orte auskundschaften, ohne dass das MDA im Weg steht. Es wird leichter sein, mich für ein paar Stunden davonzustehlen, wenn das MDA bereits weiß, dass ich von unserem Land weg bin."

„Bist du sicher, dass es nicht aus einem anderen Grund ist?"

Er weiß es, sagte sein Drache.

Er ignorierte sein Tier. „Ja. Faye kann mit den eigentlichen Sicherheitsdetails umgehen, und ich kann die Unterstützung sein, die sicherstellt, dass die umliegenden Gebiete frei von Bedrohungen sind."

„Die eigentliche Frage ist, ob ihr beide als Team arbeiten könnt oder nicht." Finn beugte sich vor. „Für die nächste Minute bist du nicht mein oberster Beschützer, und ich bin nicht dein Clan-Anführer. Du bist der Mann, der meine Verwandten verärgert hat, und ich bin ihr ältester lebender männlicher Verwandter, der auf sie aufpassen muss."

Da Grant schon seit Jahren mit Finn arbeitete, schüchterte ihn die plötzliche Veränderung nicht ein. „Sag, was du sagen musst, solange ich mich verteidigen darf."

Finns Pupillen blitzten. „Du hast ihr schon mal wehgetan. Wenn du es noch einmal tust, werde ich dich herausfordern. Verstanden?"

„Und was würde Faye sagen, wenn sie wüsste, dass du hier ohne ihr Wissen sprichst?"

„Sie würde letzten Endes nachgeben."

Unwahrscheinlich, sagte sein Drache.

Grant stimmte seinem Tier zu, aber aus Erfahrung wusste er, dass eine weitere Auseinandersetzung mit Finn zu dem Punkt nichts brächte, wenn es um seine Familie ging. Also antwortete Grant nur: „Ich werde sie so behandeln, wie ich es mit jedem meiner Mitarbeiter tun würde. Wenn sie nicht gehorcht, werde ich nicht nachsichtig sein, auch nicht, wenn es bedeutet, dich zu verärgern, Finn."

Nach einer langen Sekunde nickte Finn zustimmend. „Ich respektiere das." Er erhob sich. „Ich lasse dich die gute Nachricht überbringen. Wenn du nichts anderes melden musst, muss ich jetzt nach Arabella sehen. Sie nähert sich ihrem Entbindungstermin, und ich möchte nicht, dass etwas schiefgeht."

Arabella MacLeod war Finns Gefährtin, ursprünglich aus dem englischen Drachenwandler-Clan namens Stonefire in Nordengland. Sie war schwanger mit Drillingen. „Nein, es gibt nichts wirklich Neues über die Verräter oder irgendeine andere Bedrohung zu berichten, die über die übliche Vorsicht hinausgeht. Ich hoffe, dass meine Reise mit Cat und Faye zumindest einen Teil der Gefahr für unseren Clan abwenden wird."

„Aye, das hoffe ich auch. Der Wiederaufbau ist gut gelaufen, aber es wäre schön, etwas zu feiern zu haben. Halte mich auf dem Laufenden, während du weg bist. Ich werde auch versuchen, Cooper in deiner Abwesenheit nicht zu viel Angst einzujagen."

Cooper Maxwell war Grants zweiter Kommandant. „Du kannst es versuchen, aber Iris sieht ihn als einen jüngeren Bruder und ist ein wenig beschützend. Ich würde mich nicht mit ihr anlegen wollen."

Finn grinste. „Ich werde Cooper sagen, dass du ihm nur zutraust, auf den Clan aufzupassen, wenn Iris hier ist."

„Finn ..."

Lochguards Anführer winkte zum Abschied und verließ den Raum ohne ein weiteres Wort.

Sein Drache meldete sich erneut. *Wenn du Zeit mit Faye verbringst, kannst du katzbuckeln und sie dazu überreden, uns zu küssen.*

Ich werde nicht katzbuckeln. Außerdem habe ich vor, zu arbeiten. Ich bekomme nicht oft die Erlaubnis, Schottland zu durchstreifen, ohne dass das MDA jeden meiner Schritte beobachtet. Ich werde meinen Onkel und den Rest der Verräter finden, bevor wir nach Lochguard zurückkehren, und wenn es das Letzte ist.

Sein Tier verstummte, und das machte ihm Sorgen, da sein Drache immer das letzte Wort haben wollte.

Grant würde bei Faye einfach besonders vorsichtig sein müssen. Schließlich würde sie ein Zimmer mit Cat teilen, und Grant hätte sein eigenes. Ohne ihren Geruch oder die verlockenden Augen, die ihn geradezu anflehten, sie zu beanspruchen, konnte er sich auf das konzentrieren, was wichtig war – den Clan zu schützen.

Kapitel Vier

Wenige Tage später ging Faye durch Cats Schlafzimmer auf und ab. Die Stimme ihrer Freundin füllte den Raum. „Wenn du dich nicht beruhigst, wird Grant wissen, dass etwas nicht stimmt."

Sie wirbelte herum, um Cat anzusehen. „Nichts ist los. Ich kann nur nicht glauben, dass er mich babysitten wird."

Cat neigte den Kopf. „Hat er nicht gesagt, dass er das nicht macht? Etwas über die Suche nach jemandem, während wir durch Schottland reisen?"

Sie wedelte mit einer Hand durch die Luft. „Das ist sein Cover. Zweifellos will sein Drache mich nicht aus den Augen verlieren. Sie denken wahrscheinlich beide, dass ich innerhalb weniger Stunden, nachdem ich Lochguard verlassen habe, umgebracht werde."

Cat verdrehte die Augen. „Du kannst diese

Übertreibungen lassen. Mein jüngster Bruder, Jamie, ist schon ständig übermäßig dramatisch. Bei mir erreicht er damit gar nichts, geschweige denn bei unserer Mutter."

Faye knurrte. „Ich bin nicht dramatisch. Ich war mal oberste Beschützerin, und jetzt kann ich nichts ohne Babysitter machen."

Cat zog den Reißverschluss ihres Gepäcks zu und stellte sich vor sie. „Dann gib einfach dein verdammtes Bestes und vergiss, was Grant denkt. Du lässt ihn in deinen Kopf eindringen, Faye. Schmeiß nicht deine Zukunft weg, um einen Jungen zu beeindrucken, der dir nicht einmal, sondern zweimal wehgetan hat."

„Ich will ihn nicht beeindrucken."

Cat hob eine Braue. „Bist du dir da sicher?"

Ihr Drache schnaubte. *Das bist du immer.*

Halt die Klappe, Drache.

Sie sah ihrer Freundin in die Augen. „Seit wann bist du so aufmerksam?" Wenn ich mich recht erinnere, warst du immer nur so, wenn du gezeichnet oder gemalt hast. Dann hast du die kleinsten Details erkannt."

„Du hast vielleicht zwei Brüder und einen neugierigen Cousin, aber ich habe vier Geschwister. Vier. Mum war immer mit dem Restaurant beschäftigt, und ich saß damit fest, die kleinen Bengel aufzuziehen. Ob es nun gut oder schlecht war, ich wurde schneller erwachsen als die meisten. Wenn ich nicht bemerkt hätte, was die Teufel taten, hätten sie das

Haus abgefackelt oder im Fall von Ian und Emma hätten sie irgendeine Regierungsbehörde gehackt." Faye öffnete den Mund, um sich dafür zu entschuldigen, dass sie so ein Arsch gewesen war, aber Cat kam ihr zuvor. „Also, wie wäre es, wenn wir jetzt zum Landeplatz gingen und uns verabschiedeten? Mit meiner und deiner Familie wird das eine Weile dauern."

„Sorg nur dafür, dass Connor nicht mit mir spricht, sonst kommt meine Mutter noch auf falsche Ideen. Sie erinnert sich an alles."

„Nun, ihr zwei habt euch schließlich einmal geküsst ..."

„Ich war zehn und er neun, und es war eine Mutprobe."

„Vielleicht solltest du wieder einem jüngeren Mann nachstellen und sehen, wie das läuft", antwortete Cat mit funkelnden Augen.

Faye streckte ihr die Zunge heraus. „Probier es selbst. Schließlich stöhnt deine Mum darüber, dass sie nie Enkelkinder hat."

Cat schüttelte den Kopf. „Glaub mir, das weiß ich. Sie erzählt ständig, dass sie in meinem Alter schon zwei Kinder hatte. Aber einen Gefährten zu finden und ein Kind zu bekommen, würde meine Kunst in den Hintergrund drängen. Und das würde mir das Herz zerreißen. Ich kann mir nicht vorstellen, nicht jeden Tag malen zu können oder eine Stunde damit zu verbringen, die beste Aufnahme mit meiner Kamera einzufangen."

Faye tätschelte Cats Arm. „Ach, aye, das verstehe ich. Deshalb werde ich bei diesem Auftrag auch die bestmögliche Arbeit leisten und beweisen, dass ich bereit bin, Lochguard wieder zu beschützen. Grant wird keine andere Wahl haben, als mir wieder anständige Aufträge zu geben."

„Sei nur vorsichtig, denn wenn er dich küsst, wirst du vielleicht mit einem Kind enden, auch wenn du keins willst. Du bist schlau genug, um zu vermuten, was auch ich vermute – dass er dein wahrer Gefährte ist."

„Wahrer Gefährte hin oder her, wenn es einen Mann gibt, dem ich widerstehen kann, dann Grant McFarland."

Cat musterte sie eine Sekunde, bevor sie sagte: „Hoffen wir's." Faye wollte eine bessere Verteidigung vorbringen, aber Cat ließ sie nicht zu Wort kommen. „Wir gehen jetzt besser, sonst werden unsere Mütter uns aufspüren."

Faye schnaubte. „Es sei denn, dein Grandpa verursacht zwischenzeitlich Chaos."

„Grandpa Archie war in letzter Zeit ziemlich ruhig", antwortete Cat. „Ich hoffe, er gräbt keinen unterirdischen Tunnel unter Cals Grundstück. Wer weiß, was er dann tun würde. Vielleicht würde er es wie die Menschen im Zweiten Weltkrieg machen und versuchen, sein Ziel von unten zu sprengen – Cals Farm."

„Mit Schafen, die in alle Richtungen fliegen."

„Und jeder gibt dem anderen die Schuld für das Chaos."

Sie starrten einander an, und obwohl tote Schafe, die durch die Luft flogen, nicht lustig sein sollten, brachen beide in Lachen aus.

Fayes Tier meldete sich. *Es ist schön, mit einer anderen Frau in unserem Alter zusammen zu sein. Ich dachte, es würde mir nicht gefallen, da ich nicht an sogenannten diesem Weiberkram interessiert bin, aber Cat ist anders.*

Sie und ich mögen unterschiedliche Berufe haben, aber wir sind beide ziemlich entschlossen, erfolgreich zu sein.

Es wird auch einfacher sein, Grant mit ihr an unserer Seite zu ignorieren.

Jetzt möchtest du ihn also ignorieren?

Der Lustschleier hat sich gehoben. Er war ein Idiot. Er muss sich verneigen und sich entschuldigen, bevor ich auch nur daran denke, ihn küssen zu wollen.

Faye hatte das Gefühl, dass ihr Drache die Schlacht verlieren würde, sobald sie Grant wiedersahen, aber diesen Gedanken behielt sie für sich. Anders als ihr Bruder Fraser hatte Faye ihr Tier nie verwöhnt. Sie konnte es bei Bedarf eindämmen.

Cat nahm ihr Gepäck, und Faye tat dasselbe. Auf dem Weg zum Landeplatz wappnete sich Faye für das, was kommen sollte. Ihre Familie und Cats zusammenzubringen, sollte, gelinde gesagt, interessant werden. Zumindest würde die Horde von

Leuten Grant fernhalten, da er große Familien hasste.

Grant klatschte mit der Hand gegen seinen Oberschenkel, als er sich gegen die Bruchsteinmauer um den Landebereich lehnte. Er hatte sich schon von seiner Mutter und seinem Bruder verabschiedet und war bereit aufzubrechen. Er blickte über den weiten, offenen Raum und versuchte, beim Anblick der MacKenzies und MacAllisters um Faye und Cat kein Gesicht zu ziehen.

Es waren so verdammt viele.

Wir hatten auch mal so viel Familie, erinnerte ihn sein Drache.

Da Grant nicht an die Vergangenheit denken wollte, nahm er sein Handy heraus und wollte sich gerade mit SMS ablenken, als die Menge sich soweit zerstreute, dass sie den Blick auf Faye MacKenzie freigab. Sie trug ein locker geschnittenes Kleid, das ihren Körper verdeckte, aber es war nicht schwer, sich ihre Taille oder ihre straffen Oberschenkel vorzustellen.

Dann wehte der Wind, und ihr lockiges Haar wehte in alle Richtungen um ihr Gesicht. Was hätte er nicht gegeben, es in einer Hand zu sammeln und ihren Kopf zurückzuziehen, um sie zu küssen.

Blinzelnd wandte er den Blick ab, bevor sie ihn noch beim Starren erwischte. Trotzdem konnte er nicht widerstehen, aus seinem Augenwinkel zu beobachten, wie jedes Mitglied ihrer Familie sie umarmte und sich verabschiedete. Er bemerkte kaum, dass Cat das Gleiche tat.

Eine glückliche Familie zu sehen, war schlimm genug, aber zwei verdrehten sein Herz. So sehr Grant versuchte, es zu leugnen, er vermisste seine Familie. Nicht nur seinen Onkel, sondern auch seinen Vater, seine Tante und seine Cousins.

Sein Tier schnaubte. *Warum erwähnst du unseren Vater? Er ist mit den anderen Verrätern gegangen und hat unserer Mutter das Herz gebrochen. Er ist niemandes Zeit wert.*

Er ist jetzt ein Bastard, aber das war er nicht immer. Niemand kann Erinnerungen einfach ewig blockieren.

Ich könnte es. Ich bin stärker als du.

Wenn unser Dad jetzt also in Drachengestalt auftauchte, könntest du ihn ohne einen Gedanken töten?

Ich mag es nicht zu töten, es sei denn, es ist nötig. Aber ich stehe nicht darüber, ihm in den Arsch zu treten.

Bevor er antworten konnte, dröhnte Lorna MacKenzies Stimme über die Landefläche. „Grant McFarland, hör auf, dich im Schatten zu verstecken und umarme deine alte Tante Lorna."

Lorna war keine Blutsverwandte von ihm, aber fast alle in Lochguard nannten sie Tante Lorna.

Er überlegte schon abzulehnen, aber Faye begegnete seinem Blick. Er wollte nicht feige vor ihr erscheinen und ging auf die MacKenzie-Brut zu.

Als er sich näherte, starrten ihn Fraser und Fergus – Fayes ältere Zwillingsbrüder – mit durchdringenden blauen Augen an. Ohne Tante Lorna hätte Grant ihnen den Stinkefinger gezeigt.

Sein Tier grunzte. *Wir können es leicht mit ihnen aufnehmen. Keiner ist ein Soldat.*

Nicht jetzt.

Dann später.

Lorna schloss die Distanz zwischen ihnen und nahm sein Gesicht in ihre Hände. „Wie oft muss ich dir sagen, dass du nicht schüchtern sein sollst? Ich kenne dich schon seit dem Tag deiner Geburt, Junge. Du bist in unserer Familie immer willkommen."

Für den Bruchteil einer Sekunde sehnte sich Grant nach der Wärme und dem Frieden einer Familie, die von Skandalen und Verrat unberührt war. Die MacKenzies waren berüchtigt für ihre lebhaften Abendessen und mehr als ein paar Essensschlachten. Ein Abend mit ihnen könnte ihm helfen, seinen eigenen Vater zu vergessen und wie er ihn im Stich gelassen hatte.

Aber bevor er etwas Dummes tun konnte, wie sich selbst zum Abendessen einladen, nachdem sie von der Ausstellungs-Exkursion zurückgekehrt waren, meldete Faye sich zu Wort. „Wie wär's, wenn du uns jetzt gehen lässt, Mum? Sonst erreichen wir Inverness nie vor Einbruch der Dunkelheit."

Lorna machte Tss. „Da Cat ihre Kunst vorausgeschickt hat und das Gepäck aller dazu, fliegst du. Inverness ist mit Drachenflügeln fünfzehn oder zwanzig Minuten entfernt. Ihr habt reichlich Zeit."

Ross Anderson, Lornas menschlicher Gefährte, schlang einen Arm um die Taille seiner Drachenfrau. „Sie wird früh genug zurück sein, Liebes. Außerdem brauchen sie Tageslicht, um nach Jägern oder Rittern Ausschau zu halten. Es sei denn, du willst, dass sie benachteiligt sind und möglicherweise angegriffen werden?"

Lorna schlug ihrem Gefährten auf die Brust. „Ross Anderson, mach keine Scherze damit."

Faye sprang ein. „Mum, uns wird es gut gehen. Ich verspreche, nach der Landung anzurufen und noch viele Male danach. Du wirst mich wahrscheinlich bald schon anflehen, dich nicht mehr zu belästigen. Schließlich ist deine Paarung noch neu."

Fraser meldete sich zu Wort. „Wenn du schon andere anrufst, ruf jeden von uns an." Er legte eine Hand über sein Herz. „Ich bin genauso besorgt um dein Wohlergehen."

„Halt die Klappe, Fraser", antwortete Faye. „Ich habe dein jüngstes ‚Geschenk' nicht vergessen – ein rosa Tutu und eine Karte, in der steht, ich könnte Ballerina werden, um mir die Zeit zu vertreiben. Du kannst einfach warten und dich fragen, was mit mir passiert."

Fraser hob eine Braue. „Und meiner schwangeren Gefährtin übermäßigen Stress bereiten? Ich bin schockiert von dir, Schwester."

Holly, Frasers Gefährtin, seufzte. „Ich kümmere mich um Fraser. Viel Spaß auf eurer Reise durch Schottland! Ich hoffe wirklich, dass dieses Outreach-Programm des MDA erfolgreich ist."

Faye nickte. „Ich auch."

Fergus machte einen Schritt nach vorn. „Schick mir unbedingt sofort sämtliche Informationen über Arabellas sicheres Netzwerk."

„Ich weiß, Fergus." Faye packte Grants Hand und zog daran. „Wir fliegen jetzt. Ich spreche später mit euch."

Grant versuchte, ihre warme Hand in seiner zu ignorieren, aber er konnte nicht widerstehen, seine Finger fest zu schließen. Faye warf ihm einen Blick zu, aber er schüttelte unmerklich den Kopf; ihre Familie sah zu, und wenn sie ihn jetzt zusammenstauchte, würden sie nie aufbrechen, bis sie alles erfahren hatten, was zwischen ihnen vor sich ging.

Grant räusperte sich. „Faye kann auf sich selbst aufpassen." Er sah Cat an, die ihnen bedeutete, in Richtung Mitte des Landeplatzes zu gehen. „Cat wartet bereits auf uns. Cooper kann sich um alles kümmern, während ich weg bin. Wir melden uns."

Grant ging von den MacKenzies weg und ließ Fayes Hand nicht los.

Faye sagte: „Danke. Sonst wären wir noch eine halbe Stunde dageblieben."

Da er nicht verraten wollte, wie neidisch er darauf war, dass sich ihre Familie so sehr um sie sorgte und zu ihr stand, sagte Grant nichts.

Erst als sie Cat erreichten, ließ er Fayes Hand widerwillig los, um sein Hemd auszuziehen. Obwohl er und Faye sich schon eine Million Mal ausgezogen und gewandelt hatten, schwor er, dass er ihre Augen auf seiner nackten Brust spüren konnte.

Sein Drache knurrte. *Ich will mehr als ihre Augen auf unserer Brust.*

Das wird nicht so bald passieren.

Hätte Grant seinen Drachen nicht gebraucht, um zu wandeln, hätte er den Bastard in ein mentales Labyrinth geworfen.

Sein Tier grunzte. *Aber du brauchst mich. Denk daran.*

Mit einem Seufzen warf er sein Hemd weg und machte sich an den Reißverschluss seiner Hose. Er nahm sich eine Sekunde Zeit, um an die Fußballstatistiken zu denken und seinen halbharten Schwanz herunterzufahren.

Er konnte jedoch nicht widerstehen, einen verstohlenen Blick nach oben in Fayes Richtung zu werfen. Es war länger her, als ihm lieb war, seit er das Mädchen nackt gesehen hatte.

Cat und Faye standen nackt mit dem Rücken zu ihm. Er bemerkte Cat nicht einmal, da er seinen Blick nicht von Fayes straffem Po wenden konnte. Was er nicht geben würde, um ihre weiche Haut zu berühren, um zu sehen, wie ihr Körper auf ihn reagierte.

Dann wuchsen Flügel aus Fayes Rücken, ihre Gliedmaßen streckten sich zu Vorderbeinen und

Hinterläufen, und ihr Gesicht dehnte sich zu einer Schnauze. Innerhalb weniger Sekunden stand Faye in ihrer blauen Drachengestalt da und streckte ihre Flügel aus. Weil er ihr bei der Physiotherapie half, wusste er genau, wo sich ihre Verletzung befand, und sein Blick bewegte sich auf den etwas krummen Knochen eines Flügels.

Sein Drache meldete sich. *Ihr wird es gut gehen.*

Faye drehte ihren Drachenkopf um und begegnete seinem Blick. Sie schnaubte ihn an, und. er musste sich nach vorn beugen, um nicht umzufallen.

Das war sein Stichwort zu wandeln.

Grant nahm sein Tier an und wuchs zu seiner grünen Drachengestalt. Als Mann war er etwa dreißig Zentimeter größer als Faye und Cat. Da er wusste, dass der Höhenunterschied Faye wütend machte, richtete er sich noch größer auf.

Sie kniff die Augen zusammen, und er zuckte die Schultern, bevor er in die Hocke ging und dann in die Luft sprang. Während er mit den Flügeln schlug und in den Himmel stieg, genoss er einfach den Sturm des Windes an seiner Haut. Mit etwas Übung konnte er Faye so behandeln, wie er es jahrelang getan hatte, indem er sie neckte und herausforderte. Nur, wenn er nett zu ihr war, fing sein Instinkt an, die Kontrolle zu übernehmen und ihn dazu zu bringen, Dinge mit ihr anstellen zu wollen, die er nicht tun konnte, bis er die Verräter gefunden hatte.

Sein Drache meldete sich erneut. *Aber was,*

wenn wir im Zimmer neben ihrem liegen? Ich weiß, woran ich denken werde.

Du solltest an die Verräter denken.

Warum können wir nicht beides machen? Faye soll Cats Sicherheitsdetails regeln, und wir können nach den Verrätern suchen. Das wird Faye zeigen, dass wir an sie glauben.

Vielleicht. Ich möchte sicherstellen, dass es keine Drachenritter oder Jäger in der Gegend gibt.

Sie wird denken, dass du sie verwöhnst.

Dann ist es eben so. Nach dem Angriff der Drohne auf Stonefire könnte überall ein Feind lauern.

Mehrere Mitglieder des Stonefire-Clans, darunter auch die Chefärztin, waren von kleinen Drohnen angegriffen worden, die sie unter Drogen gesetzt hatten. Laut Berichten war eines der Opfer aus Irland gewesen. Jedenfalls war Lochguards Chefarzt Innes hingeflogen, um Stonefire zu helfen, und hatte sich mit der angegriffenen Stonefire-Ärztin gepaart.

Sein Drache fügte hinzu: *Aber Stonefire hat ein Heilmittel gegen die seltsame Droge gefunden, die die Drohne mitgebracht hat, und wir haben eine Ampulle für den Fall. Keine große Sache.*

Willst du wirklich riskieren, dass die Droge sie verändert und vielleicht tötet?

Dann sprich mit ihr darüber. Faye war uns früher ebenbürtig. Das ist alles, was sie will: uns wieder ebenbürtig sein. Außerdem kann sie helfen, nach Bedrohungen Ausschau zu halten. Sie kann das nicht tun, wenn sie nicht weiß, auf welche Bedrohungen sie achten sollte.

Seit wann bist du so weise?

Seitdem du das Gegenteil geworden bist.

Grant schnaubte innerlich. *Dann versuchen wir es auf deine Art und behandeln sie als ebenbürtig. Aber wenn Fayes Temperament mit ihr durchgeht, machen wir es auf meine Art.*

Na schön. Und jetzt, da du dir das von mir ange-hört hast, muss ich dich auch damit nerven, dass du Faye küssen sollst.

Nein, Drache. Das Mädel zu küssen, muss warten, egal, wie sehr sie uns reizt.

Wenigstens hast du zugegeben, dass auch du gegen die Anziehung kämpfst. Da kommen mir Ideen, wie ich den Prozess beschleunigen kann.

Wir dürfen die Mission nicht in Gefahr bringen.

Das müssen wir auch nicht.

Als sein Drache verstummte, musterte Grant das leicht unregelmäßige Schlagen von Fayes Flügeln. Zu fliegen musste schmerzhaft sein, aber durch schiere Sturheit hatte sie zwischenzeitlich genug Ausdauer zurückerlangt, um lange Distanzen zu flie-gen. Er erinnerte sich noch an den triumphalen Blick in ihren Augen, als sie länger als ein paar Sekunden in der Höhe geblieben war. Von allen Leuten im Clan hatte sie ihm vertraut und ihm erlaubt, ihr zu helfen.

Er schuldete ihr wenigstens die Chance, sich zu beweisen.

Wenn sie damit umgehen könnte, würde er vielleicht um ihre Hilfe bei seinem Onkel und den anderen bitten. Je eher er die Verräter ausrottete, desto eher konnte er versuchen, das Mädel zu umwerben. Schließlich würde Faye ihn nie verraten.

Grant beschleunigte sein Tempo, holte die beiden Frauen wieder ein und flog ein wenig voraus. Da er sich entschieden hatte, wollte Grant nun unbedingt Inverness erreichen. Er musste wirklich mit Faye reden. Selbst wenn das bedeutete, sie an einen Stuhl zu fesseln, damit sie ihn anhörte, würde er es tun.

Kapitel Fünf

Als der Fluss und die Gebäude von Inverness in Sicht kamen, kämpfte Faye darum, mit Grants Tempo mitzuhalten.

Sie hatte sich getestet und wusste, dass sie stundenlang in gemächlichem Tempo fliegen konnte, bevor der Schmerz zu groß war. Grant flog jedoch, als würden sie von einem Feind gejagt.

Ihr Drache gähnte. *Er versucht vermutlich, dich zu provozieren. Ignorier' ihn. Cat hat auch Probleme.*

Als sie zur Seite blickte, sah sie, dass Cats rote Drachengestalt alle paar Sekunden einen Schlag ausließ. Ihr Zorn auf Grant nahm nur zu. *Sie ist keine Beschützerin. Grant sollte das wissen.*

Faye gab einen Laut von sich und erregte Cats Aufmerksamkeit. Sie flog langsamer, und Cat nickte, bevor sie dasselbe tat. Die beiden segelten hauptsächlich die letzten Meilen zur Stadt. Als sie den leeren Parkplatz neben Inverness Castle erreichten und sich den Weg hinunter manövrierten, war Grant bereits in menschlicher Gestalt, vollständig bekleidet und wartete.

Ihr Tier grunzte. *Ich hatte gehofft, einen Blick auf ihn nackt zu erhaschen.*

Ich dachte, da hättest ihm abgeschworen?

Das bedeutet nicht, dass ich nicht seine Bauchmuskeln oder seinen feinen Po genießen kann.

Das war wieder typisch für ihr Tier, etwas so Natürliches wie das Wandeln zu nehmen und daraus etwas zu machen, das mit Sex zu tun hatte.

Glücklicherweise war die Gegend abgezäunt und privat. Faye hatte sich nie viel um Nacktheit geschert, aber Menschen tendierten dazu, eine große Sache daraus zu machen. Obwohl sie zwei Menschen als Schwägerinnen hatte, war es immer noch schwer, ihnen als Einheit zu vertrauen.

Sie und Cat legten die Taschen, die sie mit den Vorderläufen hielten und in denen ihre Kleidung war, ab und landeten mit den Hinterbeinen sanft den Boden. Faye stellte sich vor, dass ihre Gestalt zu einem Menschen schrumpfte. Einige Sekunden später stand sie neben Cat, und sie durchwühlten ihre Rucksäcke nach Kleidung.

Sie versuchte, nicht darüber nachzudenken, wie Grant ihren Po anstarren könnte.

Ihr Tier meldete sich zu Wort. *Vergiss ihn. Er kann schauen, aber er wird ihn nie haben.*

Ihr Drache war wirklich davon überzeugt, Grant widerstehen zu können.

Anstatt zu streiten, zog Faye sich schnell an. Cat tat das Gleiche. Innerhalb weniger Minuten hatten sie ihre Rucksäcke in der Hand und gingen zu Grant. Faye sprach als Erste. „Ein Vertreter des MDA soll uns jeden Moment hier treffen und zu unseren Unterkünften bringen. Sobald das erledigt ist, möchte ich Cat am Fluss zum Essen ausführen."

Er hob die Brauen. „Möchtest du, dass ich die Gegend erst einmal überprüfe?"

„Warum klingst du so überrascht? Es ist üblich, dass ein Sicherheitsteam die Arbeit aufteilt."

„Aye, aber angesichts deines Temperaments vorhin, war ich mir nicht sicher, was ich erwarten sollte", sagte er gedehnt.

Sie runzelte die Stirn. „Ich werde das keines Kommentars würdigen. Mach einfach deinen Job, McFarland."

Er nahm ihren Arm und zog sie zur Seite. „Apropos, ich dachte an die Drohnen, mit denen Stonefire vor nicht allzu langer Zeit Probleme hatte." Er gab ihr ein Fläschchen- und Nadelset. „Nur für den Fall, hier ist eines der Gegenmittel-Packungen. Die Formel mag sich inzwischen geändert haben, aber das ist besser als nichts. Sobald entweder du oder Cat angegriffen werdet, will ich es wissen."

Sie hob eine Braue. „Das Protokoll ist mir bewusst, Grant. Wenn du versuchst, dich abzusichern, gibt es keinen Grund."

Er knurrte und zischte: „Keiner von uns ist Gedankenleser, Faye. Ich möchte es nur klarstellen, da ich dir den Großteil von Cats Schutz überlassen werde."

„Wirklich?"

„Ja, wirklich. Tu nicht so überrascht."

Ihr Drache meldete sich zu Wort. *Lass uns keine Zeit damit verschwenden, mit ihm zu streiten. Ich habe Hunger. Beeilen wir uns und suchen einen Ort zum Essen am Fluss. Ich bin mir sicher, dass einige Restaurants Drachenwandler zulassen. Wenn nicht, denke ich, dass das beiläufige Zeigen von ein oder zwei Krallen sie davon überzeugen wird, ihre Meinung zu ändern.*

Faye schnaubte. Als Grant seine Augenbrauen hochzog, machte sie ein Zeichen. „Mein Drache hat Hunger. Sonst noch etwas?"

Er grunzte. „Halte einfach dein Handy bereit." Er hielt inne, und auch sie hörte die Schritte. Grant fügte hinzu: „Ich übernehme das Reden. Wir müssen das MDA nicht verstimmen."

Anstatt zu antworten, streckte Faye ihre Zunge heraus. Wenn es um Fremde ging, konnte sie ihr Temperament schon zügeln. Grant versuchte nur, sie zu provozieren.○

Ihr Tier meldete sich erneut zu Wort. *Vielleicht ist der MDA-Mensch attraktiv. Jetzt, da die Stonefire-Drachenfrau einen Menschenmann gepaart hat, ist es nicht mehr so gefährlich. Wir können unseren potenziellen Partner-Pool erweitern.*

Kein Sex mit der MDA-Person. Wenn es ein Er ist, könntest du den Mann brechen.

Ihr Drache schnaubte. *Wenn er schwach ist, würde ich keine Energie verschwenden, um ihn mir zu schnappen.*

Faye eilte an Cats Seite, als ein Mann in seinen Dreißigern den Bereich betrat. Er war etwas größer als Faye mit dunklen Haaren, die ihm bis zum Kinn gingen, und blauen Augen. Er war nicht unattraktiv. Aber von seinem Gang und seinem Aussehen her war er kein Soldat. Fayes Drache würde ihn definitiv brechen.

Zu schade, bemerkte ihr Drache.

Der Mann lächelte sie der Reihe nach an, aber sein Blick ruhte für einen Moment auf Cat. Er nickte. „Cat MacAllister, willkommen in Inverness." Er sah zu Faye und dann zu Grant. „Lochguard war verschwiegen darüber, wen sie zu ihrem Schutz schicken würden. Darf ich Ihre Namen haben?"

Faye wollte sofort antworten, biss sich aber auf die Zunge. Grant war der Leiter des Sicherheitsteams in der Öffentlichkeit.

Grant antwortete: „Zuerst: wie ist Ihrer? Und ich muss einen Ausweis sehen."

Der Mensch ließ weder die Schultern fallen noch zeigte er andere Anzeichen von Einschüchterung. Faye zollte dem Menschen Anerkennung. Mehr als einige wenige hatten sich in der Vergangenheit Grants dominantem Ton gebeugt.

Der Mann antwortete schließlich: „Ich bin Lachlan MacKintosh, der Koordinator dieser Veranstaltung." Er nahm eine Marke heraus und zeigte sie. „Hier ist meine ID."

Grant musterte sie und nickte. „Ich bin Grant McFarland, zuständig für Überwachung und Strategie. Das ist Faye MacKenzie. Sie ist Cats persönliche Leibwächterin."

Lachlan nickte jedem von ihnen zu, als er seinen Ausweis in eine seiner Taschen steckte. „Gut. Da die Vorstellung nun aus dem Weg geräumt ist, sollten wir loslegen. Folgen Sie mir."

„Wohin gehen wir?", fragte Faye.

Lachlan sah sie an. „Das ist vertraulich. Überall sind Augen und Ohren. Das ist eine bekannte Landezone, was es zu einem Angriffsziel macht. Ich werde Ms. MacAllisters Sicherheit nicht gefährden."

Sie wollte weiter drängen, aber Cat legte eine Hand auf ihren Arm und lächelte. „Da die MDA-Direktorin einen beträchtlichen Teil ihres politischen Kapitals genutzt hat, um diese Veranstaltung zusammenzustellen, lass uns ihm einfach folgen." MDA-Direktorin Rosalind Abbott hatte erst kürzlich das Kommando übernommen, nachdem der ehemalige Direktor in einem Skandal verhaftet worden war. Cat beugte sich vor und flüsterte: „Ich vertraue darauf, dass du mir sagst, ob er uns an der Nase herumführt oder nicht."

Faye grunzte und sah zu Lachlan. „Nach Ihnen."

Einer von Lachlans Mundwinkeln zuckte nach oben. „Zu denken, dass Drachenwandler normalerweise nicht den Ruf haben, höflich zu sein."

„Wir können es schon sein, aber es ist schwer, wenn Leute schreien oder versuchen, einen zu töten", antwortete Grant.

„Guter Punkt", sagte Lachlan. „Wir erwarten einige Störungen während der Tour, obwohl alle Orte aus einem bestimmten Grund sorgfältig ausge-wählt wurden."

„Und lassen Sie mich raten, die Details werden warten müssen?", fragte Faye gedehnt.

Cat meldete sich zu Wort: „Alle Städte, die ich auf der Liste gesehen habe, klingen wunderbar. Ich bin mir sicher, dass wir alle dankbar sind für die Gelegenheit, unsere Arbeit präsentieren zu können."

„Sie treffen die anderen an unserem Ziel. Wir haben viel mehr als nur Künstler. Sie verstehen sicherlich, dass wir bei allen Details Geheimhaltung wahren müssen", sagte Lachlan.

„Gehen wir einfach an den Ort, an den wir gehen, damit wir mit all den vagen Kommentaren aufhören können", knurrte Grant.

Lachlan hob die Augenbrauen, blieb aber still. Der Mensch ging schneller, und alle folgten ihm.

Grant verbrachte den Rest des Spaziergangs damit, den Menschen namens Lachlan zu beobachten.

Zuerst hatte er sich Sorgen gemacht, dass Faye mit dem Mann flirtete. Aber als sie ihn befragte und mit ihm sprach, schien sie über eine Arbeitsbeziehung hinaus kein Interesse an ihm zu zeigen.

Sein Drache meldete sich zu Wort. *Du könntest aufhören, dir Sorgen zu machen, wenn du ihr einfach offen den Hof machtest. Dann könnten wir uns besser auf unsere Mission konzentrieren.*

Grant ignorierte sein Tier, verbannte alle Gedanken aus seinem Kopf und studierte ihre Umgebung. Da es früh am Abend war, waren die Straßen voller Leute, die von der Arbeit nach Hause, zum Einkaufen oder Essen gingen.

Alle aus Lochguard trugen langärmelige Hemden gegen die ungewöhnlich kühle Temperatur des Frühsommers, die ihre Tattoos versteckten. Dennoch beäugten einige das große Lochguard-Trio und gingen ihnen so weit wie möglich aus dem Weg, wahrscheinlich weil ihre Größe und Statur signalisierten, dass sie wahrscheinlich Drachenwandler waren.

Die meisten Menschen schenkten ihnen wenig Aufmerksamkeit, obwohl einige tatsächlich im Vorbeigehen lächelten. Inverness war in der Vergangenheit eine der freundlicheren Städte gewesen. Die Isolation der Highlands hatte Lochguard zum Vorteil gereicht.

Da die Stadt jedoch mit jedem Jahr weiterwuchs, fragte er sich, wie lange sie noch sicher sei und Drachenwandler willkommen heißen würde. Schließlich gab es eine kleine Inverness-Drachenjägerbande. Glücklicherweise waren sie nicht so organisiert wie die von Simon Bourne. Die Bande, die ursprünglich aus Carlyle kam, sich heute aber in der Nähe von Birmingham befand, war mit den Drachenrittern als ihren größten Feinden verbunden. Bournes Bande war organisierter und ihre Mitgliederzahl war gewachsen. Trotzdem musste er später mit Faye reden und ihre Optionen besprechen, falls sie der Inverness-Drachenjägergruppe begegnen sollten. Das Letzte, was sie brauchten, war, unnötige Aufmerksamkeit auf ihre Anwesenheit zu lenken. Die Kunstausstellung brauchte gute Presse, keine schlechte.

Sie kamen bald an einer Straße an, die sich in mehrere Seitenstraßen voller Bed & Breakfast-Anbieter abzweigte. Nachdem Lachlan eine Straße hinuntergegangen war und noch eine Minute weiter, trat er durch das vordere Gartentor eines Hauses, das sich die „Scottish Rose" nannte.

Das Gebäude sah aus wie ein Dutzend anderer oder mehr in dieser Straße. Es war auf einer Seite an ein anderes Haus angebaut und aus Ziegeln errichtet. Als sie zur Eingangstür hineingingen, bemerkte Grant, dass die B&Bs auf beiden Seiten verkündeten, es gäbe keine freien Zimmer.

Lachlan machte sich nicht die Mühe einzuchecken und ging in den Wohnbereich. Sobald er die Tür zum Zimmer geschlossen hatte, drehte er sich um und sah sie an. „In diesem B&B und den anderen auf beiden Seiten sind alle Teilnehmer und ihre Wachen untergebracht."

„Das scheint mir in Bezug auf die Sicherheit ein wenig offen zu sein", sagte Grant.

„Vielleicht. Aber dem MDA gehören alle drei Gebäude. Wir finden es leichter, über die belebte Straße voller Touristen zu kommen und zu gehen, vor allem, da wir fast das ganze Jahr über Zimmer für alle buchen, die eins brauchen. Selbst die Einheimischen glauben, dass es nur um eine Pension ist." Lachlan zeigte auf den Boden. „Jedenfalls gibt es auch einen Tunnel darunter, der als Fluchtweg dient, falls wir ihn brauchen. Das MDA hat alle Vorkehrungen getroffen, um sicherzustellen, dass dieses Ereignis weitergeht."

Grant grunzte. „Wir müssen den Tunnel sehen und seinen Ausstieg untersuchen."

„Alles zu seiner Zeit", antwortete Lachlan. „Zunächst muss ich Cat und die anderen über die Veranstaltung informieren. Sie sind als Letzte angekommen. Warten Sie hier, während ich die restlichen Teilnehmer hole."

Der Mensch ging, und Grant blickte zu Faye. Sie nickte, weil sie verstand: Sie würde alle verfügbaren Fluchtwege so schnell wie möglich suchen und den nächstgelegenen Ort finden, an dem sie wandeln und bei Bedarf wegfliegen könnten.

In dieser Sekunde vergaß Grant die Verräter in seiner Familie und dass er versuchte, Faye zu widerstehen. Es war schön, mehr zu tun, als sich nur um den Papierkram hinter einem Schreibtisch zu kümmern. Oberster Beschützer zu sein, war nicht immer so glamourös, wie manche vielleicht dachten.

Grants Gedanken wurden unterbrochen, als ein anderer Mensch den Raum betrat. Seine abgenutzte Lederjacke und der angeschlagene Fedora in einer Hand ließen ihn blinzeln.

Bevor Grant jedoch ein Wort sagen konnte, grinste der Mensch und nahm Fayes Hand. „Schön, Sie kennenzulernen." Er ging zu Cat. „Mir hat es schon immer in den Fingern gejuckt, mit noch mehr Drachenwandlern zu reden." Er ging zu Grant, aber als er seinen finsteren Blick sah, verkniff er es sich, seine Hand zu nehmen. „Obwohl, vielleicht können Sie an der Seite bleiben, wenn Sie mich nur anstarren wollen."

Grant knurrte: „Wer sind Sie?"

Der Mann legte seinen Hut über sein Herz und richtete sich auf. „Ich bin Maximilian Holbrook, der führende Drachenwandler-Archäologe in Großbritannien. Sie können mich Max nennen."

Grant erinnerte sich vage aus einem Bericht an den Namen. „Sie sind derjenige, der eines meiner Clan-Mitglieder auf Skye belästigt hat, und wir mussten Sie umsiedeln."

„Ich habe niemanden belästigt", antwortete Max. „Dieser Drache ist in meine Ausgrabungsstätte eingedrungen. Ich war ein bisschen freundlich, aber es war eines der ersten Male, dass ich einen Drachen-wandler aus Fleisch und Blut gesehen habe. Eine ältere Drachenfrau, richtig? Ich mochte sie. Obwohl die andere Drachenfrau, die mich zurück nach Suffolk brachte, mich etwas hart behandelt hat."

„Iris hat Sie zurückgebracht. Und wie es scheint, versuchte sie, Sie zum Schweigen zu bringen", erklärte Grant.

Max hob seine Brauen. „Ach ja? Ich dachte, sie haben mir gesagt, sie könne nichts hören, daher habe ich nur lauter geschrien."

Es war ein Wunder, dass Iris den Menschen in einem Stück abgeliefert hatte. Grant wäre versucht gewesen, ihn in einen Loch zu werfen.

Cat trat zwischen sie. „Hallo, Max. Ich bin Cat, eine der Künstlerinnen. Ich dachte, bei diesem geht es darum, dass Drachenwandler ihre kreativen Talente zeigen. Verzeihen Sie meine Frage, aber was macht ein Archäologe hier?"

Max blickte zu Cat. „Ah, aber die Veranstaltung heißt, ‚Drachenwandler enttarnen', und das tue ich. Ich bringe eine historische Perspektive ein. Es ist schwer, die Gegenwart zu verstehen, ohne die Vergangenheit zu kennen."

Grant verschränkte die Arme vor der Brust. „Ich würde denken, dass ein Drachenwandler-Archäologe besser passt."

„Es gibt leider nicht viele. Außerdem habe ich ein Händchen dafür, an Orten zu graben, an denen die meisten nicht zugreifen können, da ich ein Mensch bin. Niemand weiß mehr über Drachenwandler in der römischen Zeit in Großbritannien als ich."

Grant war es egal, ob Max mehr Artefakte hatte als die verdammte Königin, er könnte Fayes Aufgabe erschweren, wenn er Cat folgte und ein Spektakel aus sich selbst machte. Laut seinem Bericht über Iris verstand der Mensch weder Selbstkontrolle noch, wie man unter dem Radar blieb.

Cat meldete sich erneut zu Wort. „Nun, dann müssen Sie uns irgendwann bei einer Mahlzeit einige Ihrer Geschichten erzählen. Ich weiß nicht viel über die Geschichte der Drachenwandler, abgesehen von dem, was wir in der Schule lernen. Aber ich bin sicher, dass es viele wenig bekannte, interessante Geschichten zu hören gibt."

Max öffnete den Mund, aber glücklicherweise kehrte Lachlan mit ein paar anderen Drachenwandlern zurück. Grant erkannte keinen von ihnen.

Lachlan wies der Reihe nach auf jeden, als er sie vorstellte. Er zeigte auf einen Mann in den Vierzigern, mit ein paar grauen Haaren. „Das ist Dylan Turner aus Stonefire, er ist Silberschmied." Dann wandte sich Lachlan an eine Frau in ihren Fünfzigern. „Das hier ist Nia Merrick aus Snowridge, die ihre Näh- und Handwerkskunst ausstellen wird." Er zeigte auf den letzten Mann, der etwa in Grants Alter war. „Und das ist Caelen Corr aus Northcastle. Er ist Holzbildhauer. Und alle, das ist Cat MacAllister aus Lochguard, sie ist eine versierte Malerin und Fotografin. Der einzige menschliche Teilnehmer ist Max Holbrook. Er ist Archäologe und hat sich auf Drachenwandler spezialisiert."

Als alle ihre Grüße murmelten, bemerkte Grant, dass jeder Drachenwandler-Clan in Großbritannien einen Vertreter geschickt hatte, außer Skyhunter aus Südengland.

Angesichts dessen, dass der Anführer des Clans kürzlich verurteilt worden war, weil er den Befehl erteilt hatte, eine Reihe seiner Clankameraden zu ermorden, um dem ehemaligen MDA-Direktor Jonathan Christie zu helfen, hatte Skyhunter sich gerade um wichtigere Dinge zu kümmern, als jemanden zu einer Kunstausstellung zu schicken.

Die Abwesenheit erinnerte Grant daran, dass er mit Finn reden musste, sobald sie nach Hause kamen. Wenn Lochguard eine Allianz mit Skyhunter versuchen wollte, wäre es der perfekte Zeitpunkt, sich zu melden, sobald sie ihren neuen Anführer ausgewählt hatten.

Grant horchte wieder auf, sobald Lachlan wieder sprach. „Jeder wird später die Möglichkeit bekommen, sein Sicherheitspersonal vorzustellen. Ich werde den Zeitplan und den Ablauf der Veranstaltungen durchgehen. Und wir können auch Ihre Fragen aus dem Weg räumen." Er sah Grant und Faye an. „Sie zwei können auf Ihre Zimmer gehen und sich eingewöhnen. Dieses Gebäude ist sicher."

Faye sah Cat an, und ihre Freundin sagte: „Es geht mir gut hier. Ich verspreche, nicht wegzulaufen oder jemanden herauszufordern, irgendwen zu küssen."

Grant verstand die Anspielung nicht, aber Faye grinste. „Solltest du auch besser nicht. Ich will dabei sein, wenn du das machst." Lachlan räusperte sich, und Faye trat an Grants Seite. „Na schön, wir gehen. Stellen Sie nur sicher, dass uns einer Ihrer Mitarbeiter die Sicherheitspläne für die Veranstaltung zeigt."

Sobald Lachlan nickte, verließen Grant und Faye den Raum. Eine Menschenfrau wartete schon und führte sie zu ihren Zimmern oben. Als sie ihnen die Schlüssel gab, öffnete Grant seine Tür. „Komm einen Moment herein. Ich habe ein paar Dinge mit dir zu besprechen."

„Ich weiß nicht, warum du deswegen so formell bist, aber okay." Faye schloss die Tür hinter sich und verschränkte die Arme vor der Brust. „Also, was ist so dringend? Du weißt bereits, dass ich Fluchtwege erkunden werde, es sei denn, du hast mir vorhin einfach schöne Augen gemacht."

Er ignorierte ihr Drängen. „Du musst diesen Menschen genau im Auge behalten, Max. Wenn Cat wirklich mit ihm essen geht, musst du ihn zwingen, unauffälliger zu sein."

Sie zuckte die Schultern. „Ich werde es versuchen, aber ich mag ihn irgendwie. Er war von dir nicht eingeschüchtert, und das ist eine Seltenheit."

Er trat einen Schritt auf Faye zu und setzte jede Dominanz in seine Stimme, die er aufbringen konnte. „Das ist nichts, was man bewundern muss. Du sollst ihn beobachten. Wenn Cat getötet wird, ist das deine Schuld."

Feuer blitzte in ihren Augen. „Natürlich werde ich Cat beschützen. Aber wenn du glaubst, ich habe die Fähigkeit, seine Gedanken zu kontrollieren und ihn dazu zu bringen, auf mich zu hören, dann solltest du vielleicht mal Urlaub nehmen und dein Gehirn überprüfen lassen."

Er ging einen weiteren Schritt. „Vielleicht solltest du einfach Befehle befolgen und dein Temperament kontrollieren."

Faye öffnete die Arme und schloss die Distanz zwischen ihnen. „Ich würde mein Temperament kontrollieren, wenn du aufhörst, mich wie einen Neuling zu behandeln. Wenn du nichts Nützliches zu sagen hast, werde ich jetzt unsere Umgebung von meinem Zimmer aus überprüfen, wie es jeder erfahrene Krieger tun würde."

Sein Tier meldete sich zu Wort. *Ja, provoziere sie noch mehr. Ich mag es, wenn ihre Wangen rosa werden.*

Hör auf, Drache.

Warum? Wir wollten doch das Gleiche. Du verschwendest nur Zeit, indem du es auf später aufschiebst.

Fayes heißer Atem streichelte sein Kinn, und seine Augen blitzten auf ihre rosa Wangen. Er fragte sich, ob die Farbe nur von ihrer Wut kam. Vielleicht hatte seine Nähe doch einen Einfluss auf sie, wie ihre auf ihn. Es war schwer, nicht nach ihr zu greifen und sie an sich zu ziehen.

Sein Drache summte. *Ich frage mich, wo sie sonst noch rosa geworden ist.*

„Grant? Wirst du mir antworten?"

Er begegnete erneut ihrem Blick. Mit ihrem Duft, der seine Nase füllte, und ihrer Nähe, die ihn ihre Hitze spüren ließ, wollte Grant Faye küssen und sie nackt ausziehen. Wenn er sie küsste, könnte er sich sicher wieder auf seine Aufgabe konzentrieren. Schließlich wäre sie die seine, und andere Männer würden sich fernhalten. Wenn nicht, könnte er endlich knurren und diese Kerle verjagen.

Sein Tier meldete sich. *Ja, ja, küss sie. Dieser eine Kuss wird uns geben, was wir wirklich wollen.*

Als sein Drache damit den Gefährtenrausch andeutete, der zu einem Kind führen würde, war das, als würde eine Wanne eiskalten Wassers über seinen Körper spritzen. Er konnte keine Woche oder mehr für seine eigenen Wünsche opfern, egal, wie sehr er es wollte.

Grant trat einen Schritt zurück und räusperte sich. „Informiere mich, bevor du mit Cat zum Essen gehst."

Faye schwieg kurz, bevor sie fragte: „Bist du sicher, dass du nicht mit uns kommen willst? Wenn du knurrst und Max den ganzen Abend anstarrst, könnte er sich etwas zurückhalten."

Faye zu beobachten, wie sie lachte und den Abend mit Cat genoss, würde ihn nur verführen. Er schüttelte den Kopf. „Ich werde heute auf meine erste Erkundungstour durch die umliegende Landschaft gehen."

„Okay. Aber denk daran, dass du auch was essen musst."

Sein Tier sagte, *Siehst du? Sie sorgt sich um unser Wohlergehen.*

Nur weil sie will, dass ich die Verräter finde und den Clan beschütze.

Red dir das nur ein, wenn du willst.

Er antwortete: „Ich bin kein Wickelkind. Ich kann auf mich selbst aufpassen."

Faye verdrehte die Augen und ging zur Tür. „Immer Mr. Unbesiegbar." Sie hielt einen Moment inne, bevor sie flüsterte: „Scheu dich nicht, um Hilfe zu bitten, wenn du sie brauchst, Grant. Egal, was du denkst, ich kann ein Geheimnis bewahren, wenn nötig. Du musst deinen Onkel oder deine Familie nicht allein verfolgen."

Es lag ihm auf der Zungenspitze, ihr Angebot abzulehnen, aber als Faye ihn musterte, antwortete er: „Danke."

„Natürlich."

Mit einem letzten Blick ging Faye weg, und Grant war allein. Doch als er sich seinem Bett zuwandte, konnte er nur daran denken, dass Faye in seiner Nähe stand und ihr Atem auf seiner Haut lag.

Er fuhr mit den Händen über seine kurzen Haare und wandte sich seinem Gepäck zu, das vor ihnen angekommen war. Grant nahm eine Karte der

Umgebung heraus und arbeitete seinen Ausflug für die Nacht aus. Während er zuerst die Kunstausstellung überprüfen wollte, plante er, mindestens fünfzehn Kilometer in alle Richtungen von Inverness zu fliegen, um die Landschaft auszukundschaften. Vielleicht konnte er, wenn er lange und angestrengt flog, es vermeiden zu träumen. Denn wenn er träumte, hatte er das Gefühl, Faye würde ihn wieder in Versuchung führen.

In der Nähe der Frau zu bleiben, die seine wahre Gefährtin war, würde seine Grenzen testen.

Kapitel Sechs

Faye beendete die Überprüfung der Gebäude in der Nähe ihres Fensters und legte sich auf ihr Bett.

Obwohl sie im Dienst war, tat sie wieder nichts.

Ihr Drache meldete sich. *Es gibt noch andere Beschützer im Gebäude. Vielleicht ist einer von ihnen ein alleinstehender, attraktiver Mann.*

Sie seufzte. *Nicht das schon wieder!*

Warum nicht? Es sei denn, du wartest und sehnst dich nach Grant? Er glaubt nicht an uns oder unsere Fähigkeiten. Er hat seine Chance verspielt.

Faye wollte ihrem Tier zustimmen, aber ein kleiner Teil von ihr fragte sich, ob ihr Temperament vorhin mit ihr durchgegangen war. Ja, Grant war ein Arsch gewesen, aber nach Verrätern aus der eigenen Familie zu suchen, musste einen schon belasten. Zweifellos waren die meisten von Grants Hand-

lungen auf Stress und verletzte Gefühle zurück-
zuführen.

Ihr Tier schnaubte. *Wir alle haben unseren
eigenen Schmerz. Das ist keine Entschuldigung dafür,
zu ignorieren, wer wir sind und wozu wir wirklich
fähig sind. Es ist kein Geplapper – wir haben seit dem
Unfall Stärke gezeigt.*

Das stimmt. Faye setzte sich auf und sah auf ihr
Handy, aber es gab keine Nachricht von Cat. *Lass
uns die anderen Beschützer überprüfen.*

Da ihr Drache nichts dagegen einwandte, nahm
Faye das als Ja zu ihrer Idee an.

Sie wollte unbedingt die Drachen aus Northcastle, dem nordirischen Clan, treffen. Finn und
Bram hatten die einzigen Drachenwandler in Nordirland kontaktieren wollen, aber die andauernde
Fehde mit den Clans der südlichen Republik Irland
hatte alle ferngehalten. Faye war niemand, der zu
tief in die Politik hineinbohrte, aber selbst sie wusste,
dass Northcastle Glenlough und den anderen in
Irland vorwarfen, ihr Land vor Jahrhunderten
gestohlen und ihre beiden Clans auf einen herunter-
geschnitten zu haben. Der menschliche Konflikt
zwischen Irland und Nordirland hatte die Lage im
Laufe der Jahre nur noch verschärft.

Wenn Northcastle jedoch einen Vertreter zu der
Veranstaltung geschickt hatte, konnte er offen für
Gespräche mit den anderen britischen Drachenclans
sein. Nach ihrem Geschichtsunterricht als Kind

hatte der nordirische Clan einst allen Drachenwandlern auf der britischen Insel nahegestanden.

Faye wechselte ihre Kleidung und füllte ihre Tasche mit Gegenständen, die sie vielleicht brauchte, bevor sie ihr Zimmer verließ. Sie hatte keine Ahnung, wer wo übernachtete. Sie würde auf ihrer Etage anfangen und sehen, wohin es sie führte.

Sie ging an Grants Zimmer vorbei zu dem am Ende des Flurs. Sie klopfte an das Holz und gab ihr Bestes, nicht mit den Fingern gegen ihr Bein zu trommeln.

Ein großer Mann mit dunklen Haaren und braunen Augen öffnete die Tür, und sie blinzelte. Es war Aaron Caruso vom Clan Stonefire. „Aaron?"

Er grunzte. „Ich hatte mich schon gefragt, wen Lochguard schicken würde."

„Wer ist noch hier aus Stonefire?"

„Quinn Summers."

Sie erinnerte sich vage von einem früheren Treffen an den Mann. „Vielleicht kannst du mir helfen. Ich versuche herauszufinden, wo die Beschützer der anderen Clans sind."

„Hast du versucht, die Dame unten zu fragen, die das Haus leitet?"

„Nein. Ich dachte, es würde mehr Spaß machen, anzuklopfen und es selbst herauszufinden."

Aaron schüttelte den Kopf. „Erwarte nicht, dass

ich mich dir anschließe. Ich muss meinen Charme für die Menschen bei der Ausstellung aufsparen."

Sie beäugte den Drachenmann aus Stonefire. „Was ist mit dem neckenden Aaron Caruso passiert, den ich früher mal kannte? Er war immer charmant und hatte keine Grenzen."

„Er hat viel um die Ohren." Aaron schob die Tür einen Bruchteil weiter zu. „Wenn das alles ist, dann werde ich jetzt wieder zu meinem Nickerchen zurückgehen."

Sie musterte ihn. „Du bist mürrischer, als ich dich je gesehen habe."

Er zuckte die Schultern. „Hat seinen Grund."

Sie wollte weiter nachfragen, aber Aaron hatte die Tür schon halb geschlossen, was signalisierte, dass sie gehen sollte. Da sie bereits mit einem mürrischen Grant zu tun hatte, brauchte sie nicht noch einen weiteren mürrischen Mann. Wenn etwas mit Aaron nicht stimmte, vertraute sie darauf, dass sein Mitbeschützer Quinn es aufklären würde.

Sie winkte und ging die Treppe hinunter.

Faye fand die Frau an der Rezeption und lächelte sie an. „Ich suche die Drachenwandler aus Northcastle. Können Sie mir sagen, in welchen Zimmern sie untergebracht sind?"

„Tut mir leid, Mädel. Diese Informationen darf ich nicht weitergeben."

Bevor Faye noch etwas anderes sagen konnte, dröhnte hinter ihr eine tiefe männliche Stimme mit nordirischem Akzent. „Wenn eine hübsche Frau wie Sie nach mir sucht, dann bin ich hier."

Faye widerstand dem Drang, die Augen zu verdrehen. Sie konzentrierte sich auf die Wichtigkeit des Treffens, setzte ein Lächeln auf und drehte sich um.

Der Mann war wahrscheinlich der größte Drachenwandler, den sie je gesehen hatte, und musste eher mehr als weniger als zwei Meter groß sein. Breite Schultern, kurz geschnittenes blondes Haar und blaue Augen machten das Gesamtpaket nur noch attraktiver. Er musste Wikingervorfahren haben.

Ihr Drache knurrte. *Ja, der reicht.*

Faye ignorierte ihr Tier, ging auf ihn zu und streckte eine Hand aus. „Ich bin Faye MacKenzie, einer von Lochguards Beschützern."

„Eine Beschützerin? Das ist selten."

Sie behielt das Lächeln im Gesicht. „Vielleicht in Nordirland, aber das ist nicht wichtig. Wer sind Sie?"

Der Mann ließ ein Grinsen aufblitzen, und Fayes Herz setzte einen Schlag aus. „Ich bin Adrian Conroy, der zweite Befehlshaber des Clan Northcastle. Mögen Sie mir sagen, warum Sie uns suchen?" Er senkte die Stimme. „Ich zeige Ihnen mehr als gern, wo sich mein Zimmer befindet. Schließlich schien es vor ein paar Minuten so, als wäre es Ihnen sehr wichtig, es zu finden."

Scheinbar flirtete Adrian Conroy sehr gern.

Hin- und hergerissen zwischen dem Versuch, so viel sie konnte rauszufinden, und sich selbst treu zu bleiben, ging Faye einen Kompromiss ein. „Wie wäre es mit einem Kaffee? Ich habe einen Selbstbedienungsstand in der Nähe des Eingangs gesehen. Dann können wir ein wenig reden."

Trotz Adrians hübschen Äußeren waren seine Augen intelligent. Ausgebildet, wie sie war, konnte sie erkennen, wann jemand sie musterte und eine Bedrohung einschätzte.

Adrian drehte sich schließlich um und deutete zum Eingang. „Nach Ihnen."

Faye ging an ihm vorbei. „Für einen Clan, der so isoliert ist, wirken Sie freundlich."

Er zuckte die Schultern. „Sie sind Schottin. Es sind die englischen Drachenwandler, die uns egal sind."

Interessant. Während sie ihren Kaffee machte, sah sie zu ihm hinüber. „Möchten Sie diese Aussage noch etwas ausschmücken?"

„Sie haben den irischen Bastarden geholfen. Das reicht."

Sie wollte darauf hinweisen, dass es lange her war, hielt aber den Mund. Grant konnte sie dazu provozieren, das Falsche zu sagen, aber bei jedem anderen Mann, der nicht mit ihr verwandt war, wusste Faye, wie sie ihr Temperament in Schach halten konnte.

Sobald beide einen Kaffee hatten, gingen sie in

den kleineren Wohnbereich. Glücklicherweise war er leer.

Sie setzte sich in einen Sessel, und Adrian nahm das Sofa. Nachdem sie einen Schluck genommen hatte, durchbrach sie das Schweigen. „Wenn Sie gegen die Schotten nichts haben, warum haben Sie dann keinen Kontakt zu Lochguard aufgenommen? Ich bin mir sicher, dass mein Clan-Führer sich geehrt fühlen würde, Ihren zu treffen."

Er winkte das mit einer Hand ab. „Lassen Sie uns nicht darüber reden, was unsere Clan-Führer tun. Das hier ist mein erstes Mal in Schottland. Sie sollten mir sagen, was ich mir in der Gegend ansehen soll. Ihr Clan kommt hier aus der Nähe, richtig?"

Sie nahm noch einen Schluck Kaffee. „Ja, ist nicht weit entfernt, aber ich bin mir nicht sicher, ob wir viel Zeit für Sightseeing haben werden. Der Zeitplan ist etwas aggressiv."

Adrian legte einen Arm auf die Rückenlehne des Sofas. „Vielleicht für Sie, aber nicht für uns. Das wird für meinen Landsmann und mich wie Urlaub sein."

Sie beugte sich vor. „Was meinen Sie?"

Gerade als Adrian seinen Mund öffnete, um zu antworten, driftete Grants Stimme vom Eingang. „Wer ist denn dein Freund, Faye?"

Grant hatte gehofft, das Gebäude ohne Zwischenfälle verlassen zu können, aber sobald er sah, wie Faye mit dem großen, gutaussehenden Drachenmann plauderte, waren sowohl Mann als auch Tier abrupt stehen geblieben.

Er wechselte den Kurs, ging zum Eingang des kleineren Wohnbereichs und fragte: „Wer ist denn dein Freund, Faye?"

Obwohl er seine Frage an Faye richtete, ließ Grant den Mann nicht aus den Augen.

Sein Drache grunzte. *Mir gefällt nicht, wie er Faye angelächelt hat. Wir müssen genau auf ihn aufpassen.*

Der Fremde antwortete, bevor Faye es konnte. „Ich bin Adrian Conroy aus Northcastle. Sie sind auch Schotte, also müssen Sie aus Lochguard kommen." Adrian sah zu Faye. „Jetzt verstehe ich, warum Sie meinem Angebot widerstanden haben."

„Welches Angebot?", brachte Grant zwischen zusammengebissenen Zähnen heraus.

Faye kniff für einen Moment die Augen zusammen, bevor sie wieder normal wurden, was deutlich machte, dass er sich beruhigen sollte.

Adrian sprach noch einmal. „Na ja, das, bei dem ich sie in mein Zimmer eingeladen habe."

Grant ballte seine Faust und zählte bis fünf. Er konnte es sich nicht leisten, den nordirischen Bastard zu schlagen und möglicherweise eine Fehde zwischen den Clans auszulösen.

Faye stellte sich zwischen sie. „Ich weiß nicht,

was Sie zu wissen meinen, Adrian, aber Grant ist nur mein Chef." Sie sah ihm wieder in die Augen. „Nichts mehr."

Ihre Worte taten weh, aber angesichts dessen, wie er sie behandelt hatte, konnte Grant ihr keinen Vorwurf machen.

Schließlich riss er den Blick von Faye und bewegte sich, bis er Adrian wieder in die Augen sehen konnte. „Unsere persönlichen Beziehungen sollten keine Rolle spielen. Solange Sie uns aus dem Weg gehen und unser Clan-Mitglied nicht gefährden, sollten wir gut miteinander auskommen."

Adrian hob die Brauen. „Ich bin mir nicht sicher, ich Ihre Zusicherung oder Erlaubnis brauche."

„Vielleicht nicht, aber ich habe von der wachsenden Zahl von Drachenjägern gehört, die sich in der Nähe von Belfast versammeln. Vielleicht brauchen Sie unsere Hilfe früher, als Sie denken."

„Wir kommen schon mit denen klar. Drachenjäger sind nichts anderes als kleine Schädlinge", antwortete Adrian.

„Keine Hilfe anzunehmen, wird zu Ihrem Untergang führen", sagte Grant.

Adrian ging einen Schritt auf Grant zu, aber Faye kam ein wenig näher, um sich zwischen sie zu stellen, und sagte: „Wie wär's, wenn wir mal einen Gang runterfahren, Jungs. Ihr seid beide starke, fähige Beschützer, sonst wärt ihr nicht hier. Wenn ihr unbedingt euren Penis rausholen und ihn vergleichen müsst, um das Gezänk zu beenden, werde ich meine Augen abwenden, und euch das Vergnügen ermöglichen."

Adrian zwinkerte. „Wegschauen ist aber nicht das, was ich will."

Grant knurrte, aber bevor er Adrian näherkommen konnte, hob Faye eine Hand, um ihm zu signalisieren, dass er aufhören solle. Sie sah ihm geradewegs in die Augen und sagte: „Genug. Du musst jetzt die Gegend auskundschaften. Geh!"

Sein Drache knurrte. *Wir sollten sie nicht bei ihm lassen.*

Wir haben noch keinen Anspruch auf sie.

Also wirst du sie einfach auf dem Silbertablett servieren?

Nein, ich werde meinen Job machen und Faye vertrauen. Es ist an der Zeit, dass ich wieder der Rationale bin, sonst vermasselst du jede Chance, die wir bei ihr haben.

Bevor sein Tier antworten konnte, baute Grant ein komplexes Labyrinth und warf es hinein.

Er nickte Faye zu. „Ich gehe und schreibe dir, wenn ich fertig bin."

Der Zorn verblasste aus ihren Augen. „Ich werde warten."

Er wünschte, sie meinte, sie würde auf ihn warten, aber es war ein guter Anfang. Grant musste Faye zeigen, dass er an sie glaubte. Sie mit einem anderen starken Mann interagieren zu sehen, machte ihm klar, dass, wenn er sie weiter wegstieß, es vielleicht für immer wäre.

Er zwang den Blick von Faye weg und sah zu Adrian. „Ich hoffe, später noch einmal mit Ihnen plaudern zu können. Wir können viel voneinander lernen."

Adrian hob eine Hand zum Gruß. „Ich werde auf sie aufpassen."

„Faye kann auf sich selbst aufpassen", sagte Grant.

Aus dem Augenwinkel sah er, wie sich ihre Augen weiteten, doch Faye erholte sich schnell und richtete sich auf. „Natürlich kann ich das. Vielleicht sollte ich Iris und sogar Nikki Gray aus Stonefire einladen, Adrian zu zeigen, was seinem Clan entgeht, wenn er keine weiblichen Beschützer hat."

Einer von Grants Mundwinkeln zuckte nach oben. Diese drei Frauen zusammenzubringen, wäre ein Weckruf für Adrian Conroy. „Aye, wir können es Finn vorschlagen, sobald wir diese Aufgabe hier beendet haben." Er wandte sich zur Tür. „Du wirst in einer Stunde von mir hören, Faye."

Als Grant das B&B verließ, schlug sein Drache gegen die Wände seines mentalen Labyrinths. Sein Tier stimmte eindeutig nicht mit Grants neuer Taktik überein.

Aber er würde seinen Drachen dazu bringen, seine Wahl zu akzeptieren. Grant hatte nicht vor, seine Mission zu ruinieren, indem er ständig eifersüchtig auf Männer war, die Faye mit Lust oder Interesse in den Augen ansahen. Nur diejenigen, die an sie glaubten, hätten eine Chance, ihr Herz zu gewinnen. Grant musste vielleicht das Umwerben etwas aufschieben, aber er war geduldig. Das Fundament in der Gegenwart zu legen, würde ihm später helfen.

Cat MacAllister versuchte, sich auf das zu konzentrieren, was Lachlan Mackintosh über Zeitpläne und Veranstaltungen sagte, aber als sie ihre Mitteilnehmer beobachtete, juckte es ihr in den Fingern, ihr Handy zu nehmen und ein paar Aufnahmen zu machen. Jedes ihrer Profile erzählte eine andere Geschichte. Selbst wenn sie noch keinen von ihnen kennengelernt hatte, konnte ein Bild die Geschichte, die sie erzählen wollte, rahmen; jedes Foto war seine eigene Realität.

Ihr Drache meldete sich zu Wort. *Dann hör auf, darüber nachzudenken, und mach es. Vorsicht ist langweilig.*

Sagt der Drache, der auf dem Weg nach Inverness landen wollte, um zuzusehen, wie die Sonnenstrahlen auf einem Loch tanzen, ohne an die mögliche Gefahr zu denken.

Ihr Tier grunzte. *Ich mag nun mal schöne Dinge. Es gibt einem Ideen zum Malen.*

Doch bevor sie antworten konnte, erfüllte Lachlans Gesicht ihr Blickfeld. Mit seinem kinnlangen dunklen Haar, das seinen Kiefer umrahmte, und seinen blauen Augen, die mit Gold gesprenkelt waren und direkt in ihre starrten, flohen alle Gedanken an die anderen aus ihrem Kopf. Der Menschenmann wäre ein interessantes Thema. Nicht nur, weil er gut aussah, denn das tat er, sondern auch, weil er die Welt zwischen Menschen und Drachenwandlern überspannte. Das eröffnete eine Menge Möglichkeiten für das, was sie fotografieren oder sogar malen konnte.

Seine Stimme drang durch ihre Gedanken. „Haben Sie überhaupt ein Wort von dem gehört, was ich gesagt habe?"

„Nennen Sie mich Cat. Und ja, Sie haben über Pünktlichkeit gesprochen und darüber, Konfrontationen zu vermeiden."

Er hob eine Braue. „Beeindruckend."

„Warum? Können Sie nicht zwei Dinge gleichzeitig tun?"

In der Sekunde, in der die Worte ihren Mund verließen, wollte sie sie zurücknehmen. Für die Ausstellung ausgewählt zu werden, war eine Ehre. Das Letzte, was sie tun durfte, war, den Chefkoordinator zu beleidigen.

Lachlan richtete sich wieder auf. „Ich kann drei Dinge tun, wenn ich mich konzentriere, und vielleicht sogar fünf, wenn ich ein paar Pints getrunken habe. Je mehr ich trinke, desto mehr Energie bekomme ich."

Sie widerstand dem Drang, erleichtert aufzuatmen, und entschied sich, mitzuspielen. „Also, sind Sie jetzt betrunken?"

Dylan lachte an ihrer Seite, aber Cat wandte den Blick nicht von Lachlan. Doch als er weiter starrte, ohne ein Wort zu sagen, erfüllte Max' Stimme den Raum. „Ich würde viel lieber einen angepissten Drachenwandler sehen. Vielleicht sollten wir alle ausgehen, um etwas zu trinken."

Auch Lachlan wandte seinen Blick nicht von Cat. „Kein übermäßiges Trinken." Er sah nacheinander jeden im Raum an. „Denken Sie daran, dass Sie das öffentliche Gesicht aller Drachenwandler in Großbritannien sind. Wir brauchen dieses Ereignis in Schottland, wenn wir auch in Zukunft nach England, Wales und Nordirland reisen wollen. Die Direktorin des MDA zählt auf Sie. Verstehen Sie, wie wichtig es ist, Ihr bestes Verhalten an den Tag zu legen?"

Sie mochte es nicht, wie ein Kind behandelt zu werden, aber als die anderen ihre Zustimmung gaben, folgte sie dem Beispiel. Es war schwer für sie, nicht die Verantwortliche zu sein, wie sie es als Kind bei ihren Geschwistern gewesen war.

Doch als Lachlan sie ein paar Sekunden länger ansah als die anderen, nahm ihr Drache es zur Kenntnis. *Er ist definitiv nicht mit uns verwandt.*

Und er ist definitiv tabu. Außerdem, was ist mit Dexter?

Ihr Drache schnaubte. *Er ist langweilig. Ich weiß nicht, warum du ihn weiter datest.*

Um uns Mum aus dem Nacken zu halten. Sie bei

Laune zu halten, bedeutet mehr Zeit in unserem Studio ohne ihre Einmischung.

Aber Dexter wird dich langfristig nicht glücklich machen. Hab ein bisschen Spaß, wie wir es mit Faye hatten, als wir jünger waren.

Vielleicht später. Und jetzt sei still, wenn du nicht willst, dass der Mensch uns noch einmal Vorträge hält.

Ihr Drache verstummte, und Cat machte sich wieder daran, Lachlan zu mustern. Sie wagte es nicht, ihn zu bitten, für sie Modell zu sitzen, also musste sie sich einfach seine Züge merken und sie in ihrem Zimmer skizzieren. Hoffentlich hatte Faye nicht vor, sofort zu essen, weil Cat sich nie konzentrieren konnte, bis sie ihr neuestes Objekt auf Papier gebracht hatte.

Und sie konnte es kaum erwarten, Lachlans Wangenknochen, seine breiten Schultern und seine trainierte Gestalt zu skizzieren. Er war nicht so muskulös wie ein Drachenwandler, aber er hatte dennoch eine Aura von Macht und Selbstvertrauen.

Das reizte sie.

Während sie Lachlans Rede halb zuhörte, lernte sie seinen Körper auswendig. Das Problem wäre, sich nicht beim Starren erwischen zu lassen.

Kapitel Sieben

Während Grant über die dunklere Landschaft schwebte, suchte er den Boden nach allem Ungewöhnlichen ab. Da Drachenwandler im Dunkeln gut sehen konnten, machte er sich keine Sorgen um das verblassende Licht und nahm sich Zeit. Er musste gründlich sein.

Der letzte Ort, an dem er seinen Onkel gesehen hatte, war in der Nähe von Elgin, östlich von Inverness. Aber das bedeutete wenig, wenn man bedachte, dass seine vorherige Sichtung Monate her war.

Während er die Landschaft untersuchte, bemerkte er die Form der Bäume, Hügel und Lochs. Obwohl er sein ganzes Leben in den schottischen Highlands verbracht hatte, bis auf seine zwei Jahre bei den britischen Streitkräften, brachte ihn die Schönheit seines Heimatlandes immer wieder ins Staunen.

Da er seinen Drachen hatte freilassen müssen,

um sich zu wandeln, grunzte sein Tier und sagte, *Ich würde mir viel lieber eine andere Art von Landschaft ansehen.*

Wenn wir nicht ein und derselbe wären, würde ich gerne sehen, wie du darum bittest, Fayes Landschaft bewundern zu dürfen. Ich habe jedoch keinen Wunsch, einen Tritt in den Arsch zu bekommen.

Das würde sie nicht tun. Höchstens würde sie unsere Beine unter uns wegfegen und sich rittlings auf unsere Brust setzen. Wäre das so schlimm?

Das Bild von Fayes warmem Körper auf seiner Brust blitzte in seinen Kopf. Er würde versuchen, sie herumzurollen, und sie würde einen Weg finden, wieder oben zu sein.

Mit Faye MacKenzie wäre es nie einfach, aber Grant freute sich darauf. Jede andere Frau, der er in der Vergangenheit versucht hatte, Avancen zu machen, fehlte Fayes Funke. Er hatte zahm und brav schnell satt. Er wollte niemanden, der versuchte, ihm zu gefallen. Seine Mutter hatte das mit seinem Vater getan, und sie hatten nie eine starke Verbindung aufgebaut. Selbst wenn Drachenwandler keine wahren Gefährten waren, konnten sie immer noch Leidenschaft haben.

Und Grant wollte viel davon, aber nur mit einer bestimmten Frau.

Wenn er nur nicht so ein verdammter Idiot gewesen wäre als junger Mann, als er gesagt hätte, Faye sei nicht feminin genug für ihn.

Er schlug seine Flügel härter. Der oberste

Beschützer eines Clans zu sein, war sowohl einfach als auch anspruchsvoll. Abgesehen von Finn und den MacKenzies, baten ihn alle um seine Führung. Er war nicht jemand, der Ratschläge erteilte, also ging er nur mit gutem Beispiel voran.

Natürlich sahen die Frauen allein das Bild, das er projizierte. Faye war eine der wenigen, die ihn in seinem schlimmsten Moment gesehen hatten, und hatte ihm dennoch auf lange Sicht immer vergeben. Er war entschlossen, auch ihr sein Bestes zu zeigen.

Nach seinem letzten Schwung glitt er herum und flog zurück in Richtung Inverness. Er hatte nicht erwartet, gleich in der ersten Nacht irgendwelche Anzeichen seines Onkels zu finden, aber ein Teil von ihm war trotzdem enttäuscht.

Sein Tier schnaubte. *Ich bin auch enttäuscht. Ich hatte gehofft, die Bedrohung auszumerzen und Faye heute Abend zu umwerben.*

Es wird mehr verdammte Arbeit brauchen als nur einen Flug über das Land.

Nicht alles muss schwierig sein. Natürlich, wenn du sie nur ein wenig knutschen würdest, um ihr einen Vorgeschmack auf das zu geben, was kommen wird, dann könnte ich damit aufhören.

Sein Drache schickte einen Strom von Bildern, die alle Faye nackt beinhalteten. Einige mit ihr unter ihm, andere mit ihr oben und mehr als ein paar mit ihm, wie er sie von hinten nahm.

Hör auf, Drache. Das wird in nächster Zeit nicht passieren.

Das wird es, wenn du sie küsst.

Und den Rausch anfangen?

Also gibst du endlich zu, dass sie unsere wahre Gefährtin ist.

Ich bin doch nicht blöd. Aber ich kann auch nicht riskieren, dass der Rausch uns überfällt.

Ich denke, sie ist stark genug, es zu zügeln. Du nicht?

Vermutlich, aber es steht nicht zur Diskussion.

Sein Drache schickte ihm weiterhin Nacktbilder von Faye in den Kopf, während des gesamten Fluges zurück.

Endlich landeten sie im abgesperrten Abschnitt des Parkplatzes von Inverness Castle, auf dem sich das Inverness Amtsgericht und ein versteckter MDA-Haftraum befanden. Das MDA hatte entschieden, dass es einer der sichersten Orte für sie war, um in der Stadt zu landen und abzuheben.

Grant stellte sich vor, wie seine Schnauze zu einer Nase schrumpfte, seine Flügel in den Rücken schmolzen und sich seine Gliedmaßen wieder in menschliche Arme und Beine umwandelten. Als er wieder menschlich war, bemerkte er kaum die Burg aus rotem Sandstein, als er zu den sicheren Schließfächern am Rande des Schutzgebietes ging. Nachdem er seine Kleidung wieder angezogen hatte, sah er auf sein Handy. Es gab eine Nachricht von Faye: *Cat isst mit den anderen Teilnehmern und dem Sicherheitsteam des MDA. Ich gehe mit ein paar anderen Drachen zum Curryladen am Fluss. Es ist dasselbe Restaurant, in dem auch Cat und die anderen sind.*

Sein Drache meldete sich erneut. *Wir sollten gehen und sicherstellen, dass niemand versucht, sie uns wegzunehmen. Nur Stonefire wird sie in Ruhe lassen.*

Er wollte die Gedanken seines Drachen als albern abtun, konnte aber nicht. *Ich denke, wir sollten die anderen Beschützer überprüfen. Faye mag stark sein, aber wenn sich mehrere von ihnen gegen sie zusammentun, hat sie keine Chance. Sosehr ich auch glauben will, dass Snowridge und Northcastle Verbündete sind, ich habe nicht genug Informationen, um diese Entscheidung zu fällen.*

Ich halte es für unwahrscheinlich, dass sie sie angreifen würden, besonders wenn Stonefire da ist, aber ich werde dich nicht entmutigen, weil ich Faye sehen will. Obwohl ich aufpassen würde, sie nicht wieder zu verärgern.

Das wird schwieriger, als es klingt.

Du magst es doch interessant. Faye ist ein Rätsel, das wir lösen müssen. Ich sage immer noch, wir sollten sie küssen.

Er ignorierte seinen Drachen, sonst würden sie sich auf dem ganzen Weg zum Restaurant über Küssen und Ficken streiten.

Da sich Inverness Castle direkt über dem Fluss erhob, joggte Grant hinunter, bis er sich um die Menschen schlängelte, die ihren Aufgaben nachgingen. Restaurants und Geschäfte säumten den

Fußweg neben dem Fluss. Wenn er es nicht eilig gehabt hätte, Faye zu finden, hätte er sich einen Moment Zeit genommen, um die Lichter zu genießen, die vom Wasser reflektiert wurden.

Er ging in das erste Currylokal, das er fand, und musste dafür eine Treppe in den ersten Stock hinaufgehen. Sobald er oben an der Treppe ankam, sah er sich im Raum um. Eine Tischanweiserin kam zu ihm. „Kann ich Ihnen helfen?"

Grant sah den Menschen an und gab sein Bestes, sich seine Ungeduld, Faye zu finden, nicht anmerken zu lassen. „Sind Drachenwandler in Ihrem Haus willkommen?"

„Aye. Die meisten Restaurants in Inverness heißen Sie willkommen. Schließlich haben Sie vor vielen Jahren während des Krieges geholfen, die Stadt zu schützen."

Er nickte, wollte aber nicht auf Drachenwandler-Schlachten und Siege während des Zweiten Weltkriegs eingehen. „Dann suche ich nach einer Gruppe von Drachenwandlern, die hier vielleicht essen. Insbesondere suche ich eine Frau mit lockigen, braunen Haaren etwas über Schulterlänge und einer Tendenz, ihre Stimme zu erheben."

Die Frau lächelte. „Aye, sie ist hier. Wir mussten die ganze Drachenwandler-Party in einen privaten Raum verlegen, weil sie ein bisschen zu laut für die anderen Gäste gesungen hat."

Er runzelte die Stirn und sprach mit seinem Drachen. *Seit wann singt Faye in der Öffentlichkeit?*

Wir müssen noch viel über sie lernen. Beeil dich, und finde sie. Ich will sie in Aktion sehen.

Er konzentrierte sich wieder auf den Menschen. Können Sie mir zeigen, wo sie sind? Sie sollten mich erwarten."

„Hier entlang."

Sie gingen an den anderen Tischen vorbei. Er entdeckte Cat und die anderen Teilnehmer weiter hinten mit dem MDA-Mann und ein paar weitere Menschen, die das MDA-Sicherheitsteam sein muss-ten. Cat hob die Hand zur Begrüßung, und er erwi-derte die Geste.

Die Tischanweiserin führte ihn einen Flur hinunter zu einer geschlossenen Tür. Obwohl es nicht so weit von Cats Tisch entfernt war, mochte er die Entfernung nicht. Er würde Faye aus dem Rest der Gruppe holen, und sie konnten an einem klei-neren Tisch im Hauptspeisesaal essen.

Sein Tier meldete sich wieder zu Wort. *Ich mag diesen Plan. Dann haben wir Faye für uns allein.*

Noch wichtiger: Wir können unsere Jobs erledigen.

Bevor sein Drache etwas sagen konnte, öffnete die Tischanweiserin die Tür, und Fayes singende Stimme begrüßte seine Ohren.

Er bemerkte jedoch kaum, dass sie schief sang. Er sah nur, dass ihre Arme um jeweils einen Mann auf beiden Seiten von ihr geschlungen waren. Einer von ihnen war der nordirische Bastard Conroy, der andere war ihm unbekannt.

Er war versucht, ihre Hand zu nehmen und sie in den Flur zu ziehen. Doch sein Drache meldete sich. *Ich will zuhören und zusehen. Sie sieht so glücklich aus.*

Faye lächelte, als sie sang, und Freude leuchtete in ihren Augen. In diesem Raum war sie nicht Faye MacKenzie, die ehemalige oberste Beschützerin mit einem kaputten Flügel. Nein, sie war nur Faye, das sorglose Mädel, das sich gut amüsierte, ohne den üblichen Tadel ihrer Familie.

Er antwortete seinem Drachen, *Na schön. Aber wenn sie mit dem Song fertig ist, bringe ich sie hier raus.*

Grant stellte sich mit einem Knurren an den Rand des Raumes und wartete darauf, dass sie das Lied beendete.

Faye hatte sich seit dem Unfall, der ihren Flügel beschädigt hatte, nicht mehr mit jemandem außerhalb des Clans getroffen. Ohne ihre beschützenden Brüder, Cousin oder Mutter in der Nähe, war Faye in der Lage gewesen, zu tun, was sie wollte. Also hatte sie aus einer Laune heraus vorgeschlagen, ein Lied auf ihrem Handy zu spielen und ihr eigenes Ad-hoc-Karaoke zu machen.

Sie war sich nicht sicher, ob es daran lag, dass die anderen sich amüsieren wollten, oder ob sie sie einfach nur in Verlegenheit bringen wollten, aber die

Jungs aus Northcastle hatten sich sofort ange-
schlossen.

Und da sie in einen Privatraum gebracht worden
waren, grölten alle drei die neueste Popmelodie so
laut wie möglich. Die beiden Männer aus Stonefire
waren mehr besorgt über ihr Essen, aber die Männer
und Frauen aus Wales murmelten gelegentlich den
Refrain.

Mit Adrian und seinem Clan-Kollegen Kaine
Ferris auf beiden Seiten, schunkelte Faye im
Rhythmus zur Musik. Für einen kurzen Moment war
sie keine Drachenfrau, die darum kämpfte, ihren
neuen Platz im Clan zu finden. Nein, sie war nur
Faye MacKenzie, Beschützerin und junge Frau, die
in der Stadt aus war, um sich zu amüsieren. Vielleicht könnte sie nächstes Mal ein bisschen Spaß mit
Cat haben. Vielleicht konnten sie sogar ein wöchent-
liches Treffen vereinbaren, um ihren Familien für
eine Weile zu entkommen. Schließlich hatte Faye
gelernt, wie sie sich aus Lochguard schleichen
konnte, indem sie als Teenager ihren älteren Brüdern
gefolgt war.

Als sie und die anderen die letzten Noten des
Liedes sangen, gab Faye Adrian und Kaine jeweils
einen Klaps auf den Rücken. Erst da bemerkte sie
Grant, der sich an der Tür herumdruckste. „Grant.
Schön, dass du uns gefunden hast. Ich habe eine
extra große Portion Tikka Masala bestellt, falls du
Hunger hast."

Grant lächelte nicht einmal. „Kann ich unter vier Augen mit dir sprechen, Faye?"

Adrian meldete sich zu Wort. „Kann das nicht warten, McFarland? Wir haben noch einen Song in der Warteschlange, und Faye hat sich wirklich darauf gefreut."

Faye hob eine Hand. „Ist schon okay, Adrian. Grant ist schließlich mein Boss." Sie rutschte um den Tisch. „Aber mach schnell. Ich möchte nicht, dass mein Naan kalt wird."

Grant schwieg, als sie den privaten Raum verließen und in den Flur gingen. Sobald die Tür geschlossen war, fragte er: „Warum sitzt du nicht näher bei Cat?"

Sie runzelte die Stirn. „Das sechsköpfige MDA-Sicherheitsteam isst mit den Ausstellungsteilnehmern zu Abend. Wenn es ein Problem gäbe, würden sie Alarm schlagen, und wir hätten genug Zeit, um zu handeln."

„Ich wette, Adrian Conroy hat dich überzeugt, die Räume zu wechseln."

Sie sah ihm in die Augen. „Nun bin ich nichts anderes als eine naive Jugendliche, die nur mit ihren weiblichen Partien denken kann?" Sie drehte sich von ihm fort. „Ich habe keine Zeit für sowas."

Grant nahm ihr Handgelenk. Sie zog, aber sein Griff war wie Stahl. „Du und ich haben noch etwas zu besprechen."

Sie sah über ihre Schulter. „Was? Hast du während deines Fluges was gefunden?"

„Noch nicht."

„Dann verstehe ich nicht, wovon zum Teufel du redest. Hör auf, so verdammt kryptisch zu sein."

Er zerrte sie weiter den Flur hinunter und drehte sie um, bis sie mit dem Rücken an der Wand war. Er hielt ihren Körper mit seinen Armen zu beiden Seiten ihres Oberkörpers gefangen. Grants Gesicht war nah genug, dass sie die Hitze seines Atems auf ihren Lippen spüren konnte. Jedes Flüstern von Luft gegen ihre Haut schickte eine Ranke von Hitze direkt zwischen ihre Beine.

Wenn es nur so einfach wäre, ihn einmal zu küssen, um den Mann aus ihrem System zu bekommen und sich mit klarem Kopf wieder an die Arbeit zu machen.

Sie hätte Grants heisere Stimme fast überhört, als er fragte: „Versuchst du absichtlich, mich in Rage zu bringen, Faye MacKenzie?"

Der kieselige Klang seiner Stimme, kombiniert mit seiner Nähe und Hitze, ließ Fayes Herz schneller schlagen. Ihr Tier knurrte. *Gib ihm nicht so leicht nach. Er muss kriechen.*

Ich hatte auch nicht vor, ihn zu küssen.

Bist du dir sicher?

Ihr Blick fiel auf Grants feste Lippen. Ein kleiner Teil von ihr fragte sich, was sein ernster Mund ihr antun könnte. Vielleicht würde Grant loslassen, wenn sie allein und nackt waren.

Faye blinzelte bei diesem Gedanken und blickte in

Grants tiefbraune Augen zurück. Seine Pupillen blitzten zwischen Drache und Mensch hin und her. Faye war noch nie gut darin gewesen, bei Grant den Mund zu halten, also fragte sie: „Was sagt dein Drache?"

Grant beugte sich ein paar Zentimeter näher. „Er redet von dir, Mädel."

Als Grant starrte, stieg ihre Herzfrequenz an. Sie sollte ihn wegstoßen und zu den anderen in den Raum zurückkehren, aber sie konnte nicht die Kraft finden, das zu tun. „Sag mir, was er sagt, Grant. Es sollte keine Geheimnisse zwischen Beschützern geben."

Er bewegte sich zu ihrem Ohr, und sie zitterte bei seinem heißen Atem gegen ihre Haut. „Wir sind also nur Clan-Freunde, ja?"

Als Grant nichts weiter sagte, konnte sie an nichts anderes denken, als wie nah sein Mund an ihrem Ohr war. Wenn er an ihrem Ohrläppchen knabberte, war Faye nicht sicher, ob sie weggehen konnte, ohne etwas zu tun, das sie nicht tun sollte.

Ihr Drache grunzte. *Genau, wir sollten ihn nicht küssen. Er ist ein Arschloch.*

Beim Wort „Kuss" streckte Faye einen Finger aus und zeichnete eine Acht auf Grants Brust. Sie würde seine Lippen bevorzugen, aber seine Brustmuskeln müssten reichen.

Trotz des Stoffes zwischen ihnen saugte er einen Atem ein, und sie lächelte. *Aber du kannst nicht dagegen sein, ihn ein wenig zu necken.*

Ihr Drache seufzte. *Necken ist in Ordnung, aber ich glaube nicht, dass du ihm widerstehen kannst.*

Bevor sie antworten konnte, legte Grant seine Hände an ihren Brustkorb und streichelte langsam hinab bis zu ihren Hüften. Die Aktion hinterließ eine Spur von Feuer in ihrem Körper. Vielleicht würde er sie an sich ziehen und sie, ohne ihr auch nur einen Kuss zu geben, in den Wahnsinn treiben. Es gab viele Dinge, die er tun konnte, ohne den Rausch zu beginnen.

Sie runzelte bei diesem Gedanken fast die Stirn und konzentrierte sich auf die aktuelle Situation. Grant jedoch starrte sie nur an und hielt seine Hände, wo sie waren.

Dann bewegte er sich, sah ihr in die Augen und sagte schließlich: „Sag mir die Wahrheit, Faye. Was hältst du von mir?"

„Das möchtest du nicht wissen."

„So schlimm?" Sein Mundwinkel zuckte hoch, und sie wollte die Kontur seiner Lippen verfolgen. Grant lächelte sie selten an und sicherlich nicht so sexy.

Sie wettete, dass jede Frau im Clan es bemerkte, wenn er lächelte.

Ihr Drache schnaubte. *Warum sollte es uns interessieren?*

Sie ignorierte ihr Tier und antwortete: „Im Moment ist ‚schlimm' nicht das Wort, das ich benutzen würde."

Er hob eine Braue. „Was würdest du dann wählen? Stark? Zuverlässig? Gutaussehend?"

Sie runzelte die Stirn. „Du bist überhaupt nicht jemand, der nach einem Kompliment fischt."

Er drückte ihre Hüfte, und sie wünschte sich, seine Hand würde weiter hinunterwandern. Natürlich ließ der verdammte Mann sie an Ort und Stelle, als er antwortete: „Nein, aber je länger ich dich hierbehalte, desto besser ist meine Chance, dich davon zu überzeugen, dass ich der einzige Mann bin, den du ansehen solltest."

„Grant, wir –" Er strich eine Hand an ihrer Seite hinauf, ihren Hals und schließlich über ihr Kinn. Während er ihre Haut streichelte, flüsterte sie: „Wir sollten das nicht, Grant. Das ist eine schlechte Idee."

Grant strich weiter seine Finger über ihre Haut, und jedes Mal sandte es Wärme zwischen ihre Oberschenkel. Er lachte leise, und das Geräusch vibrierte in ihrem ganzen Körper. Sie konnte ihm nicht widerstehen, wenn er lachte.

Grants raue Stimme füllte ihr Ohr. „Und warum genau ist das eine schlechte Idee?"

Er küsste ihr Ohr, und Faye war dankbar für die Wand, die sie stützte. Irgendwie zwang sie ihr Gehirn zu arbeiten. „Ich bin nicht bereit für ein Baby, Grant. Und ich bin mir nicht sicher, ob ich dem Gefährtenrausch widerstehen könnte."

Wieder strich er seine Lippen über ihre Haut, und Faye hielt Grants Hemd in den Händen, um nicht zu zappeln. „Du bist die stärkste Frau, die ich kenne. Wenn jemand sein Tier zügeln und den Rausch in Schach halten könnte, dann du."

Während er ihren Hals entlang knabberte, überlegte Faye, ob sie stark genug war oder nicht. Ihr Tier meldete sich wieder zu Wort. *Das ist keine Frage der Stärke. Er sollte immer noch kriechen.*

Faye schwankte, was zu tun war. Grants Lippen auf ihrer Haut steckten sie in Brand, und sie war kurz davor, ihn gegen sich zu ziehen und ihn um den Verstand zu küssen.

Doch bevor sie eine Entscheidung treffen konnte, dröhnte Lachlan Mackintosh durch den Flur. „Es gibt ein Problem. Ihr beide müsst mit mir kommen."

In der nächsten Sekunde trat Grant von ihr weg und sah Lachlan an. „Was ist passiert?"

Der Mensch schüttelte den Kopf. „Nicht hier."

Ohne ein weiteres Wort drehte sich Lachlan um und schlug an die Tür zum Privatraum. Faye hatte kaum Zeit, ihr Haar zu glätten, bevor Grant sagte: „Lass uns gehen" und den Raum nach dem Menschen betrat.

Ihr Drache meldete sich zu Wort. *Das war knapp. Du musst dich von Grant fernhalten.*

Und wenn ich ihn dazu bringe, vor dir zu kriechen?

Das ist jetzt nicht wichtig. Ich bin neugierig zu sehen, was passiert ist.

Faye schob ihre Erinnerungen an Grant beiseite, wie er ihr den Hals geküsst hatte, atmete tief durch und ging in das Privatzimmer. Sie könnte Grant später in die Enge treiben und über die Möglich-keiten für ihre Zukunft diskutieren. Faye war nicht ganz fest entschlossen, den Mann wegzuschieben, vorausgesetzt, sie legten einige Grundregeln fest.

Nicht, dass sie die leiseste Ahnung hatte, warum sie mit dem mürrischen Mann auf einer möglicher-weise langfristigen Basis zu tun haben wollte.

Aber sich zu überlegen, was zum Teufel zwischen ihr und Grant los war, musste warten. Vorerst sah sie den Menschen, Lachlan, an und wartete darauf, zu sehen, worum es bei der Aufre-gung ging.

Kapitel Acht

Grant war dankbar für Lachlans Störung. Noch eine Minute, und er hätte seinem Drachen und seinem Schwanz erlaubt, ihre gemeinsame Aufgabe zu ruinieren.

Sein Tier schnaubte. *Ich habe nicht versucht, es zu ruinieren. Faye zu nehmen, würde es uns erlauben, besser zu arbeiten.*

Obwohl er es nicht sollte, dachte Grant daran, wie Faye unter seinen Fingern weich geworden war. Oder wie sie ihr Ohr zu seinen Lippen gelehnt hatte, als ob sie ihn bitten würde, ihr Ohrläppchen zwischen die Zähne zu nehmen.

Aye, Lachlans Unterbrechung hatte ihn daran gehindert, ohne nachzudenken zu handeln. Er musste in Zukunft vorsichtiger sein. Sosehr er Faye in seinem Bett haben wollte, der Clan kam an erster Stelle. Wenn er seine Mission nicht bestand, wer wusste, was passieren könnte.

Sein Drache meldete sich: *Sie haben seit Monaten nicht gehandelt. Noch ein oder zwei Wochen wären egal.*

Er konnte nicht zulassen, dass sein Drache seine Entscheidung beeinflusste, also ignorierte Grant ihn. Eine Woche oder auch nur ein paar Tage konnten etwas in der Welt bewirken, wenn es um eine Bedrohung ging.

Als Faye den Raum betrat, vermied er es, sie anzusehen. Zum Glück sprach Lachlan, sobald Faye die Tür schloss. „Max Holbrook ist vor zwanzig Minuten auf die Toilette gegangen und nicht wieder zurückgekommen. Er hat eine kurze Notiz auf der Toilette hinterlassen, in der er sagt, er müsse was erledigen, aber niemand hat gesehen, wie er das Restaurant verlassen hat."

Er warf einen Blick auf Faye und hob ein wenig die Augenbrauen. Wären sie allein gewesen, hätte sie ihm die Zunge rausgestreckt. Grant hatte recht damit gehabt, dass sie näher an der MDA-Gruppe im Restaurant hätte sein müssen.

Aaron Caruso von Stonefire fragte: „Ich bin mir nicht sicher, warum Sie mit uns darüber reden. Er ist doch nicht unsere Aufgabe."

Lachlans Stimme blieb ruhig, als er antwortete: „Ich bin mir dessen bewusst, Mr. Caruso. Die Ausstellung wird jedoch morgen Abend eröffnet. Wenn wir Max Holbrook nicht finden, können wir die Veranstaltung nicht abhalten."

Faye ergriff das Wort. „Warum? All seine Artefakte sollten doch bereits in Gewahrsam des MDA sein, aye?"

„Ja, aber dieses Ereignis darf nicht mit Skandalen überschattet werden. Ich werde es auf unbestimmte Zeit verschieben, wenn wir ihn nicht finden."

„Und mit ‚wir' meinen Sie uns", erklärte Grant.

Lachlan begegnete seinem Blick. „Drachenwandler sehen nachts besser als Menschen. Es ist nur logisch, dass ich um Ihre Hilfe bitte."

Adrian meldete sich. „Sie bitten aber nicht, Sie sagen es uns. Sie sollten immer noch zuerst fragen."

„Wir arbeiten alle vorerst als Team", antwortete Lachlan. „Ich werde keine Zeit vergeuden, wenn ich weiß, dass Sie alle wollen, dass diese Veranstaltung ein Erfolg wird, genau wie ich."

Grant grunzte zustimmend. Wenn die Ausstellung abgesagt würde, müssten Grant und Faye nach Lochguard zurückkehren, und er wäre nicht in der Lage, nach seinem Onkel oder den anderen zu suchen. Um Lochguards Willen musste Grant sicherstellen, dass die Veranstaltung pünktlich eröffnet wurde.

„War der Zettel in seiner Handschrift geschrieben?", fragte Faye. „Angesichts der Bedeutung der Ausstellung könnte es einer unserer Feinde sein, der ihn entführt hat."

Lachlan richtete sich etwas größer auf. „Max hat eine Tendenz dazu. Bevor wir ihn ausgewählt haben, haben wir ihn gründlich überprüft und seine Vergangenheit untersucht. Er ist schon früher zur Toilette gegangen, um dort eine Notiz zu hinterlassen, wenn er zu Ausgrabungen verschwunden ist. Und bevor Sie fragen, mein Sicherheitsteam hat den Flur im Auge behalten, in dem sich die Toiletten befinden. Da wir im ersten Stock sind, haben wir uns keine Sorgen um Fenster gemacht."

Aaron meldete sich zu Wort. „Und das war wahrscheinlich Ihr Fehler."

Lachlan ignorierte den Stonefire-Drachenmann. „Mein Sicherheitsteam wird nach weiteren Möglichkeiten Ausschau halten und die Gegend in der Nähe absuchen. Ich brauche Ihre Hilfe, um weiter weg zu suchen, falls er wirklich verschwunden ist, um irgendwo zu graben."

Grant bemerkte, dass einige Drachenwandler, ausgehend von ihren zweifelnden Mienen, noch unentschlossen waren. Sosehr er sich wünschte, Lachlan würde mit ihnen planen, er wollte nicht, dass die ganze Veranstaltung in Stücke zerfiel. Er blickte zu Aaron. „Was denkst du, Caruso? Sollen wir unsere Flügel ausstrecken? Es sei denn, du wirst zu alt und musst ein Nickerchen machen."

Aaron war ein paar Jahre älter als Grant, und er neckte den englischen Drachenwandler, wann immer er konnte.

Aaron nahm eine letzte Gabel von seinem Curry und stand auf. „Quinn und ich fliegen im Kreis um dich herum. Ich hoffe nur, dass du mithalten kannst."

„Wir werden sehen, alter Mann." Grant sah zu Adrian aus Northcastle. „Und ihr?"

Der nordirische Drachenmann zuckte mit den Schultern. „Ich nehme an, wir könnten schon helfen, sonst bekommen Faye und ich nie die Chance, dieses Lied zusammen zu singen."

Sein Drache meldete sich zu Wort: *Ignorier ihn. Faye wollte uns im Flur küssen, nicht ihn.*

Der walisische Drachenmann Wren warf ein: „Wir werden auch helfen, obwohl wir die schottische Landschaft nicht so gut kennen wie Sie."

„Keine Sorge. Wir werden ein Raster bilden und die Arbeit aufteilen." Er sah zu Lachlan. „Können wir unsere Clanmitglieder Ihrem Sicherheitsteam anvertrauen? Ich bezweifle, dass Max Teil irgendeines ruchlosen Plans ist, alle gefangen zu nehmen, aber ich möchte auf Nummer sicher gehen."

„Werden sie diesmal aufpassen?", fragte Adrian gedehnt.

Lachlan legte die Hände hinter den Rücken und packte sie. „Sobald alle in ihren Unterkünften sind, würde es eine Armee brauchen, um unsere Verteidigung zu durchbrechen. Sie werden gut geschützt sein."

Grants Drache meldete sich zu Wort. *Ich glaube seinen Worten.*

Ich auch. Vielleicht sollten wir vorschlagen, alle Mahlzeiten ab jetzt im B&B einzunehmen.

Grant konzentrierte sich wieder auf den Menschen. „Für den Fall, dass Max wirklich weg ist, um zu graben, kennen Sie einen anderen Archäologen, den Sie anrufen könnten? Wenn es in der Nähe eine spezielle Ausgrabungsstätte gibt, vielleicht sogar eine sagenumwobene, müssen wir es wissen."

„Natürlich. Ich kenne jemanden in Wiltshire. Ich rufe sie an, während Sie die Suche organisieren", antwortete Lachlan.

Bevor Grant mehr als nicken konnte, nahm Lachlan sein Handy heraus und ging in den Flur.

Adrians Stimme füllte den Raum. „Sieht so aus, als hättest du die Verantwortung übernommen, Kumpel, aber warum vertraust du ihm so sehr?"

Grant zuckte mit den Schultern. „Er hat am meisten zu verlieren, wenn die Ausstellung scheitert. Das sollte ihn motivieren, alles Erforderliche zu tun und dazu gehört, unsere Clan-Mitglieder zu schützen."

Aaron ergriff das Wort. „Ich stimme Grant zu. Streiten wird nur kostbare Zeit verschwenden, die wir nutzen könnten, um den lästigen Menschen zu finden." Er deutete auf Grant. „Was hast du für einen Plan?"

Grant würde Adrian im Auge behalten müssen. Er brauchte keine Meinungsverschiedenheiten unter den Drachenwandlern. „Da wir vier Paare sind, werden wir jeweils eine Himmelsrichtung abdecken. Faye und ich kennen die Landschaft besser, daher werden wir die Richtung mit den wahrscheinlichsten Ausgrabungsstätten nehmen. Wir melden uns alle fünfzehn Minuten, bis wir ihn finden."

Der walisische Drachenmann meldete sich

erneut zu Wort. „Vielleicht finden wir ihn nicht, McFarland."

Grant sah dem Mann geradewegs in die Augen. „Wir müssen. Sonst kannst du allen unseren Clan-Führern erklären, warum wir bei dieser Aufgabe gescheitert sind."

Da Grant Wren nicht so gut kannte, war er sich nicht sicher, ob der Mann ihn herausfordern oder nachgeben würde. Nach ein paar Herzschlägen wippte der walisische Drachenmann den Kopf. „Gut, wir werden suchen, bis wir ihn finden. Aber wenn ich ihn sehe, werde ich nicht sanft dabei sein, ihn zurückzubringen. Er gehört nicht zu meinem Clan."

„In Ordnung", antwortete Grant.

Lachlan kam wieder herein. „Mein Kontakt hat mir eine Liste möglicher Orte gegeben, die alle mit der Geschichte der Drachenwandler zusammenhängen. Ich habe sie hier."

Der Mensch drehte sein Handy um, und Grant überflog die Liste. Einer fiel ihm gleich auf. „Craig Phadrig ist am einfachsten zu erreichen. Es ist im Westen."

Adrian fragte: „Woher weißt du das?"

„Ich habe den Ort als Junge besucht. Es ist eine alte Festung, und es gibt Wege, die einen zum Gipfel führen. Obwohl es für die piktische Besetzung berühmt ist, gibt es viele Spekulationen, dass Drachenwandler einst dazu beigetragen haben, die Gegend während ihrer Blütezeit zu schützen. Aber das ist alles jetzt nicht wichtig. Ich habe so das Gefühl, Max würde nichts lieber tun, als nachts ein wenig zu graben, ohne neugierige Blicke. Natürlich muss er ein Taxi oder ein Auto nehmen, also können wir ihn vielleicht abfangen. Faye und ich werden den Westen der Stadt übernehmen, wo sich das Fort befindet. Northcastle kann den Osten, Stonefire den Norden und Snowridge den Süden nehmen. Irgendwelche Fragen?" Als niemand etwas sagte, fuhr er fort. „Dann gebe ich euch jetzt meine und Fayes Handynummer. Wir koordinieren die Informationen."

Grant gab niemandem Gelegenheit zu protestieren und ratterte die Ziffern herunter. Dann blickte er zu Lachlan. „Stellen Sie einfach sicher, dass das MDA weiß, was wir tun. Ich möchte nicht versehentlich abgeschossen werden."

„Ich werde es ihnen sagen, solange Sie versprechen, es mir direkt zu sagen, wenn Sie Max finden. Das MDA wird einen Weg finden, ihn zu zügeln. Wenn er tatsächlich abgehauen ist, um illegale Grabungen durchzuführen, wird ihm ein Team zugewiesen, das ihn überwacht."

Oder besser gesagt, ihn babyzusitten. „Ist in Ordnung. Menschen sind nicht meine Zuständigkeit. Sie können mit ihm machen, was Sie wollen", antwortete Grant. „Aber ich erwarte, dass Sie auf unsere Clan-Mitglieder aufpassen, während wir weg sind. Und versuchen Sie, keine weiteren Teilnehmer zu verlieren."

Lachlan biss die Zähne zusammen, aber das war das einzige äußere Zeichen, dass Grant einen Nerv getroffen hatte. Der Mensch antwortete wenig später. „Wie ich bereits sagte, werden wir wieder ins B&B gehen, wo es sicherer ist. Niemand darf rein oder raus, bis Sie alle zurückkehren."

„Gut. Dann verschwenden wir keine Zeit mehr. Faye, komm mit mir!"

Als Grant den Raum verließ, machte er sich nicht die Mühe nachzusehen, ob Faye ihm folgte. Er wusste, sie würde es tun.

Sein Drache meldete sich zu Wort. *Adrian sah weniger als zufrieden aus.*

Jemand muss auf den Plan treten, und das werde ich. Der nordirische Drachenmann kann mich später finster anstarren, nachdem wir den lästigen Menschen gefunden haben.

Ich werde Max auf jeden Fall die Zähne zeigen. Vielleicht macht es ihm so viel Angst, dass er kooperiert.

Ich bezweifle es, aber wir können es trotzdem versuchen.

Sein Drache verstummte, und Grant ging schneller. Je eher er den Menschen fand, desto eher konnte er Faye wieder in die Ecke drängen und dort weitermachen, wo sie aufgehört hatten. Selbst wenn er sie nicht beanspruchen würde, bis die Mission abgeschlossen war, gab es vieles, das er tun konnte, ohne den Gefährtenrausch zu initiieren. Sobald Faye einen Vorgeschmack hatte, war er sicher, dass ihr die

Vorstellung gefiele, besonders, wenn er seine Eifersucht und einige seiner Alpha-Tendenzen runterfahren könnte. Wenn er Faye wollte, musste er daran arbeiten, ihr Raum zum Gedeihen zu geben.

Sein Drache meldete sich. *Jetzt versuchst du, Anerkennung für meine Ideen zu gewinnen.*

Da wir ein und dasselbe sind, waren es immer unsere Ideen.

Das stimmt nicht ganz, und du weißt es. Nächstes Mal behalte ich meine Ideen für mich, bis ich dir die Kontrolle wegnehmen kann.

Grant widerstand dem Drang, zu seufzen. *Wie wäre es, wenn wir uns einfach darauf konzentrieren, den Menschen wiederzufinden? Wir arbeiten am besten zusammen, wenn es ums Aufspüren geht. Das ist ja auch etwas, das du gerne machst.*

Sein Drache hielt kurz inne, bevor er antwortete: *Okay. Aber nur wegen dem, was uns erwartet, wenn wir zurückkehren.*

Als sein Drache verstummte, hoffte Grant, dass sein Tier keinen eigenen Plan hätte, Faye zu gewinnen. Sein Tier konnte hartnäckig sein und übernahm gern die Kontrolle. Grant war sich nicht sicher, wie Faye darauf reagieren würde.

Faye hatte gewusst, dass Grant ein Anführer war, aber seit ihrem Unfall hatte sie kaum Gelegenheit gehabt, ihn in Aktion zu sehen. Er war viel bestimmender, als sie es aus ihrer Zeit in der Armee in Erinnerung hatte.

Sie hatte die Größe zuzugeben, dass er eine gute Wahl für den obersten Beschützer war.

Ihr Tier meldete sich. *Ich habe nie an seiner Führungsqualität gezweifelt, nur an seiner Fähigkeit, die Gefühle anderer zu bemerken.*

Wir kennen Grant schon unser ganzes Leben. Er war nie wirklich jemand, der seine eigenen Gefühle gezeigt hat, geschweige denn in der Lage war, die Gefühle anderer leicht einzuschätzen. Seine Familie war nicht so offen wie unsere.

Er hat den größten Teil seines Lebens auf Lochguard gelebt. Es gibt keine Entschuldigung für sein Verhalten.

Dann lass mich dich Folgendes fragen: Willst du, dass er sich wie unsere Familie benimmt? Ich weiß nicht, wie es dir geht, aber mit jemandem wie einem unserer Brüder oder Cousin Finn zu leben, wäre ... ermüdend.

Ihr Drache hielt kurz inne, bevor er antwortete. *Vielleicht.*

Gut, dann sind wir uns ja einig.

Ich denke immer noch, dass er kriechen muss.

Sie versuchte, nicht über den quengeligen Ton ihres Drachen zu lachen. *Ich habe nicht gesagt, dass ich mit ihm schlafen oder seine Babys bekommen werde. Aber es war schön, eine Weile seine Aufmerksamkeit zu haben. Stell dir nur vor, was all seine*

Intensität bewirken könnte, wenn er sich allein auf uns konzentrierte.

Wenn man vom Teufel sprach, Grant sah sie über seine Schulter an. Faye schob schnell die Gedanken an Grants Aufmerksamkeit beiseite und neigte den Kopf. „Also, großer Anführer, möchtest du mir sagen, wann du bei Craig Phadrig warst und woher du so viel darüber weißt?"

Grant grunzte. „Jetzt ist nicht der richtige Zeitpunkt."

„Wir sind auf dem Weg zur Burg, um zu wandeln. Davor können wir nicht wirklich viel tun. Du hast schon ein oder zwei Minuten. Ich weiß, Schweigen ist deine Standardeinstellung, aber wie wär's damit, mir mal einen Gefallen zu tun?"

Er sah auf sein Handy, bevor er antwortete: „Dad hat sich immer gern die menschliche Archäologie-Show *Time Team* angesehen, die früher im Fernsehen ausgestrahlt wurde. Das war das einzige Mal, dass sich die ganze Familie zusammensetzte, um etwas zu sehen. Die meiste Zeit war er damit beschäftigt, Häuser zu reparieren oder zu bauen, aber bei seltenen Gelegenheiten nahm er mich und meinen Bruder mit zu archäologischen Stätten, um nach alten Drachenwandler-Artefakten zu suchen. Craig Phadrig war eine davon."

Sie konnte sich nicht daran erinnern, die McFarlands je als Familie zusammen draußen gesehen zu haben. Wenn sie ehrlich war, wusste sie nicht viel über sie. Sie hoffte, das in Kürze ändern zu können.

Ihr Drache meldete sich zu Wort. *Und warum das? Ich wusste es! Du willst doch seine Babys. Du solltest aber wissen, dass ich nicht zulasse, dass du zu leicht nachgibst.*

Sie ignorierte ihr Tier und holte Grant ein, damit sie Seite an Seite gehen konnten. „Du hast nie viel über deine Familie gesprochen, nicht einmal, bevor einige von ihnen den Clan verlassen haben. Nicht einmal mit mir. Warum?"

Er sah sie an. „Niemand will von schwierigen Zeiten hören."

Sie berührte seinen Bizeps. „Ich will, dass du mir alles erzählen kannst, Grant. Ich meine es so. Jeder sollte jemanden haben, dem er vertrauen kann."

Ein paar Sekunden lang schwieg er, und sie fragte sich, ob sie ihn zu sehr gedrängt hatte.

Seine Stimme klang wieder durch die Abendluft. „Nur, wenn du das Gleiche tust, Mädel. Du bist ja vielleicht aufgeschlossen und lachst äußerlich, aber ich bin nicht der Einzige mit Dämonen in der Vergangenheit."

Sie runzelte die Stirn. „Ich bin mir nicht sicher, was du meinst."

„Du hast deinen Vater nie getroffen, Faye. Er starb in der Nacht, in der du geboren wurdest. Ich bin mir sicher, dass es dich von Zeit zu Zeit heimsucht."

Als Fayes Mutter in den Wehen lag, war ihr Vater, Jamie MacKenzie, während eines Sturms nach Hause geflogen, um bei seiner schwangeren

118

Gefährtin zu sein. Da er unterwegs durch einen Blitz getötet wurde, hatte er seine einzige Tochter nie gesehen.

Faye versuchte, nicht oft an ihren Vater zu denken. Das schien fast wie ein Verrat an ihrer Mutter zu sein, die doppelt hart gearbeitet hatte, um für ihre Kinder genug zu sein. Trotzdem wünschte sie, er hätte den Sturm überlebt. Alle Geschichten erzählten, dass ihr Dad etwas ernster gewesen sei, so wie Fergus, und er hatte seine Kinder und seine Gefährtin geschätzt.

Ihre Mutter hatte vor Kurzem eine zweite Chance auf die Liebe gefunden, aber zu viele Jahre lang war Lorna MacKenzie einsam gewesen. Faye hatte sich immer gefragt, ob ihre Mum dachte, Faye sei teilweise schuld.

Ihr Drache knurrte. *Tut sie nicht. Das hat sie schon mal gesagt.*

Vielleicht. Wenigstens hat sie Ross.

Warum machst du dir dann Sorgen um Dinge, die du nicht ändern kannst?

Sie wollte nicht antworten und blickte auf den Drachenmann zurück, der so viel über sie wusste.

Verdammt seien Grant und sein Wissen! Manchmal wurde es kompliziert, wenn man einen Mann sein ganzes Leben lang kannte. „Ich denke manchmal an ihn, aber ich hatte meine Mum. Jeder auf Lochguard weiß, dass das Herz deiner Mutter gebrochen ist, als dein Dad ging. Es gibt einen großen Unterschied zwischen einer Person, die freiwillig geht, und einer Person, die aus Gründen, die außerhalb ihrer Kontrolle liegen, von deiner Seite gerissen wird." Grant grunzte nur, und Faye fuhr fort: „Ich denke, wenn wir wieder zu Hause sind, musst du sie zu einem MacKenzie-Familienessen einladen. Deinen Bruder auch. Ihr drei könntet einen Abend Chaos vertragen."

Er schüttelte den Kopf. „Ich bin mir nicht sicher, ob ein fliegendes Brötchen die Stimmung meiner Mutter heben würde."

Sie grinste. „Vielleicht nicht. Aber wenn ich sie davon überzeugen kann, selbst etwas zu werfen, vielleicht doch. Ich bin sicher, dass Fraser sich für die Sache opfern würde."

Einer von Grants Mundwinkeln zuckte nach oben. „Er hat als Junge ein paar Kaninchen in den Garten meiner Mutter gesetzt. Mum hat ein gutes Gedächtnis."

Faye lachte. „Dann ist das abgemacht. Ihr kommt alle zum Essen."

Als sie Grant ansah, der im Mondlicht lächelte, entschied sie, dass sie ihn noch mehr mochte, wenn er so ehrlich und etwas offen war. Sie hatte so das Gefühl, dass er im Laufe seines Lebens nicht genug gelacht hatte. In diesem Moment legte Faye ein Gelübde ab, ihn in Zukunft viel mehr lachen zu lassen.

Es war egal, dass viele ihrer Pläne darin bestanden, Fraser als Opfer für ihre ruchlosen Pläne anzubieten. Nach ihrer Kindheit hatte ihr Bruder eine Menge Rache verdient.

Sie erreichten den Rand des umzäunten Gebiets nahe der Burg. Das Lächeln verschwand aus Grants Gesicht, und sein Ausdruck verwandelte sich in einen ernsteren.

Es ging wieder an die Arbeit. Vielleicht hätten sie eines Tages eine Pause von Ärger und Schmerz, und sie könnte Grant eine gute Zeit bereiten.

Grant steigerte sein Tempo. „Wir können später die Pläne für das Abendessen besprechen. Jetzt müssen wir erst diesen nervtötenden Menschen finden. Ich werde nicht zulassen, dass er Cats harte Arbeit so auf die leichte Schulter nimmt."

Als Grant seine Kleider auszog und verstaute, bemerkte Faye seine Nacktheit kaum. Alles, woran sie denken konnte, war Grants Kindheit und wie viel ihm an Cats Erfolg lag.

An Grant McFarland war mehr, als sie gedacht hatte.

Ihr Drache seufzte. *Du wirst seinetwegen doch nicht schwach in den Knien, oder?*

Ich sage nicht so oder so, aber warum bist du so vehement gegen ihn? Normalerweise können Drachen, wenn es um wahre Gefährten geht, doch nicht ruhig bleiben beim Gedanken an Sex und Babys.

Weil wir zu hart gearbeitet haben, um alles aufzugeben. Grant mag sexy und klug sein, aber er ist überfürsorglich. Ein Kleines wäre eines Tages schön, aber wir beide würden verrückt werden, wenn wir zu Hause bleiben müssten und nichts anderes tun könnten. Und Grant würde versuchen, uns dazu zwingen, zu Hause zu bleiben.

Ihr Drache hatte vermutlich recht.

Doch als Grant sich zu ihr umdrehte und ihr bedeutete, sich auszuziehen, wusste sie, dass sie mehr über den Mann erfahren wollte, den das Schicksal für sie gewählt hatte. Vielleicht hatte er tief in seinem Innern ein besseres Verständnis für Geschlechterrollen. Faye mochte keine Soldatin mehr sein, aber ihr Herz war immer noch das eines Kriegers. Sie musste nur noch Grant davon überzeugen.

Faye zog ihre Kleider aus, verstaute sie in einem Spind und stellte sich vor, dass ihr Körper sich in ihre blaue Drachengestalt verwandelte. Sie wollte sofort mit der Überzeugungsarbeit anfangen. Wenn Max Holbrook irgendwo in der Nähe von Craig Phadrig war, würde Faye ihn finden.

Kapitel Neun

Zum ersten Mal seit Monaten war Lachlan Mackintosh versucht, sich einen Drink zu genehmigen.

Er war zehn Jahre lang trocken gewesen, vor allem, um jeden Aspekt seines Lebens zu strukturieren und einen Rückfall zu verhindern. Die Planung von Veranstaltungen war seine Berufung gewesen, und er hatte sich den Arsch aufgerissen, um das erste offizielle Outreach-Programm des britischen MDA zu sichern.

Und doch wurden all seine Pläne von einem fehlgeleiteten Archäologen vereitelt.

Eine weiche, feminine schottische Stimme erfüllte sein Ohr. „Keine Sorge, alles wird gut. Grant und Faye gehören zu den besten Beschützern der Welt."

Er sah hinüber, um die dunkelblauen Augen von

Cat MacAllister zu sehen. „Hast du jeden Beschützer der Welt getroffen?"

„Nein."

„Dann sag nicht, dass du es mit Sicherheit weißt."

Sie hob eine Braue. „Da ist aber jemand quengelig heute Abend."

„Quengelig ist etwas, das meine Oma sagen würde. Wie alt bist du nochmal?"

Cat verdrehte die Augen. „Du klingst wie mein Bruder Connor."

Auch wenn er alle Akten der Teilnehmer schon genau durchgesehen hatte, hatte er sich kurz vor dem Abendessen noch einmal Cats angesehen. Sie hatte versucht, es zu verstecken, aber er hatte sie erwischt, wie sie ihn anstarrte. Er fragte sich, warum. „Dann klingt Connor wie ein feiner Junge. Beschönigungen können oft die Wahrheit verbergen."

Er hatte es oft genug getan, als er nur an seinen nächsten Drink hatte denken können.

Sie sah ihm in die Augen. „Aye, aber manchmal wollen wir die Wahrheit verbergen. Nur dann kann man jemandem helfen, die Gegenwart zu vergessen und ihn zum Lachen zu bringen."

„Und wieder klingst du wie eine Großmutter, aber diesmal, als wolltest du deine Weisheit an eine junge Generation weitergeben. Seltsam, wenn man bedenkt, dass ich älter bin als du."

„Einige von uns werden eben schneller erwachsen als andere." Bevor er sie bitten konnte, das zu erklären, hob sich einer ihrer Mundwinkel. „Wenn du denkst, dass das ein schlechter Rat war, solltest du mal meinen Granddad kennenlernen. Er wäre sich nicht zu schade, Felsbrocken auf jemandes Scheune zu werfen, um dessen Aufmerksamkeit zu bekommen."

„Wovon sprichst du?"

Bevor sie jedoch antworten konnte, bat ihn einer der Sicherheitsleute des MDA, in den Flur zu kommen.

Lachlan blickte zurück zu Cat. „Vielen Dank für deine Zusicherungen, aber ich habe Angelegenheiten, die meine Aufmerksamkeit erfordern. Wenn du mich jetzt bitte entschuldigen würdest."

Als er sich zum Gehen wandte, hörte er Cat flüstern: „Es ginge schneller zu sagen: ‚Ich hab' verdammt viel zu tun.'"

Er warf einen Blick über seine Schulter, aber Cats Gesicht war eines von reiner Unschuld. Sie hob sogar fragend die Brauen.

Lachlan schüttelte den Kopf und ging in den Flur. Er wusste, dass die Arbeit mit Künstlern anders sein würde als Bürokratie und Kampagnenveranstaltungen, an die er gewöhnt war, aber er war sich ziemlich sicher, dass niemand jemals vorgeschlagen hatte, aus Effizienzgründen zu fluchen. Nach seiner Erfahrung genossen die meisten seine Förmlichkeit und das Lob.

Er fragte sich, ob sich alle Drachenwandler wie Cat MacAllister benahmen. Während seiner gesamten Zeit beim MDA hatte er sich nur auf die menschliche Öffentlichkeitsarbeit konzentriert. Inspektoren waren meist Frauen, da sich Menschenopfer eher anderen Frauen öffneten. Es gab nur wenige Chancen für Männer, die Drachenclans zu besuchen, geschweige denn mit ihnen zu interagieren, es sei denn, sie waren bei den Streitkräften.

Bei Rosalind Abbott jedoch, die jetzt für das Ministerium für Drachenangelegenheiten zuständig war, hatte er das Gefühl, dass noch viel mehr Veränderungen kämen und er in naher Zukunft viele Drachenwandler sehen würde.

Aber zunächst musste er sicherstellen, dass sein erstes Drachen-Event reibungslos verlief. Sonst würde er nie wieder eins bekommen.

Er blieb im Flur stehen und sah zu Arjun, dem Leiter des Sicherheitsteams des MDA. „Gibt es neue Informationen?"

Der Birmingham-Akzent des Mannes erfüllte den Flur. „Es ist noch zu früh, um von den Drachen auf Patrouille zu hören, aber einer meiner Kontakte hat einen Mann in abgenutzter Lederjacke gesehen, westlich von hier. Ich glaube, der Lochguard-Typ hatte recht, was Holbrook angeht."

„Gut. Dann warten wir auf ihren Anruf. In der Zwischenzeit: Hast du jemanden gefunden, der auf ihn aufpasst?"

„Ich habe mit meinem Team gesprochen, und wir denken, dass ihm ein Drachenwandler zugewiesen werden sollte."

„Erklär mir das."

„Nun, wenn er wieder versucht abzuhauen, kann der Drache ihn problemlos einfangen. Außerdem scheint Holbrook von ihnen fasziniert zu sein. Vielleicht wird das seine Wanderlust ein wenig eindämmen."

Lachlan nickte. „Gute Idee! Ich rede mit den Beschützern, sobald sie zurückkommen. Jetzt überprüft erst noch einmal die Umgebung. Wir dürfen nicht riskieren, dass noch jemand versucht, zu gehen oder reinzukommen."

„Ja, Sir."

Damit verschwand Arjun im Flur.

Lachlan überlegte, ob er wieder ins Wohnzimmer gehen sollte, entschied sich aber dagegen. Er konnte es sich nicht leisten, von Cat MacAllister und Geschichten über ihre seltsame Familie abgelenkt zu werden. Sollte sich sein Assistent um sie kümmern.

Außerdem müsste er seinem Vorgesetzten beim MDA Bericht erstatten, sobald Holbrook gefunden wurde. Er musste alles vorbereiten und glätten. Er hatte das schon oft getan, aber wenn die Dinge mit Drachenwandlern vom Plan abwichen, reagierten seine Vorgesetzten manchmal über.

Bevor er jedoch nach oben ging, warf er einen letzten Blick ins Wohnzimmer durch das Fenster in der Tür. Er sah Cat, die über etwas lachte, das Dylan von Stonefire sagte. Er fragte sich, wie sein Leben aussehen würde, wenn er es sich leisten könnte, sorglos zu sein und die Dinge so zu nehmen, wie sie kamen.

Konzentrier dich auf deine Arbeit! Lachlan wusste, was vor ihm lag, wenn er von seiner Routine und seinem organisierten Lebensstil abwich. Er hätte einen Rückfall und würde letzten Endes wieder trinken.

Und das hatte er sich geschworen, nie wieder zu tun.

Er wandte sich vom Lachen ab und machte sich wieder an die Arbeit.

Grant schwebte über der Lichtung auf dem Hügel, auf dem die Festung einst gestanden hatte. Es gab keine Lichter, und für die menschlichen Augen wäre es in dieser vollkommenen Dunkelheit fast unmöglich gewesen, sich ohne eine Taschenlampe zurechtzufinden. Er fragte sich, ob Holbrook tatsächlich die Fähigkeit besaß, in der Dunkelheit den Ort zu erklimmen und herumzustöbern.

Auf dem Hügel war gerade genug Platz, damit Grant seine Füße auf den Boden drücken und seine Flügel auf den Rücken falten konnte. Faye behielt die Umgebung aus der Luft im Auge. Wenn sie etwas fand, würde sie eine bestimmte Folge leisen Brüllens von sich geben und umgekehrt, wenn er Hilfe brauchte.

Nachdem er die kleine Tasche, die er mit seiner

vorderen Extremität umklammert hielt, abgelegt hatte, stellte er sich vor, wie sein Körper schrumpfte, und Grant stand wenige Sekunden später in seiner menschlichen Gestalt da. Da es Frühsommer war, konnte er nackt auf dem Hügel herumwandern, ohne am Ende unterkühlt zu sein. Er nahm den kleinen Rucksack, in dem sein Handy war, und ging zur Grenzmauer der Festung.

Grant achtete genau auf seine Schritte und vermied es, auf irgendwas zu treten, das seinen Standort hätte verraten können. Max hatte keine militärische Ausbildung, von der Grant wusste, aber nur für den Fall, dass er mit einem Partner arbeitete, ging Grant kein Risiko ein. Während der Mensch aufrichtig in seinem Interesse zu sein schien, die Geschichte freilegen zu wollen, gab es viele Menschen auf der Welt, die seine Fähigkeiten vielleicht nutzen wollten und ihn zwingen könnten, ihre Befehle auszuführen.

Als er sich schweigend am Rande der ehemaligen Festung entlangbewegte, hielt er Ausschau nach allem Ungewöhnlichen. Doch es sprang niemand aus den Bäumen oder versuchte, ihn zu erschießen. Max zu finden war zeitaufwändiger als gewöhnlich, da die Gegend von Wanderern frequentiert wurde und er nicht einfach nach gebrochenen Ästen oder Fußspuren suchen konnte. Stattdessen hielt er alle fünfzehn oder zwanzig Sekunden inne und lauschte auf das kleinste Anzeichen einer anderen Person.

Die sanfte Brise wehte durch die Äste der Bäume, aber er ging daran vorbei und hörte auf die kleinsten Details. Wenn Max Holbrook besser schleichen könnte als er, würde Grant seinen eigenen Schuh essen.

Sein Tier schnaubte. *Beeil dich, und finde ihn.*

Grant ignorierte seinen Drachen und ging weiter am Rand entlang, wo einst die Mauern der Festung gestanden hatten. Als er das Gebiet erreichte, von dem er vermutete, es sei der hintere Bereich, hörte er ein männliches Grunzen. Grant sah sich um und entdeckte schließlich eine Bewegung ein paar Meter hinter der Baumgrenze.

Vorsichtig machte er einen großen Bogen und fand schließlich die zusammengekauerte Gestalt von Max Holbrook. Er schien seine Handschaufel zu benutzen, um etwas in der Erde aufzudecken.

Sobald Grant nahe genug war, den Menschen erforderlichenfalls zu Boden zu drücken, sagte er: „Was zum Teufel tun Sie da?"

Max unterbrach nicht, was er tat. „Ich suche nach einem Beweis für eine Drachenwandler-Siedlung in der postpiktischen Zeit."

Der Mensch grub weiter mit seiner Kelle im Dunkeln. Er war sich ziemlich sicher, dass der Mann allein arbeitete, da niemand sonst seine Anwesenheit preisgegeben hatte. Grant sagte: „Sie können unmöglich etwas sehen."

Max blickte auf, und Grant bemerkte endlich die seltsame Brille. „Ein Freund von mir hat sie erfunden. Auch wenn sie nicht so klar ist, ist sie weniger sperrig als herkömmliche Nachtsichtbrillen und funktioniert gut genug für das, was ich brauche." Er sah zurück auf den Boden. „Obwohl ich nicht unbedingt Ihren nackten Körper sehen müsste. Haben Sie keine Kleider mitgebracht?"

Sein Drache knurrte. *Warum scheint er so unbekümmert zu sein? Er muss doch wissen, dass wir hier sind, um ihn wegzuschaffen.*

Ich weiß es nicht. Er ist seltsam. Mehr kann ich dazu nicht sagen.

Grant wollte eine SMS schicken, um den anderen mitzuteilen, dass er Max gefunden hatte, aber angesichts der Unvorhersehbarkeit des Menschen wollte Grant ihn zuerst in Gewahrsam nehmen.

Er trat einen Schritt näher. „Ihr Wegschleichen hat alle in Alarmbereitschaft versetzt. Es gab sogar die Theorie, dass Sie nicht allein arbeiten. Sie können nicht hierbleiben. Wir müssen zurück."

„Natürlich bin ich allein. Ich hatte keine andere Wahl, als mich wegzuschleichen und hierher zu kommen. Es heißt, dass illegale Artefakthändler diesen Ort ins Visier genommen haben. Wenn ich nicht finde, was nötig ist, könnte es für die Geschichte verloren sein."

Sein Tier meldete sich wieder zu Wort. *Okay, ich bewundere ihn fast.*

Ich will es nicht wissen.

Grant ging einen weiteren Schritt. „Vielleicht

kann das MDA in Ihrem Namen etwas aushandeln. Schließlich ist Craig Phadrig ein eingetragenes Denkmal. Die Regierung wird es schützen."

Max unterbrach seine Arbeit nicht. „So, wie sie Sie vor Drachenjägern und Drachenrittern beschützen? Wie gut funktioniert das für Sie?"

Grant knurrte. „Ich habe keine Zeit, mich mit Ihnen zu streiten. Ich wollte höflich sein, aber es macht mir auch nichts, Sie gegen Ihren Willen nach Inverness Castle zurückzubringen."

„A-ha! Genau das hatte ich gehofft." Max nahm etwas aus der Erde. „Ist sie nicht eine Schönheit?"

„Sieht aus wie ein erdverkrusteter Stein."

„Vielleicht sind Sie derjenige, der im Dunkeln nicht sehen kann." Er hielt das Objekt in die Höhe und wischte noch mehr von der Erde weg. „Es ist eine Tonscherbe mit einer frühen Version von Mersae. Ich werde sie weiter reinigen müssen, um die Bedeutung zu entschlüsseln."

Mersae war die alte Drachenwandlersprache, die in der Neuzeit nur für besondere Anlässe verwendet wurde oder wenn Menschen ein Gespräch nicht mithören sollten. „Das ist großartig, aber wenn Sie meinen, ich werde hier warten, während Sie noch mehr alten Müll ausgraben, dann werden Sie sich wundern."

Max nahm etwas anderes aus der Erde. „Bringen Sie mich vorsichtig zurück, damit meine Funde nicht beschädigt werden, und ich komme mit, ohne Aufhebens zu machen. Diese Stücke könnten ausreichen, um die Regierung davon zu überzeugen, diesen Ort vor den geldgierigen Bastarden zu schützen, die ihn nur an einen feinen Pinkel verkaufen würden."

„Wer würde das denn kaufen?"

„Ich beginne zu verstehen, warum es nicht viele Drachenwandler-Archäologen gibt. Sie scheinen alle nicht daran interessiert zu sein, mehr über die Vergangenheit zu erfahren."

„Doch, sind wir, aber Besitztümer haben weniger Bedeutung. Es wurde alles schon mehrmals verbrannt oder zerstört."

Max wedelte mit einer Hand. „Immer noch keine gute Ausrede."

Grant biss die Zähne aufeinander. Er konnte den Menschen durch die Gegend werfen, ohne auch nur ins Schwitzen zu geraten, aber er schien vollkommen unbekümmert zu sein. Wie Max so lange überlebt hatte, konnte er nicht begreifen.

Die Stimme seines Drachen klang amüsiert, als er sagte, *Der Mensch lenkt mich ab.*

Es ist mir egal, ob er dein Herz gewinnt und du ihm dein ungeborenes Kind übertragen willst. Er hat die Mission in Gefahr gebracht. Das werde ich nicht noch einmal zulassen.

Du bist nur mürrisch, weil du Fayes Haut noch mehr küssen willst.

Willst du nicht das Gleiche?

Ein paar Minuten den seltsamen Menschen zu beobachten, wird niemandem schaden.

Grant legte eine Hand auf Max' Schulter und befahl: „Stehen Sie auf! Wir fliegen zurück."

Max wickelte seine Tonscherben behutsam in ein Tuch und legte sie in seine Tasche. „Denken Sie daran, was ich gesagt habe – Sie müssen vorsichtig sein. Diese Funde könnten die Geschichte von Inverness verändern."

Grant bezweifelte das, verzichtete aber darauf, das zu kommentieren. „Dann versuchen Sie nicht, wegzulaufen. Ich werde Sie, wenn nötig, zu Boden werfen. Und dann werden Sie dafür verantwortlich sein, wenn die Geschichte zerstört wird."

Als er Max von seiner Ausgrabungsstelle wegführte, gab Grant ein lautes, hochfrequentes Pfeifen von sich. Nach einer Minute landete Fayes blaue Drachengestalt mitten auf dem Hügel.

Sobald Grant und Max nahe genug waren, sagte er: „Finde die anderen und signalisiere ihnen, dass ich Holbrook gefunden habe. Um mir sein Jammern nicht anhören zu müssen, werde ich ihn mit dem Auto zurückbringen." Sie deutete auf seinen nackten Körper. „Ich habe eine Hose in meiner Tasche. Wir kommen so bald wie möglich zurück ins B&B."

Mit einem Nicken sprang Faye in die Luft und stieg langsam in den Himmel. Bevor Grant Max in Richtung des Weges manövrieren konnte, der zum Fuß des Hügels führen würde, erfüllte Max' Stimme die Luft. „Sie fliegt seltsam."

Er hatte keine Ahnung, wie Max in der Dunkelheit hatte erkennen können, dass Faye eine sie war, es sei denn, er hatte absichtlich an eine Stelle gestarrt, an die er nicht starren sollte. Grant schob ihn, bis der Mensch zu laufen begann. „Das geht Sie nichts an."

„Wurde sie so geboren? Oder wurde sie verletzt? Obwohl es nicht meine Spezialität ist, war ich schon immer von Drachenknochen fasziniert. Jedenfalls hatte ich eine Wahnsinnszeit damit, die Knochen von Drachenwandlern allein zu studieren. Es gab keine zuverlässigen Bücher, die ich finden konnte, nur Müll über die magischen Eigenschaften von zermahlenem Knochen. Ich könnte jede Belehrung gebrauchen, die Sie mir geben."

Sein Drache schmunzelte. *Ja, du bist ja auch so ein Experte. Warum hilfst du ihm nicht? Stell dir vor, du sagst ihm, dass wir tatsächlich magische Knochen haben. Wer weiß, was er dann tun würde.*

Grant wusste genauso viel über Knochen wie übers Backen, also nichts. *Sie sind nicht magisch. Halt die Klappe, Drache.*

Er stieß Max gegen die Schulter. „Gehen Sie einfach weiter. Reden war nicht Teil der Abmachung."

Max fuhr fort, als hätte Grant gar nichts gesagt. Er deutete in Richtung Himmel, wo Faye verschwunden war. „Vielleicht lässt sie es mich mal ansehen. Sie ist viel freundlicher als Sie."

„Freundlich wird Sie nicht unbedingt retten. Wenn Sie sie reizen, tritt sie Ihnen vielleicht in den Arsch."

„Sie ist also temperamentvoll. Ähnlich wie der lila Drache von vorhin. Ich habe ihren Namen gar nicht mitbekommen."

„Iris. Und vor ihr würde ich mich auch hüten. Sie war kurz davor, Sie in einen Loch zu werfen."

„Ich bin nicht sicher, warum. Ich habe über die Geschlechterrollen von Drachenwandlern im Laufe der Jahrhunderte gesprochen und dass Frauen einst die heftigsten Krieger waren. Das hätte ihr gefallen sollen."

Er grunzte und beschleunigte ihr Tempo. Er hatte nicht vor, den Menschen zu ermuntern.

Aber Max verstand den Hinweis zu schweigen nicht. „Eigentlich ist es recht faszinierend. Wenn das, was ich in Ruinen und durch Zusammenfügen von Artefakten entdeckt habe, richtig ist, war der Drachenführer, der den römischen Invasoren Großbritanniens gegenüberstand und eine faire Behandlung aushandelte, eine Frau. Es ist schwer zu sagen, aber ich glaube, sie wurde Königin aller Drachenwandler, die damals auf der britischen Insel lebten."

Grant erinnerte sich an eine vage Geschichtsstunde über Queen Alviva, die er als Teenager gehört hatte. „Ich sage Ihnen das nur ungern, aber das wissen wir schon."

„Ah, aber wussten Sie auch, dass sie die stärksten, klügsten römischen Generäle und reichsten Villenbesitzer handverlesen hat, um ihre Kinder zu zeugen?"

„Nein, aber –"

„Nun, dann lassen Sie mich Ihnen sagen, wie ich zu dieser Schlussfolgerung gekommen bin. Alles begann mit einem Besuch der Cotswolds …"

Als Max weiter über nächtliche Ausgrabungen vor sich hinplapperte, die wahrscheinlich illegal gewesen waren, beschloss Grant, den Menschen einfach reden zu lassen. Er schien es zu tun, ohne eine Beteiligung zu erwarten, was Grant erlaubte, nach den Artefaktdieben Ausschau zu halten, die Max erwähnt hatte.

Er wollte nur den Menschen sicher abliefern und dann Faye aufsuchen. Nur dann konnte er sich wieder auf seine Mission konzentrieren, die Loch-guard-Verräter auszurotten. Die Geschichte würde ihm nicht helfen, diese Aufgabe zu erfüllen.

Kapitel Zehn

Am nächsten Morgen streckte Faye die Arme über den Kopf und starrte aus dem Fenster im dritten Stock ihres Zimmers. Wenn sie den Kopf gerade genug neigte, konnte sie mehr als die Ziegelfassade des Gebäudes nebenan sehen und ein Stück bewölkten, grauen Himmels erkennen.

Da in der Nacht niemand an ihre Tür geklopft hatte, mussten Grant und Max sicher zurückgekommen sein. Nur gut, wenn man bedachte, dass Faye wie eine Tote geschlafen hatte. Es war viele Monate her, seit sie so viel an einem einzigen Tag geflogen war. Der Flügel würde wahrscheinlich noch wehtun, wenn sie wandelte.

Ihr Tier gähnte. *Das war eine gute Übung. Du solltest Grant finden und nachfragen, was passiert ist. Vielleicht sehen wir auch ein paar andere beim Frühstück.*

Faye verdrehte die Augen und erhob sich aus dem Bett. *Ich weiß, du magst Adrian ein bisschen, aber das wird nicht passieren, Drache.*

Warum nicht? Er wäre Sex ohne Verpflichtungen. Mir gefällt die Idee.

Und Grant?

Was ist mit ihm? Du weißt, dass er immer noch nicht meine Lieblingsperson ist.

Faye seufzte. Sie musste die einzige Drachenwandlerin sein, die einen inneren Drachen hatte, der jemand anderen vögeln wollte, wenn sein wahrer Gefährte in Reichweite war. *Zu schade. Ich werde mit ihm vor den anderen reden. Und ehe du versuchst, einen Aufstand zu machen, solltest du wissen, dass ich einen Weg finden werde, es so lange wie möglich hinauszuzögern, deinen Drachenmann der Stunde zu sehen, wenn du mein Gespräch mit Grant unterbrichst.*

Mit einem Knurren rollte sich ihr Drache zusammen und tat so, als würde er schlafen.

Faye duschte schnell, zog sich an und ging zur Tür hinaus. Sie war gerade im Begriff, bei Grants anzuklopfen, als sich Aarons Tür öffnete. „Er ist nicht da."

Sie runzelte die Stirn. „Wo ist er dann?"

Aaron zuckte mit den Schultern. „Er hat den Menschen abgesetzt und ist dann zu einem Nachtflug aufgebrochen. Ich wollte ihn heute Morgen etwas fragen, aber Grant ist nicht an die Tür gekommen und auch nicht ans Handy gegangen. Ich hatte gehofft, du wüsstest, wo er ist."

Faye nahm ihr Handy raus, aber nichts von Grant. „Ich seh's mir mal an."

Sie gab Aaron keine Gelegenheit, noch ein Wort zu sagen, und rannte die Treppe hinunter. Faye sah sich im Frühstücksraum um, aber es war keine Spur von Max oder Grant zu sehen.

Sie ging geradewegs zu Lachlan, der gerade mit seiner Assistentin sprach. Sie wartete nicht auf eine natürliche Pause, sondern sagte: „Ich muss mit Ihnen reden, Mr. MacKintosh."

Lachlan hob die Brauen. „Ihrem Tonfall nach zu urteilen, muss es wichtig sein." Er nickte der Assistentin zu. „Du kannst das morgendliche Meeting und den Rundgang erledigen, Mia."

Der Menschenmann führte Faye in den Flur und hob eine Augenbraue. „Und? Sagen Sie mir, was Ihnen durch den Kopf geht, Ms. MacKenzie."

Ihr Drache schnaubte. *Der hier ist zu höflich. Obwohl er gut aussieht, will ich nicht mit ihm schlafen.*

Faye ignorierte ihr Tier und beantwortete Lachlans Frage. „Ich muss mit Max Holbrook reden. Wo wohnt er?"

„Er wird von meinem Sicherheitsteam bewacht, bis ein geeigneter Drachenwandler als Wächter gefunden wird."

„Wann wurde das denn entschieden?"

140

„Letzte Nacht. Ihr Clan-Mitglied Grant ist los, um seinen Kandidaten zu holen."

Sie runzelte die Stirn. „Das hätte der Mistkerl mir auch sagen können!"

Lachlan räusperte sich. „Wir wollten es geheim halten. Das MDA ist so schon nervös, dass acht Drachenwandlerbeschützer kreuz und quer durch Schottland reisen. Ein Neunter könnte Protest hervorrufen. Ich habe mir die Diskretion Ihres Clanmitglieds ausgebeten."

Faye öffnete den Mund, um etwas zu erwidern, aber Grants Stimme erfüllte den Flur. „Aye, Iris kann den Mund halten."

Faye wirbelte herum, und Iris hob eine Hand zur Begrüßung. Faye nickte im Gegenzug, bevor sie Grants Arm nahm und ihn zur Seite zog. Sie flüsterte: „Du hättest mir sagen können, was du vorhast."

„Warum? Hast du dir Sorgen um mich gemacht?"

Als Faye die Selbstgefälligkeit in seinem Ton hörte, hob sie ihr Kinn. „Nein. Aber andere haben nach dir gesucht. Das Letzte, was wir tun sollten, ist, eine Panik auszulösen, besonders nach Max' Verschwinden letzte Nacht."

„Beruhige dich, Mädel! Du hast tief und fest geschlafen, als ich in deinem Zimmer nach dir gesehen habe."

„Sag mir nicht, dass du mir an den Locken gezogen hast!"

Er zuckte die Schultern. „Ich wollte nur sicherstellen, dass es dir gut geht. Du bist gestern viel geflogen."

Es lag Faye auf der Zungenspitze, die Schmerzen in ihrem Körper zu leugnen, aber entschiedene Ehrlichkeit könnte ihr auf lange Sicht helfen. „Aye, aber es war eine großartige Chance, Muskeln aufzubauen. Am Ende dieser Tour erlaubst du mir vielleicht, wieder zu kämpfen."

„Vielleicht." Er wandte sich Lachlan und Iris zu und hob seine Stimme. „Iris, das ist Lachlan MacKintosh. Er kann dich zu Max' Zimmer führen."

Grant und Lachlan mussten die Vereinbarung am Abend zuvor besprochen haben, denn der MDA-Mitarbeiter ging ohne ein weiteres Wort.

„Warum Iris?", fragte sie.

„Sie kennt ihn bereits und hat eine Vorstellung davon, was sie erwartet. Außerdem kann Iris, wenn er wieder abhaut, ihn finden, ohne mit der Wimper zu zucken."

Sogar Faye war neidisch auf Iris' Ortungsfähigkeiten. „Ja, aber was hat sie als Gegenleistung gefordert? Auf Max aufzupassen, kann nicht gerade oben auf ihrer Liste der liebsten Aktivitäten stehen."

„Sie wollte Drachenwandler aus befreundeten Ländern einladen, an einem Ortungswettbewerb teilzunehmen."

„Und Finn war damit einverstanden?"

„Aye, obwohl ich nicht sicher bin, ob er sich daran erinnern wird. Der beste Zeitpunkt, um ein Versprechen aus Finlay Stewart herauszuholen, ist, wenn er gerade aufgewacht ist und fast allem zustimmt, wenn man kein Fremder ist."

Sie hätte ja gesagt, das sei böse, aber Faye hatte es selbst in der Vergangenheit ein paarmal getan. Schließlich war Finn bei ihrer Familie eingezogen, als er sechzehn war, am Tag nach dem Mord an seinen Eltern. Zusammen aufzuwachsen hatte Faye Zeit gegeben, die Eigenheiten des derzeitigen Clanführers kennenzulernen, sehr zu seinem Leidwesen.

Grant legte eine Hand an ihren unteren Rücken, und Faye hielt sich kaum davon ab, den Atem anzuhalten. Irgendwie hatte sich die platonische Berührung eines Freundes in eine prickelnde Hitze verwandelt, die sie dazu brachte, den Verstand zu verlieren.

Ihr Tier ergriff das Wort. *Ignoriere es, und finde die anderen Drachenmänner!*

Faye blickte hoch, und ihre Herzfrequenz steigerte sich, als sie die flüssige Hitze in Grants Blick sah. Wenn er sich vorbeugte, um sie zu küssen, dachte Faye, würde sie ihn nicht wegstoßen.

Grant hatte seit mehr als vierundzwanzig Stunden nicht geschlafen. Wenn er noch bei Verstand war, sollte er schnell ein Specksandwich essen und ins Bett gehen.

Doch alles, woran er während seines Fluges von Lochguard nach Inverness in den frühen Morgenstunden gedacht hatte, war, wie unbedingt er Faye sehen wollte. Nicht nur, um über Strategien zu Max' Erwähnung von Artefaktdieben zu reden, sondern auch, um ihr Lächeln zu sehen. Nach einer langen Nacht konnte er Fayes Enthusiasmus gebrauchen, um den Tag zu überstehen. Vergiss Koffein, Faye wurde allmählich zur Droge seiner Wahl.

Sein Drache meldete sich zu Wort. *Ich kenne den wahren Grund. Nichts würde uns mehr Energie geben, als sie auszuziehen und in ihr zu kommen.*

Deine Logik ist heute Morgen unscharf, Drache. Der Gefährtenrausch dauert mindestens eine Woche.

Ja, aber der Gefährtenrausch gibt uns auch extra Energie.

Aber nur für Sex.

Und? Wenn Faye schlafen muss, könnten wir arbeiten.

Grant wollte nicht weiter streiten, nahm Fayes Kinn zwischen die Finger und hörte nur ihrem schweren Atmen und ihrem trommelndem Herzen zu. Er stellte sie sich nackt vor, wie sie auf ihm ritt, ihre Brüste hüpften, während sie ihre Nägel in seine Brust grub. Er musste ein verdammter blinder Idiot gewesen sein, um jemals zu sagen, sie sei nicht feminin genug.

Es stimmte, sie war nicht der Typ Frau, der High Heels und kurze Röcke trug, aber Grant bevorzugte Fayes Stärke. Kein anderer weiblicher Körper würde ihn so sehr ansprechen wie ihrer.

Und nicht nur wegen des Rauschs. Sie war an

den richtigen Stellen perfekt geformt. Es brauchte alles, was er hatte, um nicht ihren Po zu packen und sie an sich zu ziehen.

Fayes raue Stimme unterbrach seine Gedanken. „Du solltest etwas schlafen, bevor wir zu dem Ort fahren, an dem die Veranstaltung stattfindet."

Ihre Worte waren, als hätte jemand kaltes Wasser über seinen Kopf gegossen, was ihn daran erinnerte, warum er überhaupt in Inverness war. „Ich könnte einen weiteren Tag ohne Schlaf überleben, wenn ich müsste."

Sie hob eine braune Braue. „Und das von dem Mann, der ständig damit nervt, dass Schlaf die wichtigste Voraussetzung für schnelle Reflexe und einen schnellen Verstand ist?"

Er seufzte. „Also wirst du mich, obwohl ich das Sagen habe, beschimpfen?"

„Natürlich. Wenn wir unter uns sind, gibt es keinen Vorgesetzten. Außerdem werden wir nicht alle Aspekte unserer Mission abschließen können, wenn wir mit dem Eröffnungsabend nicht erfolgreich sind." Ihre Stimme wurde weicher. „Ich weiß, wie wichtig es für dich ist, dass wir erfolgreich sind. Hör einfach auf zu streiten und ruh dich aus, Grant. Ich kann auf Cat aufpassen. Ich werde meinen Fehler vom Restaurant nicht wiederholen."

Jeden anderen Beschützer hätte Grant über dessen Verpflichtung belehrt, seine Entschlossenheit zu verstärken. Aber er wusste, Faye würde nicht wieder denselben Fehler machen. Seitdem sie vom Himmel geschossen worden war und ihren Flügel verletzt hatte, stand Faye in ständigem Wettkampf mit sich selbst. Er hoffte nur, dass sie sich eines Tages den Sieg erlauben und ihre Taten als gut genug akzeptieren würde.

Sein Drache meldete sich zu Wort. *Du machst dir viel zu viele Sorgen. Faye ist jetzt stärker. Stark genug, um dem Rausch zu widerstehen, wenn wir sie küssen.*

Nicht das schon wieder!

Obwohl Grant insgeheim zugab, dass er besser schlafen würde, wenn Faye an seiner Seite wäre.

Sein Drache saß in selbstgefälliger Stille da. Grant ignorierte ihn, um Faye zu antworten. „Ich werde ein paar Stunden schlafen, vorausgesetzt, du verlässt mit Cat nicht das Gelände. Du musst dich bei Iris melden und ihr alles berichten."

„Das kann ich machen." Sie versetzte ihm einen verspielten Stoß. „Und jetzt geh und schlaf ein wenig. Ich kann nicht auf Cat aufpassen und gleichzeitig die Umgebung nach Bedrohungen absuchen. Ich brauche meinen Wingman."

„Deinen Wingman? Ich dachte eher, es ist umgekehrt."

„Wer achtet schon auf solche Kleinigkeiten? Wir sind ein Team, also akzeptiere es."

Sie beide als Team zu betrachten, war ein Anfang, obwohl Grant hoffte, dass sie eines Tages mehr als das wären.

Er blinzelte fast. Er verbrachte viel zu viel Zeit

damit, darüber nachzudenken, dass er Faye wollte oder wie sie nackt aussah. Er brauchte definitiv etwas Schlaf. Vielleicht konnte er sich dann auf das konzentrieren, was wichtig war – die Drachenwandler-Verräter auszurotten.

Er ließ sie los und trat zurück. „Weck mich in drei Stunden. Ich habe noch ein paar weitere Dinge zu besprechen."

„Würdest du mir sagen, worum es geht?"

„Etwas, das Holbrook gesagt hat. Warum es mir überhaupt wichtig ist, weiß ich nicht. Aber ich habe wenig Respekt für Artefaktdiebe."

„Das klingt vielversprechend. Ich könnte eine gute, altmodische Jagd mit anschließender Festnahme gut gebrauchen."

„Faye."

„Okay, also keine Solo-Festnahme. Vielleicht würde Iris mir helfen." Er knurrte, und Faye grinste. „Einen Versuch war es wert."

„Versuch einfach, dich auf unsere aktuelle Mission zu konzentrieren, bevor du an eine andere denkst."

„Ich werde mich bemühen." Sie deutete mit ihren Händen. „Und jetzt geh! Wenn ich dich die Treppe hochtragen könnte, würde ich dich über meine Schulter werfen und es tun. Aber ich kann nicht."

Grant sollte Fayes Kommentar vergessen und sich seinen dringend benötigten Schlaf holen. Er entschied sich jedoch, sich nicht gegen den Drang, sie zu necken, zu wehren.

Einer seiner Mundwinkel zuckte hoch. „Ich würde gern sehen, wie du das versuchst. Vielleicht würde deine Hand mir sogar auf den Po rutschen."

Sie verdrehte die Augen. „Ja, denn dir an den Po zu fassen ist ja auch das Wichtigste, was ich gerade zu tun habe."

Er beugte sich vor. „Vielleicht sollte es das sein."

Für ein paar Sekunden starrten sie einander nur in die Augen. Ihre Pupillen blitzten zu Schlitzen und zurück. Vielleicht gewann er gerade ihren Drachen.

Sein Tier meldete sich wieder zu Wort. *Warum müssen wir sie für uns gewinnen? Wir sind wahre Gefährten. Ihr Drache bettelt wahrscheinlich um unseren Schwanz.*

Da bin ich mir nicht sicher, Drache. Fayes Tier war schon immer unberechenbar.

Es war Faye, die schließlich das Schweigen brach. „Wenn du so kaputt bist, kann ich Adrian und Kaine anrufen, um dich die Treppe rauf zu tragen."

Er grunzte. „Lieber würde ich in eine Lavagrube springen."

Sie grinste. „Da es in Schottland keine Lava gibt, heißt das, dass du ihre Hilfe willst? Ich weiß, du würdest nie das Land und deinen Clan verlassen."

„Faye Cleopatra, hör auf, so albern zu sein."

„Wie lange kennst du mich und meine Familie schon? Ich bin sogar eine der ruhigsten. Ich kann Fraser herrufen und dich drei Stunden lang in einem

Zimmer mit ihm einsperren. Dann wirst du verstehen, was ich meine."

Fraser MacKenzie hatte wahrscheinlich mehr Punkte in seiner Akte als jeder andere in Lochguard, wenn es darum ging, Probleme zu verursachen. Nun, mit Ausnahme von Cal und Archie, die ständig versuchten, sich gegenseitig die Farmen zu zerstören.

Er rieb sich die Nasenwurzel. „Ich gehe jetzt ins Bett. Fraser sollte besser nicht hier sein, wenn ich aufwache."

„Das hängt davon ab, wie lange du schläfst. Ich halte ein Ohr offen für dich."

Impulsiv trat er nahe genug heran, um ihre Hand zu nehmen und sie zu küssen. „Solange dein Ohr nur für mich ist."

Fayes Wangen wurden rosa. Als sie den Mund öffnete und schloss, lächelte er. Offenbar gefiel es Faye, wenn er nett zu ihr war.

Damit drehte sich Grant um und stieg die Treppe hoch. Er war sich nicht sicher, ob er schnell einschlafen würde. Faye würde zweifellos weiterhin seine Gedanken beschäftigen.

Aber er musste es versuchen. Mit Faye zu flirten war nur ein Teil der Gleichung. Er musste auch der starke Mann sein, den sie brauchte.

Kapitel Elf

Faye schloss schließlich den Mund, als Grant die Treppe hinaufstieg und aus ihrer Sicht verschwand.

Nie in tausend Jahren hatte sie erwartet, dass er ihre Hand küsste, geschweige denn mit ihr flirtete. Grant war schroff und mürrisch; das war er schon immer gewesen.

Vielleicht brauchte er nur etwas mehr MacKenzie-Magie, um lockerer zu werden. Selbst ihr etwas ernster Bruder Fergus hatte eine spielerische Seite, die auf Grant abfärbte. Sie musste ihn und seine Familie unbedingt zum Essen zusammenbringen, sobald alles geklärt war. Und nicht nur zum Spaß, sondern auch, um seine Mutter und seinen Bruder Chase besser kennenzulernen. Da sie eher unter sich blieben, wusste sie nicht viel über sie.

Ihr Drache meldete sich zu Wort. *Was spielt das für eine Rolle? Er hat immer noch nicht annähernd genug getan, um mich davon zu überzeugen, mit ihm zu schlafen.*

Ach, hör auf! Du benimmst dich wie ein Kind. Wir machen alle Fehler, und es sieht so aus, als ob Grant versuchte, sie wieder gutzumachen. Vielleicht ist er der Mann, den wir brauchen.

Vielleicht, vielleicht auch nicht. Der eigentliche Test wird sein, wenn wir in eine gefährliche Situation geraten. Wenn er uns erlaubt zu kämpfen, dann erlaube ich ihm vielleicht, uns zu küssen.

Erlauben, aye? Du vergisst, dass ich hier ein größeres Mitspracherecht habe.

Ihr Tier reagierte nicht, und Faye beschloss, die Angelegenheit nicht weiterzuverfolgen. Sie hatte zu viel zu tun, um im Flur zu stehen und einen Streit in ihrem Kopf zu haben.

Wenn sie ihren Drachen nicht so sehr geliebt hätte, wäre Faye fast neidisch auf Menschen gewesen, die nicht zwei Persönlichkeiten in einem Körper hatten.

Sie erreichte den Frühstücksraum und sah Cat, die mit der älteren Drachenfrau aus dem Clan Snowridge in Wales plauderte. Faye winkte Adrian und einigen der anderen Beschützer zu und schaffte es schließlich zu dem kleinen Tisch am Rand des Raumes, wo ihre Freundin saß. Cat fragte ohne Umschweife: „Also hat Grant es zurückgeschafft, aye?"

Sie betrachtete ihre Freundin. „Woher weißt du, dass er die ganze Nacht nicht hier war?"

Cat tippte sich ans Ohr. „Die Tür war offen, und jeder Drachenwandler konnte eure Unterhaltung hören."

Fayes Wangen erhitzten sich. „Nun, dann musst du mich nicht fragen, was passiert ist."

„Ach, komm schon. Drachenwandler-Etikette 101 verlangt von mir, dass ich dich frage, anstatt einfach von dem auszugehen, was ich belauscht habe."

Faye nahm eine dreieckige Scheibe Toast vom Halter in der Mitte des Tischs und biss hinein. „Und seit wann befolgst du die Etikette? Du hast doch deine Geschwister als Kind belauscht, wo es nur ging."

Cat seufzte. „Na schön. Dann merke ich mir einfach, dass du mit Grant flirtest, und Iris kommt, um auf Max aufzupassen. Ich frage Iris später nach Details. Ich würde ja das Gleiche über Grant sagen, aber der kann noch besser dichtmachen als du."

„Ich mache nicht dicht, Cat. Du hast alles im Flur gehört. Du weißt genauso viel wie ich."

Cat musterte sie kurz, bevor sie antwortete: „Ich glaube, da ist noch mehr dran, aber das sind Beschützerangelegenheiten, und deshalb darfst du es nicht sagen. Aber du musst es mir unbedingt erzählen, wenn es mich betrifft."

Faye schluckte noch einen Bissen herunter. „Na schön. Die heutige Veranstaltung interessiert mich viel mehr. Apropos" – Faye wandte sich der walisischen Drachenfrau zu – „wenn die

Beschützer Ihres Clans jemals mit uns zusammenarbeiten wollen, dann lassen Sie sie wissen, dass sie nur fragen müssen. Können Sie ihnen das sagen, Nia?"

„Werde ich. Aber ich sollte mich wahrscheinlich jetzt mit ihnen treffen." Nia nickte Cat zu. „Ich melde mich später bei dir, Liebes."

Als Nia weg war, rutschte Faye einen Sitz weiter neben Cat. „Also hat Lachlan seine Pläne geändert, wegen Max' Mätzchen? Ich habe ihn gestern Abend nicht mehr gesehen, um ihn das zu fragen."

„Nicht, soweit ich das sagen kann. Nur, dass wir, wenn wir zur Toilette gehen wollen, eine Eskorte brauchen." Cat rümpfte die Nase. „Da ich die Älteste von meinen Geschwistern bin und die Dinge immer auf meine Art geregelt habe, wird es einige Zeit dauern, mich daran zu gewöhnen. Ich hätte nie gedacht, dass ich mit Mitte zwanzig noch einen Babysitter brauche."

„Du würdest wahrscheinlich nicht so viel Aufhebens machen, wenn es der Lachlan-Typ wäre, der dich eskortiert."

„Dass ein Mann mich auf die Toilette begleitet, ist einfach falsch."

„Nicht das. Du starrst ihn immer an, wenn er im Raum ist. Willst du mir sagen warum?"

Cat senkte die Stimme. „Er ist ein interessantes Subjekt für meine nächste Serie von Gemälden. Ich will ihn nicht bitten, für mich zu sitzen, also muss ich mir die Details seines Gesichts und seiner Hände merken. Das sind für mich die beiden schwierigsten Bereiche."

Faye nahm sich ein Stück Speck. „Am letzten Tag der Ausstellung kann ich ihn für dich an einen Stuhl fesseln. Er wird nicht wollen, dass jemand von seiner Demütigung erfährt, also sollten wir sicher sein, dass er dem MDA Bericht erstattet."

Cat zog ihren Teller aus Fayes Reichweite und nahm mit ihrer Gabel gebackene Bohnen auf. „Ja, weil Finn und Grant ja auch dafür bekannt sind, wegzuschauen."

„Vielleicht", antwortete Faye, mit dem Mund voller Speck. „Ich habe meinen Cousin in der Hand. Und Grant, nun, ich bin sicher, den kann ich auch überzeugen."

Cat sah aus, als wollte sie eine Frage stellen, aber sie machte sich wieder an ihr Frühstück. Da es wahrscheinlich mit Grant zu tun hatte, wechselte Faye das Thema. „Jedenfalls muss ich Iris und Max finden. Willst du mitkommen? Dann sparst du dir die Mühe, Iris selbst zu suchen, sondern Max scheint auf dich zu hören, also vielleicht, wenn du ihm sagst, er soll bleiben, wird er es tun."

„Er hört nur auf mich, weil ich nett zu ihm bin. Er mag exzentrisch sein, aber er ist auch interessant. Er kennt außerdem ein paar faszinierende Erzählungen aus der Geschichte. Ich hab' versucht, ihn davon zu überzeugen, ein Buch für Schüler der Sekundarstufe zu schreiben, denn sein Talent könnte einige ermutigen, Geschichte, Archäologie oder so was zu studieren."

Faye legte den Kopf auf den Tisch. „Bitte ermuntere ihn nicht auch noch. Zumindest nicht, bis die Ausstellung beendet ist. Andernfalls könnte er zu jeder archäologischen Stätte in der Nähe laufen, die er finden kann, und behaupten, dass alles im Namen der Forschung für ein neues Buch sei."

„Nach dem, was ich erfahren habe, ist er nur nach Craig Phadrig gegangen, weil Diebe es angeblich bald plündern", antwortete Cat. „Ich würde dasselbe tun, wenn Gerüchten zufolge ein kostbares Gemälde das Ziel wäre. Du hast doch sicher auch etwas, wofür du dein Leben riskieren würdest."

„Natürlich meine Familie. Und den Clan. Abgesehen davon habe ich nicht viele Hobbys oder Interessen."

Cat hob eine Braue. „Und das ist dein Problem. Wir müssen eins für dich finden." Sie wechselte ihre Stimme zu einem Flüstern. „Und eins, das nicht unbedingt einen Mann einbezieht."

„Vielleicht. Schlag nur nicht Malen vor. Ich bin mir sicher, dass mein vier Wochen alter Neffe das besser könnte als ich."

Belustigung tanzte in Cats Augen. „Oh, ich weiß nicht. Wir könnten bei dir mit Fingermalen anfangen."

Faye riss ein bisschen Toast ab und warf es auf Cat. Die verdammte Frau fing es. Faye setzte ihren besten finsteren Blick auf, aber Cat warf nur das Stück Brot zurück.

Als es von Fayes Kopf abprallte, fingen beide an zu lachen. Faye war die Erste, die wieder zu Atem kam. „Vielleicht, wenn wir ein paar Stücke Toast auf die anderen werfen, wird das die Stimmung aufhellen. Alle scheinen heute Morgen so ernst zu sein."

Lachlans Stimme füllte ihre Ohren. „Ich wäre Ihnen dankbar, wenn Sie den Frühstücksraum nicht in ein Schlachtfeld verwandeln würden, Ms. MacKenzie. Die negative Publicity können wir nicht gebrauchen."

Faye sah Lachlan an. „Was? Dass Drachen-wandler Spaß haben und sich in dieser Hinsicht nicht von Menschen unterscheiden? Wie ist das negativ?"

Lachlan strich sein Hemd glatt. „Es würde in den Zeitungen und online in eine Zerstörung von Eigentum verwandelt werden. Ich bin sicher, dass die Drachenritter alles als Ausrede benutzen würden, um einen weiteren Angriff zu starten."

Faye hob die Brauen. „Wir müssten uns darüber keine Sorgen machen, wenn das MDA seine Arbeit erledigte."

Lachlan zuckte nicht mit den Wimpern bei ihrem Tonfall. „Das MDA tut mit seinen begrenzten Mitteln sein Möglichstes."

„Sich zu sorgen kostet nichts", sagte Faye.

Cat stand auf und stellte sich zwischen sie. „Wir

sind alle auf derselben Seite. Das sollten wir nicht vergessen."

Fayes Drache schnaubte. *Wenn wir eine Beschwerde einreichen, schickt uns das MDA vielleicht jemanden, der weniger starr ist.*

Ich habe MacKintosh überprüft, und er soll der Beste sein. Nicht nur für Veranstaltungen, sondern auch bei der Schadenskontrolle. In diesem Fall: Je spießiger, desto besser.

Sie konzentrierte sich wieder auf Cat und Lachlan. „Aye, wir sind auf derselben Seite. Aber nur ein Ratschlag, Lachlan: Fast jeder in diesem Raum ist angespannt. Sie müssen Ihnen zwischendurch einige entspannende Aktivitäten anbieten, sonst könnte schon der kleinste Vorfall einen Brand auslösen. Dann müssen Sie all Ihre Fähigkeiten einsetzen, und das reicht vielleicht nicht aus."

Lachlan antwortete: „Gebührend zur Kenntnis genommen. Im Moment muss ich alle überzeugen, sich umzuziehen und vorzubereiten. Wir brechen in einer Stunde auf."

Faye musste dem Menschenmann Anerkennung zollen. Er wusste, wie man konzentriert blieb.

Sie salutierte zum Schein. „Ja, Sir."

Cat ergriff das Wort. „Wir werden rechtzeitig fertig sein. Und selbst wenn ich jemanden finden muss, der Faye anziehen kann, wird sie in einer Stunde unten sein."

Faye öffnete den Mund, um zu sagen, sie könne sich durchaus um sich selbst kümmern, aber Lachlan war bereits an den nächsten Tisch gezogen. Faye drehte sich zu Cat um und streckte ihr die Zunge heraus.

Cat zuckte mit den Schultern. „Ich habe ihn dazu gebracht zu gehen, aye? Jetzt sollten wir uns besser beeilen, sonst haben wir keine Zeit, mit Iris zu reden und Lachlan noch pünktlich unten zu treffen."

„Ich bin mir nicht sicher, ob ich diesen Mann aufgebracht sehen möchte. Ich habe so das Gefühl, dass seine ruhige Natur etwas tief in sich birgt."

Cat sah den Menschen an. „Ich auch. Aber nichts Unheimliches."

Sie musterte ihre Freundin kurz. „Ich habe nie unheimlich gesagt. Aber ich bin neugierig, wie du ihn für dein Gemälde nutzen willst. Bitte sag mir als Fee, mit Regenbogenflügeln und einem zierlichen Zauberstab? Und vielleicht ein paar Katzenohren?"

Cat schnaubte. „Sei nicht albern. Du wirst einfach warten müssen, wie alle anderen, bis ich fertig bin."

„Du bist mir eine schöne Freundin."

Cat lächelte sie nur an.

Seufzend stand Cat auf. „Gut, wenn du es mir nicht sagst, sollten wir gehen."

„Du gibst ziemlich schnell auf, Faye MacKenzie."

„Was soll ich sagen? Ich wage es nicht, deinen Lachlan zu verärgern, indem ich mich verspäte."

Cat öffnete schon den Mund, um etwas zu sagen, schloss ihn dann aber plötzlich.

Als sie sich auf den Weg zu Max' Zimmer machten, fragte sich Faye, ob sie Grant in einer Stunde wecken oder ihn schlafen lassen sollte. Sie wusste, dass er Teil des Geschehens sein wollte, aber andererseits kümmerte er sich nicht richtig um sich selbst. Faye müsste der Richter darüber sein, was in diesem Fall am besten für ihn war.

Ihr Drache seufzte. *Wir sollten uns nicht um mich sorgen.*

Selbst wenn wir deinen Groll mal beiseitelassen, brauchen wir die bestmögliche Kampftruppe für den Fall, dass wirklich etwas passiert.

Ihr Tier hielt kurz inne, bevor es sagte: *Schätze schon.*

Faye nutzte die momentan angenehme Natur ihres Drachen und ging schneller. Eins nach dem anderen. Sie musste Iris auf den Tag vorbereiten.

Während Grant um sein letztes Gebiet für den Tag kreiste, untersuchte er die Umgebung. Normalerweise flog er gern über das Land, betrachtete die Hügel und Lochs der Highlands.

Er wollte jedoch unbedingt seine Suche beenden und Faye finden. Schließlich hatte der Teufelsbraten vergessen, ihn aufzuwecken und ihm eine Nachricht dagelassen: *Du hast den Schlaf gebraucht. Wenn du das hier liest, mach deine Arbeit und finde uns.*

In ihrer Notiz hatte Faye so getan, als wäre sie

immer noch die oberste Beschützerin. Er war auch etwas verärgert, dass sie Entscheidungen für ihn getroffen hatte.

Sein Drache sagte: *Ich stimme ihr zu, jemand muss sich ja um uns kümmern. Außerdem machen diese paar zusätzlichen Stunden Schlaf unsere Sinne schärfer, und wir können besser Hinweise finden.*

Welche Hinweise? Ich sehe nur Bäume, Hütten und noch mehr verdammte Bäume.

Da ist aber jemand ungeduldig.

Grant wollte gerade schon mit seinem Drachen über Geduld streiten. Nur wenige Drachenhälften besaßen sie, und unter normalen Umständen war Grants keine Ausnahme.

Aber er entschied sich dagegen. Schließlich hatte Grant ihm ihre wahre Gefährtin verweigert. Das würde jeden reizbar machen.

Grant selbst war aufgedreht nach seinem Traum von Faye, nackt und unter ihm. Auch wenn Sexträume großartig waren, sandte die Zärtlichkeit, wie sie sich an seine Brust geschmiegt hatte, während er sie festhielt, immer noch eine Welle der Sehnsucht durch seinen Körper. Er hatte immer insgeheim jemanden haben wollen, dem er sich voll und ganz anvertrauen konnte. Er liebte seinen Bruder, aber Chase zog es vor, ihn zu ärgern und das Leben zu behandeln, als wäre es eine Fahrt, die man genießen konnte. Grant war sich nicht sicher, woher er das hatte, aber die Unterschiede in ihren Persönlichkeiten hatten in ihrer

Kindheit schon eine Art Barriere zwischen ihnen geschaffen.

Faye hingegen wusste, wie man Spaß und Zuverlässigkeit miteinander in Einklang brachte. Sie würde ihn nie verraten und ein Geheimnis ausplaudern. Schließlich hatte sie das in der Vergangenheit nicht getan, obwohl sie mehr als jeder andere über seine Zeit in der Armee wusste.

Sein Tier meldete sich wieder. *Sie wird uns gehören. Hör auf, daran zu zweifeln.*

Ich wünschte, es wäre so einfach, Drache.

Das könnte es sein.

Anstatt sich weiter darüber auszulassen, was er wollte, konzentrierte er sich auf das, was er in der Gegenwart tun konnte. Grant schlug mit den Flügeln, und der Boden raste unter ihm vorbei. Er hatte fast das Dorf erreicht, das das Ende seines Suchgebietes markierte, als er Rauch aus einem großen Stück Wald kommen sah.

Obwohl es Menschen oder ein routinemäßiges kontrolliertes Feuer sein konnte, wollte er kein Risiko eingehen. Sein Bauch sagte ihm, er solle den Rauch untersuchen.

Grant behielt seine Flugbahn und Geschwindigkeit bei. Wer auch immer es war, sollte glauben, dass er an ihm vorbeifliegen würde.

In der letzten Sekunde faltete Grant seine Flügel auf den Rücken und tauchte auf die Bäume zu. Als die Äste gegen seinen Körper brachen, dachte er nicht an die blauen Flecken, die er am nächsten Tag haben würde. Stattdessen sah er sich um und entdeckte den Rücken von zwei Gestalten in der Nähe eines Feuers.

In der nächsten Sekunde sprangen Mann und Frau auf und drehten sich zu ihm um.

Es waren sein Vater und dessen Schwester.

Die Erkenntnis flammte in den Augen seines Vaters und seiner Tante auf, dauerte jedoch nur den Bruchteil einer Sekunde. Das Paar drehte sich um und rannte los, als Grant auf den Boden zuflog. Ohne Zeit zu verschwenden, stürzte er sich in seiner Drachengestalt auf sie. Er konnte seinen Vater gerade rechtzeitig erreichen. Seine Tante hingegen rannte außer Sichtweite.

Verdammt fantastisch! Selbst wenn er es so schnell wie möglich aus den Bäumen schaffte, würde seine Tante wahrscheinlich das Auto nehmen, das neben dem einsamen Häuschen stand, das er bei den Bäumen gesehen hatte, und entkommen, bevor er sie erreichen konnte. Wenn er keinen Gefangenen hätte, könnte er sie vielleicht einholen. Aber dafür müsste er seinen Vater, Michael, loslassen.

Grant sah ihn an. Er hätte vielleicht eine Möglichkeit, die anderen Verräter immer noch zu finden, auch wenn seine Tante sie gewarnt hatte.

Sein Vater sagte: „Lass mich los, Junge. Du willst da nicht mit hineingezogen werden."

Diese Aussage weckte nur weiter seine Neugier. Nicht, dass Grant in seiner Drachengestalt Fragen hätte stellen können.

Nein, er musste einen sicheren Platz finden, um Michael McFarland unterzubringen, bis Grant ihn verhören konnte. Er wollte es sofort tun, aber er durfte nicht riskieren, dass etwas mit der Ausstellung schieflief.

Und dann traf es ihn. Inverness Castle hatte eine unterirdische Drachenzelle. Wenn Grant seinen Dad dort hineinsteckte, könnte er den Verräter befragen, sobald die Ausstellung vorbei war.

Mit diesem Plan bewegte sich Grant zu der Lichtung hinter den Bäumen. Wie erwartet, gab es keine Spur von seiner Tante.

Grant konzentrierte sich wieder auf seinen Vater, drehte ihn auf den Kopf und schüttelte ihn ein paarmal, damit seine Sachen aus den Taschen fielen. Als ein paar Dinge zu Boden fielen, schnappte Grant sich das Handy seines Vaters zwischen zwei Krallen seiner freien Hand und steckte es vorsichtig in die kleine Tasche um seinen Hals. Er würde Ian und Emma, Lochguards Technikfreaks, bitten, zu sehen, was sie finden könnten.

Dann ließ er schnell den Blick über den Rest des Kleinkrams schweifen, entdeckte aber nichts von Wert. Hoffentlich, wenn sein Vater irgendwelche Anti-Drachen-Verteidigungsgegenstände hatte, hatte Grant sie rausgeschüttelt. Auf keinen Fall würde er riskieren, dass Michael weglief, wenn er ihn absetzte, um zu wandeln und Unterstützung zu rufen, seinen Gefangenen zu durchsuchen und dann endlich loszuziehen.

Da Grant eine Mission hatte, die abtrünnigen Drachenwandler zu finden, nahm er behutsam eine Phiole mit gemahlener Alraunwurzel und Immergrün aus dem kleinen Beutel um seinen Hals. Er hielt den Schlauch mit einer seiner hinteren Klauen und zog vorsichtig am Ring. Wenn er etwas davon auf sich selbst verschüttete, würde Grant tagelang nicht wandeln können.

Schnell legte Grant seinen Vater auf den Boden und streute das Pulver über den älteren Mann. Das ließ ihn husten, daher nahm er die große Flasche Wasser heraus, riss sie auf und kippte den Inhalt über seinen Vater. Da das Pulver bereits eingeatmet worden und mit Michaels Haut in Kontakt gekommen war, sodass es jetzt seine Wirkung entfaltete, würde das Wasser es genug verdünnen, um nicht dasselbe mit Grant zu tun.

Als sein Vater fertig mit Husten war, fragte er: „Was zum Teufel hast du mir angetan?"

Grant antwortete nicht, zog den Mann hoch, hielt seinen Vater ganz fest, spannte sich an und sprang in die Luft.

Während er wütend mit den Flügeln schlug, war er froh, dass er sich vorhin ausgeruht hatte. Er sollte es in Rekordzeit zurück nach Inverness schaffen.

Sein Drache sagte, *Willst du ihn wirklich den Menschen in Inverness Castle übergeben? Wir haben sie nicht überprüft – sie könnten inkompetent sein. Unser Gefangener könnte sich befreien.*

Das ist unsere einzige Option. Außerdem lasse

ich Finn wissen, dass ich unseren Vater gefunden habe und er kann dem MDA gegenüber betonen, wie wichtig es ist, diesen Gefangenen im Auge zu behalten.

Aber wird Finn uns erlauben, ihn zu befragen? Vielleicht schickt er jemand anderen.

Auch wenn Grant nichts mehr wollte, als seinen Vater selbst zu verhören, erkannte selbst er, dass er vielleicht nicht der Beste dafür war. *Wir könnten die Hilfe gebrauchen. Jemandem, der nicht verwandt ist, stehen möglicherweise keine Emotionen im Weg.*

Und was, wenn das MDA ihn als ihren Gefangenen beansprucht? Dann finden wir Roderick und die anderen womöglich nie.

Roderick war Grants Onkel und inoffizieller Anführer der Drachenwandler, die Lochguard verlassen hatten.

Ich habe Vertrauen in Finn.

Sein Tier schnaubte und schwieg weiterhin. Ausnahmsweise wünschte Grant, dass sein Drache weiterreden würde. Es würde ihn von dem Drachenmann in seinen Klauen ablenken.

Grant wollte nicht zulassen, dass glücklichere Erinnerungen an seine Kindheit seine Mission beeinflussten, und drängte sich, schneller zu fliegen. Je eher er Michael McFarland abgesetzt hatte, desto eher konnte er zur Ausstellung gehen und mit Faye darüber reden. Sie hatte vielleicht einen Plan, wie sie besser mit der Situation umgehen könnten.

Du willst dich also jetzt auf Faye verlassen? Das ist anders, sagte sein Drache.

Ich wäre ein Narr, wenn nicht. Sie empfindet keine Liebe für unseren Vater. Sie kann die notwendigen Entscheidungen treffen, ohne dass sie irgendein Schuld-oder Pflichtgefühl belastet.

Sein Drache hielt kurz inne, bevor er hinzufügte: *Denk nur, wenn sie immer an unserer Seite wäre. Wir könnten eine Menge erreichen.*

Er wollte das mehr als alles andere, aber der Schutz des Clans kam an erster Stelle.

Grant schlug kräftiger mit den Flügeln und verdrängte alle Gedanken. Er musste Michael McFarland sichern, bevor jemand ihn angreifen und wegschaffen konnte.

Kapitel Zwölf

Faye beobachtete, wie die fünf Teilnehmer der MDA-Ausstellung die letzten Anpassungen an ihren Objekten vornahmen.

Cats Gemälde und Fotos fielen ihr am meisten ins Auge. Die lebendigen Farben und die betonten Pinselstriche fingen sowohl das Land als auch die Lebenskraft der Einwohner von Lochguard ein. Obwohl die Menschen am meisten an den Darstellungen von Drachen interessiert waren, bevorzugte Faye diejenigen, die Kinder oder den Broch in der Nähe ihres Landes zeigten. Der Steinhaufen an Loch Naver war einst eine Art Verteidigungsturm gewesen, und Faye schätzte Cats Fantasie, mit der sie ihn wieder zu seiner ursprünglichen Pracht gebracht hatte. Nicht mit Leuten von damals, sondern mit einem modernen Twist aus Feenlicht und einem Paar, das sich einen Kuss stibitzte. In den Sternen über dem Paar war auch die vage Silhouette eines

Drachen zu sehen, als ob er über seine Nachkommen wachte.

Cat bemerkte, dass sie starrte und hob fragend ihre Augenbrauen. Faye hob den Daumen. Als ihre Freundin sich wieder an die Arbeit machte, sah sie zu Max' Tischen. Sie wollte nicht wirklich ein Gespräch mit dem Menschen versuchen, aber ihre Neugier gewann die Oberhand, und sie ging hinüber.

Nachdem sie Iris zum Gruß zugewinkt hatte, die sich an die Wand am anderen Ende lehnte, sah Faye auf die Tische. Seltsame Kleinigkeiten waren ausgelegt. Einige mit Etiketten, andere ohne. Ihr Blick wurde von dem Foto eines großen Bodenmosaiks angezogen, das größtenteils intakt war. Es stellte zwei Drachen dar, die sich im Flug in der Mitte umschlungen hatten.

Bevor Faye versuchen konnte, ihre Geschichte aus den anderen Bildern am Rand des Mosaiks zu konstruieren, stürzte Max herüber und sagte: „Ich hatte gehofft, das echte mitbringen zu können, aber das British Museum hat es nicht erlaubt. Obwohl ich es gefunden habe, sacken sie dafür die Anerkennung ein und beanspruchen es."

Da sie nicht über die Politik des Findens von Artefakten sprechen wollte, fragte sie: „Wo wurde es gefunden?"

„Im Süden Großbritanniens, nicht weit von dem Ort, wo der Clan Skyhunter einst lebte. Nur wenige römische Mosaike, die Drachen darstellen, sind erhalten geblieben. Dieses zeigt sie nicht nur, sondern erzählt auch die Geschichte von Drachen, die dem Besitzer der Villa helfen." Max zeigte auf eines der kleineren Bilder in der Ecke. „Hier schützen die Drachen die Bewohner vor anderen Drachen."

Faye beugte sich hinunter. Dem Mosaik fehlten ein paar Teile, aber sie konnte gerade noch einen Drachen erkennen, der vor Menschen stand, während ein anderer Drache ihn anbrüllte.

Max sprach weiter. „Wenn dir das hier gefällt: Ich habe noch ein paar andere Tafeln mit Artefakten aus der römischen Zeit in Großbritannien. Einige der Funde sind wirklich außergewöhnlich."

Bevor Faye darüber nachdenken konnte, wie sie höflich ablehnen sollte, sah sie Grant auf sie zuschreiten. Nach der Festigkeit seines Kiefers zu urteilen, war etwas passiert.

„Entschuldigung, Max."

Faye ging Grant auf halbem Weg entgegen. Sie öffnete den Mund, um zu fragen, was passiert war, aber Kai kam ihr zuvor. „Nicht hier. Komm."

„Was ist mit Cat?"

„Ich habe Aaron auf dem Weg hierher gefragt, und er sagte, sie würden sie im Auge behalten."

Sie nickte und ließ sich von Grant in einen Raum außerhalb des Ausstellungssaals führen. Sobald er die Tür schloss, fragte er: „Wie lange müssen wir noch hierbleiben?"

„Ich weiß nicht. Lachlan hat das nicht genau gesagt. Was ist denn los?"

Er senkte die Stimme. „Ich habe meinen Vater gefunden. Er wird derzeit in Inverness Castle festgehalten."

„Was?"

„Es stimmt. Meine Tante ist leider entkommen. Wir müssen meinen Vater so schnell wie möglich befragen, bevor bekannt wird, dass ich ihn habe."

Sie musterte ihn einen Moment lang, bevor sie sagte: „Du erzählst mir das, weil du meine Hilfe willst."

„Natürlich will ich deine Hilfe, verdammte Frau. So gern ich das auch im Alleingang machen möchte, es gibt zu viel Geschichte zwischen meinem Vater und mir. Du würdest ihn besser verhören können."

Bei Grants Worte richtete sie sich etwas weiter auf. „Ich kann das machen, aber was hat Finn gesagt? Ich bin ja ganz dafür, meinen Cousin zu provozieren, aber das hier ist ziemlich wichtig."

„Finn verhandelt gerade mit dem MDA. Ich möchte nur bereit sein, sobald er grünes Licht bekommt, um ihn zu befragen."

„Nun, Iris ist da. Wenn du auch bleibst, dann könnte ich wahrscheinlich eine Weile verschwinden, ohne dass Lachlan es bemerkt. Die einzige Frage ist, ob die Mitarbeiter von Inverness Castle mir erlauben, mit ihm allein zu sein."

„Solange er in seiner Zelle angekettet ist, wüsste ich nicht, warum nicht. Ich habe ihm unsere spezielle Mischung gegeben, und er wird für ein paar Tage nicht wandeln können. Im schlimmsten Fall kannst du dich in einen Drachen verwandeln und ihn problemlos wieder einfangen."

Für den Bruchteil einer Sekunde war Faye erstaunt, wie selbstverständlich Grant sie in eine so wichtige Aufgabe einbezog. Dann schob sie es beiseite. Sie wollte ihm keinen Grund geben, es sich anders zu überlegen. „Gut, dann ist es wahrscheinlich das Beste, wenn ich jetzt verschwinde und du meinen Platz einnimmst. Ich bin mir sicher, dir fällt eine Ausrede ein."

Er nickte. Sie wandte sich zum Gehen, doch Grant packte ihr Handgelenk. Sie begegnete erneut seinem Blick, als er sagte: „Sei vorsichtig, Mädel. Nicht, weil ich glaube, dass du nicht fähig bist, denn das bist du. Mein Vater ist unberechenbar, und ich weiß nicht, ob seine Brüder Inverness Castle angreifen werden, um ihn zurückzuholen, oder nicht."

„Wenn etwas schiefgeht, wirst du es als Erster erfahren."

Er lächelte. „Aye, dann solltest du am besten jetzt gehen. Und scheu dich nicht, meinen Vater zu schlagen, wenn er aus der Reihe tanzt."

Faye machte eine Faust und hob ihren freien Arm, als wollte sie genau das tun. Grant schnaubte über ihre Mätzchen und ließ schließlich ihr Handgelenk los.

Faye verließ das Ausstellungszentrum und tat ihr

Bestes, nicht zu sehr über Grants Verhalten und seine Bereitschaft, sie zu beteiligen, nachzudenken. Sie brauchte die ganze Zeit, die sie bekommen konnte, um ihre Verhörfragen vorzubereiten.

Leider hatte ihr Drache nicht dieselbe Ansicht. *Grant bemüht sich zu sehr.*

Sie seufzte. *Zuerst hat er sich nicht genug Mühe gegeben, und jetzt bemüht er sich zu sehr. Ich denke, du suchst nur nach Ausreden.*

Ihr Tier hielt kurz inne, bevor es antwortete: *Lass mich dich eines fragen: Bist du bereit für den Rausch und alles, was er mit sich bringt?*

Moment, du versuchst, mich zu beschützen?

Warum ist das so überraschend? Wir sind eins, und wenn dir etwas passiert, passiert es auch mir.

Du könntest mich einfach fragen. Nur weil Grant meinen Respekt verdient und beweist, wie sehr er uns schätzt, heißt das nicht, dass ich bei der nächsten Gelegenheit mit ihm ins Bett springen werde.

Bist du dir sicher? Du wirst verrückt, wenn er dich berührt. Was würde passieren, wenn er uns auszöge und jeden Zentimeter unserer Haut küsste?

Faye brauchte alles, um die Worte ihres Drachen nicht zu visualisieren. *Hör auf, Drache.*

Denk einfach darüber nach. Ich lasse dich dein Verhör durchführen, aber dieses Gespräch ist noch nicht vorbei.

Ihr Tier verstummte, und Faye kämpfte gegen den Drang, ihren Kopf gegen eine Wand zu schlagen. Sie fragte sich, wie Drachen es jemals überlebten, ihren wahren Gefährten zu finden, geschweige denn mit ihnen zu leben. Ihr Drache würde wahrscheinlich immer versuchen, sie zu beschützen.

Nicht, dass es sie überraschen sollte. Sie war die Jüngste, und ihre ganze Familie war überfürsorglich. Ihr Drache war wahrscheinlich nur ihrem Beispiel gefolgt.

Faye erhöhte ihr Tempo. Sie konnte später über ihre Zukunft nachdenken und sich mit ihrem Tier befassen. Sie musste Inverness Castle schnell erreichen. Sie würde bei diesem Auftrag nicht scheitern. Aye, sie wollte Grant beweisen, dass sie wichtige Clan-Aufgaben erledigen konnte. Doch sie musste es auch für sich tun. Faye vermisste es, die Verantwortung für die Beschützer in Lochguard zu haben und heikle Entscheidungen zu treffen. Sie konnte ihren früheren Job vielleicht nie wiedererlangen, aber allmählich dachte sie, sie könnte ihn mit Grant teilen.

Das war eine Zukunft, gegen die sie nichts gehabt hätte. Grant sowohl als ihr Geliebter als auch ihr Arbeitspartner.

Aber sie war etwas voreilig. Zuerst musste sie Michael McFarland zum Reden bringen.

Kurze Zeit später stand Faye vor Michael McFarlands Zelle und starrte den Mann an.

Auch wenn er wie eine ältere Version von Grant

173

aussah, mit den gleichen dunklen Haaren – wenn auch etwas grau – und den gleichen braunen Augen, wollte Faye den Drachenmann nur schlagen, weil er seinen Clan und seine Familie verlassen hatte.

Fayes Vater war ihr genommen worden, aber Michael hatte beschlossen, zu gehen. Für sie war seine Tat die schlimmste Art von Verrat.

Ihr Tier knurrte. *Wenn wir ihn einmal schlagen, wo es niemand sehen kann, wird das keine Probleme verursachen.*

So verlockend das auch ist, aber nein. Ich will mich nicht dem Zorn des MDA stellen müssen. Außerdem zählt Grant auf uns.

Hmph. Grant würde meinem Plan zustimmen.

Bevor Faye reagieren konnte, kam einer der Wärter von oben zurück und sagte: „Ihnen wurde eine Freigabe von fünfzehn Minuten bewilligt. Danach begleite ich Sie hinaus."

Da sie einem geschenkten Gaul nicht ins Maul schauen wollte, nickte Faye nur. Der Wächter machte einem der anderen ein Zeichen, und der öffnete die Zelle.

Faye betrat den kleinen Raum, und die Tür klickte hinter ihr zu. Als sich das Schloss drehte, suchte sie nach allem, was Michael benutzen konnte, um sie zu überwältigen. Doch die Zelle enthielt ein Einzelbett, eine Toilette und ein Waschbecken. Abgesehen von der Bettdecke und dem Toilettenpapier auf dem Boden waren da nur die Ketten um Michaels Handgelenk und Knöchel.

Zufrieden, dass die Zelle sicher war, fragte sie: „Lust, mir zu sagen, warum du Lochguard verlassen hast?"

Zwischen Michaels Augenbrauen trat eine kleine Furche. „Das ist deine erste Frage?"

„Nenn mir einfach den Grund. Ich will es wissen."

Er musterte sie. „Ich werde nicht sprechen, Mädel. Du verschwendest deine Zeit."

Sie trat einen Schritt näher. „Ach ja? Dann sollte ich vielleicht gehen und dein Schicksal dem MDA überlassen." Sie sah über ihre Schulter. „Worüber habt ihr Jungs noch geredet? Ach, richtig. Seinen inneren Drachen für den Rest seines Lebens unter Drogen zum Schweigen zu bringen."

„Du lügst. Das MDA würde ihre Vereinbarungen nicht verletzen."

„Ach, aber da irrst du dich. Die Vereinbarungen bestehen zwischen der britischen Regierung und den fünf Drachenclans im Vereinigten Königreich. Da du keinem der fünf Clans angehörst, haben sie keine bestehende Vereinbarung mit dir. Sie können euch wie abtrünnige Drachen behandeln. Ich bin mir sicher, du weißt, was das bedeutet."

Abtrünnige Drachen konnten bei Sichtung getötet werden, wenn man sie als Bedrohung wahrnahm.

Da Grants Vater nie ein Beschützer gewesen war, besaß er nicht die Ausbildung, die Sorge aus seinen Augen zu halten. „Ich lasse es darauf ankommen, MacKenzie. Deine ganze Familie ist gut darin, zu beschönigen. Das hier ist nicht anders."

„Was du ‚beschönigen' nennst, nenne ich Spaß haben. Aber ich kann dir versichern, dass ich das nicht erfunden habe. Tatsächlich sollte der Anwalt des MDA jederzeit hier sein, um meine Forderung zu bekräftigen."

Als sie einander anstarrten, überlegte sich Faye ihren nächsten Schritt. Sie hatte nicht gelogen, dass der Anwalt des MDA bald eintreffen würde. Doch je mehr Informationen sie erhalten konnte, bevor der Beamte kam, desto besser.

Sie fuhr fort. „Ich bin mir sicher, dass du von den abtrünnigen amerikanischen Drachen und ihrem Angriff auf Lochguard im vergangenen Winter weißt. Ich glaube, sie haben mit euch zusammengearbeitet, aye?" Michael schwieg weiter. Grants Onkel Roderick, der ehemalige Beschützer, musste seine Anhänger wohl doch bis zu einem gewissen Punkt ausbilden. „Ich muss den Gefangenen des MDA nur dein Bild von diesem kleinen Vorfall zeigen. Sie werden meinen Verdacht bestätigen, und du wirst für den Rest deines Lebens weggesperrt werden. Wenn du jedoch vorher mit mir sprichst, wird dein Strafmaß möglicherweise reduziert."

Sie hasste das Angebot, wenn man bedachte, was der Mann Grant und seiner Familie angetan hatte, aber die Sicherheit von Lochguard hatte höhere Priorität, als einen Mann dafür zu bestrafen, ein schrecklicher Vater und Gefährte gewesen zu sein.

„Ich sage immer noch, dass du bluffst", antwortete Michael. „Vielleicht rede ich, wenn der Anwalt kommt und mir einen Deal anbieten kann. Bis dahin kannst du genauso gehen. Ich werde dir gar nichts sagen."

Faye vermutete, dass der Mann die Wahrheit sagte. Aber es gab noch eine letzte Sache, die sie herausfinden musste. Sie sagte: „Du hast deiner ehemaligen Gefährtin das Herz gebrochen, als du gegangen bist. Wusstest du das?"

Für den Bruchteil einer Sekunde blitzte Bedauern in Michaels Augen auf, aber es wurde schnell durch einen harten Blick ersetzt. „Sie hat sich entschieden, deinem nichtsnutzigen Cousin zu folgen. Sie muss mit ihrer Entscheidung leben."

Ihr Drache knurrte. *Ich mag ihn nicht.*

Lorna ignorierte ihr Tier. „Eine Sache, die ich nie begreifen konnte, ist, warum Finn deiner Meinung nach ein so schrecklicher Anführer ist? Er wollte doch nur die Menschen erreichen und mit ihnen arbeiten."

„Aye, und bald würden wir uns noch mehr vor ihnen verbeugen, als wir es ohnehin bereits tun. Drachen wurden einst verehrt und gefürchtet. Es sollte immer noch so sein. Nur die Clanführer halten uns davon ab, das Land und die Ressourcen zu beanspruchen, die wir verdienen. Sie alle haben Angst vor dem MDA, die Feiglinge."

Faye hob eine Braue. „Also, Leute zu essen

macht dich irgendwie wild und mächtig? Für mich klingt das verrückt."

„Es ist nicht verrückt, über das herrschen zu wollen, was uns gehören sollte. Besonders, wenn wir einige der Waffen erhalten, die die Drachenjäger gegen Drachenwandler einsetzen, dann könnte uns niemand besiegen, wenn er nicht bereit wäre, sein eigenes Land zu bombardieren und sein kostbares Volk zu riskieren."

Ihr Drache meldete sich zu Wort. *Das MDA muss einen Berater für ihn finden. Er ist wahnsinnig, wenn er glaubt, die britische Regierung wird ihm die Dinge überlassen, nachdem er ein paar Menschen getötet hat. Wenn Hitler dieses Land nicht erobern konnte, bezweifle ich, dass ein oder zwei Dutzend Drachenwandler es können.*

Seiner Meinung nach war es die Hilfe der Drachen gewesen und nicht die Amerikaner, die Hitler letztlich daran gehindert hat, dieses Land zu besetzen.

Ihr Drache schnaubte. *Die Yanks waren hilfsbereit, aber wir hätten uns selbst behaupten können. Deutsche Drachen mögen größer sein, aber sie haben keine Ausdauer.*

Faye wollte nicht mit ihrem Drachen debattieren und ignorierte ihr Tier, um sich auf Michael zu konzentrieren. „Ich hoffe wirklich, dass du eines Tages das Licht siehst. Vielleicht stellst du dann fest, dass es töricht war, deine Familie für ein unrealistisches Machtspiel aufzugeben."

Michael knurrte und zerrte an seinen Ketten. Faye hatte ihre Länge berechnet und stand in sicherer Entfernung. Sie zuckte nicht einmal und fügte hinzu: „Dein Zeitfenster schließt sich, McFarland. Ich gebe dir bis zum Ende des Tages, und dann treten wir zurück und erlauben dem MDA, alles zu tun, was sie wollen. Wenn du es dir jedoch anders überlegst, könnte Finn einige Fäden ziehen, damit du wieder fliegen kannst, bevor du stirbst."

Damit drehte sie sich um und wartete darauf, dass die menschliche Wache die Zelle öffnete. Ein jüngerer Beschützer wäre vielleicht von der Befragung enttäuscht gewesen, aber Faye wusste, dass das Setzen von Ideen und sie gären zu lassen manchmal mehr dazu beitragen konnte, einen Gefangenen zu überzeugen, als ihn zu schlagen.

Angesichts Michael McFarlands Egoismus würde er wahrscheinlich eher sich als seine Landsleute schützen wollen. Sie wettete ihre Lebensersparnisse, dass der Mann nachgeben würde.

Ihr Drache seufzte. *Ich verabscheue ihn. Ich hoffe, dass seine Sturheit gewinnt und er irgendwo in einer Gefängniszelle verrottet.*

Und das würde dem Clan wie helfen?

Ich habe nicht gesagt, dass es hilfreich oder logisch wäre. Ich mag ihn nur nicht.

Faye schnaubte. *Ich werde Grant von deinen Gefühlen berichten. Schön, dass du dich für ihn erwärmst.*

Ihr Drache schnaubte und verstummte.

Faye wartete in einem kleinen Raum unweit der Zelle auf den Anwalt des MDA. Sie ging auf und ab, wollte unbedingt gehen, damit sie mit Grant reden konnte. Er wäre weniger als erfreut, wenn sein Vater sich weiter weigern würde, aber ihre Befragung war keine vollständige Pleite gewesen. Die Informationen, die sie bisher gesammelt hatte, konnten ihnen helfen, einen Plan aufzustellen.

Kapitel Dreizehn

Grant beobachtete, wie Cat, Max und die anderen die endgültigen Anpassungen an ihren Ausstellungsstücken vornahmen. Es war zu viele Jahre her, dass er nur auf jemanden hatte aufpassen müssen, und er war kurz davor, die Wände hochzugehen.

Sein Drache sagte, *Vielleicht verstehst du die jüngeren Beschützer ja jetzt.*

Aye, das tue ich. Aber ich werde ihnen immer noch Wachdienst oder Personenschutz übertragen. Außerdem müssten nur wenige von ihnen darauf warten, zu hören, wie ein Verhör mit ihrem Vater gelaufen ist, aye?

Vielleicht. Aber ich vertraue Faye. Du solltest das auch.

Ich vertraue ihr. Ich will nur wissen, was zum Teufel passiert ist.

Lachlan klatschte und signalisierte, dass es Zeit

für die Abfahrt sei, und alle gingen zum anderen Ende des Raumes.

Die einzige Frage war, ob Faye vor ihrer Abreise zurückkommen würde. Wenn nicht, dann könnte Grant nicht mit ihr reden, bis sie sicher in der Pension waren

Sein Drache meldete sich. *Ein paar Minuten bringen dich schon nicht um.*

Als sie schließlich den Raum verließen und sich in die Vans quetschten, die sie zurückbringen würden, überprüfte Grant die Umgebung nach etwas Ungewöhnlichem. Wenn Faye nicht weg gewesen wäre, hätte Grant sich entschuldigt, um eine angemessene Überwachung aus der Luft durch-zuführen.

Lachlan war jedoch bereits misstrauisch. Grants Entschuldigung, Faye müsse einen Chemiker für einige persönliche Gegenstände aufsuchen, war auf Zweifel gestoßen. Nur weil Grant anbot, detailliert auf die Biologie einer Drachenwandlerin einzuge-hen, und Max begeistert verlangte, dies zu hören, ließ Lachlan davon ab.

Sie wanden sich durch die Straßen von Inverness zurück zu ihren Unterkünften. Die Menschen gingen ihren üblichen Aufgaben nach: Einkaufen, arbeiten und sich mit Freunden treffen. In mancher Hinsicht unterschieden sie sich nicht so sehr von Drachenwandlern. Schade, dass nicht mehr Menschen das verstanden.

Der Van fuhr schließlich auf den Parkplatz in

der Nähe des B&B, und Grant entdeckte Faye durch das vordere Fenster ihrer Unterkunft. Da sie nur dasaß und nicht auf- und abging, konnte die Nachricht nicht so schlimm sein.

Grant machte Iris ein Zeichen, sie solle sowohl auf Cat als auch Max aufpassen, stieg als Erster aus dem Van und machte sich auf den Weg ins B&B. Er steckte seinen Kopf in die Lounge, in der Faye saß, und befahl: „Oben!"

Wäre die Situation nicht so wichtig gewesen, hätte Faye ihn wahrscheinlich herausgefordert. Sie folgte ihm jedoch die Treppe hinauf, ohne sich zu beschweren. Sobald er seine Tür schloss, wandte er sich Faye zu. „Nun?"

„Es macht Spaß, dich ungeduldig zu sehen. Vielleicht warte ich noch ein paar Sekunden länger." Er knurrte, und sie hob die Hände. „Okay, ich will Mr. Grumpy nicht zu sehr verärgern. Zumal meine Nachrichten weniger als ideal sind."

Er sah in Fayes Augen. „Er hat nichts gesagt?"

„Michael hat nicht viel gesagt, aber er wird es tun, wenn die Bedingungen, die er mit dem Anwalt ausgehandelt hat, erfüllt sind."

„Hör auf, es in die Länge zu ziehen, und sag es mir endlich!", bellte er.

Sie neigte den Kopf. „Eine seiner Bedingungen ist, dass er dich sehen will."

Grant ballte seine Finger zu einer Faust. „Warum? Ich habe dem Mann nichts zu sagen."

Faye zuckte mit den Schultern. „Ich habe keine

Ahnung. Sei einfach froh, dass er überhaupt etwas zugestimmt hat. Zuerst hat er nur über die Überlegenheit von Drachenwandlern schwadroniert. Wenn es nach ihm ginge, würden die Menschen uns wie Götter behandeln."

„Mein Vater hat sein Los im Leben immer gehasst. Ich nehme an, dass sein Interesse an der Geschichte ein subtiler Hinweis auf seine Gedanken über Drachen war, da sie auf lange Sicht die Insel mehr Jahre regiert haben als Menschen."

Faye überwand die Distanz zwischen ihnen. In ihrer Nähe hörte sein Drache auf, in seinem Kopf auf- und abzugehen. Ihre Stimme war sanft, als sie sagte: „Ich weiß, es ist viel verlangt, dass du dich mit ihm treffen sollst. Und wenn es zu schwierig ist, habe ich vielleicht einen Plan, wie ich die anderen abtrünnigen Drachen aus der Reserve locken kann, obwohl das nicht garantiert ist."

„Ich würde alles tun, um dem Clan zu helfen. Dazu gehört auch, mit meinem Bastard-Vater zu reden. Trotzdem bin ich neugierig, deinen Plan zu hören."

Einer ihrer Mundwinkel hob sich. „Also, bist du bereit, meine Befehle wieder zu befolgen?"

Er knurrte: „Faye, nenn mir einfach deine Idee. Ich habe keine Zeit für dein Necken."

Sie berührte seine Wange, und Grant brauchte alles, um ihre Hand nicht mit seiner zu bedecken. Denn wenn er es täte, könnte er mehr tun, als sie nur anfassen. Nein, er würde sie an sich ziehen und sie küssen, um der Realität für ein paar Minuten zu entkommen.

Sein Drache meldete sich zu Wort. *Ja, ja! Küss sie! Sie wird uns lassen.*

Nur, weil ich es kann, bedeutet das nicht, dass ich es sollte. Denk an den Clan. Sie zählen auf uns.

Sein Tier schnaubte. *Wir müssen daran arbeiten zu delegieren, sonst haben wir nie Zeit mit unserer Gefährtin, sobald wir sie beanspruchen.*

Sie hat noch nicht Ja gesagt.

Das wird sie.

Da Grant nicht weiter streiten wollte, starrte er Faye nur an und hob die Augenbrauen. Nach ein paar weiteren Sekunden seufzte sie. Sie schüttelte den Kopf und sagte: „Gut, ich werde versuchen, dich für ein paar Minuten nicht zu necken. Aber irgendwann werde ich dich davon überzeugen, dass es in Ordnung ist zu lachen, selbst in den schlimmsten Situationen." Er neigte fragend den Kopf, und sie fuhr fort: „Aye, nun, Michael und die anderen Drachenwandler, die Lochguard verlassen haben, wollen, dass Drachen als Könige und Königinnen behandelt werden. Wenn wir die Grundlagen sorgfältig legen, könnten wir einige unserer Verbündeten davon überzeugen, sich als Sympathisanten für ihre Sache auszugeben, ihr Vertrauen zu gewinnen, indem sie bestimmte Clans ‚angreifen' und dann ihre Reihen infiltrieren. Danach geht es darum, sich mit dem MDA zu koordinieren und sie ins Gefängnis zu bringen."

„Das erfordert eine große Abhängigkeit von der Hilfe anderer Clans."

„Und? Wir können Stonefire vertrauen, und sie haben durch ihren obersten Beschützer Kai Verbindungen zu Snowridge. Ich habe außerdem das Gefühl, dass Northcastle sich anschließen könnte."

Sein Drache knurrte bei der Erwähnung von Northcastle, aber Grant ignorierte ihn. „Seit wann vertraust du den nordirischen Drachen?"

„Mein Drache vertraut Adrian und Kaine, und ich vertraue ihm." Ihre Augen strahlten. „Und denk nur daran — wenn wir Northcastles Vertrauen gewinnen und Stonefire das Vertrauen des irischen Clan Glenlough hat, dann könnten wir es schaffen, die Kluft zwischen den Drachen in diesen beiden Ländern zu schließen."

„Mann, du hast ja überhaupt keine großen Pläne, Mädel, oder?", sagte Grant gedehnt.

Sie schlug ihm auf den Arm. „Tu nicht so, als hättest du keine großen Ideen. Dann wärst du kein großer Beschützer."

Sein Drache meldete sich. *Ihre Idee, ihre Reihen zu infiltrieren, hat etwas für sich, aber ich denke immer noch, wir sollten uns zuerst mit unserem Vater treffen.*

Ich habe genau dasselbe gedacht.

Sein Tier hielt kurz inne, bevor es sagte: *Also, sag ihr, sie ist brillant. Sie hat es verdient.*

Fayes Stimme unterbrach seine Gedanken. „Was hat Mr. Drache jetzt zu sagen?"

„Er will in deine Hose."

Sein Tier knurrte. *Ja, aber sag ihr die ganze Wahrheit.*

Fayes Pupillen blitzten auf, und sie lachte. „Ich wünschte, es gäbe eine Möglichkeit für unsere beiden Drachen, direkt miteinander zu reden. Meiner würde deinem jetzt eine Standpauke halten."

Einer seiner Mundwinkel zuckte hoch. „Nun, das würde ich liebend gerne hören."

Sein Drache schnaubte und rollte sich in seinem Hinterkopf zusammen. Anscheinend mochte er die Vorstellung, dass Fayes Drache ihn beschimpfte, nicht.

Fayes Lächeln verblasste, und er konzentrierte sich auf sie anstatt auf sein Tier, als sie sagte: „Aber jetzt mal ernsthaft. Wir müssen entscheiden, was wir tun sollen, und das bald. Der Anwalt des MDA braucht eine Antwort."

„Zuerst sag mir: Hast du mit Finn gesprochen?"

Sie schüttelte den Kopf. „Noch nicht. Ich wollte zuerst mit dir reden. Auch wenn du mir diese Aufgabe übertragen hast, bist immer noch du verantwortlich."

Er wollte sagen, dass sie immer beide oberste Beschützer sein und die Sicherheitskräfte des Clans gemeinsam führen sollten. Das war jedoch der aktuellen Situation viele Schritte voraus. Bis Grant mehr über seine Zukunft wusste und eine bessere Gelegenheit bekam, Faye zu umwerben, wollte er nicht riskieren, alles zu verlieren, indem er seine Pläne zu früh offenbarte. „Sag dem Anwalt, dass ich mich mit meinem Vater treffen werde. Wenn ich mit ihm fertig bin, überlegen wir uns die nächsten Schritte und sagen Finn, was los ist. Während ich weg bin, musst du auf Cat aufpassen."

„Ich weiß –"

„Nicht, weil ich dir nicht vertraue, aber mit meinem Vater in Gewahrsam besteht immer die Möglichkeit, dass mein Onkel und die anderen Verräter uns jagen könnten. Sie hätten kein Problem damit, jeden anzugreifen und zu verletzen, der sich ihnen in den Weg stellt. Wenn sie wissen, dass wir zusammenarbeiten, wirst du ein Ziel sein."

Faye sah ihm in die Augen. „Glaubst du wirklich, dass sie Unschuldige ins Visier nehmen würden? Cat und die anderen Drachenwandler hier haben nichts getan, um ihren Zorn zu verdienen."

Grant biss die Zähne aufeinander. „Nach dem Angriff im Januar und ihrer vorübergehenden Allianz mit dem amerikanischen Clan, glaube ich, es gibt wenig, was sie nicht tun würden. Ihr Angriff hat signalisiert, dass sie uns alle als Feinde betrachten."

Die vorübergehende Allianz zwischen den Verrätern und den Abtrünnigen des Clans Broad Bay hatte dazu geführt, dass große Teile von Lochguard bombardiert worden waren. Auch wenn es nur wenige Opfer gegeben hatte, lasteten die Todesfälle immer noch schwer auf vielen Herzen des Clans.

Faye nahm sein Gesicht in die Hände und streichelte seine Wange mit den Daumen. „Lieber sterbe ich, als dass ich zulasse, dass sie noch jemanden aus Lochguard verletzen."

Fayes weiche Haut an seiner half, seine Nerven zu beruhigen. Das Mädel, das einst seinen Zorn entfacht hatte wie kein anderer, war zu seinem Quell der Ruhe geworden.

Nun, zumindest in bestimmten Momenten. Wenn sie sich um die Drohungen gekümmert und Zeit hatten, würde er alles daransetzen, ihr Feuer wieder zu schüren.

Er ging ein Risiko ein, legte seine Hände an Fayes Hüften und zog sie sanft gegen seinen Körper. Einige Sekunden lang standen sie still, nur das Geräusch ihrer Atmung erfüllte den Raum.

Er sollte ihre Hüfte tätscheln und sich verabschieden. Aber Grant beugte sich einen Bruchteil näher an ihre Lippen. Sie schloss die Augen. Sein Herz setzte einen Schlag lang aus. Er wollte, dass sie sicher war, also fragte er: „Willst du das?"

„Aye", antwortete sie atemlos. „Ich glaube, ich kann mein Tier lange genug für einen Kuss zurückhalten."

Sein Drache brüllte. *Beeil dich, und küss sie!*

Grant schloss die Distanz und war eine Haaresbreite davon entfernt, seine Lippen gegen Fayes zu drücken, als Aaron Carusos Stimme durch die Tür dröhnte. „Ich weiß, dass du da drin bist, McFarland. Wir müssen reden."

Sein Tier knurrte. *Ignorier' ihn. Küss sie.*

Faye öffnete die Augen. Sie flüsterte: „Vorfreude macht die Dinge besser, hab' ich gehört."

„Verdammt unwahrscheinlich in diesem Fall. Ich mache ja nichts anderes als zu warten." Mit einem Fluch ließ Grant Faye widerwillig los. „Manchmal will ich diesen Mann umbringen."

„Das habe ich gehört", antwortete Aaron. „Mord ist illegal, aber ich bin jederzeit bei einem Sparring-spiel oder einem Flugwettbewerb dabei."

Faye biss sich auf die Lippe, und Grant schoss ihr einen finsteren Blick zu. „Wage es ja nicht zu lachen."

Sie hob unschuldig die Hände. Aaron sagte: „Was, bist du eingeschlafen? Ich weiß, dass du älter wirst, aber du kannst doch sicher mal auf ein Nicker-chen verzichten."

Mit einem Knurren riss Grant die Tür auf. „Was willst du?"

Aaron sah zu beiden Seiten. „Willst du wirklich, dass ich es hier draußen frage, damit alle es hören?"

Grant packte Aarons Hemd und zerrte ihn in den Raum. Sobald sich die Tür schloss, verlangte er zu erfahren „Und? Was ist so wichtig, dass du durch die Tür brüllen musstest?"

Aaron sah zwischen Grant und Faye hin und her und lächelte. „So ist das also, wie ich sehe."

„Caruso", knurrte Grant.

„Aye, das ist mein Name. Und ich wollte wissen, wo Faye heute war. Bei deinem Verschwinden gestern Abend und Fayes heute ist etwas los. Wenn es eine Bedrohung gibt, dachte ich, dass die Allianz zwischen Stonefire und Lochguard stark genug ist, dass du mir mitteilen kannst, was du weißt."

Faye sprach, bevor Grant es konnte. „Die Allianz ist wichtig, und Stonefire ist der einzige Clan, dem wir mehr als allen anderen vertrauen. Aber wenn es eine Bedrohung für deinen Clan gäbe, würdest du mit deinem Clan-Führer vor uns reden, aye?"

Aaron sah Grant in die Augen. „Du warst letzte Nacht in Lochguard, und ich nehme an, du hast mit Finn gesprochen. Ist noch etwas anderes zwischen da und jetzt passiert?"

„Aye", antwortete Grant. „Und sobald Finn seine Zustimmung gibt, werdet du und Quinn es als Erste erfahren. Bis dahin sei einfach wachsam und halte die Augen offen."

„Das ist nicht viel, aber ich werde jetzt nicht auf mehr drängen", sagte Aaron. „Alles Necken beiseite, du solltest wissen, dass ich dir vertraue, Grant. Du musst nur um Stonefires Hilfe bitten, und du hast sie."

Faye sprang ein. „Selbst wenn wir eine große Feier für Finns und Arabellas Drillinge planen, bei der es darum geht, nackt im Mondlicht zu tanzen?"

„Ich kann nicht sagen, dass Bram mitmachen wird, aber ich habe nichts zu verlieren", antwortete Aaron.

Grant rieb sich die Nasenwurzel. „Ich versichere dir, das ist es nicht. Du musst jetzt gehen, Caruso. Ich muss mich um etwas kümmern."

Aaron hob die Brauen. „Also, mit anderen Worten, ich soll meinen Arsch aus deinem Zimmer befördern? Was auch immer los ist, macht dich angespannt und unhöflich. Ich hoffe, du löst dein Problem bald, sonst muss ich mir überlegen, wie ich dich aufziehen und dazu bringen kann zu entspannen." Er zwinkerte Faye zu. „Oder vielleicht kann Faye das für dich machen."

Grant öffnete den Mund, aber Aaron war weg, bevor er ein Wort sagen konnte. Faye stellte sich neben ihn. „Vielleicht sollten wir wirklich so eine Feier für Arabella planen und vergessen, Aaron gegenüber zu erwähnen, dass er der Einzige ist, der nackt tanzen wird."

Trotz allem, was er gerade am Hut hatte, schnaubte Grant. „Ich werde vielleicht blind, wenn ich seinen Arsch sehe, aber es könnte sich lohnen."

Als Grant und Faye einander angrinsten, nahm er sich kurz Zeit, um den Moment zu genießen. Er bezweifelte, dass er viel Zeit mit Faye allein haben würde, bis die Drohung erledigt war. Und nicht nur, weil ihre Familie versuchen würde, sich einzumischen. Das war ein ganz anderes Problem, das er lösen musste.

Sein Drache meldete sich zu Wort. *Wenn wir etwas in der Vergangenheit der Zwillinge finden, könnten wir sie eine Weile in einer Zelle festhalten und uns dann mit Faye wegschleichen.*

Als Grant noch über die Vorzüge der Einsperrung von Fayes Brüdern debattierte, meldete sich ihr

Handy mit einer Textnachricht. Endlich unterbrach sie den Blick, um nachzusehen. „Der Anwalt braucht eine Antwort."

Grant drückte alles außer seiner Arbeit beiseite und antwortete: „Dann sag ihm, dass ich auf dem Weg bin."

Faye nickte und tippte die Antwort. Als sie fertig war, sah sie wieder zu ihm auf. „Ich bin hier, wenn du mich brauchst, Grant."

„Ich weiß, Mädel. Ich weiß."

„Und ich hoffe wirklich, dass wir das beenden können, was wir vor einer Minute fast begonnen haben." Sie wackelte mit den Augenbrauen, und er schüttelte den Kopf. Sie fragte: „Was? Es sei denn, du bedauerst, was du tun wolltest."

„Auf keinen verdammten Fall", knurrte er. „Wenn ich dich endlich küsse, werde ich es richtig machen. Vielleicht musst du dich sogar gegen mich lehnen, um nicht auf die Knie zu fallen."

„Und du tadelst meine Brüder, weil sie immer übertreiben, aber ich fange an zu glauben, dass das eine männliche Eigenart ist. Du bist nämlich nicht besser."

Er nahm ihr Kinn zwischen die Finger. „Ich bin nicht einer von deinen Brüdern."

Belustigung tanzte in ihren Augen. „Gut, denn das wäre seltsam. Ganz zu schweigen davon, dass, wenn wir tun, was wir meiner Meinung nach tun werden, es auch noch illegal wäre."

„Freches Mädel." Grant ging ein Risiko ein und

küsste Faye auf die Wange. Als sie sich gegen seine Berührung lehnte, strömte ein Gefühl der Zufriedenheit durch seinen Körper. Sie war schon nahe daran, umworben zu werden.

Das reicht nicht, sagte sein Drache.

Es ist ein Anfang.

Warum küsst du sie nicht jetzt auf den Mund? Sie will es.

Nicht jetzt. Ich brauche deine Hilfe bei unserer aktuellen Aufgabe. Kannst du kurz aufhören, an Sex zu denken?

Sein Tier schnaubte, und Grant fasste das als ein Ja auf.

Er zog sich zurück und lächelte Faye an. „Betrachte das als eine Vorschau, Miss MacKenzie."

Sie schnaubte. „Ich bin mir nicht sicher, was ich zu erwarten habe, wenn du meinen Nachnamen verwendest."

„Oh, dir wird schon gefallen, was ich geplant habe. Da habe ich keinen Zweifel."

Bevor Faye antworten konnte, ging er und schlich sich aus dem B&B. Es war an der Zeit, sich dem Mann zu stellen, der ihn und seine Familie ohne ein Wort verlassen hatte.

Eine halbe Stunde später versuchte Faye zum zehnten Mal, den letzten Absatz des Buches auf ihrem Handy zu lesen, und scheiterte.

Cat zeichnete in ihrem Zimmer. Ein paar andere machten ebenfalls eine Verschnaufpause, aber die Mehrheit der Menschen und Drachenwandler waren unten, lachten und amüsierten sich. Zu jeder anderen Zeit hätte Faye nicht gezögert, sich ihnen anzuschließen. Sie machte sich jedoch Sorgen um Grant und wollte verfügbar sein, wenn er sie brauchte.

Ihr Drache meldete sich zu Wort. *Es wird ihm schon gut gehen. Er weiß, wie man sein Gesicht ausdruckslos hält, und hat normalerweise sein Temperament unter Kontrolle.*

Bei anderen, ja. Aber das hier ist sein Vater, von dem wir sprechen.

Und uns Sorgen zu machen bringt was? Wir könnten unten sein und die anderen besser kennenlernen. Vielleicht brauchen wir doch ihre Hilfe.

Im Gegensatz zu Faye schien ihr Drache von dem, was mit Grant fast passiert war, unbeeindruckt zu sein. Wenn Aaron nicht geklopft hätte, wäre sie jetzt vielleicht mitten in einem Rausch.

Ihr Tier schnaubte. *Ich bin stark genug, dem Rausch zu widerstehen, besonders mit ihm.*

Kannst du es aufhalten? Er ist unser wahrer Gefährte. Warum hörst du nicht auf, dich dagegen zu wehren?

Ich habe meine Gründe.

Die Endgültigkeit in der Stimme ihres Drachen sagte ihr, dass ihr Tier nicht offenbaren würde, was die Gründe waren.

Seufzend legte sie ihr Handy weg und rieb sich die Augen. Ausnahmsweise wäre es schön, ein einfaches, normales Leben zu haben. Einen Gefährten zu finden, ihn zu küssen, einen Rausch oder zumindest wilden Sex zu haben, wenn sie keine wahren Gefährten waren – das war es, was die meisten Drachenwandler taten.

Aber nicht Faye.

Sie schloss jedoch die Augen und erinnerte sich daran, wie es sich anfühlte, gegen Grants warme Brust gedrückt zu sein. Das Gefühl seiner Lippen auf ihrer Haut hatte ihren Körper angenehm brennen lassen.

Verdammt, sie konnte es kaum erwarten, ihn nackt in ihrem Bett zu haben.

Sie öffnete die Augen und seufzte. Natürlich wollte sie mehr als nur Sex. Nachdem er mit seinem Vater gesprochen hatte, würde Faye Grant trösten. Er mochte versuchen, es abzutun, und sagen, er bräuchte das nicht, aber er würde es brauchen. Der verdammte Mann würde sich nicht um sich selbst kümmern, aber das bedeutete nur, dass sie es tun musste.

In der Zwischenzeit konnte sie nichts anderes tun, als zu warten. Wie sie jedoch wartete, lag bei ihr.

Da Cat in ihrem Zimmer war, wäre ihr Schützling sicher genug, wenn Faye sich nach unten schlich, um sich dem Lachen anzuschließen. Mit den anderen zu sprechen könnte auch die Zeit schneller vergehen lassen. Aye, mit den anderen Zeit zu verbringen, wäre die beste Option. Wer weiß, sie könnte sogar Informationen über die anderen Clans bekommen. Sie war entschlossen, eines Tages das Vertrauen von Snowridge und Northcastle zu gewinnen.

Bevor sie mehr tun als nur die Füße auf den Boden stellen konnte, klingelte ihr Handy. Sie sah auf die Anrufernummer; es war Finn. Sie drückte auf Annehmen und meldete sich, „Finn?"

„Nein, hier ist deine Mum, Lorna MacKenzie."

„Ich kenne deinen Namen, Mum. Warum benutzt du Finns Handy?"

„Pass auf deinen Ton auf, Faye! Ich würde ja Tss machen, aber das hier ist wichtig. Arabella ist in den Wehen."

Faye setzte sich aufrechter hin. „Wie bitte?"

„Die Babys kommen. Finn will, dass du oder Grant hier ist, um auf den Clan aufzupassen, falls einer unserer Feinde etwas versucht."

„Nicht, dass ich die Drillinge nicht sehen will, aber warum kann Cooper das nicht machen?"

Cooper Maxwell war Grants zweiter Befehlshaber bei den Beschützern und in Abwesenheit Grants verantwortlich für die Clan-Sicherheit.

Lorna senkte die Stimme. „Es gab einige Drohungen von den Drachenrittern. Sie hegen einen Groll gegen Arabella, weißt du. Ihre Babys zu töten, wäre ihre größte Rache. Cooper ist stark, aber nicht so erfahren wie ihr beide. Ich glaube, Cooper hat euch bereits einige der Drohungen weitergeleitet, damit ihr sie euch anseht."

Faye fluchte. Wenn ihre Mutter nicht über ihre Wortwahl schimpfte, musste sie besorgt sein. „Ich werde mir die Bedrohungen ansehen und dann zuerst Bram in Stonefire kontaktieren und sehen, was getan werden kann. Ich will Finn und Arabella beschützen. Wenn dieses Ereignis jedoch aufgrund eines weiteren Angriffs auf uns abgesagt wird, wird das für unsere Zukunft nichts Gutes verheißen."

Ihre Mutter hielt kurz inne, bevor sie antwortete: „Es ist schön, dass du wieder ganz da bist, Faye."

Sie ignorierte die beiläufige Anspielung ihrer Mutter auf Fayes lange Genesung von ihrer Verletzung und fuhr fort. „Grant hat mir das Sagen überlassen, also habe ich keine Wahl. Sobald ich mit Bram rede, rufe ich dich unter dieser Nummer zurück, aye?"

„Mach nur nicht zu lang. Finn versucht sein Bestes, Arabella ruhig zu halten, aber wenn sie sich zu viele Sorgen acht, könnte das die Sache verkomplizieren. Sie bringt bereits drei Kleine zur Welt. Sie braucht wirklich nichts anderes, das ihr durch den Kopf geht."

„Aye, verstehe. Wir sprechen uns bald, Mum."

Faye legte auf und sah sich ihre Mails an. Tatsächlich gab es eine verschlüsselte Nachricht, sie solle den sicheren Server aufrufen, den Arabella für die Beschützer eingerichtet hatte.

Nachdem sie auf die richtige Datei zugegriffen hatte, las sie die erste Nachricht:

Du solltest schon vor Jahren durch die Hände der Jäger sterben. Deine Kinder sind Abscheulichkeiten. Wir werden uns um die Fehler kümmern und das Schicksal in die richtige Richtung lenken.

Fayes innerer Drache zischte, während sie ihre Augen verengte. Arabella war als Teenager von einer Gruppe Drachenjäger in Brand gesetzt worden, aber sie hatte dank des Opfers ihrer Mutter überlebt.

Und doch dachten die Drachenritter mit irgendeiner verdrehten Logik, dass Arabellas Überleben der schrecklichen Qual, ihr Neuanfang, ein Fehler gewesen war, der korrigiert werden musste. Faye würde nie verstehen, wie Fremde solch einen Hass auf jemanden hegen konnten, den sie nie kennengelernt hatten.

Sie zwang sich, den Rest der Drohungen und Coopers Notizen zu lesen, bevor sie Brams Nummer wählte. Beim dritten Klingeln ging er ran. „Ich weiß nicht, warum du mich anrufst, Faye, aber beeil dich. Ich komme zu spät zu einem Meeting."

„Möglicherweise musst du dein Meeting absagen. Arabella ist in den Wehen."

„Ich bin mir nicht sicher, dass ich dir folgen kann, Mädel. Sie ist gesund und munter. Sie sollte es gut machen."

„Nein, nicht die Entbindung ist das Problem. Die Drachenritter machen Drohungen, und viele von ihnen erwähnen, ihre Kinder ins Visier nehmen zu wollen."

Brams Stimme wurde stählern. „Sag mir, was du weißt, Faye, und ich werde sehen, was ich tun kann. Ich werde nicht zulassen, dass diese Bastarde ruinieren, was eine glückliche Zeit für Ara sein sollte. Sie mag jetzt Lochguard sein, aber sie wird immer wie eine kleine Schwester für mich sein."

Während Faye Bram die Situation erklärte und an einem Plan arbeitete, behielt sie die Tür im Auge. Sie würde die notwendigen Entscheidungen treffen, aber sie hoffte, dass Grant zurückkehrte, bevor jemand gehen musste.

Kapitel Vierzehn

Auf Wunsch des MDA-Wächters hatte Grant sein Handy abgegeben, bevor er den Teil der Burg betrat, in dem sein Vater gefangen war. Er mochte es nicht, von Faye und den anderen abgeschnitten zu werden, aber das Treffen war zu wichtig, um Forderungen zu stellen. Außerdem wäre er bald genug fertig. Er erwartete nicht, dass die Unterhaltung lang dauern würde.

Er hatte seinem Vater nicht viel zu sagen.

Einmal hatte Grant den Bastard schlagen und ihm die Frage entgegen brüllen wollen, warum er gegangen war. Nicht um Grants oder seines Bruders Chase willen, da beide erwachsen gewesen waren, als ihr Dad ging, sondern um seiner Mutter willen.

Gillian McFarland hatte erst vor Kurzem angefangen, aus dem Bett aufzustehen und das Haus zu verlassen. Trotz aller Fehler seines Vaters hatte seine Mutter den Bastard bis zum Ende geliebt.

Und tat es wahrscheinlich immer noch.

Grant presste die Finger einer Hand zusammen und drückte die Wut herunter. Er konnte nicht zulassen, dass Emotionen ihn von seinem Ziel abkommen ließen.

Sein Drache meldete sich zu Wort. *Ich wünschte, wir wüssten mehr über seinen Deal mit dem Anwalt. Nach dem, was er unserem Clan angetan hat, sollte Michael McFarland nicht zu zart behandelt werden.*

Da er keinen weiteren Streit mit seinem Drachen über die Sache wollte, denn sein Tier wollte ihren Vater immer noch aus großer Höhe fallen lassen, baute er ein komplexes Labyrinth und warf sein Tier hinein.

Ohne dass jemand ihn in seinem Kopf befragte oder sich Wege ausmalte, seinen Vater auszuweiden, konzentrierte sich Grant darauf, seinen Verstand von allem zu klären, außer Informationen aus ihm zu holen, die Lochguards Sicherheit gewährleisten könnten.

Der MDA-Wächter hielt schließlich vor einer Tür an und zog eine Schlüsselkarte durch. Sobald sie eintraten, sah Grant Michael McFarland in einer Zelle sitzen.

Er bemerkte die Ketten um die Handgelenke und Knöchel des Mannes. Sein Vater sollte sich wegen der Mischung, die Grant bei ihm eingesetzt hatte, für ein paar Tage nicht wandeln können, aber selbst, wenn Michael es frühzeitig wieder schaffen würde, würden die speziell gefertigten Handschellen und Ketten ihm die Knochen brechen, wenn er versuchte, sich in einen Drachen zu verwandeln. Mit anderen Worten, sein Vater wäre nicht in der Lage, wegzufliegen.

Der Wächter hielt vor dem Eingang der Zelle an und sagte: „Sie haben fünf Minuten. Danach kommen wir wieder, und lassen Sie raus."

„Was ist mit dem Anwalt des MDA?", fragte Grant.

Der Wächter schüttelte den Kopf. „Sie kommt erst, wenn das Treffen abgeschlossen ist. Das war Teil der Abmachung."

Grant wollte den MDA-Mitarbeiter für seine Überheblichkeit zurechtweisen, aber er biss sich auf die Zunge, um nicht seine fünf Minuten Verhörzeit zu verlieren.

Er trat in die Zelle, aber sein Vater blickte weiter auf den Boden, bis die Wachen gingen und sie allein waren.

Michael hob langsam den Kopf. Grant wusste nicht, was ihn erwartete, aber der Ausdruck seines Vaters war leer. Das einst vertraute Gesicht gehörte nun einem Fremden.

Grants Drache prallte gegen die Wände des mentalen Labyrinths, aber es hielt.

Da sein Vater nichts sagte, fragte Grant: „Und? Du hast viel Aufhebens gemacht, mich zu sehen. Wirst du jetzt die ganze Zeit schweigen?"

Michael antwortete schließlich: „Ich wollte mir

nur einen Moment Zeit nehmen, um meinen Sohn anzusehen."

„Quatsch! Wenn du nach einem Weg suchst, mich anzugreifen oder nach etwas, das dir helfen könnte, auszubrechen, wirst du nichts finden."

Sein Vater starrte ein paar Sekunden lang, bevor er leise sagte: „Du hast so viel Potenzial, Grant. Warum folgst du Finn und beugst dich den Menschen?"

„Wir beugen uns nicht. Das nennt man Zusammenarbeit."

Michael schüttelte den Kopf. „Roderick hatte recht mit dir."

Grant würde den Köder nicht schlucken. „Apropos dein Bruder, willst du es dir leicht machen und mir sagen, wo ich ihn finde?" Als sein Vater nichts sagte, fügte Grant hinzu: „Also bist du bereit, für ihn in einer Gefängniszelle zu verrotten? Ich hätte dich nie für loyal gehalten."

„Es steht zu viel auf dem Spiel."

Für den Bruchteil einer Sekunde huschte Sorge über das Gesicht seines Vaters, aber dann war sie weg. Das erinnerte ihn daran, dass Michael McFarland nur ein normaler Kerl war, mit wenig bis gar keinem Training. Vielleicht könnte Grant mehr herausfinden, wenn er seine Wut reizte.

Er war froh, sich endlich wie ein oberster Beschützer und nicht wie ein verärgerter Sohn zu verhalten, und fragte: „Du bist dir bewusst, dass Roderick dich, ohne zu zögern, aufgeben würde, wenn die Rollen umgekehrt wären und Roderick hier säße. Wenn überhaupt, dann bist du eine Belastung für ihn, weil du keine Ausbildung oder militärische Erfahrung hast." Sein Vater schwieg weiter, also drängte Grant stärker. „Ganz zu schweigen davon, dass die Amerikaner, mit denen du gearbeitet hast, deine Identität bestätigen und so deine Strafe verlängern können. Du solltest am besten mit mir reden."

„Aye, und was würdest du tun? Mir Blumen über den Kopf werfen und mich mit offenen Armen willkommen heißen? Das bezweifle ich, Sohn."

Grant wollte dem Mann sagen, er solle ihn nicht Sohn nennen, aber er konnte sich zurückhalten. Er musste einen kühlen Kopf bewahren. „Vielleicht eine kürzere Strafe. Und wenn du sie abgesessen hast, könnte dir das MDA helfen, dich mit einer neuen Identität irgendwo anders neu anfangen zu lassen. So kannst du so tun, als hättest du keine Familie, und du wirst Mum nie wieder belästigen."

„Ich wollte deine Mutter dazu bringen, mitzukommen, aber sie hat sich geweigert. Sie hat ihre Wahl getroffen."

Sein Vater war immer noch nicht verärgert genug, also sagte Grant: „Du und sie wart keine wahren Gefährten, und die Zeit hat gezeigt, warum nicht."

„Hör zu, Junge. Manche Dinge sind eben größer als Liebe oder Familie. Du hast uns verlassen, um in Afghanistan zu dienen, um für den Krieg der Briten und anderer Menschen zu kämpfen. Du solltest das verstehen."

Grant hob eine Braue. „Dass ich zur Armee gegangen bin und die Fähigkeiten erlernt habe, die nötig sind, um den Clan zu schützen, ist bei Weitem nicht dasselbe."

„Nicht? Du hast die egoistische Entscheidung getroffen, ohne uns zu fragen. Du bist nicht so anders als ich, Sohn."

„Ich hätte nie mein eigenes Volk angegriffen, und ich habe an die Zukunft des Clans gedacht. Das ist ein verdammt großer Unterschied." Grant hatte eine Idee. „Deine Taten haben letztendlich dazu beigetragen, Nora und Isla Chisolm während des Angriffs im Februar zu töten. Isla war nur ein kleines Mädel, das nichts getan hatte. Willst du mir sagen, dass sie den Tod verdient hatte?"

Einen flüchtigen Moment lang blitzte Bedauern in Michaels Augen auf, aber es wurde schnell durch einen harten Blick ersetzt. „Das liegt an Finns Führung. Ein besserer Clan-Führer hätte alle rechtzeitig in Sicherheit gebracht."

Es schien, als hätte sein Vater eine Entschuldigung für alles.

Da Grant sich bewusst war, dass seine Zeit knapp bemessen war, spielte er eine letzte Karte. „Wenn du so davon überzeugt bist, dass Drachenwandler überlegen sind, warum hat Roderick dann mit den Drachenrittern zusammengearbeitet?"

Bevor Rodericks Bande von Verrätern Lochguard

verlassen hatte, hatten sie mit Duncan Campbell zusammengearbeitet, um die Codes für Lochguards Sicherheitstore weiterzugeben, damit die Drachenritter Lochguard infiltrieren konnten. Finn und die treuen Mitglieder des Clans hatten schließlich die Ritter mit Hilfe des MDA besiegt, aber es war das Ereignis, das die Verbannung der zum Verräter gewordenen Drachenwandler ausgelöst hatte.

„Menschen als Werkzeug zu verwenden, verstößt nicht gegen unsere Denkweise oder unser letztendliches Ziel", antwortete Michael. Sobald wir genug Drachenwandler überzeugt haben, sich unserer Sache anzuschließen, können wir auch über die Ritter herrschen."

„Das ist also euer ultimativer Plan, aye? Ich werde einen Weg finden, den Bastarde diese Informationen zukommen zu lassen. Sie werden dir in Zukunft nicht mehr helfen." Michael zappelte auf seinem Sitz herum, schwieg aber weiter. Grant fügte hinzu: „Dies ist deine letzte Gelegenheit, mir alles zu sagen, was du weißt. Andernfalls wirst du dich allein mit dem MDA befassen müssen."

„Ich werde nicht in ein Scheißleben zurückkehren und tun, was andere mir sagen. Das MDA mag mich für eine kurze Weile einsperren, aber das gibt mir nur Zeit, mich mit den anderen Drachengefangenen anzufreunden. Es sollte kein Problem sein, sie auf unsere Seite zu bekommen."

Grant war darauf bedacht, sein Gesicht bei der Aussage ausdruckslos zu halten. Sein Vater wusste wahrscheinlich nicht, wie wertvoll diese Informationen waren.

Die Tür hinter ihm öffnete sich, und der Wächter kam zur Zelle, um sie zu öffnen. Grant sah seinen Vater noch einmal an, bevor er sich umwandte und ging.

Von hier an würde Grant keinen Vater mehr haben. Aber er hatte Informationen, die sich für den Clan und das MDA im Allgemeinen als nützlich erweisen konnten. Er musste zurück ins B&B und mit Faye reden. Vielleicht würden sie doch auf ihren Plan zurückgreifen müssen.

Arabella MacLeod sank ins Bett, als eine weitere Kontraktion nachließ. „Ich dachte, die verdammten Dinger sollten mir helfen, die Babys herauszupressen."

Dr. Layla MacFie, Lochguards kürzlich ernannte Chefärztin, lächelte sie an. „Das tun sie, aber wenn du jetzt presst, wird es nur dazu führen, dich müde zu machen. Die Kleinen müssen in der richtigen Position sein, um mitzuarbeiten. Deine sind hartnäckige Teufelchen."

„Natürlich sind sie das. Finn ist ihr Vater", sagte Arabella.

Finn wischte ihr die Stirn mit einem feuchten Tuch ab. „Sie werden früh genug hier sein, Liebes.

Überleg doch mal: Je länger sie drinnen bleiben, desto weniger Windeln müssen wir wechseln."

Arabella starrte ihren Gefährten finster an. „Ich werde gerne Windeln wechseln, wenn das bedeutet, dass das hier vorbei ist. Und ich habe es so gemeint, Finn. Keine Kinder mehr danach. Ich könnte nicht damit umgehen, wieder schwanger zu sein."

Noch vor einem Jahr wäre es Arabella schwergefallen, eine Schwäche einzugestehen. Aber nachdem sie sich in Finn und damit den Mann verliebt hatte, der ihr wieder und wieder bewiesen hatte, dass sie ihm vertrauen konnte, sprach sie immer aus, was sie dachte.

Ihr Drache meldete sich zu Wort. *Sag ihm, dass er sich stärker bemühen muss, uns von den Schmerzen abzulenken.*

Möchtest du ihn wirklich ermutigen?

Normalerweise nicht. Aber eine weitere Kontraktion wird gleich zuschlagen, und die sollte dich daran erinnern, warum sein Humor helfen könnte.

Arabella hatte keine Gelegenheit zu antworten, bevor eine Kontraktion sich durch ihre Gebärmutter ausbreitete. Sie packte Finns Hand mit ihrer und biss die Zähne zusammen. Sie musste stark sein und durfte nicht schreien. Sie war die Gefährtin des Clanführers.

Finn flüsterte ihr ins Ohr: „Es ist okay zu schreien, Liebes. Der halbe Clan weiß schon, wie es klingt, wenn du meinen Namen schreist, wenn du kommst."

Sie knurrte Finn an und ritt die Kontraktion aus. Als sie vorbei war, flüsterte sie: „Das ist es, was uns überhaupt in diese Situation gebracht hat. Erinnere mich nicht daran."

Bevor Finn antworten konnte, stürmte Tante Lorna MacKenzie in den Raum und trat an Arabellas andere Seite. Die Frau war wie eine Mutter zu Arabella gewesen, und sie lächelte Lornas vertrautes Gesicht an. „Gut, du bist da. Vielleicht kannst du Finn sagen, er soll mal einen Gang runterfahren."

Lorna hob ihre Augenbrauen und sah Finn an. „Was hast du gesagt?"

„Nichts, Tante Lorna. Ich habe nur versucht, die Stimmung aufzulockern."

Lorna machte Tss und blickte in Arabellas Gesicht. „Er meint es gut, Kind. Finn versucht, es zu verbergen, aber er macht sich Sorgen. Der Humor hilft, auch ihn abzulenken."

Arabella sagte zu Finn: „Es wird gut, Finn. Trotz deiner Eigenarten gehe ich nirgendwohin. Ich liebe dich."

Finn lächelte langsam. „Manchmal wundert mich das."

„Finlay!", sagten Arabella und Lorna gleichzeitig.

Glücklicherweise hinderte Laylas Stimme jeden von ihnen daran, mehr zu sagen. „Lorna, du solltest bei den anderen warten."

Aus Erfahrung wusste Arabella, dass Lorna MacKenzie nicht von vielen Befehle entgegennahm.

Aber sie lächelte Arabella noch einmal an und sagte: „Wenn du mich brauchst, Kind, ich bin nicht weit weg."

Arabella wippte mit dem Kopf, und Lorna verließ den Raum. Layla zögerte nicht, sondern ergriff gleich wieder das Wort. „Okay, Ara. Du musst dich jetzt konzentrieren und bei der nächsten Wehe pressen. Ich glaube, das Baby ist bereit, rauszukommen." Arabella nickte, und Layla fügte hinzu: „Aber hör auf, wenn ich dir sage, dass du aufhören sollst. Ich muss sicherstellen, dass das nächste Mädel oder der Junge in der richtigen Position ist."

Arabella und Finn waren der Drachenwandler-Tradition gefolgt und wollten das Geschlecht ihrer Babys erst erfahren, wenn sie geboren wurden.

Ihr Drache meldete sich. *Drei Jungs wären einfacher. Dann würde Finn nicht das Leben anderer Männer bedrohen, die eurer Tochter den Hof machen wollen.*

Das bedeutet aber auch, von beschützenden Männern umgeben zu sein.

Guter Punkt.

Der Schmerz kehrte zurück, aber als Finn ihre Hand festhielt, schöpfte Arabella aus seiner Kraft und presste mit allem, was sie hatte.

Sie versuchte, nicht an die Details zu denken, als etwas sie auf eine Weise dehnte, die sie sich nicht hatte vorstellen können. Was hätte sie nicht für ein Schmerzmittel gegeben, aber es war riskant wegen der Menge an Drachenwandlerhormonen in ihrem Körper, weil sie drei Babys trug.

Als die Kontraktion endlich aufhörte, strahlte Layla sie an. „Wir haben einen Kopf."

„Du meinst, ich muss noch fünfmal pressen, nur um drei Babys zu bekommen?"

„Es könnte weniger oder auch mehr sein. Das Erste dürfte das Schwierigste sein."

Arabella hatte kaum die Kraft, ihre Augen offenzuhalten. Sie hatte keine Ahnung, wie sie weiß-Gottwie-viele Minuten oder Stunden Wehen überstehen sollte. Sie war während ihrer gesamten Schwangerschaft kaum in der Lage gewesen, etwas bei sich zu behalten, und das Ergebnis war, dass ihr immer ein wenig schwindlig war.

Finn schmiegte sich an ihre Wange und sagte: „Wir machen das zusammen, Ara. Ich kümmere mich um dich, solange es dauert, bis du dich vollständig erholt hast. Lass uns zuerst unsere kleinen Schurken kennenlernen."

Sie lehnte sich in seine Berührung. „Dann hilf mir, Finn. Meine Kraft lässt nach."

Finn legte einen Arm um ihre Schultern. Die Festigkeit seiner Muskeln und sein vertrauter Duft halfen ihr, sich einen Bruchteil zu entspannen.

Er küsste ihren Kopf und sagte sanft: „Du schaffst das, Ara. Ich weiß, dass du das schaffst."

Schmerz raste mit einer weiteren Kontraktion durch ihren Körper, und irgendwie folgte Arabella Laylas Befehl, zu pressen. Nach gefühlten Stunden, aber wahrscheinlich Sekunden, ertönte der Schrei eines Babys im Zimmer, bevor Layla sagte: „Hör auf zu pressen, Arabella. Es wird Zeit, dass du deinen Sohn kennenlernst."

Einer der Pfleger, ein Mann namens Logan, nahm ihren Sohn und brachte ihn zu ihr. „Nur einen Moment. Sag Hallo, Kleiner, bevor ich dich sauber mache."

Arabella sah in das kleine rote Gesicht mit dunklen Haaren wie ihre darüber, und Tränen brannten in ihren Augen. Sie war jetzt für einen winzigen Drachenwandler verantwortlich. „Ich bin eine Mum."

Finn küsste die Stirn des Jungen. „Hallo, mein Sohn. Deine Mutter ist gerade etwas besorgt, aber ich weiß, dass sie einen fantastischen Job machen wird."

Als Finn Arabella angrinste, fing sie fast an zu weinen. „Sei nicht zu nett, sonst werde ich das hier nie beenden."

Logan ging, und Arabella wollte schreien, er solle zurückkommen. Sie hatte nicht einmal Gelegenheit gehabt, ihren Erstgeborenen zu halten.

Doch Laylas stählerne Stimme gewann ihre Aufmerksamkeit. „Das nächste fühlt sich, als wäre es in der richtigen Position. Du musst wieder pressen."

Als die Kontraktion zuschlug, folgte Arabella Laylas Befehl. Sie hoffte nur, dass sie lange genug aushalten könnte, um alle drei Kinder sicher zu entbinden, bevor sie vor Erschöpfung ohnmächtig wurde.

Dann drückte Finn ihre Hand, und sie wusste, dass sie es schaffen würde. Arabella mochte am Ende kaputt sein, aber sie würde nicht aufgeben. Wenn sie es hatte überleben können, als Teenager von Drachenjägern gefoltert zu werden, könnte sie auch mit der Geburt von drei Babys umgehen, egal, ob sie Finns Sturheit und Vorliebe für Ärger geerbt hatten.

Die Stimme ihres Drachen war schwach, aber sanft. *Ich bin auch hier.*

Arabella schöpfte aus der vereinten Kraft ihres Gefährten und Drachen und presste mit allem, was sie hatte.

Finlay Stewart mochte wie jemand wirken, der gern neckte und stark war, aber innerlich fühlte er sich schuldig. Er war die Ursache für Arabellas Schmerz und Leiden im Moment. Sie würde ihm natürlich verzeihen, aber angesichts ihrer Vergangenheit hatte er nie gewollt, dass sie in ihrem Leben noch einmal leiden müsste.

Sein Drache meldete sich zu Wort. *Es ist vorübergehend. Außerdem wird der Schmerz uns eine Familie geben. Das ist etwas, wonach Arabella sich sehnt, aber selten ausspricht.*

Aye, sie ist stur. Trotzdem wünschte ich, ich könnte ihr Leid wegnehmen.

Obwohl es im Vergleich klein war, drückte Arabella seine Hand, und Schmerzen strahlten seinen Arm hoch.

Dankbar für seine Erfahrung als Clanführer zeigte Finn nie sein Unbehagen. „Du machst das gut, Liebes."

„Fester, Ara!", befahl Layla. Bald rief die Ärztin: „Noch ein Junge!"

Er grinste. „Wir haben zwei Söhne, Liebes. Ich wette auch Nummer drei."

„Ich hoffe nicht. Mit vier Männern in einem Haus zu leben, würde mich verrückt machen."

Logan brachte ihren zweiten Sohn. Er war winzig und rosa, mit dunklen Haaren, genau wie der Erste. Der Gedanke, dass Finn dazu beigetragen hatte, den Kleinen zu machen, sandte einen Ansturm von Stolz und Liebe durch seinen Körper. Er konnte es nicht abwarten, zu sehen, wie die Kleinen geraten würden. Für Arabellas Seelenheil hoffte er, dass mindestens einer von ihnen nach ihr kam und nicht nach ihm.

Finn war kein Experte, aber ihr zweites Kind schien die gleiche Größe wie sein anderer Sohn zu haben, ganz zu schweigen davon, dass er die gleiche Nasen- und Gesichtsform hatte. „Hallo, kleines Teufelchen." Finn manövrierte ihre ineinanderliegenden Hände, dass Arabella den Kopf ihres Sohnes berühren konnte. „Du bist genauso hübsch wie dein Bruder."

Logan sagte: „Aye, er und sein Bruder sehen

wirklich gleich aus. Ich werde es genauer überprüfen müssen, aber vielleicht habt ihr hier identische Zwillinge."

Finn lächelte, als Arabella sagte: „Zumindest haben sie dunkle Haare und keine roten. Wir brauchen nicht zwei Zwillingspaare mit roten Haaren."

Finns Cousins Fergus und Fraser waren eineiige Zwillinge mit rotem Haar. „Wenn unsere Söhne sie hätten, müsste ich vielleicht die Abstammung in Frage stellen. Rote Haare sind typisch für MacKenzies, nicht für Stewarts."

Arabella seufzte. „Finn."

Bei der Erschöpfung in Arabellas Stimme nickte Finn und hörte auf, seine Gefährtin weiter zu necken. Logan nahm ihren zweiten Sohn mit, um ihn zu untersuchen und zu waschen. Sein Tier sagte: *Warum nehmen sie uns immer wieder unsere Kleinen weg? Ich möchte sie sehen und halten. Sie gehören uns.*

Alles zu seiner Zeit, Drache. Wir müssen zuerst sicherstellen, dass sie gesund sind. Und wir könnten auch Arabella nicht die Unterstützung geben, die sie braucht, wenn wir uns um die Kleinen kümmern müssten.

Sein Tier grunzte über seine Logik und verstummte wieder.

Finn konzentrierte sich auf seine Gefährtin. „Du hast es fast geschafft, Liebes. Nur noch eins. Unser dritter Sohn will sich seinen Brüdern anschließen."

Arabella schüttelte den Kopf. „Unsere Tochter

will so lange wie möglich warten. Sie weiß bereits, dass ihre Brüder überfürsorglich sind. Sie haben wahrscheinlich schon im Mutterleib geknurrt."

Finn schmunzelte. „Aye, das kann ich mir vorstellen. Selbst wenn es ein weiterer Junge ist, wird er der Jüngste sein, und die anderen Jungs werden auf ihn aufpassen."

Er beobachtete, wie Layla Arabellas Bauch betastete. Dabei sagte sie: „Bei der nächsten Wehe nicht pressen, Ara. Ich muss das Letzte in Position bringen."

Wie auf Stichwort fingen ihre Jungs im Einklang an zu weinen. Logan sagte: „Ist okay, Jungs. Euer Geschwisterchen wird in Kürze da sein."

Auch wenn Finn Layla und Logan das Leben seiner Kinder anvertraute, vermisste er den ehemaligen Chefarzt Gregor Innes, der sich mit Stonefires Ärztin gepaart hatte und nach Nordengland gezogen war, um bei ihr zu sein. Wenn er noch Teil von Lochguard wäre, würde Arabella Layla und Gregor auf sich aufpassen lassen. Zwei Ärzte waren besser als einer.

Sein Drache meldete sich zu Wort. *Gregor ist endlich wieder glücklich und wird bald sein eigenes Kind bekommen.*

Ich weiß. Trotzdem war er viel besser darin, Ara dazu zu bringen, sich auszuruhen und ihm zuzuhören.

Layla muss sich immer noch als Chefärztin

bewähren. Es wird nicht lange dauern, bis sich der ganze Clan daran gewöhnt hat.

Finn hätte eine Stunde damit verbringen können, darüber nachzudenken, wie er Layla besser unterstützen könnte, aber Arabella seufzte, und er konzentrierte sich wieder auf seine Gefährtin. „Hat sich der Schmerz verschlimmert?"

„Nein. Aber ich fühle mich, als könnte ich eine Woche schlafen und wäre trotzdem müde."

Wegen der Ringe unter ihren Augen verkniff er sich zu sagen, dass die Drillinge sie auf Trab halten würden. Finn würde übernehmen, was er konnte, aber Arabella war die Nahrungsquelle und müsste helfen.

Er summte nur eine Melodie, und Arabella lächelte ihn an. „Das ist die Melodie deiner Mum. Die, die du für den kleinen Jamie gesungen hast."

„Aye, ich habe bei meinem Neffen geübt, sie zu summen. Ich wollte sie perfekt für unsere Kleinen haben. Das Singen gehört nicht zu meinen Spezialitäten, trotz meiner besten Bemühungen."

Sie kuschelte sich an seinen Arm. „Wenn die Babys anfangen zu weinen, dann kannst du dir Sorgen machen, dass du den Ton nicht triffst. Bis dahin ist es nur ein Zeichen der Liebe und ein Tribut an deine Mutter."

Da er nicht an seine Eltern denken wollte und wie sehr er sich wünschte, sie wären noch da, schaute er zu Layla. „Irgendwelche Fortschritte?"

Layla nickte. „Versuchen wir es bei der nächsten Wehe. Wir haben es fast geschafft, Ara.“

Es dauerte jedoch nicht lange, bis Arabella wieder presste. Er bemerkte kaum seine gequetschten Finger. Er wollte unbedingt sein letztes Kind kennenlernen.

Letztes? Sein Drache meldete sich wieder.

Aye. Ich werde das Arabella nicht noch einmal antun. Schnipp-schnapp. Wir lassen eine Vasektomie machen.

Arabella verkrampfte sich, als sie versuchte, ihr drittes Baby herauszubekommen. Nach gefühlten zwei Leben zerriss der Schrei eines Babys die Luft, gefolgt von Laylas Erklärung. „Ihr habt eine Tochter.“

Arabella sackte auf das Bett und lehnte sich schwer gegen Finn. „Eine Tochter.“

Er küsste Arabellas Nase und antwortete: „Aye, und ihre Tante Faye wird ihr ein paar Dinge darüber beibringen müssen, wie es ist, die Jüngste zu sein und sich dennoch zu behaupten.“

Logan brachte ihr kleines Mädchen. Sie war kleiner als die anderen beiden mit hellen Haaren, genau wie Finn als Kind.

„Sie ist so winzig“, bemerkte Arabella.

„Aye, aber sie ist mutig“, antwortete Logan. „Ich muss sie noch gründlich untersuchen, aber sie sieht gesund aus.“

Finn führte ihre Hände an die Wange ihrer

Tochter. Die weiche Haut unter seinen Fingern brachte ihm Tränen in die Augen.

Sein Drache meldete sich zu Wort. *Warum bist du jetzt emotional? Alle drei Kinder sind kostbar.*

Natürlich sind sie das. Aber das hier ist das Letzte, das wir zum ersten Mal begrüßen werden. Erlaube mir, das zu genießen.

Finn sagte: „Danke, Liebes, für die kostbaren Geschenke."

Seine Gefährtin kuschelte sich nur an ihn und starrte ihre Tochter weiter an.

Nachdem Logan schließlich auch ihr jüngstes Kind weggebracht hatte, sah Finn Arabella an. „Zwei Söhne und eine Tochter. Tante Lorna wird sich freuen. Es ist, als würden wir ihrer eigenen Brut huldigen."

„Ja, das war auch mein erster Gedanke", sagte Arabella gedehnt.

„Ach, komm schon, Liebes. Nur ein bisschen Spaß. Das Schicksal hat Sinn für Humor."

In Arabellas Augen tanzte Belustigung. „In mehr als einer Hinsicht."

Mit einem Knurren küsste Finn seine Gefährtin und flüsterte: „Trotz deiner Frechheit liebe ich dich, Mädel."

„Das solltest du auch. Frech bin ich durch dich."

Als sie einander anlächelten, unterbrach Laylas Stimme den Moment. „Tut mir leid zu stören. Aber ich dachte, ihr wolltet vielleicht all eure Kinder halten, bevor die Nachgeburt kommt."

Finn ließ widerwillig Arabellas Hand los, als Logan ein blaues Bündel und dann ein weiteres in Arabellas Arme legte. Layla brachte das rosa Bündel und legte es auf Arabellas Brust, und Finn hielt sie mit seiner freien Hand an Ort und Stelle.

Er legte seine Wange gegen Arabellas, als sie ihre drei Kinder anstarrten. Von diesem Moment an wäre ihr Leben nie mehr dasselbe. Doch Finn wollte es nicht anders haben. Arabella hatte ihm eine Familie geschenkt. Da er und Arabella so viel verloren hatten, war es einfach der Neuanfang, den sie brauchten.

Und scheiß auf jeden Drachenritter oder jeden anderen, der versuchte, ihm seine glückliche Zukunft zu stehlen.

Kapitel Fünfzehn

Faye sah noch einmal auf ihr Handy. Sie hatte immer noch nichts von dem verdammten Grant gehört.

Ihr Drache meldete sich zu Wort. *Er wird so bald wie möglich antworten. Außerdem hat Bram Leute, die Arabella bewachen.*

Ich weiß, aber ich habe das Gefühl, entweder Grant oder ich sollten auch da sein. Cat braucht nicht uns und Iris und das Sicherheitsteam des MDA, um bewacht zu werden, vorausgesetzt, sie bleibt in unserer Unterkunft.

Dann sag Iris einfach, dass du gehst, und verschwinde. Grant wird es verstehen.

Das würde er wahrscheinlich, aber Faye wollte dennoch ohne sein Wissen keine so wichtige Entscheidung treffen. *Er ist oberster Beschützer, und wenn ich anfange, die Befehlskette zu durchbrechen,* könnten andere dem Beispiel folgen und Lochguards Sicherheit gefährden.

Ihr Drache schnaubte. *Das hier ist anders. Du hattest früher das Sagen. Du weißt, wann man die Regeln dehnen muss.*

Sie entschied sich, wie sie darauf reagieren sollte, denn genau genommen stimmte es. Als ehemalige oberste Beschützerin hatte sie eine einzigartige Perspektive auf die Dinge.

Grants Autorität musste jedoch absolut sein, mit Ausnahme dessen, was der Clanführer anordnete. *Vielleicht kann er mich das nächste Mal als Verantwortliche benennen. Dann werden wir dieses Problem nicht haben.*

Fayes Handy piepste mit einer Textnachricht. Sie war von Grant: *Bin bald da.*

Sie war in ihrer früheren Nachricht kryptisch gewesen, aber die Tatsache, dass er ihr vertraute und ihre Dringlichkeit nicht in Frage stellte, bedeutete Faye mehr, als sie jemals sagen würde. Sie dachte allmählich, dass sie und Grant vielleicht doch zusammenpassen könnten.

Was ist mit dem Rausch?, fragte ihr Drache.

Jetzt bist du ihm gegenüber also wieder offen?

Das habe ich nicht gesagt. Aber er beweist sich. Es ist ein Anfang.

Faye seufzte. *Lass uns jetzt nicht darüber streiten. Grant zu küssen ist das Letzte, wonach mir der Sinn steht, zumindest bis wir wissen, dass Arabella sicher ist und niemand Lochguard angreift.*

Wir haben gerade erst von Mum erfahren, dass Ara zwei Jungs und ein Mädchen hat. Selbst wenn die Ritter jemanden im OP hätten, würde es einige Zeit dauern, sich zu mobilisieren.

Du scheinst zu vergessen, dass wir immer noch zurückfliegen müssen.

Jemand klopfte an die Tür, und Faye öffnete sie. Cat stand da und musterte sie. „Geht's dir gut? Heute Abend servieren sie das Essen hier, und du bist normalerweise die Erste, die uns alle zusammen- trommelt und runterrennt."

Faye bedeutete Cat, einzutreten. Sobald die Tür zufiel, antwortete Faye: „Arabella bekommt gerade ihre Babys."

Cat sah sie schief an. „Das sollte eine wunder- bare Neuigkeit sein, warum bist du dann nicht glück- licher darüber?"

Sie senkte die Stimme. „Weil wir eine Situation haben könnten."

„Heißt das, wir müssen weg?"

Faye liebte die Tatsache, dass Cat diese Frage stellte, ohne einen Hauch von Enttäuschung oder Empörung. „Du solltest mit den anderen Teilneh- mern hierbleiben können. Wir brauchen die gute Öffentlichkeitsarbeit, die eure Veranstaltung heute Abend bringen sollte."

„Was sagst du mir nicht, Faye MacKenzie? Wenn es geheim ist, verstehe ich das. Aber wenn nicht, würde ich gern erfahren, was los ist. Ich bin vielleicht kein Soldat, aber ich bin sicher, dass ich irgendwie helfen kann."

„Danke, aber dein Platz ist hier. Deine Präsenz und Interaktion mit den Medien werden am meisten von Nutzen sein." Faye hielt inne und fügte dann hinzu: „Was die Frage angeht, was los ist, verspreche ich, es dir so schnell wie möglich zu sagen. Jedenfalls hat es nichts mit jemandem hier zu tun."

„Okay, das ist ein bisschen kryptisch, aber ich vertraue dir. Soll ich dir etwas zu essen hochbringen? Es ist nicht so gut wie das von meiner Mum, aber es ist ganz passabel."

Faye lächelte. „Nichts ist so gut wie die Kochkünste deiner Mum, außer vielleicht meiner. Aber irgendwas wäre großartig. Wenn du auch etwas für Grant besorgen könntest, wäre das perfekt."

Cat öffnete den Mund, um zu antworten, aber ein wütendes Trommeln an ihre Tür unterbrach sie. Faye rief: „Herein!"

Grant stürzte ins Zimmer, hielt aber kurz inne, als er Cat sah. „Cat."

Cat lächelte. „Ich wollte gerade gehen."

Als Cat weg war, platzte Grant heraus: „Was ist los? Deine Nachricht hat nur angedeutet, dass zu Hause etwas vor sich geht, und dass ich sofort kommen müsse."

Faye informierte Grant über die Situation mit Arabella und die Drohungen und fügte hinzu: „Noch hat niemand Lochguard angegriffen. Aber Bram schickt ein paar seiner Beschützer, um uns zu helfen. Wir müssen entscheiden, wer von uns nach Lochguard zurückkehrt, um die Sicherheit zu überwachen, bis die Bedrohung nicht mehr besteht."

Grant zögerte nicht. „Wir beide. Iris kann hier alles erledigen."

„Bist du dir sicher?"

„Natürlich bin ich verdammt sicher. Fang jetzt nicht an, dich selbst zu hinterfragen, Faye Cleopatra."

Sie kniff die Augen zusammen. „Ich hinterfrage mich nicht. Ich habe nur nicht mehr das Sagen. Es sei denn, es ist üblich, dass jemand sich dir widersetzt und seine eigenen Regeln festlegt, dachte ich, es wäre besser, auf deine Anweisung zu warten."

„Das hättest du nicht tun sollen. Sobald sich die Dinge beruhigt haben, werden wir darüber sprechen, dass wir die Verantwortung, oberster Beschützer zu sein, teilen werden."

Grant hätte einen besseren Zeitpunkt wählen können, um Faye seine Pläne mitzuteilen, aber die Worte waren über seine Lippen gekommen, bevor er sie hatte stoppen können.

Fayes Augen wurden ein wenig größer, bevor sie flüsterte: „Wirklich?"

„Ja, verdammte Frau. Wir können die Details später ausklamüsern. Im Moment müssen wir Vorbereitungen treffen und nach Lochguard zurückkehren."

Faye schüttelte den Kopf. „Das ist wieder typisch für dich, eine so große Ankündigung zu machen und dann vom Thema abzukommen. „Wir müssen an deinem Timing arbeiten." Sie streckte die Hand aus, um seinen Arm zu berühren. „Aber bevor wir gehen: Hast du etwas von deinem Vater erfahren?"

Die Wärme von Fayes Hand an seinem Arm half ihm, seine Spannung um einen Bruchteil zu lockern. „Michael hat mir einige wertvolle Informationen gegeben, aber nichts, was nicht warten kann."

Sein Drache meldete sich zu Wort. *Du solltest nicht so schroff zu ihr sein.*

Zeit ist von wesentlicher Bedeutung, auch bei Faye.

Grant wollte Faye jedoch nicht völlig hängen lassen und sie in die falsche Richtung lenken. Er bedeckte ihre Hand auf seinem Arm mit seiner. „Sobald sich die Dinge in Lochguard beruhigt haben, verspreche ich, dir alles zu erzählen, Mädel."

Sie lächelte. „Du machst dir nur Sorgen um unser Zuhause, und das ist, wie es sein sollte."

Während Grant in Fayes braune Augen starrte, wünschte er sich, er hätte Zeit, sie an sich zu halten und ihr zu erzählen, wie wunderbar sie war. Sie verstand ihn auf einer Ebene, auf der nur wenige es tun würden.

Leider bedeutete oberster Beschützer zu sein,

seine persönlichen Wünsche erforderlichenfalls beiseitezuschieben.

Sein Drache fügte hinzu, *Hoffentlich nicht mehr lange.*

Grant stimmte zu. Er nickte Faye zu. „Aye, dann lass uns gehen. Ich habe kurz mit Iris gesprochen, bevor ich in dein Zimmer gekommen bin. Sie kümmert sich um Lachlan, also können wir sofort starten."

Faye ging zu ihrem Bett und nahm eine Tasche. „Ich habe schon gepackt. Gehen wir und beschützen wir den Clan."

Sie eilte an ihm vorbei, und Grants Mundwinkel zuckte hoch, als er ihr folgte. Faye war in der Tat eine Anführerin. Je eher er ihre Rolle als zweite oberste Beschützerin offiziell machte, desto besser.

Sein Drache meldete sich. *Vielleicht solltest du die Details zuerst mit ihr besprechen. Faye ist nicht der Typ, der es mag, wenn etwas für sie entschieden wird.*

Aye, ich weiß, Drache. Lass uns den ganzen Mist, der gerade passiert, so schnell wie möglich klären, damit wir Faye in die Enge treiben und über die Zukunft reden können.

Du bist derjenige, der langsam ist. Je eher wir Inverness Castle erreichen, desto eher können wir wandeln. Ich bin viel schneller als du.

Er und Faye schlichen sich vorsichtig aus dem B&B und hatten es gerade geschafft, nach draußen zu gelangen, als eine Stimme fragte: „Wohin geht ihr?"

Es war Max Holbrook.

Grant drehte sich um. „Clanangelegenheiten. Ich bin sicher, das verstehst du."

Max machte große Augen. „Darf ich euch begleiten? Ich liebe es zu fliegen und habe nicht oft die Gelegenheit dazu."

Faye antwortete, bevor er es konnte. „Vielleicht ein anderes Mal, Max. Ich bin mir sicher, wenn du auf Iris hörst und ihren Anweisungen folgst, wird sie dir einen Flug anbieten."

Grant konnte sich den Blick auf Iris' Gesicht gut vorstellen, wenn sie hörte, was Faye da sagte.

Max erwiderte: „Da bin ich mir nicht sicher. Sie denkt, wir müssen hierbleiben und dürfen niemals gehen."

Grant hielt die Ungeduld aus seiner Stimme. „Das kannst du mit ihr besprechen. Aber nein, du kannst nicht mit uns kommen. Geh zu deiner eigenen Sicherheit wieder hinein."

Faye fügte hinzu: „Es ist fast an der Zeit, dass ihr zur Ausstellungseröffnung aufbrecht. Du willst doch nicht wirklich all diesen Leuten deine wunderbaren Funde vorenthalten, oder?"

„Du hast recht. Es ist meine Pflicht, zu teilen." Max wandte sich wieder dem Haus zu. „Aber ich werde an deine Worte über Iris denken. Ich werde mit allen notwendigen Mitteln wieder fliegen."

Der Mensch ging wieder hinein. Er war froh, dass Max nicht sein Problem war.

Grant nahm Fayes Hand und zog sie den Bürgersteig entlang. „Beeilen wir uns, bevor er seine Meinung ändert und versucht, uns zu folgen."

Als sie in Richtung Inverness Castle joggten, drückte er Fayes Hand, und sie tat dasselbe. Er wusste, dass sie ihm den Rücken stärken würde. Immer.

Sein Drache seufzte. *Wir müssen sie immer noch fragen und es offiziell machen.*

Selbst wenn sie aus irgendeinem merkwürdigen Grund den Rausch aufschieben will, wird sie uns dennoch den Rücken stärken. Wenn du Fayes Loyalität in Frage stellst, frage ich mich, ob du aufgepasst hast.

Natürlich vertraue ich ihr. Aber ich will das Recht, sie als unsere Gefährtin zu beschützen. Ich bin ungeduldig.

Dann hilf mir, den Clan so schnell wie möglich zu sichern.

Fayes Stimme hinderte sein Tier daran zu antworten. „Ich würde Max nicht unterschätzen. Wenn er trotz illegaler Grabungen so lange aus dem Gefängnis bleiben konnte, hat er irgendwo etwas Einfluss."

„Das ist mir verdammt nochmal egal. Ich will nur Lochguard so bald wie möglich erreichen."

„Und das werden wir. Du musst lernen, Multitasking zu betreiben."

Faye ließ seine Hand los und eilte ihm voraus. Mit einem Knurren bemühte Grant sich, sie einzuholen. Obwohl Faye kleiner war als er, war sie schon immer schneller gewesen.

Sein Drache meldete sich zu Wort. *Ich würde sie gerne jagen, wenn keine Gefahr bestünde.*

Aye, ich auch. Also lass uns Lochguard von jeglichen Bedrohungen befreien, und wir können daran arbeiten.

Da hat aber jemand seine Melodie von vor ein paar Tagen ziemlich geändert.

Sich um die Verräter zu kümmern, kann einen längerfristigen Plan beinhalten. Solange wir in absehbarer Zukunft die Sicherheit des Clans vor den Rittern gewährleisten und unseren Plan in Gang setzen können, ist Faye vielleicht offen für ein paar Küsse.

Dann beeil dich, und lauf schneller. Ich kann nichts tun, um uns zum Erfolg zu verhelfen, ehe wir gewandelt haben.

Er lächelte über die Ungeduld seines Tieres. Nicht, dass Grant nicht dasselbe empfand.

Als er jedoch Fayes Körper rennen sah, genoss er es, ein Stück hinter ihr zu sein. Diese Ansicht gab ihm die Motivation, ihre aktuelle Aufgabe so schnell wie möglich zu erledigen.

Finn tauschte seine Tochter Freya gegen seinen jüngsten Sohn Declan. Vorsichtig darauf bedacht, leise zu reden, sagte er zu Fergus: „Was sind die neuesten Berichte?"

„Bis jetzt ist der Wald ruhig. Der Loch sieht auch frei von Eindringlingen aus. Unsere größte Sorge ist, dass plötzlich Drohnen auftauchen und alle angreifen", antwortete Fergus.

Arabellas Stimme war müde, als sie sagte: „Sind alle drinnen?"

Fergus nickte. „Aye. Aber wir können nicht lange so bleiben. Auch wenn die meisten Cottages jetzt einen mit Vorräten bestückten Bunker haben, können wir langfristig so nicht leben."

Als Declan sich im Schlaf bewegte, verfluchte Finn die Drachenritter. Er sollte die Zeit mit seiner neuen Familie genießen und sich keine Sorgen um einen möglichen Angriff machen müssen.

Sein Drache meldete sich zu Wort. *Es ist besser, vorsichtig zu sein, als noch mehr Leute zu verlieren.*

Finn blickte hinunter auf Arabella, die Freya und ihren ältesten Sohn Grayson im Arm hielt. Trotz allem nahm er sich einen Moment, um sich die Liebe in Arabellas Augen einzuprägen, als sie eines ihrer Kinder betrachtete.

Sein Tier meldete sich zu Wort. *Wir kämpfen für sie.*

Finn sah zu seinem Cousin Fergus. „Du kannst mit der Überwachung der Kontakte mit den anderen weitermachen. Obwohl, wenn du Gelegenheit hast, könntest du einen von Aras Computern hierher bringen?"

Fergus sah stirnrunzelnd auf Arabella hinunter. „Ara hat gerade erst entbunden."

Arabella lächelte. „Glaub mir, ich würde lieber mit meinem Gefährten und meinen Kindern in einem großen Bett schlafen, aber das kann ich erst tun, wenn der Clan in Sicherheit ist."

„Du bist eine starke Frau, Arabella MacLeod." Mit einem Nicken ließ Fergus sie allein im Entbindungsraum.

Finn saß am Rand von Arabellas Bett und legte einen Arm um ihre Schultern. „Willst du wirklich, dass die Kinder nur meinen Nachnamen tragen?"

Arabella sah zu ihm auf. „Willst du das jetzt besprechen? Ich dachte, wir haben uns vor Wochen entschieden, ihnen Stewart zu geben."

„Aye, aber es fühlt sich falsch an, dass sie kein Stück vom Namen ihrer Mutter tragen."

Arabella lehnte ihren Kopf gegen seine Schulter und sagte: „Wir werden das später besprechen. Ich bin froh, dass wir zwei Jungs und ein Mädchen haben. Das vereinfacht die Namensgebungsrechte."

Er und Arabella hatten jeweils einen männlichen Namen ausgesucht. Finn hatte Declan ausgewählt und Arabella wollte Grayson. Freya war der einzige weibliche Name gewesen, auf den sie sich geeinigt hatten.

Finn hob Declan hoch und küsste seinem jüngsten Sohn die Wange. „Wir bringen dich bald nach Hause, kleiner Dec. Deine Onkel Fraser und Fergus haben eine Überraschung versprochen."

Declan rümpfte die Nase, als wüsste er, dass die Überraschung wahrscheinlich absonderlich wäre. Wenigstens würden seine Kinder von Anfang an in die Mätzchen der MacKenzie-Familie eingeweiht werden.

Arabellas Stimme füllte den Raum. „Ich hoffe, sobald sie alt genug sind, um zu laufen, werden die Drachenritter eine ferne Erinnerung sein."

„Ich auch, Liebes. Ich auch."

Finn wechselte Declan sanft gegen Grayson, bevor er seinem ältesten Sohn ins Ohr flüsterte: „Aber selbst, wenn das der Fall ist, bist du der Älteste, Junge. Es wird deine Aufgabe sein, auf die anderen aufzupassen."

Grayson bewegte nicht einmal einen Finger.

Arabella rückte ihre Kinder zurecht, sodass sie auf dem Bett zu beiden Seiten von ihr lagen. „Ich muss ein Nickerchen machen, egal wie kurz, Finn. Passt du auf, dass die Babys nicht vom Bett rollen?"

Er lächelte seine Gefährtin an. „Keine Angst, Gray und ich werden Wache halten."

„Gray und Dec", sagte sie. „Ich sehe jetzt schon, wie die Zwillinge sich mit dir anlegen."

Ihre Augenlider schlossen sich, und Arabella schlief, bevor Finn etwas sagen konnte.

Während Finn jedes Mitglied seiner Familie betrachtete, flüsterte er: „Ich werde euch alle beschützen, egal, was es kostet. Euer Dad wird nie zulassen, dass euch Schaden zugefügt wird."

Da seine drei Kleinen und Arabella leise schnarchten, hoffte Finn nur, dass er sein Versprechen halten könnte.

Sein Drache meldete sich. *Natürlich werden wir das. Die Ritter sind schlampig. Wir können sie besiegen.*

Unterschätz sie nur nicht.

Sein Tier verstummte, und Finn genoss die kostbaren Momente, die er mit seiner Familie hatte. Die Kacke wäre wahrscheinlich schon früh genug wieder am Dampfen.

Kapitel Sechzehn

Faye und Grant hatten beschlossen, Lochguard weniger direkt anzufliegen, indem sie auseinanderflogen, aber nahe genug, dass sie einander rufen konnten. Auf diese Weise konnten sie in einigen der älteren Verstecke der Ritter nachsehen, ob sie vielleicht dort waren.

Bisher sah Faye nur die üblichen Cottages, Bäume und Tiere in der späten Abendsonne. Dank des Frühsommers ging die Sonne spät unter. Das könnte zu Lochguards Vorteil sein. Große Gruppen wären leicht zu sehen. Wenn es Feinde gab, bewegten sie sich definitiv in kleinen Gruppen unter dem Schutz der Bäume.

Ich kann es kaum erwarten, ein Update von Cooper zu bekommen, sagte Faye zu ihrem Drachen.

Wir sind fast da.

Die Landschaft unten sagte ihr, dass sie in ein paar Minuten ankommen würden.

Faye ignorierte den wachsenden Schmerz in ihrem Flügel und versuchte, ihre Aufregung zu dämpfen. Nicht wegen der Bedrohung des Clans, sondern eher wegen Finns und Arabellas Kinder. Sie war gerne Tante von Jamie und freute sich darauf, Finns Kindern Flausen in die Köpfe zu setzen. Dann konnte sie sich zurücklehnen und zusehen, wie es lief.

Ihr Drache meldete sich erneut zu Wort. *Du solltest vorsichtig sein. Was auch immer du mit den Kindern der anderen tust, sie werden sich an unseren eigenen rächen.*

Fayes Flügel verpassten einen Schlag. *Du bist etwas zu voreilig, Drache. Ich habe Grant noch nicht einmal geküsst. Sehen wir uns an, wie es läuft, bevor du mit der Planung unserer Zukunft beginnst.*

Ein Kuss ist alles, was es braucht. Ich hoffe, du denkst daran.

Sie wollte gerade schon antworten, als Faye einen schnellen, hellen Lichtblitz in einem Teil des Naver Forest bemerkte. Da der Wald teilweise entlang des Strathnaver Trail lag, einer Reihe von Wegpunkten, die mit der lokalen Geschichte in Zusammenhang standen, konnte das Licht ein Kamerablitz gewesen sein. Aber Faye würde kein Risiko eingehen.

Während sie tiefer glitt, suchte sie die Straße nach geparkten Autos oder Motorrädern ab. Es waren keine da.

Das schloss Touristen höchstwahrscheinlich aus.

Faye wollte nichts mehr, als landen, sich in ihre menschliche Gestalt verwandeln und das Licht selbst überprüfen. Aber sie war nicht dumm. Da niemand ihren genauen Standort kannte, musste sie in Lochguard landen und die Dinge dort in Bewegung setzen.

Sie drehte um und flog schnell über Loch Naver in Richtung Lochguards hinterem Landeplatz.

Grant war bereits in seiner menschlichen Gestalt am Boden, als sie ankam. Er entdeckte sie in der Luft, bewegte sich zum Rand, und Faye verlangsamte ihren Sinkflug, bis ihre Hinterbeine den Boden berührten.

Als sie sich vorstellte, dass ihre Schnauze zu einer Nase schrumpfte, ihre Flügel in ihrem Rücken verschwanden und ihre Gliedmaßen sich in Arme und Beine verwandelten, stand sie bald in ihrer menschlichen Gestalt da. Grant kam mit einer Decke zu ihr, die er irgendwoher genommen hatte. Er legte sie schnell über ihre Schultern und sagte: „Ich habe nichts gesehen. Einen Moment lang dachte ich, jemand würde im Loch schwimmen, aber was auch immer es war, tauchte unter und blieb dort viel zu lange für einen Menschen."

„Es sei denn, sie benutzen Tauchausrüstung."

„Aye, das stimmt. Wir werden es im Auge behalten. Wenn ja, werden sie nicht genug Luft haben, um allzu lange unten zu bleiben, und müssen herauskommen. Ich kann ein paar der jüngeren Beschützer schicken, um ein kaltes Bad zu nehmen und es zu untersuchen." Er zog die Decke neu, bis sie besser ihren Körper bedeckte. „Was ist mit dir, Mädel?"

„Ich habe einen Lichtblitz im Wald gesehen. Es könnte ein starker Kamerablitz oder etwas anderes gewesen sein. Ich denke, wir müssen auch ein Team dorthin schicken, um zu ermitteln."

„Nachdem wir uns bei Cooper gemeldet haben, schicke ich unsere Leute." Grant hielt kurz inne, bevor er hinzufügte: „Wenn du einige Kandidaten im Sinn hast, die den Wald überprüfen können, können wir sie nehmen."

Grant teilte wieder seine Rolle mit ihr.

Sie schob ihre Neugier darüber, ob er weiterhin seine Verantwortung mit ihr teilen würde oder nicht, beiseite und nickte in Richtung des zentralen Kommandogebäudes. „Beeilen wir uns. Wenn da draußen jemand ist, könnte er meine Drachengestalt gesehen haben. Wenn wir ihnen zu viel Zeit geben, könnten wir sie verlieren."

Grant nickte, und beide eilten auf das am meisten befestigte Gebäude in Lochguard zu.

Grant wartete darauf, dass Cooper seinen Bericht fertigstellte, bevor er sagte: „Ich wünschte, es gäbe einen besseren Weg, um zu bestätigen, dass es keine große Gruppe von Drohnen gibt, die darauf wartet, anzugreifen."

Cooper antwortete: „Wir haben nicht die Mittel

für das teure Radar, das sie erkennen kann. Bisher gab es jedoch keine Anzeichen. Und da du und Faye gerade eingeflogen seid, was ein perfekter Zeitpunkt für einen Angriff gewesen wäre, sollten wir für den Moment sicher sein."

Faye fragte: „Irgendwas vom MDA?"

„Sie haben unsere Bedenken erhalten, aber bis wir Beweise haben, werden sie nichts tun", antwortete Cooper. „Drachenwandler werden seit Jahrhunderten bedroht. Außerdem nehmen sie nicht einmal alle Bedrohungen für ihre Mitarbeiter ernst. Ich bezweifle, dass die Drohungen ohne einen Angriff oder andere Beweise mehr Aufmerksamkeit erhalten werden."

Grant öffnete seine verschränkten Arme und richtete sich auf. „Aye, nun, wir können vorerst auf uns selbst aufpassen. Schick die beiden Teams, um den Wald und den Loch zu untersuchen, bevor die Sonne untergeht."

Cooper nickte. „Natürlich. Sobald ihr Finn gesehen und Arabella besucht habt, kommt zu mir. Ich habe noch ein paar andere Ideen, die ich gerne weitergeben möchte."

Grant musterte Cooper einen Moment lang. Der Mann hatte sich bisher in einer angespannten Situation bewährt. Grant musste in Zukunft mehr an den Drachenmann delegieren. „Es sollte nicht lang dauern. Ich habe mein Handy dabei, wenn irgendwas ist."

Nachdem sie zum Abschied gewinkt hatten,

verließen sowohl Grant als auch Faye den Raum und machten sich auf den Weg zur Krankenstation. Grant sprach als Erster. „Ich kann nicht glauben, dass sie Arabella so kurz nach der Entbindung arbeiten lassen."

„Sie will mehr als jeder andere die Sicherheit des Clans gewährleisten. Ara hat nicht gerade wer-weiß-wie-lang damit verbracht, drei Kleine auf die Welt zu bringen, um sich dann alles wegnehmen zu lassen. Wenn sie sich übermüdet, wird Finn sie dazu bringen, eine Pause zu machen. Er will, dass der Clan in Sicherheit ist, aber nicht auf Kosten des Lebens seiner Gefährtin." Sie hielt kurz inne, bevor sie fragte: „Bist du einer dieser Männer, die glauben, dass eine Frau alles aufgeben sollte, wenn sie Kinder bekommt?"

Grant hatte gewusst, dass die Frage irgendwann kommen würde, hatte aber etwas mehr Zeit erwartet, um sie zu überdenken.

Sein Drache grunzte. *Du kennst die Antwort bereits. Sag es ihr einfach.*

Auch wenn Grant nicht langsamer machte, sah er Faye an. „Nein, aber so wie ein neuer Vater um seiner Familie willen vorsichtiger sein muss, sollte eine neue Mutter dasselbe tun. Das bedeutet keine unnötigen Risiken, um sich selbst zu beweisen."

Sie hob eine Braue. „Glaubst du, ich bin darauf aus, mich zu beweisen?"

„Bis vor ein paar Tagen, aye, hab' ich das geglaubt. Du stehst seit dem Angriff im Wettbewerb mit dir selbst, Faye. Ich bin froh, dass du dein Vertrauen wiedergefunden hast und nicht an dir selbst zweifelst."

Sie öffnete den Mund, schloss ihn dann aber sofort. Als sich das Schweigen hinzog, fragte sich Grant, ob er einen Fehler gemacht hatte, die Wahrheit auszusprechen.

Niemals, sagte sein Drache.

Faye seufzte schließlich, bevor sie antwortete: „Ich dachte, ich hätte es ziemlich gut hinbekommen, diese Tatsache zu verbergen, wenn ich ehrlich bin. Ich fange an zu glauben, dass du Gedanken lesen kannst."

„Ich kenne dich vielleicht nicht so gut wie deine Familie, wenn es darum geht, wie du ein Brötchen über einen Tisch wirfst, aber niemand kennt dich besser, wenn es um deine Beschützerfähigkeiten geht. Die selbstbewusste Faye ist jemand, dem ich mein Leben anvertrauen würde. Ich bin froh, dass sie wieder da ist."

Sie hielt einen Moment lang inne, bevor sie fragte: „Als du also vorhin gesagt hast, dass du die Rolle des obersten Beschützers mit mir teilen willst, hast du die Wahrheit gesagt?"

„Natürlich habe ich das. Ich war noch nie gut darin, dich zu belügen oder etwas zu beschwichtigen, Mädel. Ich werde nicht jetzt damit anfangen."

Sie hielt wieder inne. Jedes Mal, wenn sie das tat, ging sein Drache auf und ab und schwang seinen Schwanz ein wenig mehr in seinem Kopf.

Grant sagte zu seinem Tier: *Beruhige dich. Du bist derjenige, der wollte, dass ich die Wahrheit sage.*

Aye, aber wenn es nach mir ginge, würde ich sofort auf den Punkt kommen.

Ich will sie langsam zu der Idee manövrieren, unsere Gefährtin zu sein.

Jetzt willst du sie also.

Schon eine ganze Weile. Wenn du das nicht weißt, dann hast du nicht aufgepasst.

Sein Drache schnaubte, sagte aber nichts weiter.

Finns Stimme erfüllte schließlich die Luft. „Dann beantworte mir das, Grant. Wenn ich den Rausch geschehen lasse, was dann?"

Er zögerte nicht. „Ich würde dich mit meinem Leben beschützen. Ich würde aber auch verstehen, dass du sein musst, wer du bist. Ich werde dich nicht wie andere Männer in einem geschlossenen Käfig halten, Faye. Aber du musst mir auch versprechen, vorsichtig zu sein. Nicht mehr so tun, als wäre dein Flügel so gut wie neu. Du hast deine Grenzen, und du musst sie mit mir teilen."

„Nur, wenn du deine mit mir teilst."

„Hast du gerade zugestimmt, mich zu küssen, sobald der Clan wieder sicher ist?"

Sie lächelte. „Vielleicht. Obwohl ich noch eine weitere Bedingung habe."

„Will ich sie wissen?"

Sie versetzte ihm einen Klaps auf den Arm. „Ich sollte sagen, dass du bei Arabellas und Finns Drillingsfest mit Aaron Caruso nackt tanzen sollst, aber meine Bitte betrifft nicht nur dich. Ich habe es ernst damit gemeint, dass du, deine Mutter und dein Bruder mit meiner Familie zu Abend essen sollt. Erst danach werde ich dich küssen. Ich glaube, das ist eine gute Motivation."

Er knurrte. „Erwarte nur nicht, dass ich dich zum ersten Mal vor deiner Familie küsse." Er senkte die Stimme. „Ich werde mich nicht zurückhalten. Wir werden sehen, ob du mit mir umgehen kannst."

„Das sind starke Worte. Vielleicht kannst du nicht mit mir umgehen."

„Ich nehme die Herausforderung an." Er beugte sich vor und flüsterte: „Ach, und Mädel? Du weißt, ich mag einen guten Wettkampf. Ich habe vor, zu gewinnen."

Faye zitterte bei seinen Worten, und sowohl Mann als auch Tier wollten sie in den nächsten leeren Raum bringen und sie sofort küssen.

Zu schade, dass sie fast bei der Krankenstation waren.

Sein Tier meldete sich wieder zu Wort. *Wir müssen einfach die Bedrohung so bald wie möglich beseitigen.*

Du meinst die Ritter. Ich bin mir nicht sicher, was die abtrünnigen Drachen angeht. Da wird ein komplexerer Plan erforderlich sein.

Dann ist es eben so. Solange es in Bewegung ist, können wir endlich unsere wahre Gefährtin küssen. Schließlich hat sie nichts darüber gesagt, dass wir sie fangen müssen, bevor sie uns küsst. Der Clan muss nur in Sicherheit sein.

Und wenn wir Cooper etwas mehr pflegen, sollte es Faye beruhigen.

Genau.

Fayes Stimme hinderte ihn daran, auf sein Tier zu antworten. „Lass mich raten: Dein Drache ist jetzt glücklich?"

„Ein wenig. Ich hoffe, deiner versucht nicht, ihn auszuziehen, sobald ich dich küsse."

Ihre Pupillen blitzten zu Schlitzen und zurück. „Ich kann nichts versprechen. Aber ich denke, es wird gut für ihn sein, deinen Drachen härter arbeiten zu lassen."

Sein Tier schnaubte. *Jetzt habe ich meine eigene Herausforderung.*

Viel Glück, Kumpel. Der Rausch wird dir viel Zeit geben, um die Dinge mit Lady Drache zu klären.

Gerade als sie sich dem Haupteingang der Krankenstation näherten, trat Lorna MacKenzie heraus und kam direkt auf sie zu. Sie zog Faye in eine Umarmung. „Ich habe dich vermisst, Faye."

„Mum, es waren doch nur ein paar Tage. Du tust so, als wäre ich seit Jahren weg."

Lorna ließ ihre Tochter los und tätschelte ihr den Arm. „Ich weiß, Kind. Aber als Arabella ihre Kleinen bekam, hat mich das an meine letzte Entbindung erinnert." Faye öffnete den Mund, um zu antworten, aber Lorna kam ihr zuvor. „Aber genug von mir. Ihr beide müsst euch beeilen. Arabella braucht Ruhe, und je eher wir die verdammten Ritter stellen, desto besser."

Grant blinzelte. Er hatte Lorna MacKenzie noch nie in seinem Leben fluchen gehört.

Lorna richtete ihren Blick auf ihn. „Du hast schon Schlimmeres von meinen eigenen Kindern gehört. Also, lasst uns nicht den ganzen Tag hier draußen stehen. Kommt schon."

Faye zog Grant durch die Tür und den Flur hinunter. Weil der Clan einstweilen in den Häusern blieb, bis die Ausgangssperre aufgehoben wurde, war der Wartebereich leer. Grant sagte: „Vielleicht haben wir Glück, und deine Brüder sind zu Hause."

Lornas Stimme war durch den Flur zu hören. „Warum sollten sie? Alle sind hier."

Faye zwinkerte ihm zu. „Du weißt, dass du sie liebst." Sie senkte die Stimme. „Mein Rat: Teile so gut aus, wie du einsteckst. Sonst wirst du keine Chance haben. Du kannst nicht ewig distanziert und mürrisch sein. Das wird Fraser und Fergus nur ermutigen, sich mehr zu bemühen."

Faye stürmte in den Raum, als sein Drache das Wort ergriff. *Vielleicht sollten wir ihnen erlauben, uns zu unterschätzen. Schließlich sind wir derjenige mit militärischer Ausbildung. Sie haben auf lange Sicht keine Chance gegen uns.*

Dem stimme ich zu, aber wir sollten nicht zu früh zeigen, dass wir ihnen überlegen sind. Sie könnten in Zukunft Verbündete werden.

Grant betrat den großen Raum und fragte sich,

wie viele Drachenmänner und -frauen hineinpassen würden. Neben Finn, Arabella und ihren drei Kleinen waren auch ihre ganze Familie und deren Gefährten da – Lorna und Ross, Fergus und Gina, Fraser und Holly. Um es abzurunden, war auch einer von Lochguards Pflegern, Logan Lamont, anwesend.

Ob es ihm gefiel oder nicht, Grant würde sich daran gewöhnen müssen, in einer großen Familie zu sein, wenn er Faye als seine Gefährtin wollte.

Sein Drache meldete sich zu Wort. *Das sollte einfach genug sein.*

Ich erinnere dich daran, wenn du später anfängst zu stöhnen.

Mit einem Schnauben verstummte sein Tier und zog sich in eine Ecke zurück.

Faye war bereits an Finns und Arabellas Seite und hob ein rosafarbenes Bündel hoch. „Jetzt gibt es zumindest eine weitere Frau in der Familie. Das muss die kleine Freya sein."

Finn antwortete: „Wenn nicht die mögliche Bedrohung wäre, hätte ich die Decken ausgetauscht, bevor ihr gekommen seid. Dann hätte ich meinen Kindern sagen können, dass ihr die Jungs nicht von dem Mädchen unterscheiden konntet."

Arabella verdrehte die Augen. „Ignorier' ihn. Wenn ich jemals ein langes Nickerchen machen will, dann müssen wir uns mit den Bedrohungen auseinandersetzen." Arabella deutete auf den Laptop vor sich. „Ich habe die Ritter nie als intelligent eingestuft, aber es scheint, als hätten sie gelernt, ihre Inhalte nicht in den dunklen Bereichen des Internets zu posten. Ich habe dort nichts gefunden, was uns helfen könnte."

Grant meldete sich zu Wort. „Wir untersuchen ein paar Dinge in der Nähe. Wenn meine Leute nichts finden, dann können wir uns vielleicht alle ein wenig entspannen."

Holly Anderson, die Menschenfrau, die mit Fraser gepaart war, seufzte. „Das hoffe ich. Ich habe es satt, dass Menschen uns unsere glücklichen Erinnerungen wegnehmen."

Fraser rieb den Rücken seiner Gefährtin. „Ich weiß, Süße. Ich bin in Versuchung, zur Geburt unseres Kindes in den Urlaub zu fahren, nur damit wir es genießen können."

Lorna runzelte die Stirn. „Ihr geht nirgendwohin. Ich will, dass alle meine Enkel hier geboren werden. Ich werde älter und möchte keine langen Strecken mehr fliegen, besonders, wenn ich Ross herumtragen muss."

Ross tätschelte ihren Bauch. „Du bist der Grund, warum ich seit unserer Paarung mehr als sechs Kilo zugenommen habe."

Lorna machte Tss. „Wir können später darüber diskutieren, dass es deine eigene Schuld ist. Arabella muss zu Ende reden, damit sie etwas schlafen kann."

Alle Augen wandten sich zu Arabella. Grant konnte nicht der Einzige sein, der die Ringe unter den Augen des Mädels sah.

Sein Drache sagte, *Wir müssen die Verräter des Clans vor der Geburt unseres Kindes fangen. Ich will nicht, dass Faye zur Arbeit gezwungen wird, wenn sie schlafen sollte.*

Lass es gut sein. Wir haben Faye noch nicht einmal geküsst.

Arabellas Stimme erfüllte den Raum und erregte Grants Aufmerksamkeit. „Viel mehr gibt es nicht zu sagen. Ich habe meine Fühler ausgestreckt, aber bis irgendeiner meiner Mit-, äh, Computerexperten, sich bei mir meldet, liegt es an euch, uns zu beschützen."

Finn nickte. „Dann hast du alles getan, was du jetzt tun konntest, Liebes." Finn sah Grant und dann Faye an. „Ich würde gern im Flur mit euch reden."

Widerwillig übergab Finn einen seiner Söhne an Lorna und verließ den Raum. Grant und Faye folgten. Sobald sie allein waren, hielt Finn seine Stimme leise, als er sagte: „Der Grund, warum ich euch beide zurückhaben wollte, ist, dass Cooper sich zwar verbessert, aber ich glaube nicht, dass er bereit ist, einen möglichen Angriff zu bewältigen. Ich vertraue euch beiden die Führung des Clans an, bis es absolut notwendig ist, dass ich das Kommando wieder übernehme. Ara setzt eine starke Fassade auf, aber sie braucht mich. Wird die Zusammenarbeit zwischen euch ein Problem sein? Ich weiß, dass ihr euch in letzter Zeit nicht so gut verstanden habt."

Manchmal vergaß Grant, wie aufmerksam Finn sein konnte. „Aye, wir kommen klar. Wir haben schon in den letzten Tagen gut zusammengearbeitet."

Finn hob die Brauen. „Und ich vertraue darauf, dass ihr es euch verkneifen könnt zu knutschen, bis das hier vorbei ist."

Faye blinzelte. „Was?"

„Stell dich nicht dumm bei mir, Faye", antwortete Finn. „Ich weiß, dass ihr zwei wahre Gefährten seid, und ich bin glücklich, wirklich. Aber es muss warten, bis das hier vorbei ist. Könnt ihr das tun?"

„Ich sollte wegen deiner Andeutung beleidigt sein", sagte Grant. „Aber was zwischen Faye und mir ist, ist unsere Sache. Trotzdem haben wir bis jetzt den Kopf bewahrt. Ich bezweifle, dass eine anstehende Drohung uns plötzlich dazu bringt, in irgendeiner Ecke zu vögeln."

„Grant!", schimpfte Faye.

Er zuckte die Schultern. „Die Wahrheit beschleunigt die Dinge."

Sie verdrehte die Augen. „Ich schwöre, ich bin umgeben von Männern, die mich gerne wütend machen."

„Aye, und wir können uns zusammenschließen, um dir später eine größere Dosis zu verpassen", sagte Finn. „Im Moment vertraue ich euch die Sicherheit des Clans an. Ich weiß, dass ihr es gut machen werdet."

Mit einem Winken ging Finn zurück ins Zimmer zu seiner Gefährtin und seinen Kindern.

Grant wandte sich Faye zu. „Keine Sorge. Wenn

Finn mein Verwandter wird, dann habe ich einige Ideen, wie ich mich rächen kann."

Faye legte eine Hand über ihr Herz. „Zeigt Grant McFarland etwa seine verspielte Seite? Ich könnte einen Herzinfarkt haben."

Er ignorierte die Tatsache, dass Faye nicht protestiert hatte, als er gesagt hatte, er werde Finns Verwandter, und antwortete: „Es gibt viel an mir, das ich nur denen zeige, denen ich vertraue und die mir wichtig sind. Aber wenn du mich deswegen ärgern willst, kann ich weiter knurren und ein geschlossenes Buch bleiben."

Faye lehnte sich an seine Brust. „Mach das, und das hier wird das letzte Mal sein, dass ich das tue."

Sie stellte sich auf die Zehenspitzen und küsste sein Kinn. Das zärtliche Streichen ihrer Lippen über seine Haut schickte eine Hitzewelle durch seinen Körper. Was hätte er nicht für eine halbe Stunde allein mit Faye gegeben.

Sein Drache knurrte. *Wir brauchen mehr als eine halbe Stunde.*

Nicht den Rausch, Drache. Ich möchte sie nur zwischen den Beinen kosten.

Ärgere mich nicht, wenn wir uns konzentrieren sollen.

Du prahlst immer damit, stark zu sein. Reiß dich die nächsten ein oder zwei Minuten zusammen.

Auch wenn der Clan sie brauchte, würde er sich ein paar Sekunden nehmen, um Faye in den Wahnsinn zu treiben.

Grant legte eine Hand an ihren Rücken und senkte sie langsam, bis er ihre Pobacke ergriff. Faye hielt den Atem an, und er lächelte. Seine Stimme war rau, als er sagte: „Dieses Spiel können zwei spielen, Mädel." Da Faye die Decke um ihre Brust gewickelt hatte, um sich zu umhüllen, ließ Grant ihren Po frei und bewegte seine Hand an den Rand der Decke. „Betrachte das als Motivation, mir deine Grenzen zu nennen und nie etwas vor mir zu verbergen, was wichtig ist."

Langsam fuhr er mit der Hand unter der Decke nach oben, bis er die Verbindung zwischen ihren Oberschenkeln erreichte. Er hielt inne, um Faye genug Zeit zu geben, ihm zu sagen, er solle aufhören. Aber sie schwieg, bis auf ihr hämmerndes Herz, also strich er mit den Fingern zwischen ihre Falten. Er konnte kaum ein Stöhnen unterdrücken, als sie feucht war. „Faye."

Anstatt zu betteln oder zu jammern, legte Faye ihre Finger über die Kontur seines harten Schwanzes. Trotz des Stoffes seiner Hose zwischen ihnen, schickte ihre Berührung einen elektrischen Stoß durch seinen Körper. Sein Drache hielt sich in seinem Hinterkopf kaum zurück.

Wenn ihn schon eine Berührung verrückt machte, was würden ihre Lippen um seinen Schwanz mit ihm anstellen?

Fayes Stimme füllte seine Ohren. „Lass uns einen Deal machen. Wer die wichtigsten Informationen zur Eindämmung der Bedrohungen findet, wird zuerst den Körper des anderen verschlingen."

Das Bild von Grant, wie er sich auf einem Bett zurückhielt, während Faye seinen Schwanz in ihren Mund nahm, erfüllte seinen Geist. Sein Drache knurrte. *Mir wäre es umgekehrt viel lieber."*

Bist du dir sicher? Ich freue mich darauf, dass Faye uns mit ihrer Zunge neckt.

Die Stimme seiner Drachenfrau drang durch seine Gedanken. „Und? Ist das ein Deal?"

„Na schön. Aber wenn ich gewinne, ist das nur der Anfang." Er streifte den harten kleinen Knoten in ihrem Schritt, und Faye drängte sich gegen ihn. „Wir können auch ohne Rausch viel tun, nur damit du auch weißt, worauf du dich einlässt."

Als er ihre Öffnung mit den Fingern neckte, stöhnte Faye. „Grant."

„Aye, das ist mein Name." Widerwillig entfernte er seine Hand. „Jetzt lass uns anfangen. Je eher wir den Clan beschützen, desto eher kann ich dir mehr geben als nur eine Vorschau auf das, was kommen wird."

Faye lehnte sich noch ein paar Sekunden gegen seine Brust, und er wollte die Arme um seine Frau wickeln und nie loslassen.

Aber er musste von hier an alle Versuchungen eindämmen, bis er endlich die Zeit hatte, Faye kommen und seinen Namen schreien zu lassen. Sie nur zu berühren, war nicht genug für Mensch oder Tier.

Sein Drache meldete sich zu Wort. *Warum stehen wir dann noch im Flur? Lass uns die beiden Teams beaufsichtigen, die die Umgebung untersuchen, und sehen, was wir finden können.*

Faye zog sich schließlich zurück und brachte ein paar Zentimeter zwischen sie. Sie atmete tief durch und nickte. „Okay, gehen wir."

Als mit schwingenden Hüften zum Ausgang ging, prägte Grant sich jedes Detail ein. Er würde es als Motivation brauchen. Denn wenn es nach ihm ginge, wäre Faye innerhalb eines Tages in seinem Bett.

Kapitel Siebzehn

Im Interesse der Zweckmäßigkeit und um jedem von ihnen zu helfen, sich zu konzentrieren, waren Faye und Grant jeweils mit einem Team gegangen, um die Umgebung zu durchsuchen. Da Faye das Licht im Wald gesehen hatte, flog sie an der Spitze der V-Formation des Teams.

Auch wenn die Leitung eines Teams für eine Mission sie nach so vielen Monaten ohne Aufgabe schwindelig machen sollte, gingen ihre Gedanken immer wieder zu dem zurück, was Grant im Flur der Krankenstation getan hatte.

Seine Finger waren rauer und wärmer, als sie es sich vorgestellt hatte. Und was er mit ihnen gemacht hat, oh Junge, das würde sie erröten lassen, wenn sie in ihrer menschlichen Gestalt wäre.

Ihr Tier schnaubte. *Warum? Wir haben schon mal mit Männern geschlafen.*

Ja, aber es ist anders mit Grant. Es gibt Anzie-

hung, ja, aber ich kenne ihn auch schon mein ganzes Leben lang. Dazu noch seine Fähigkeit als Beschützer, und das ganze Paket setzt mich in Brand, auf eine Weise, wie kein anderer Mann zuvor es getan hat.

Du denkst zu viel. Wir müssen nur gewinnen.

Also bist du jetzt auf dem „Fick Grant"-Zug?

Vielleicht. Er ist interessanter, als ich dachte. Ich akzeptiere jetzt noch ein paar andere Dinge, außer ihn kriechen zu lassen, damit er meine Gunst gewinnt.

Faye seufzte innerlich. *Sein armer Drache hat keine Ahnung, worauf er sich einlässt, wenn es tatsächlich einen Rausch gibt.*

Ihr Tier schnaubte. *Wenn er nicht mit mir umgehen kann, dann ist er nicht würdig, der Vater unseres Kindes zu sein.*

Faye wollte nicht an Kinder denken und riskieren, etwas Wichtiges zu übersehen, und konzentrierte sich auf die letzte Annäherung an den Ort, an dem sie im Wald das Licht gesehen hatte. Einige Drachenwandler näherten sich in menschlicher Gestalt über den Boden, was Faye und die beiden anderen Drachen bei ihr zur Ablenkung machte, falls nötig.

Sie deutete mit einem Hinterbein, und alle drei tauchten zu den Bäumen. Sie zog den Bruchteil einer Sekunde hoch, bevor sie hineinkrachte, und streifte die Kronen mit ihren Klauen.

Der Wald war nicht so groß wie in der Vergangenheit, aber es gab immer noch genügend Bäume, um große Landabschnitte abzuschotten. Manchmal durchbrachen die Ruinen der Cottages, die von den Menschen vor den Räumungen benutzt worden waren, die Baumdecke, aber nicht immer.

Endlich fand sie einen Platz, der groß genug war, um vorsichtig zu landen und ihre Füße auf den Boden zu stellen. Die anderen beiden Mitglieder ihres Teams blieben in der Luft.

Faye lauschte aufmerksam, hörte aber nur den Schlag von Drachenflügeln, das Summen von Mücken und ein paar kleine Tiere, die davonhuschten. Sie roch auch Wald, Erde und Verfall von Pflanzen und Tieren, aber nichts, was auf menschlicher Aktivität in letzter Zeit deutete.

Wie bereits vereinbart, wartete Faye darauf, dass Brodie MacNeil, einer von Lochguards Beschützern, sich mit ihr treffen würde.

Wenn man vom Teufel spricht: Da tauchte er aus den Bäumen auf in seiner menschlichen Gestalt. Sie müsste ihn später für seine Tarnung loben. Das erinnerte Faye auch daran, dass sie, wenn sie Grant helfen sollte, die Beschützer zu leiten, sie mit jedem von ihnen ins Feld gehen sollte, um ihre Fähigkeiten und Platzierungen neu zu bewerten.

Brodies große, rothaarige Gestalt näherte sich ihr. Sie senkte den Kopf. Erst, als er ihr ins Ohr flüstern konnte, sagte er: „Da waren Spuren von Menschen im Wald, etwa hundert Meter von hier entfernt, aber alles, was ich finden konnte, waren leere Flaschen Alkohol. Waren wahrscheinlich nur

Jugendliche, die sich amüsiert haben." Sie nickte ein wenig, und er fuhr fort: „Egal, wir werden weitersuchen. Ich treffe euch dann am Checkpoint."

Bevor sie irgendetwas tun konnte, ging Brodie zurück zu den Bäumen.

Ihr Drache grunzte. *Ich hoffe, Grant geht's nicht besser. Ich mag es nicht zu verlieren.*

Ich auch nicht, Drache. Aber wir müssen gründlich sein. Das weißt du.

Nur, weil ich es weiß, heißt das nicht, dass es mir gefallen muss.

Ich denke, du sehnst dich danach, Grant wiederzusehen.

Natürlich nicht. Willst du jetzt den ganzen Tag plaudern, oder können wir unsere Mission beenden?

Mit einem mentalen Seufzen hockte Faye sich hin und sprang in die Luft. Es brauchte ein paar zusätzliche Schläge ihrer Flügel, um wieder über die Bäume zu kommen, aber ihr Flügel schmerzte nicht allzu sehr, und sie schaffte es mit wenig Mühe.

Während sie auf den Luftströmungen glitt, untersuchte Faye die Bäume weiter und fragte sich, ob es Grant besser ergangen war.

Da Grant das kühle Wasser brauchen konnte, nachdem er Faye mit den Fingern geneckt hatte, hatte er sich freiwillig gemeldet, die Gruppe zu leiten, die im Loch schwimmen würde.

Als er sich in Drachengestalt durch das Wasser machte, erreichte er seinen Suchort. Er atmete tief durch und steckte den Kopf ins Wasser. Da der Loch nur etwa fünf Drachenlängen tief war, musste er nur ein paar Sekunden tauchen, um alles um sich herum zu sehen. Dank der wasserdichten Leuchte, die er um seinen Hals geschnürt hatte – das Sehvermögen eines Drachen brauchte mindestens ein wenig Licht, um im Dunkeln richtig zu funktionieren – konnte er selbst im tiefsten Teil des Wassers jede Ecke und jeden Winkel sehen.

Es gab wenig mehr als Vegetation, etwas Müll, jede Menge Felsen und Fische, die vorbeischwammen. Nachdem er den aktuellen Abschnitt untersucht hatte, stieg er an die Oberfläche. Sein Kopf brach durch das Wasser, und er sah zu den anderen beiden Drachen, die ihm halfen. Beide schüttelten den Kopf, um zu signalisieren, dass sie nichts gefunden hatten, und alle zogen in ihren nächsten Bereich, um zu suchen.

Grant blickte in den Wald auf der dem Clan gegenüberliegenden Seite, hörte aber keinen Alarm. Faye hatte wohl auch noch nichts gefunden.

Sein Drache meldete sich zu Wort. *Nichts zu finden ist gut. Nicht nur, weil es Bedrohungen ausschließt, sondern auch, weil unsere Konkurrenz zu einem Anziehungspunkt wird. Das könnte zu unserem Vorteil funktionieren.*

Grant ignorierte seinen Drachen und kam zu seinem nächsten Abschnitt. Das Gebiet lag in der

Nähe des Ufers, war aber einer der wenigen Orte, an denen es eine hohe Felsformation und eine größere Tiefe gab; der Großteil des Lochs hatte eine felsige, relativ flache Küstenlinie.

Er atmete noch einmal tief ein und tauchte wieder hinunter. Zunächst untersuchte er den Grund, sah aber nichts Ungewöhnliches. Als Nächstes schwamm er zum fast senkrechten Kliff und untersuchte die Felswände. Zuerst sah er nur Grate und Spalten, die natürlich aussahen. Aber unten fand er einen kreisförmigen Umriss im Felsen, einen, der von Menschen gemacht war.

Nur für den Fall, dass etwas auf der anderen Seite wartete, schwamm Grant schnell an die Oberfläche. Sobald auch die anderen beiden Drachen erschienen, bedeutete er ihnen, zu ihm zu kommen. Sobald sie da waren, tauchte er wieder hinunter. Die anderen beiden Drachen folgten.

Er führte sie an den verdächtigen Ort und wies auf die Anomalie hin. Dann streckte er eine Kralle aus und versuchte, die kreisförmige Abdeckung zu lösen.

Zunächst passierte nichts. Aber als er seine Kralle um die Außenseite des Kreises legte, war Grant schließlich in der Lage, die Abdeckung wegzureißen. Er leuchtete sein Licht hinein, und es zeigte eine kleine Nische mit einer wasserdicht aussehenden Tasche. Grant überprüfte, dass es keine Fallen gab, nahm sie vorsichtig heraus und machte sich auf den Weg zurück zur Oberfläche.

Da er nicht riskieren wollte, das Innere zu ruinieren, schwamm er so schnell, aber vorsichtig wie möglich zu Lochguards Seite des Wassers. An Land legte er seinen Fund ab und stellte sich vor, wie sein Körper in seine menschliche Form zurückschrumpfte. Nachdem er mit dem Wandeln fertig war, hockte sich Grant hin und untersuchte die Tasche.

Sie war schwarz und teilweise aufgerollt und oben versiegelt, was bedeutete, dass sie wahrscheinlich wirklich wasserdicht war. Die Tasche sah hochwertig aus. Natürlich musste sie das sein, wenn der Besitzer nichts ruinieren wollte. Immerhin war sie wer-weiß-wie-lange schon unter Wasser.

Sein Drache meldete sich zu Wort. *Können wir sie jetzt öffnen? Wir verlieren wertvolle Zeit.*

Ich versuche sicherzustellen, dass es keine Bombe oder Sprengfalle ist. Ich öffne sie erst, wenn ich weiß, dass es sicher ist.

Dann beeil dich, und bring sie zu einem unserer Wissenschaftler. Obwohl es ziemlich weit vom Clan entfernt ist, um irgendeinen Schaden anzurichten.

Vielleicht, vielleicht auch nicht. Hängt davon ab, was drin ist.

Grant stand auf und stellte sich den beiden Mitgliedern seines Teams gegenüber. Er zeigte auf die rote Drachenfrau namens Zoe Watson. „Flieg nach Lochguard und hol' Alistair Boyd. Wir müssen sicherstellen, dass, was auch immer hier drin ist, dem Clan nicht schaden wird, und er sollte in der Lage sein, den Inhalt zu überprüfen. Ich bringe sie in den Wald am Hintereingang, etwa siebzig Meter entfernt." Zoe nickte, und Grant sah zu dem schwarzen Drachen neben ihr. „Hol einen der diensthabenden Beschützer her. Er soll dir helfen, den Loch zu überprüfen. Ich möchte sicherstellen, dass da keine weiteren Überraschungen lauern. Achte besonders auf die Begrenzungen und den Boden. Jetzt, wo wir wissen, dass jemand mindestens eine Tasche versteckt hat, könnten andere in Objekten versteckt sein, die natürlich aussehen."

Der schwarze Beschützer sprang in die Luft und folgte Zoe zurück nach Lochguard.

Grant sah zurück auf die schwarze Tasche. Dann atmete er tief durch, hob sie langsam auf und machte sich auf den Weg zum Hintereingang.

Sein Drache meldete sich. *Warum rufst du nicht einfach das MDA? Sie verfügen über die Mittel der britischen Regierung und können es leicht für uns überprüfen.*

Angesichts des jüngsten Verrats des ehemaligen MDA-Direktors versuche ich, mich so wenig wie möglich auf sie zu verlassen.

Aber die neue weibliche Führungskraft ist anders.

Trotzdem wird die Ausstellung in Inverness eröffnet. Ich will nicht, dass etwas das überschattet, was gute Publicity sein sollte.

Publicity ist eine menschliche Angelegenheit. Mir kommt das wie Zeitverschwendung vor. Nicht jeder wird uns mögen, egal, was wir tun.

Dann denk an Cat. Sie hat für diesen Moment hart gearbeitet. Wir dürfen das nicht ruinieren.

Schätze schon. Sie war nett zu uns, auch wenn sie als Kind etwas nervig war.

Er antwortete seinem Drachen nicht und beschleunigte sein Tempo ein wenig. Grant musste vorsichtig sein, aber er wollte auch Iris und die anderen Drachenwandler in Inverness wissen lassen, dass sie nach allem Ungewöhnlichen Ausschau halten sollten. Wenn die Drachenritter gefährliche Gegenstände für den späteren Gebrauch versteckt hätten, hätten sie es vielleicht auch in der Nähe des Ausstellungsortes getan.

Faye kam an ihrem dritten Kontrollpunkt an. Aber als sie das erste Mal tief durchatmete, bemerkte sie sofort den Geruch von Menschen, vermischt mit etwas Chemischem.

Ihr Drache wurde munter. *Endlich. Lass es uns untersuchen.*

Nicht, bis Brodie auftaucht.

Trotzdem untersuchte Faye die Gegend genau. Die Bäume und deren Schatten machten es schwieriger, die Dinge klar zu sehen.

Ihre kleine Lichtung war frei von Müll oder anderen Anzeichen von Aktivitäten in jüngster Zeit. Was auch immer sie gerochen hatte, musste weiter im Wald sein.

Ein paar Sekunden später ertönte Menschenge-
schrei und das Geräusch eines Kampfes. Faye
brüllte ihren Kameraden in der Luft den Alarm zu,
bevor sie sich vorstellte, dass ihr Körper schrumpfte.
Als sie wieder auf zwei menschlichen Füßen stand,
stürmte sie auf den Lärm zu, vorsichtig, um nicht auf
Äste zu treten, was ihre Position hätte verraten
können.

Ihr Herz pochte, als sie näherkam. Faye drängte
ihren Körper weiter und fand schließlich Brodie, der
mit einem Menschenmann rang. Zwei weitere hatten
die anderen Beschützer in menschlicher Gestalt
angegriffen.

Sie bemerkte kaum das Zelt hinter dem Handge-
menge. Da Brodie einer der besten Faustkämpfer im
Clan war, stürmte Faye zu einem der jüngeren
Beschützer, Shay.

Shay kämpfte, um von dem Menschen loszukom-
men, der ihn festhielt. Faye bückte sich, um einen
grapefruitgroßen Stein aufzuheben, und schloss die
Distanz. Bevor der Mensch sie bemerkte, schwang
sie den Stein gegen seinen Kopf, um ihn bewusstlos
zu schlagen, ihn aber nicht zu töten.

Nach einer kurzen Überprüfung, um sicherzustellen, dass Shay bei Bewusstsein und am Leben
war, ging sie, um dem anderen Beschützer zu helfen.
Brodie hatte sich jedoch bereits um seinen Feind
gekümmert und half seinem Clan-Partner. Zufrieden
damit, dass Brodie alles erledigen und die Menschen
fesseln würde, näherte sich Faye dem Zelt. Sie hielt

ein paar Sekunden inne, hörte aber niemanden, der sich im Inneren bewegte.

Der Geruch nach Chemikalien war hier stärker. Nur für den Fall, dass sie tödlich waren, holte sie tief Luft und warf nur einen kurzen Blick hinein.

Sie entdeckte einen Tisch mit einer Vielzahl von Bechern, elektronischen Teilen und einigen Werkzeugen, die sie nicht identifizieren konnte. Ein Stapel Gasmasken lag am Eingang, also nahm sie eine und drehte sich zurück in den Wald.

Nach ein paar tiefen Atemzügen setzte sie die Maske auf und ging ins Zelt.

Faye hatte keine biologische oder chemische Ausbildung, die über die Grundlagen ihrer Zeit in der Armee hinausging, aber als sie den Tisch mit halb fertigen Gadgets betrachtete, die wie Rieseneier aussahen, wusste sie, dass es nichts Gutes war. Sie musste jemanden finden, der einen Blick darauf werfen und sicherstellen konnte, dass der Wald nicht in Rauch aufgehen würde.

Sie fragte sich, wie zur Hölle jemand ein Labor im Wald hatte bauen können, ohne dass es jemand bemerkt hatte. Lochguard musste möglicherweise Waldpatrouillen in menschlicher Gestalt in ihre täglichen Rotationen aufnehmen.

Als sie das Zelt verließ, ging sie geradewegs zu Brodie und den anderen. Die drei Menschen waren gefesselt, also nahm sie Brodie zur Seite und flüsterte: „Ich möchte, dass du hierbleibst und siehst, was du aus ihnen herausbekommen kannst. In der

Zwischenzeit werde ich jemanden holen, der versteht, was das in diesem Zelt ist."

Brodie hielt seine Stimme leise, als er antwortete: „Aye. Ich habe immer noch mein Handy, also halte mich auf dem Laufenden. Wir werden auch Dr. MacFie brauchen. Shay ist verletzt."

„Das andere Mitglied deines Teams soll sie anrufen. Ich werde meine Hände voll damit zu tun haben, irgendwelche Wissenschaftler zu finden und herzubringen. Vielleicht muss ich mich sogar an Stonefire wenden."

Stonefire hatte vor kurzem einen männlichen Drachenwandler namens Dr. Trahern Lewis angeworben, der ein Genie in Biochemie war. Seine menschliche Freundin, Dr. Emily Davies, lebte ebenfalls in Stonefire und war genauso brillant.

Sie blickte auf die Gefangenen und fragte Brodie: „Haben sie zuerst angegriffen?"

„Aye. Ich habe sie gefragt, was sie tun, und sie sind auf uns gesprungen. Einer hat versucht, eine Betäubungspistole zu benutzen, aber es war eine mit Projektil und er hat mich verfehlt. Ich dachte, Fragen zu stellen, könnte warten. Selbst das MDA sollte Selbstverteidigung befürworten."

„Das MDA kann unberechenbar sein, aber ich hätte das Gleiche getan." Sie deutete zum Zelt. „Was da drin ist, wird wahrscheinlich dafür sorgen, dass die drei Menschen für eine ziemlich lange Zeit eingesperrt bleiben." Sie gab ihm ihre Gasmaske. „Versuch, nicht da reinzugehen, aber wenn du unbedingt reingehen musst, setz die auf. Soweit wir wissen, könnte da drin etwas sein, das nur für Drachenwandler tödlich ist. Schließlich haben die Ritter ein bestimmtes Gift in den Drohnen eingesetzt, die Stonefire angegriffen haben."

Brodie nahm die Maske. „Ich kann vielleicht vom kleinsten Kerl ein paar Informationen darüber bekommen, was da drin ist. Er hat Befehle gegeben und scheint der Anführer zu sein."

Faye wandte ihren Blick zu dem kleinen, dünnen Menschen mit schütter werdenden Haaren. Er war immer noch bewusstlos.

„Weck ihn nur nicht zu früh auf. Ich möchte versuchen, so viele Leute wie möglich hier zu haben, um zu helfen, falls der menschliche Anführer eine Art Panikgerät aktiviert." Brodie verharrte einen Moment lang, und Faye fragte: „Was? Gibt's noch etwas anderes?"

Brodie lächelte. „Es ist nur schön, wieder Befehle von dir entgegenzunehmen, Mädel. Wenn McFarland weiß, was gut für ihn ist, wird er nicht länger versuchen, dich fernzuhalten."

Faye wollte nicht auf die Einzelheiten dessen eingehen, was sich bereits zwischen ihr und Grant ereignet hatte, sondern sagte nur: „Aye, lass uns das hoffen. Wenn du etwas findest, wende dich an Cooper in der Kommandozentrale. Er wird es an uns andere weitergeben können."

Als einer der Menschenmänner sich zu rühren begann, nahm Faye das als ihr Zeichen, sich auf den

Weg zurück zur Lichtung zu machen und zu wandeln. Dank ihres Alarms standen bereits einige Beschützer und eine Krankenschwester da. Faye deutete hinter sich. „Shay braucht medizinische Hilfe. Brodie hält die Eindringlinge fest, aber er wird Hilfe beim Transport brauchen. Ihr könnt Brodie nach den übrigen Details fragen."

Als ihre Clankameraden begannen, sich in Richtung Brodie und der anderen zu bewegen, stellte Faye sich vor, wie sich ihre Arme und Beine dehnten, ihre Nase sich zu einer Schnauze verlängerte und Flügel aus ihrem Rücken sprossen. Sobald sie in ihrer blauen Drachengestalt war, hockte sie sich hin und sprang in die Luft.

Sie hatte kaum eine Chance gehabt, über den Bäumen ein paar Schläge mit den Flügeln zu schlagen, bevor etwas über den Loch dröhnte. Eine Sekunde später stieg eine riesige Rauchwolke in die Luft.

Sie weigerte sich zu glauben, dass Grant und sein Team einen Angriff oder Schlimmeres erlebt hätten, und machte sich auf den Weg Richtung Rauch, um herauszufinden, was passiert war.

Kapitel Achtzehn

Cat MacAllister tippte mit einem Bleistift auf ihren Oberschenkel. Sie hatte immer ein kleines Skizzenbuch bei sich, falls die Inspiration zuschlug, aber obwohl sie eine neue Idee hatte, hatte sie es aufgegeben, sie zu Papier bringen zu wollen. Drei Versuche, und sie konnte immer noch nicht die Linien hinbekommen.

Ihr Drache meldete sich zu Wort. *Warum bist du nervös? Du bist brillant. Die anderen werden es auch sehen.*

Die Qualität meiner Arbeit ist nicht das Problem. Wie dieses Ereignis heute Abend läuft, hat Auswirkungen auf alle Drachenwandler in Großbritannien. Das ist ein riesiges Gewicht auf meinen Schultern.

Alle hier sind nett. Der Mensch Max ist etwas seltsam, aber nicht auf schlechte Art. Es wird schon alles gut gehen. Versuch nochmal, deine neueste Idee zu zeichnen. Wir haben Zeit.

Cat sah auf ihrem Handy nach der Zeit und bemerkte, dass sie zehn Minuten hatte, bevor jemand reingelassen werden konnte. Sie streckte die Arme über den Kopf und kreiste sie weit, um ihre Schultern zu lockern. Gerade, als sie den Bleistift auf das Papier legte, erfüllte Lachlan Mackintoshs Stimme ihre Ohren. „Ich hoffe, du hast nicht vor, den ganzen Abend zu skizzieren. Ein Teil unseres Erfolgs wird daran gemessen, wie du und die anderen Drachenwandler mit der Öffentlichkeit interagiert."

Sie sah Lachlan in die Augen. „Du planst gern Veranstaltungen, aye?"

„Ja."

Ermutigt durch den vorigen Tag, als er auf ihre Offenheit reagiert hatte, fragte Cat: „Kommen deine Ideen immer nach einem festgelegten Zeitplan? Denn wenn du Ja sagst, lügst du."

„Stimmt, ich kann meine Ideen nicht alle kontrollieren. Aber für einen Abend wie heute würde ich einen Weg finden, sie beiseitezulegen. Du hast einen inneren Drachen. Lass ihn sich daran erinnern, was du später zeichnen sollst."

Ihr Drache seufzte. *Er hat wirklich keine Ahnung, wie das funktioniert.*

Ich glaube, die meisten Menschen haben das nicht. Lass uns herausfinden, was er weiß.

Cat neigte den Kopf. „Da du für das MDA arbeitest, solltest du uns als Spezies besser verstehen, aye? Also, was weißt du darüber, wie ein Drachenwandler mit beiden Hälften seiner Persönlichkeit interagiert?"

Lachlan legte seine Hände hinter dem Rücken ineinander. „Ich wusste nicht, dass es heute Abend einen Test geben würde."

Ihr Tier meldete sich. *Ich weiß nicht, ob er Witze macht oder nicht.*

Cat antwortete dem Menschen: „Aye, nun, wenn du keine Ahnung hast, dann sag es einfach, und ich werde dich aufklären. Betrachte es als eine Gelegenheit, dein Wissen zu erweitern."

Er hob eine Braue. „Drachenwandler besitzen zwei Persönlichkeiten in einem Körper. Die Menschliche hat mehr Kontrolle und versteht menschliche Gepflogenheiten, während die Drachenhälfte von Instinkten geleitet wird. Wenn die Drachenhälfte über längere Zeit die Kontrolle übernimmt, gilt ein Drachenwandler als bösartig. Bösartige Drachen kommen selten vor, bevor ein Drachenwandler das Teenageralter erreicht. Ich könnte weitermachen, wenn du möchtest."

Ihr Tier schnaubte. *Wenn er so viel weiß, warum schlägt er dann etwas vor, an dem ich kein Interesse habe?*

Die Grundlagen und die Details zu kennen, sind zwei sehr unterschiedliche Dinge.

Cat räusperte sich. „Das wird vorerst reichen. Aber auch wenn du die Grundlagen kennst, solltest du wissen, dass mein Drache nicht der Künstlerische von uns beiden ist. Wenn ich eine Idee nicht auf Papier bringe, verliere ich sie vielleicht für immer."

„Hast du deinem Drachen jemals erlaubt, zu malen? Man weiß nie, er wird dich vielleicht überraschen."

Ihr Tier meldete sich zu Wort. *Ich habe es noch nie versucht, weil ich mich nicht gerne schmutzig mache und Farbe normalerweise überall landet, wenn man es tut. Aber wenn er nackt für uns posiert, wäre ich vielleicht offen dafür, es zu versuchen.*

Cat schnaubte und Lachlan fragte: „Lust, mir zu sagen, was so witzig ist?"

„Glaub mir, das willst du nicht wissen. Obwohl ich noch eine andere Frage an dich habe."

„Mach schnell, ich muss nach den anderen sehen."

„Warum bist du die ganze Zeit so förmlich? Ich kann dir versichern, dass alle Drachen aus Lochguard eher lässig sind."

Er richtete sich gerader auf. „Ich habe von Lochguards Ruf gehört. Aber das hier ist mein Job. Ich muss die höchsten Standards erfüllen." Er nickte. „Ich werde später nach dir sehen."

Cat sagte zu ihrem Drachen: *Ich frage mich, welchen Ruf Lochguard beim MDA hat. Ich wusste nicht, dass wir einen haben.*

Solange es etwas in der Richtung ist, dass wir brillant sind, kann ich damit leben.

Mit einem Lächeln konzentrierte sich Cat auf ihr Skizzenbuch. Das Gespräch mit Lachlan hatte ihr eine neue Idee gebracht. Als sie die ersten Linien zeichnete, konnte sie es kaum erwarten, ihm das fertige Produkt zu zeigen. Wenn ihn das nicht zum Lachen brachte, dann würde nichts das schaffen.

Sie schaffte es, der groben Skizze den letzten Schliff zu verpassen, als sich die Türen öffneten. Cat hatte nicht gewusst, was sie erwarten sollte, aber als eine Menschenmenge hereinströmte und die verschiedenen Tische besuchte, fand sie sich bald damit beschäftigt, einem begeisterten Publikum das eine oder andere Bild zu erklären.

Natürlich war es erst der Anfang mit ein paar Stunden vor ihr. Sie hoffte nur, dass ihr Glück und der herzliche Empfang anhielten.

Faye erreichte schließlich das Gebiet, aus dem der Rauch aufstieg. Unten war Geschrei zu hören, aber sie konnte die Worte nicht verstehen, mitten im Chaos.

Bitte, lass es Grant gut gehen. Sie hatte ihn weder im Loch noch in der Nähe gesehen, und das machte ihr Sorgen.

Ihr Tier antwortete: *Grant ist stark. Er hat härtere Zeiten in der Armee durchgemacht.*

Stimmt, aber damals war er nur ein Kamerad.

Und jetzt?

Das weißt du verdammt gut.

Faye ignorierte ihren Drachen, fand eine

Öffnung, die groß genug war für ihre Drachengestalt und setzte zur Landung an. Sobald ihre Hinterbeine den Boden berührten, wandelte sie in ihre menschliche Gestalt.

Auf ihrem Weg durch die Bäume konzentrierte Faye ihren Verstand und verdrängte ihre Ängste. Einer der ersten Teile ihres Trainings war die Frage gewesen, wie Emotionen eine Mission gefährden und Leben kosten konnten.

Sie näherte sich bald einigen Mitgliedern ihres Clans, die versuchten, die verbleibenden Teile des Feuers zu löschen, indem sie die Bäume und das Unterholz ableckten. Da sie sie nicht ablenken wollte, drängte sie sich an ihnen vorbei, bis sie sah, wie Dr. Layla MacFie jemanden am Boden untersuchte.

Faye konnte nicht erkennen, wer es war, wegen der vielen Personen, die den Mann oder die Frau umstanden. Sie schloss die Distanz und schaffte es, einen Blick auf den bewusstlosen Drachenwandler zu werfen.

Es war Grant.

Ihn regungslos und voller Kratzer und ein paar Verbrennungen zu sehen, verdrehte ihr Herz. Dennoch atmete Faye einmal tief durch. Sie musste einen kühlen Kopf bewahren.

Sie fragte Layla: „Geht's ihm gut?"

Die Ärztin hörte nicht mit ihrer Behandlung auf. „Er lebt und scheint stabil zu sein, aber ich werde erst mehr wissen, wenn ich ihn auf die Krankenstation gebracht habe."

„Warum habt ihr das dann noch nicht gemacht?"

Layla zögerte nicht. „Ich mache mir Sorgen um seine Wirbelsäule. Ich werde ihn erst bewegen, wenn ich eine geeignete Trage habe."

Die Dominanz in Laylas Stimme ließ Faye blinzeln. Scheinbar hatte Lochguards neue Chefärztin endlich ihre Autorität innerhalb des Clans angenommen.

Faye juckte es in den Fingern, alle außer der Ärztin beiseitezuschieben und Grants Stirn zu streicheln. Er sollte wissen, dass sie da war.

Doch Grant war außer Betrieb, und es war wichtiger, dass sie Cooper fand und sicherstellte, dass alles richtig gehandhabt wurde. Grant würde das von ihr erwarten, und sie wollte ihn nicht im Stich lassen.

Sie sah sich ein letztes langes Mal Grants Körper an und wollte ihn wissen lassen, dass sie später wieder da sein würde. Nachdem sie im Weggehen Laylas Schulter berührt hatte, durchsuchte Faye das Gebiet, bis sie Cooper bei Alistair Boyd sah. Alistair war bis vor einigen Jahren Lochguards Chefwissenschaftler gewesen. Um ehrlich zu sein, war Faye überrascht, ihn draußen zu sehen. Sonst hatte der Mann seine Nase immer in einem Buch.

Trotzdem ging sie zu den beiden und fragte: „Was wissen wir?"

Cooper blinzelte nicht einmal, als er antwortete: „Grant hat im Wald darauf gewartet, dass Alistair und ein paar seiner Kollegen eine verdächtige Tasche untersuchen konnten, die Grant im Loch gefunden hat. Aber bevor jemand ankam, gab es eine Explosion. Wir werden erst sicher wissen, was passiert ist, sobald Grant aufwacht."

Sie mochte es, dass Cooper „sobald" gesagt hatte und nicht „wenn" Grant aufwachte.

Reiß dich zusammen, Faye. Grant zählt auf uns. Nachdem sie tief durchgeatmet hatte, bewegte sie ihren Blick zu Alistair. „Schon irgendwelche Vermutungen, was das verursacht hat?"

Alistair erwiderte: „Ich kann es nicht mit Sicherheit sagen, bis ich die Fragmente hier und im Ad-hoc-Labor auf der anderen Seite des Lochs untersucht habe, aber es sieht aus wie Sprengstoff. Wir haben überprüft, dass sich keine Strahlung oder gefährlichen Elemente in der Luft befinden. Lochguard hat vielleicht nicht die raffinierteste Ausrüstung, aber sie hat ihren Zweck erfüllt. Wir müssen einfach abwarten, ob es irgendwelche bleibenden Folgen gibt."

„Vielleicht solltest du das Zelt besuchen, das wir auf der anderen Seite des Lochs gefunden haben, und sehen, ob du noch etwas rausbekommen kannst. Je mehr Informationen wir haben, desto einfacher wird es sein, die Urheber zu ermitteln, besonders, wenn wir unsere Gefangenen nicht zum Reden bringen können. Ich kann dich dorthin bringen, wenn nötig", sagte Faye.

Cooper sprang ein. „Das wird nicht nötig sein.

Ich habe bereits einen der jüngeren Beschützer, der mit einem Teil der alten Ausrüstung von Alistair im Landebereich wartet." Coopers deutete mit dem Kopf. „Los, Alistair. Wir werden hier nichts anrühren, bis du zurückkommst."

Alistair ging, und Faye dämpfte ihre Neugier. Alistair hatte der Wissenschaft vollkommen abgeschworen und sich vor ein paar Jahren fürs Unterrichten entschieden. Sie fragte sich, was ihn dazu gebracht hatte, dem Clan wieder helfen zu wollen.

Ihr Drache meldete sich zu Wort. *Selbst, wenn er Vorbehalte hat, würden die meisten Leute in Lochguard sich ihren Ängsten stellen, wenn es bedeutet, dem Clan zu helfen.*

Aye, schätze schon. Wir können später mit seiner Mutter Meg reden. Sie weiß es vielleicht und liebt es, mit einem freundlichen Ohr zu tratschen, besonders, wenn das Ohr einer alleinstehenden Frau gehört.

Ihr Drache schnaubte. *Mir liegt nichts an ihm. Er würde zu leicht brechen. Hör auf, Zeit zu verschwenden. Wir müssen Cooper helfen und uns dann zu Grant setzen.*

Faye entschied sich, den Sinneswandel ihres Drachen in Richtung Grant nicht zu hinterfragen. Stattdessen blickte sie zu Cooper zurück. „Was soll ich tun?"

Der jüngere Mann seufzte. „Ich hatte gehofft, du könntest übernehmen. Mit sowas musste ich mich noch nie befassen."

Sie schlug ihm verspielt auf den Arm. „Keine

Sorge. Es braucht einen starken Mann, um seine eigenen Grenzen zu erkennen." Faye zeigte auf die Clanmitglieder, die das Feuer bekämpften. „Geh und hilf ihnen und sieh dir den Schaden an. Wenn du fertig bist, melde mir deine Ergebnisse." Cooper nickte, und Faye fuhr fort: „Gibt es noch etwas, das ich wissen sollte, bevor du gehst?"

„Nur, dass jeder in einem Bunker oder einem Unterschlupf ist, bis wir sagen, dass es sicher ist. Finn will auch alle zehn Minuten ein Update. Mein letzter Anruf war vor ein paar Minuten."

„Ich rufe ihn gleich an. Jetzt geh und hilf den anderen."

Als Cooper ging, untersuchte Faye das Gebiet. Layla kümmerte sich um Grant, und jetzt leitete Cooper die Feuerbrigade. Faye ging zum abgesperrten Bereich. Drinnen waren ein paar Wissenschaftler, die sie vom Gesicht und Namen her kannte, aber nicht viel mehr. Sie mussten Daten und Splitter katalogisieren. Sie ging zu ihnen. Obwohl sie keine Expertin war, hatte sie während ihrer Zeit in Afghanistan einige Sprengkörper hochgehen sehen. Und sonst schon nichts, konnte sie wenigstens helfen, Daten aufzuzeichnen. Die Aufgabe würde ihr helfen, Grant zu vergessen.

Denn wenn sie zu sehr darüber nachdachte, dass er vielleicht nie wieder aufwachte, würde sie möglicherweise anfangen zu weinen.

Die Stimme ihres Drachen war stark und doch sanft, als er sagte: *Grant wird aufwachen.*

Du bist ziemlich sicher, und dann auch noch bei einem Mann, den du nicht vollkommen magst.

Es könnte schlimmer für uns kommen.

Ist das deine Art zu sagen, dass du ihn jetzt befürwortest?

Vielleicht. Wenn er aus Ungeduld die Bombe selbst gezündet hat, wird sich meine Meinung wieder ändern.

Und wenn sie von selbst losgegangen ist?

Das hängt davon ab. Wenn er sich wieder den Beschützern anschließen will, sollten wir ihn vielleicht küssen, sobald er aufwacht. Einen Mann, der bereit ist, alles zu tun, um den Clan zu beschützen, selbst, wenn er fast ums Leben gekommen wäre, kann ich bewundern.

Im Einvernehmen mit ihrem Drachen fragte Faye, was sie tun könne, um zu helfen. Als sie sich daran machte, Daten aufzuzeichnen, wünschte sie sich, Grant gehe es gut. Denn wenn er sich entschied, stur zu sein und nicht aufzuwachen, musste sie ihn vielleicht einfach treten und sehen, was passierte.

Kapitel Neunzehn

Am nächsten Tag saß Faye in Grants Krankenhauszimmer und versuchte, sich auf die Daten auf ihrem Tablet zu konzentrieren. Alistair und sein Team waren gründlich gewesen, und obwohl die Ergebnisse noch vorläufig waren, waren die Hauptkomponenten, die sie im Zelt gesehen hatte, tatsächlich für die Herstellung von Sprengstoff bestimmt.

Es gab jedoch noch einige nicht identifizierte Elemente, die nicht einmal Alistair bestimmen konnte. Finn hatte Bram um Hilfe gebeten und war nach einigen Verhandlungen zu einer Einigung gekommen. Dr. Lewis und Dr. Davies von Stonefire würden bald eintreffen, um Alistair bei seiner Arbeit zu helfen.

Ihr Drache meldete sich zu Wort. *Sie werden sich darum kümmern. Wir wissen nicht viel über diese Art von Arbeit und würden nur im Weg stehen.*

Ich weiß, aber ich wünschte, ich könnte helfen. Ein Kampf von Angesicht zu Angesicht ist eher mein Stil. Ich weiß, wie man damit umgeht.

Wir haben hier unseren eigenen Kampf. Grant braucht uns.

Faye blickte kurz auf Grant und kämpfte gegen den Drang, in sein Bett zu klettern und sich an seine Seite zu kuscheln. Layla machte sich immer noch Sorgen um seinen Rücken, auch wenn er nicht gebrochen war. Bis Grant aufwachte und Layla den Schaden besser einschätzen konnte, mussten alle aufpassen, ihn nicht zu überfordern.

Bei Grant zurückhaltend zu sein, wäre nicht leicht, aber wenn sie Laylas Befehle nicht befolgte, wären die Puppen am Tanzen. Faye würde sich nie auf die Untersuchung des Vorfalls konzentrieren können, wenn die Ärztin sie aus Grants Zimmer verbannte.

Was sie brauchte, war eine Ablenkung.

Faye war gerade dabei, Brodies Notizen aus seinem Verhör mit den drei Männern zu holen, die sich als Drachenritter erwiesen hatten, als ihre Mutter Lorna MacKenzie den Raum betrat. Bevor Faye mehr tun konnte, als den Mund zu öffnen, sagte ihre Mutter: „Ich weiß, dass du wichtige Arbeit zu erledigen hast. Aber selbst Finn schafft es, ein paar Minuten für seine Familie zu erübrigen, wenn es nötig ist. Und jetzt ist es nötig. Wie hältst du dich?"

Sie wollte einen sarkastischen Spruch machen, aber sie hatte längst gelernt, welche Kämpfe sie mit ihrer Mutter zu führen hatte. Stattdessen seufzte sie. „In Ordnung, schätze ich. Stillzusitzen ist nicht meine Stärke, aber ich bemühe mich. Es wäre einfacher, wenn ich mehr Informationen hätte, um mich abzulenken."

„Du hast im Moment alles getan, was du tun konntest, was den Clan betrifft. Wie hältst du dich in Bezug auf Grant?"

„Ich würde lieber nicht darüber reden."

Lorna hob die Brauen. „Ich habe dir nach deinem Unfall Raum gegeben, aber hierbei werde ich das nicht wieder tun." Sie deutete auf Grant. „Der Mann, für den du geschwärmt, den du dann gehasst hast und für den du dich seit Neuestem interessierst, ist bewusstlos und hat eine Verletzung, die ihn für den Rest seines Lebens in einen Rollstuhl bringen könnte. Du hast Schmerzen, leugne es nicht. Du musst es rauslassen und dich deiner Mum öffnen. Danach wirst du dich besser konzentrieren können."

„Mum."

„Aye, das bin ich. Aber auch wenn du dich daran erinnerst, erinnerst du dich vielleicht nicht daran, dass ich einmal in einer ähnlichen Situation war wie du. Nur in diesem Fall war dein Vater tot. Ursprünglich habe ich versucht, alles in mich reinzufressen, um meine Kinder zu versorgen, aber es hat mich fast in zwei Teile gerissen. Ohne Meg Boyds Freundlichkeit und Bereitschaft, zuzuhören, wäre ich heute eine andere Drachenfrau. Wohlgemerkt, wenn du ihr jemals erzählst, dass ich das gesagt habe, tue ich so, als wärst du nicht meine Tochter."

Faye und ihre Mutter hatten in der Vergangenheit selten von ihrem Vater gesprochen. Ihre Mutter gab ihr die Möglichkeit, die Traurigkeit mit Humor beiseitezuschieben, aber diesmal wollte Faye ein ernsthaftes Gespräch mit Lorna MacKenzie führen.

Faye legte ihr Tablet ab und beugte sich vor. „Ich wünschte, es wäre so einfach, Grant und mich zu definieren, aber ich weiß nicht, was wir gerade sind. Vor allem, weil wir nicht wissen, wie schwer er verletzt ist. Grant ist ein hartnäckiger Teufel, und wenn er kein Beschützer sein kann, könnte er versuchen, mich wegzustoßen."

„Und wie hat das für dich funktioniert, als du dasselbe mit ihm versucht hast?"

Sie sah zu Grants Gesicht. „Ich habe schließlich nachgegeben und ihm erlaubt, mir bei meiner Genesung zu helfen."

„Aye, wenn du also nicht sagst, dass die McFarlands dickköpfiger sind als die MacKenzies, was Unsinn ist, dann weißt du, was du tun musst. Wenn du ihn willst, kämpfe für ihn. So einfach ist das. Wie ich es bei deinem Vater gelernt habe, weiß man nie, wie lange man mit jemandem hat. Er könnte dir morgen genommen werden."

Faye konnte sich hundert verschiedene Ausreden ausdenken, warum sie warten sollte, bis Grant aufwachte, bis der Clan in Sicherheit war oder bis sie sich bei der Vorstellung, Mutter zu werden, wohlfühlte. Es wäre leicht, alles wegzuwischen und die Frage ihrer Mutter nicht zu beantworten. Schließlich waren die MacKenzies alle dickköpfig, und wenn Faye sich etwas in den Kopf gesetzt hatte, konnte sie sogar hartnäckiger sein als ihre Mutter.

Ihr Drache schnaubte. *Hör mit diesen Ausreden auf. Sag Mum die Wahrheit. Sie hat Besseres verdient als eine Lüge, weil du Angst hast.*

Und verdammt sei ihr Tier, es hatte recht. Faye hatte Angst, sich mit allem, was sie hatte, darauf einzulassen. Denn wenn sie das täte, wäre sie wahrscheinlich bald in einem Rausch mit Grant, was zu einem Kind führen würde.

Doch als sie Grant ins Gesicht starrte, wusste sie, dass er sie nie zwingen würde, etwas zu sein, wofür sie nicht bereit war. Nur wenige Männer, besonders von der Beschützersorte, hätten Faye nach ihrer Verletzung Beschützeraufgaben gegeben und erst recht nicht vorgeschlagen, den Clan gemeinsam zu beschützen, während sie wussten, dass sie ihre wahre Gefährtin war.

Grant mochte verletzt sein, aber Faye kannte ihn besser als jeder andere. Ihr Weg war vielleicht steinig gewesen, aber sie konnte sich nicht vorstellen, mit jemand anderem ein Cottage zu teilen und ihre Tage zu verbringen. Das Leben wäre nie langweilig.

Lornas Stimme erfüllte erneut den Raum und erregte Fayes Aufmerksamkeit. „Und? Wirst du für ihn kämpfen?"

Als Faye Grants Wangenknochen, den kantigen

Kiefer und das kurz geschnittene Haar betrachtete, kannte sie die Antwort. Doch gerade, als sie ihrer Mutter die Wahrheit sagen wollte, stöhnte Grant. Faye stand auf. „Grant?"

Seine Stimme war schwach, als er sagte: „Antworte deiner Mum."

Lorna MacKenzies Stimme war die erste, die Grants nebligen Geist durchdrang. Sobald er erkannte, dass sie und Faye über ihn sprachen, verfolgte er ihre Unterhaltung, während er versuchte, seinen Mund zum Laufen zu bringen.

Dann fragte Lorna Faye, ob sie für ihn kämpfen wollte. Grant gab den Versuch auf, sich zu bewegen, und wartete auf Fayes Antwort.

Als sich das Schweigen jedoch ausdehnte, entschied er, dass es reichte. Grant wartete nicht gern, also versuchte er, seinen Kopf zu bewegen.

Der Schmerz schoss durch seinen ganzen Körper, und er konnte sein Stöhnen nicht zurückhalten.

„Grant?", fragte Faye.

Im Bewusstsein, wie leicht ein Moment verstreichen und nie wieder zurückkehren konnte, besonders bei den MacKenzies, krächzte Grant: „Antworte deiner Mutter."

„Nur, wenn du die Augen öffnest. Ich muss sehen, wie es dir geht", antwortete Faye.

„Faye", knurrte Grant.

Lorna mischte sich ein. „Ich hole die Ärztin. Aber ich werde extra langsam gehen. Ihr solltet zwei oder drei Minuten haben. Nutzt sie klug."

Grant öffnete langsam die Augen, aber Lorna war schon weg. Endlich starrte er Fayes Gesicht an, sagte aber nichts. Er wollte eine Antwort.

Für den Bruchteil einer Sekunde überflutete Erleichterung Fayes Blick. Aber im nächsten Moment war sie weg, und sie kniff die Augen zusammen. „Ich würde dich ja rügen fürs Lauschen, aber ich werde mich mit einer wahrheitsgetreuen Antwort darüber begnügen, wie es dir geht."

„Wenn du eine Antwort von mir willst, dann antworte du zuerst."

„Grant, jetzt ist nicht –"

„Aye, ist es. Wir beide sind im letzten Jahr dem Tod nahegekommen. Ich denke, wir sind es uns und unseren Drachen schuldig, ehrlich zu sein. Nicht mehr um den heißen Brei herumreden."

Er erwartete halb, dass Fayes Zorn aufflammen und sie das Thema wechseln würde. Stattdessen legte sie ihre Hand auf seine Wange und streichelte mit ihrem Daumen sanft über seine Haut.

Sein Drache meldete sich zu Wort. *Ihre Finger sind warm.*

Alles ist warm an Faye MacKenzie.

Faye antwortete schließlich: „Aye, ich will dich, Grant. Und nicht nur, weil du fast in Stücke gesprengt wurdest. Du bist interessant, und ich brauche jemanden, der interessant ist."

„Du weißt wirklich, wie man einen Mann umwirbt, nicht wahr, Faye?"

„Hey, ich bin einfach ich selbst. Ich könnte poetisch über Seelenverwandte schwadronieren und wie, wenn wir uns verlieben, es die Welt für immer verändern könnte, aber ich habe versucht, mich zurückzuhalten."

Einer seiner Mundwinkel zuckte hoch. „Versuch nur nicht, dich ständig zurückzuhalten. Ich mag es, wenn du manchmal die Kontrolle verlierst."

Sie neigte den Kopf. „Okay, du musst unter schweren Medikamenten stehen, um das zu sagen."

„Faye, lass uns einen Moment ernst sein, aye? Wie es jetzt ist, wenn wir uns gegenseitig necken und ehrlich sind, das ist es, was ich will. Füge deine Kraft und deine Hingabe für den Clan hinzu, und es gibt niemanden, mit dem ich lieber einen kleinen Teufelsbraten aufziehen würde."

„Wovon sprichst du? Ich war das süßeste Kind. Ich erwarte, dass jedes Kind von mir auch so ist." Grant öffnete den Mund, um das Schwachsinn zu nennen – er war schließlich mit dem Mädel aufgewachsen –, aber Faye kam ihm zuvor. „Ich habe deine Frage beantwortet, also sag mir, wie du dich fühlst."

Grant wollte Faye weiter zu ihrer Zukunft drängen, aber er wollte ihr nichts versprechen, bis er seine eigene kannte. „Mein ganzer Körper tut verdammt weh, deshalb bewege ich mich nicht."

Faye öffnete den Mund, schloss ihn dann aber sofort. Sie verbarg etwas vor ihm.

Doch bevor er sie drängen konnte, kam Dr. MacFie mit einem Lächeln im Gesicht ins Zimmer. „Du bist viel früher wach, als ich erwartet hatte, Grant. Obwohl Tante Lorna mir sagt, dass es ihre Stimme war. Vielleicht sollte ich sie für all meine bewusstlosen Patienten einsetzen." Sie zwinkerte. „Du kannst dich später bei ihr bedanken. Jetzt untersuchen wir dich erst einmal."

Faye trat von seinem Bett weg, und er wollte ihre Hand ergreifen. Sie würde ihm Kraft für das geben, was auch immer die Ärztin über seinen Zustand sagen würde.

Aber da er sich dafür würde bewegen müssen, verzichtete er darauf. Grant durfte nicht riskieren, sich weiter zu verletzen. Sonst könnte er nie der starke Mann sein, den Faye brauchte.

Dr. MacFie warf seine Decke zurück und drückte seinen Zeh. „Kannst du das spüren?"

„Aye."

Sie pikste und drückte ihn weiter, um zu sehen, ob er es fühlte. Grant fühlte alles.

Als sie seine Mitte erreicht hatte, schob sie ihre Hand unter seinen Rücken und massierte ihn sanft. Obwohl er dumpfe Schmerzen hatte, war es nichts, womit Grant nicht umgehen konnte.

Die Ärztin untersuchte ihn weiter und stellte

Fragen. Als sie jedoch versuchte, seinen Kopf zu bewegen, saugte Grant den Atem ein.

Dr. MacFie hielt inne und steckte die Hände in die Taschen ihres Laborkittels. „Als du von der Bombe umgeworfen wurdest, musst du dir den Rücken angeschlagen haben und bist wahrscheinlich in einem ungünstigen Winkel mit dem Hals aufgekommen. Dass du alles spürst, ist ein gutes Zeichen, aber du musst es für mindestens ein oder zwei Wochen ruhig angehen. Keine anstrengende Tätigkeit, bis ich es sage." Sie sah zwischen ihm und Faye hin und her. „Verstanden?"

Grant wollte der Ärztin sagen, dass er kein notgeiler Teenager war und sich kontrollieren konnte, aber er wusste, dass sie nur ihren Job machte. „Aye."

Faye murmelte ihre Zustimmung, und die Ärztin fuhr fort: „Gut, da die Untersuchung nun erledigt ist, kannst du ein paar Besucher haben und versuchen, etwas zu essen. Ich schicke eine Krankenschwester, die dir eine Halskrause anlegt und dir hilft, dich aufzusetzen. Logan kann dir beim Essen helfen, oder du kannst jemand anderen benennen, der das tun soll."

Faye meldete sich „Ich werde es tun."

„Gut. Ich hole eine Krankenschwester, während Finn und Cooper dich befragen."

Die Ärztin ging, und Faye sagte: „Eine Halskrause, aye? Darf ich sie verzieren? Ich verspreche, keine Herzchen oder Blumen darauf zu malen."

„Es wird überhaupt nicht auf die Halskrause gemalt."

„Nicht mal ein lächelnder Drache?" Er grunzte, und sie zog einen aufgesetzten Schmollmund. „Aww, du bist gar nicht lustig." Er seufzte, und sie zwinkerte. „War nur ein Scherz. Jetzt weißt du, dass ich etwas Schlimmeres tun könnte, als dir beim Essen zu helfen."

„Warum sollte ich mich aufregen, dass du mir beim Essen hilfst? Wenn ich Glück habe, musst du dich ein bisschen nach vorn beugen, und ich habe eine schöne Aussicht." Faye blinzelte, und er lachte. „Schau nicht so entsetzt, Faye. Wenn du mein Necken nicht ertragen kannst, kannst du nichts für mich tun."

Faye verdrehte die Augen. „Ich frage mich, ob die Explosion deinem Gehirn geschadet hat." Sie kam wieder neben sein Bett, berührte aber nicht seine Wange. Er wollte es gerade wagen, einen Arm zu bewegen, um ihre Hand zu nehmen, als sie sagte: „Was ist übrigens passiert?"

Die Tür öffnete sich, und Finns Stimme erfüllte den Raum. „Aye, das möchte ich auch wissen. Was ist verdammt nochmal passiert?"

Faye liebte ihren Cousin und tat normalerweise alles, um sein Leben zu schützen.

Jetzt gerade wollte sie jedoch nichts anderes, als

Finns Arsch aus dem Raum zu treten und ihn möglicherweise für eine Woche davon abzuhalten hereinzukommen.

Ihr Drache meldete sich zu Wort. *Auf diese Weise sparen wir Zeit. Sobald Grant berichtet hat, können wir Finn sagen, er soll gehen.*

Schätze schon. Aber ich fürchte, dann kommt der mürrische Grant zurück. Er hat lange gebraucht, um sich uns zu öffnen. Ich will mehr davon.

Wir können manchmal egoistisch sein, aber nicht jetzt. Wer auch immer die Bombe platziert hat, könnte in naher Zukunft viel Schlimmeres tun.

Grant beantwortete Finns Frage. „Eine Bombe ist hochgegangen."

Faye biss sich auf die Lippe, um bei Finns Stirnrunzeln nicht lachen zu müssen. Finn erwiderte: „Aye, ich bin kein Idiot. Hat die Explosion dein Gehirn in Mitleidenschaft gezogen?"

Faye sprang ein. „Er ist gerade erst aufgewacht. Lass ihn in Ruhe, Cousin."

Grant sagte: „Ist schon okay, Faye. Ich wollte Finn nur zeigen, dass er an seinen Verhörkünsten arbeiten muss. Ich mag verletzt sein, aber ich bin immer noch oberster Beschützer und habe die Pflicht, seine Fehler zu korrigieren."

Finn knurrte. „Meine Fehler sind im Moment nicht wichtig. Ich muss dich und die anderen Beschützer befragen. Ich kann Brodie herholen, aber dafür muss er von seiner aktuellen Aufgabe abgezogen werden. Er war sehr produktiv darin, Informationen von unseren drei Drachenrittergefangenen zu extrahieren. Willst du wirklich, dass ich Zeit verschwende, um ihn zur Krankenstation kommen zu lassen?"

„Die drei Gefangenen sind Drachenritter?", fragte Grant.

Faye nickte. „Brodie hat das ziemlich schnell herausgefunden. Allerdings erweist es sich als schwierig, sie zu befragen, wenn es darum geht, wer ihnen die Vorräte und andere Ressourcen zur Verfügung gestellt hat, die für den Angriff erforderlich waren. Schließlich waren einige der Komponenten, die wir im Wald gefunden haben, recht teuer."

Grant meldete sich erneut zu Wort. „Und das MDA hat die Gefangenen noch nicht abgeholt?"

Finn antwortete: „Das MDA hat geholfen, das Gebiet nach weiteren Sprengstoffen abzusuchen. Aber hör auf, das Thema zu wechseln. Sag uns genau, was im Vorfeld des Bombenanschlags passiert ist. Selbst kleinste Details könnten relevant sein."

Faye konnte an der Entschlossenheit in Grants Augen erkennen, dass er weitere Fragen stellen und später seinen Bericht abgeben wollte. Doch endlich legte er sich auf sein Bett zurück. „Da gibt es nicht viel zu sagen. Ich bin sicher, die anderen haben euch erzählt, wie wir die Tasche im Loch gefunden haben, aye?" Finn nickte, und Grant fuhr fort: „Nun, ich habe nur ein paar hundert Meter von Lochguards Hintereingang gewartet, als sie explodierte. Danach erinnere ich mich an nichts, bis ich hier aufgewacht bin. Hast du irgendwas darüber erfahren, warum sie genau in diesem Moment hochging? Ich bezweifle, dass es ein Zeitzünder war, da die Detonation in diesem Teil des Lochs keinen Schaden verursacht hätte, sondern uns nur auf die neue Bedrohung aufmerksam gemacht hätte."

Finn nickte. „Aye, du hast recht, es gab keinen Zeitzünder. Das Beste, was wir sagen können, ist, dass es einen Fernauslöser gab. Jemand muss in der Gegend gewesen sein, um zu wissen, wann sie hochgehen sollte. Wir versuchen auch, die Reichweite des Geräts zu ermitteln."

Faye brachte ihre Idee vor. „Oder es war vielleicht gar kein Mensch. Die Architekten könnten Drohnen haben, die uns beobachten, und das Kommando auf diese Weise übertragen haben."

„Verdammte Drohnen", brummte Finn. „Je eher das menschliche Parlament ein Gesetz zur Überwachung dieser Geräte und zur Umsetzung strengerer Beschränkungen schafft, desto besser."

„Die MDA-Direktorin sagt, dass sie dafür kämpft", antwortete Faye. „In der Zwischenzeit überlegen wir, wie wir die Mistkerle besser lahmlegen können, wenn sie sich dem Clan nähern. Alistair ist es mit einigen anderen Clanmitgliedern gelungen, einen temporären Signalstörsender in den Randgebieten zu installieren."

„Warte mal, seit wann arbeitet Alistair wieder an Projekten?", verlangte Grant zu erfahren.

Finn deutete auf Faye. „Das lasse ich dich erklären. Ich habe die Informationen, die ich erst einmal brauche. Wenn ich mich nicht bei Ara melde, macht sie mich einen Kopf kürzer. Die Anzahl an Windeln, die wir wechseln müssen, ist erstaunlich."

Bei der Liebe in Finns Stimme, wenn er über seine Gefährtin und seine Kinder sprach, wünschte sich Faye, eines Tages dasselbe zu haben. Sie fragte sich, ob Grant genauso liebevoll und besorgt sein würde, wenn die Zeit für sie käme, ein Kind zu haben.

Ihr Drache meldete sich zu Wort. *Das ist jetzt schon das zweite Mal, dass du so beiläufig davon sprichst, ein Kleines zu haben. Könntest du dein Leben um die neue Verantwortung herum wirklich modifizieren und verändern?*

Es wird eine Herausforderung sein, aber ich war noch nie jemand, der etwas Schwieriges abgelehnt hat. Außerdem dachte ich, du wärst an Bord. Das heißt, wir haben Sex, und du kannst Grants Drachen besser einschätzen.

Vielleicht. Darüber reden wir später.

Faye winkte Finn zu. „Geh und kümmere dich um deine Gefährtin. Ich kann auf Grant aufpassen."

Sobald Finn weg war, richtete Faye ihre Aufmerksamkeit auf Grant. „Ich sollte Logan holen, damit wir dir deine verdammte Halskrause umlegen und etwas Essen in deinen Bauch bekommen können. Auf nüchternen Magen wirst du dich nie erholen."

In dem Moment, als Faye das sagte, bemerkte sie,

dass sie sich einen Moment lang wie ihre Mutter angehört hatte.

Da sie nicht darüber nachdenken wollte, trat sie einen Schritt von Grants Bett weg. Doch er streckte eine Hand aus und nahm ihre. Als sie in sein Gesicht blickte, bemerkte sie, dass ihn diese Geste mehr Mühe kostete, als er sie glauben lassen wollte.

„Bleib!", befahl Grant.

Sie neigte den Kopf. „Du willst also lieber, dass ich an deinem Bett sitze und du verhungerst, als für ein oder zwei Minuten ohne mich zu sein?"

„Faye."

Sie setzte sich neben Grants Bett und sagte: „Okay, ich bleibe. Aber wenn du denkst, dass ich dich jetzt wochenlang verhätscheln werde, wirst du sehr enttäuscht sein."

„Solange du da bist, ist das alles, was zählt."

Ihr Tier meldete sich zu Wort. *Er gewinnt immer mehr Punkte.*

Faye antwortete ihrem Drachen nicht. Stattdessen streckte sie ihren Zeigefinger aus und zog Grants Lippen nach. Sie waren fest und doch weich. Sie konnte es kaum erwarten, zu sehen, wie es sich anfühlen würde, Grant zu küssen. Schon als er nur ihren Hals geküsst hatte, hatte das ihren ganzen Körper erhitzt.

Grant knabberte an ihrem Finger, und seine Pupillen blitzten auf. Vielleicht konnten sie mit einer Halskrause eine Art Arrangement finden, damit sie ihn trotzdem küssen konnte, ohne ihm zu schaden.

Wenn er nur dort liegen müsste, könnte es funktionieren.

Ihr Tier meldete sich zu Wort. *Sein Drache wird so eifrig die Kontrolle übernehmen wollen wie ich. Küss ihn nicht, bis er bereit ist.*

Du bist der Letzte, von dem ich angenommen hätte, dass er mich aufhalten würde.

Ich will sehen, wozu sein Drache fähig ist. Ich brauche ihn ganz.

Grants Stimme füllte den Raum. „Und wenn ich etwas zu sagen habe, wird es keine Wochen dauern, bis ich aus diesem Bett und wieder normal bin. Ich will dich ordentlich küssen, Faye MacKenzie, und das kann ich nur tun, wenn es mir wieder gut geht."

Sie zitterte bei der Hitze in seinen Augen. Es war schwer zu glauben, dass sie ihn einst für ein Arschloch gehalten hatte. Reife stand ihrem wahren Gefährten gut. „Das wird warten müssen. Mein Drache wird sich nicht zurückhalten, und ich habe nicht vor, dich zu brechen."

Er grunzte. „Ich werde schon damit fertig."

Faye schnaubte und tippte ihm ans Kinn. „Wir sollen doch ehrlich zueinander sein, aye? Es ist okay, eine vorübergehende Schwäche zuzugeben. Das hat mir mal jemand gesagt."

Grant erinnerte sich nur allzu gut daran, diese Worte

zu Faye gesagt zu haben. Es erwies sich jedoch als viel schwieriger, sie für sich selbst anzunehmen.

Sein Drache meldete sich zu Wort. *Solltest du aber besser. Je eher du dich erholst, desto eher kriegen wir Faye nackt und für uns selbst.*

Ich hoffe, du willst mehr als Fayes nackten Körper. Ich habe so das Gefühl, dass ihr Drache es nicht tolerieren wird, ein Objekt zu sein.

Sein Tier schnaubte. *Sie ist kein Objekt. Sie gehört einfach uns.*

Die Art, wie sein Drache das so sachlich sagte, brachte Grant zum Lächeln. Faye fragte: „Was sagt dein Drache jetzt?"

„Er hat dich als unsere beansprucht."

Ihre Pupillen blitzten zu Schlitzen und zurück. „Nun, er hat sich dieses Recht noch nicht verdient. Ich kann es nicht abwarten zu sehen, wie mein Drache mit deinem fertig wird."

„Das ist umso mehr ein Anreiz für mich, mich so schnell wie möglich zu erholen." Fayes Wangen wurden rot, und eine Welle männlichen Stolzes strömte durch seinen Körper. „Ich denke, es ist auch ein Anreiz für dich."

Sie beugte sich vor, bis ihr Atem heiß an seiner Wange war. „Oh, ich habe eine lange Liste von Möglichkeiten, dich zu ermutigen, gesund zu werden. Aber ich kann nichts davon machen, bis du eine Halskrause trägst."

„Lust, mir ein paar davon zu erzählen?"

Sie lächelte langsam. „Nein."

„Einfach nein?"

„Aye. Und nichts von deinen Forderungen oder deiner Dominanz wird bei mir funktionieren, Grant, also versuch es nicht mal. Mein Cousin ist Clanführer, und selbst er kann mich nicht immer kontrollieren. Du hast keine Chance."

Als sie einander in die Augen starrten, konnte Grant nur daran denken, Faye auf sich zu ziehen und an sich zu halten. Sie könnte ihm helfen, die Schmerzen zu vergessen.

Sein Tier grunzte. *Nein. Es könnte Schaden anrichten, und wir würden länger brauchen, um uns zu erholen.*

Und die rationale Denkweise ist zurück. Ich bin mir nicht sicher, ob mir diese Seite an dir gefällt.

Zu schade. Meine Priorität ist es, unsere wahre Gefährtin richtig zu beanspruchen. Ich werde nicht zulassen, dass du es verzögerst. Wenn ich um die Kontrolle ringen muss, damit wir heilen können, werde ich es tun.

Hör mit diesen Drohungen auf. Du ziehst das nie durch.

Fayes Stimme hinderte sein Tier daran zu antworten. „Obwohl es eine Sache gibt, die du trotz deines Zustands tun kannst. Der Arzt sollte deine Mum mittlerweile angerufen haben. Sobald sie kommt, musst du mich richtig vorstellen."

„Warte, was? Meine Mum hat zugestimmt, sich aus ihrem Cottage zu trauen?"

Faye verdrehte die Augen. „Ihr ältester Sohn liegt auf der Krankenstation. Natürlich kommt sie."

Bei jedem anderen hätte Grant das Thema gewechselt, aber er wollte nie Geheimnisse vor Faye haben. „Was weißt du über meine Mutter?"

Sie zuckte mit einer Schulter. „Nicht viel, wirklich. Seit dein Dad gegangen ist, ist sie zur Einsiedlerin geworden. Obwohl sie vorher schon ziemlich schüchtern war. Eine ihrer Cousinen ist eine Freundin meiner Mum, aber keine Einladung konnte Gillian McFarland dazu bringen, mitzumachen."

„Aye, meine Mum war schon immer schüchtern. Sie zog es vor, zu Hause zu bleiben, um sich um mich, meinen Bruder und meinen Vater zu kümmern. Wir drei Männer waren ihre ganze Welt. Ich weiß, das mag dir seltsam erscheinen, aber sie war glücklich. Dann ist mein Vater gegangen, und alles änderte sich."

Faye nahm seine Hand in ihre. „Sag es mir."

Über die Geschichte seiner Eltern sprach er nicht gern. Er schöpfte Kraft aus der Wärme und der Zartheit ihrer Haut an seiner und fuhr fort: „Meine Eltern waren keine wahren Gefährten, aber als ich aufwuchs, habe ich nie viel darüber nachgedacht. Schließlich findet etwa ein Drittel der Clan-Verpaarungen nicht zwischen echten Gefährten statt. Meine Eltern mochten einander und passten auch zusammen. Als ich ging, um in meine eigene Wohnung zu ziehen, und mein Bruder Chase bald darauf, konzentrierte meine Mutter sich ganz auf meinen Dad. Sie hatte nur wenige Freunde und um ehrlich zu sein, glaube ich, mein Vater liebte es, der einzige Fokus ihrer Aufmerksamkeit zu sein.

Dann beschloss mein Dad, den Clan mit den anderen Verrätern zu verlassen, und zum ersten Mal in ihrem Leben war meine Mutter allein."

„Aber sie hatte doch dich und deinen Bruder", sagte Faye leise.

„Aye, aber als ich zum obersten Beschützer wurde und mein Bruder seine Elektrolehre beendet hatte, konnte keiner von uns so oft zu Hause sein, wie sie es brauchte. Nicht einmal die Cousine meiner Mum konnte sie zum Lächeln bringen, und das hatte sie in der Vergangenheit immer geschafft.

Als meine Mum jedoch gerade wieder anfing, ihr Cottage zu verlassen, strömten die Nachrichten von der kürzlichen Gefangennahme meines Vaters durch den Clan. Mein Bruder sagt, als das bei Mum ankam, hat sie sich wieder eingeschlossen."

Grant fühlte sich immer noch schuldig, weil er nicht genug für seine Mutter da gewesen war. Wenn nicht die Sicherheit des gesamten Clans seine oberste Priorität gehabt hätte, hätte er mehr Zeit für sie gefunden. Zumindest glaubte er das.

Sein Tier meldete sich. *Du wirst es nicht sagen, aber ich werde es tun – sie wollte keine Hilfe. Nur, wenn sie bereit ist, können wir ihr helfen.*

Nun, vielleicht können wir ihr mit dem Einfluss der MacKenzies helfen, zu heilen. Lorna ist niemand, zu dem man leicht Nein sagt.

Sein Drache schnaubte. *Tante Lorna kann mich nicht kontrollieren.*

Faye hinderte Grant daran, auf sein Tier zu antworten. „Dann hoffe ich, dass dein Angebot, die Beschützer gemeinsam mit mir zu führen, noch besteht. Du wirst mehr Zeit mit deiner Mutter verbringen können, wenn ich etwas Arbeit übernehme."

„Aye, ich meinte, was ich vorhin gesagt habe, als ich dich bat, mit mir zu führen. Vorausgesetzt, ich kann fliegen und meine Kraft zurückgewinnen, sollte es perfekt funktionieren. Wenn ich es nicht kann, müssen wir das Arrangement überdenken. Es muss mindestens ein körperlich geeigneter Beschützer für alle da sein."

Einige Drachenwandler hätten seine Ehrlichkeit als Spitze verstanden, aber Faye nickte nur verständnisvoll. „Dem stimme ich zu. Aber wir werden alles tun, um dich wieder an den Himmel zu bringen. Und denk nicht mal daran, mich wegzustoßen, McFarland."

„Warum der Nachname, Mädel? Ich habe nicht vor, dich fortzustoßen. Da du mich nur so nennst, wenn du mich beschimpfst, solltest du das für die richtigen Umstände aufheben."

Faye hob die Brauen. „Ich bin mir sicher, dass ich in Zukunft ein paar gute Gelegenheiten haben werde."

„Und du wirst bis zum Ende aller Zeiten die Unschuldige sein?", fragte er gedehnt.

Faye grinste. „Ich bin froh, dass du das endlich verstehst."

Grant lachte. „Erinnere mich daran, deine Mutter nach echten Geschichten aus deiner Kindheit zu fragen. Auch wenn wir zusammen zur Schule gegangen sind, bin ich mir sicher, dass es viele Geschichten über dein Fehlverhalten gibt, von denen ich nichts weiß."

Sie streckte die Zunge heraus und sagte: „Dann muss ich auch Geschichten aus deiner Mutter rauskitzeln."

Als sie einander anlächelten, konnte Grant sich an keine Zeit erinnern, in der er sich so wohl mit einer anderen Person gefühlt hatte. Bei Fayes Charme und Stärke begann er schon jetzt, sich in sie zu verlieben.

Sein Drache wurde munter. *Wie? Wir haben sie noch nicht einmal geküsst.*

Manchmal braucht man keinen Kuss, um jemanden zu mögen. Nicht, dass ich nicht viel mehr tun will, als Faye MacKenzie zu küssen.

Bevor sein Drache antworten konnte, klopfte es an der Tür. Faye rief: „Herein!"

Die Tür öffnete sich, und Lorna MacKenzie stand mit seiner Mum an ihrer Seite davor.

Kapitel Zwanzig

Für den Bruchteil einer Sekunde wollte Faye sagen, wer auch immer an der Tür war, solle abhauen. Zeit allein mit Grant war eine Seltenheit, und sie wollte es genießen, bevor der nächste Notfall oder eine Information hereinkam.

Dann öffnete sich die Tür, um ihre und Grants Mutter zu zeigen, und ihr Zorn schmolz. Gillians Augen huschten herum, und sie sah aus, als wollte sie gleich die Flucht ergreifen.

Obwohl es für Faye schwer war, die Persönlichkeit der Frau zu verstehen, da sie sich so von ihrer eigenen unterschied, wollte sie ihr Möglichstes tun. Wenn es eine Sache gab, die die MacKenzies in letzter Zeit gut gemacht hatten, dann war es, Einzelpersonen und Familien zu heilen, um sie wieder ganz zu machen. Faye wollte dasselbe für Grants Mum und Bruder.

Faye stand auf und machte einen vorsichtigen

Jessie Donovan

Schritt zu den beiden älteren Drachenfrauen. Mit einem Winken sagte Faye: „Hallo. Sie müssen Mrs. McFarland sein. Ich bin Faye."

Grants Mutter war leise, als sie antwortete: „Nenn mich Gillian."

Lorna tätschelte Gillians Arm und stieß sie sanft in den Raum. „Ich hab' Gillian beim Eingang zur Krankenstation entdeckt. Wir haben beschlossen, gemeinsam nach Grant zu schauen."

Gillians Blick wanderte zu Grant im Bett. Nachdem sie tief durchgeatmet hatte, durchquerte sie den Raum zu ihrem Sohn. Grant sprach vor seiner Mutter. „Mir geht's gut, Mum. Ich habe gegen die Bombe gewonnen."

Wenn es Fayes Mutter gewesen wäre, hätte sie Tss gemacht, weil er so locker mit der Situation umging. Gillian legte jedoch nur eine Hand auf Grants Stirn und flüsterte: „Ich bin einfach froh, dass es dir gut geht."

Lorna deutete mit dem Kopf zur Tür. Sie wollte den beiden Privatsphäre geben.

Da es eine Herausforderung für Grants Mum sein musste, an einem seltsamen Ort mit zwei Fremden zu sein, machte Faye einen Schritt in Richtung ihrer Mutter. „Ich werde mal nach der Schwester sehen, Grant. Wir sind gleich zurück."

Bevor Grant etwas sagen konnte, traten Faye und Lorna in den Flur. Sobald sie die Tür geschlossen hatte, flüsterte Faye: „Du musst etwas für mich tun, Mum. Wenn Grant mein Gefährte werden soll, müssen wir mit seiner Familie auskommen. Es mag ein bisschen Überredungskunst erfordern, aber nur wenige können deinen Einladungen zum Abendessen widerstehen."

Lorna zuckte nicht einmal mit den Wimpern, als sie so nebenbei auf die Paarung deutete. „Aye, und du willst, dass ich Gillian einlade? Nun, du solltest mich inzwischen kennen, Kind. Das habe ich bereits getan."

Faye blinzelte. „Was?"

„Ich wusste bereits, dass Grant Teil der Familie werden würde, selbst als du noch so dickköpfig warst. Es gibt noch ein paar Plätze am Esstisch. Gillian und Chase McFarland sollten so oft wie möglich zu uns kommen. Du weißt, wie sehr ich ein volles Haus mag."

Ihre Mutter war zu verdammt aufmerksam. „Weißt du noch, wie du immer angedeutet hast, dass ich gehen soll, aye? Langweilt Ross dich schon?"

Lorna schnalzte mit der Zunge. „Ross ist verdammt perfekt. Solange wir unsere Nächte allein haben, kann das Haus den Rest der Zeit voll sein."

Faye wollte sich nicht auf das Sexleben ihrer Mutter einlassen und lenkte das Gespräch zurück auf das ursprüngliche Thema. „Stell einfach sicher, dass Fergus und Fraser sich benehmen. Ein fliegendes Brötchen oder ein Schlag mit einem Löffel Kartoffeln wird Grants Mutter wahrscheinlich zu Tode erschrecken. Dann wird sie nie wiederkommen."

„Du hast so wenig Vertrauen in mich. Ich habe bereits Pläne, die die Hilfe von Fergus' und Frasers Gefährtinnen beinhalten. Da meine Jungen jetzt erwachsen sind, haben diese Frauen bessere Möglichkeiten, sie zu überzeugen."

„Mutter."

„Was? Du glaubst doch nicht, dass Ross nicht selbst etwas ‚Überzeugungsarbeit' leistet?"

„Nein, nein, nein. Ich will nichts von dir und Ross hören."

Lorna zuckte mit den Schultern. „Eines Tages wirst du in meinem Alter sein. Jedenfalls werde ich jetzt die Krankenschwester holen. Gillian könnte mit dir allein für den Anfang fertig werden. Du kommst ja vielleicht nach mir und bist willensstark, aber du bist jung. Sie könnte dich als Tochter sehen und fühlt sich dann weniger bedroht. Ich neige dazu, Menschen zu überwältigen."

„Du hast gerade zugegeben, anstrengend zu sein", sagte Faye gedehnt.

„Still, Kind. Ich nenne es enthusiastisch. Jetzt geh und lerne deine zukünftige Schwiegermutter kennen."

Faye wartete, dass ihre Mutter ging, bevor sie leise an die Tür klopfte.

Als Grants Mutter seine Stirn streichelte, brachte das Erinnerungen an seine Kindheit zurück. Vor allem einmal war er schwer erkrankt, und seine Mutter war Tag und Nacht an seiner Seite geblieben, bis er sich erholt hatte.

Da er wusste, dass es sie viel Überwindung gekostet hatte zu kommen, sagte er: „Danke fürs Kommen, Mum."

„Du bist den ganzen Aufwand wert, Grant. Ich bin nur froh, dass du größtenteils unverletzt davongekommen bist. Wirst du jetzt endlich aufhören, Beschützer zu sein?"

Er seufzte. „Nein, werde ich nicht. Und egal, wie oft du fragst, ich werde meine Meinung nicht ändern. Der oberste Beschützer zu sein, ist weit mehr als die Verantwortung für das Wohl des Clans zu übernehmen. Es bedeutet auch, dass ich dich, Chase und all meine Freunde beschützen kann."

Seine Mutter schwieg einige Sekunden, bevor sie fragte: „Und schließt das Faye MacKenzie mit ein?"

„Aye", antwortete er. „Sobald du das Mädel kennenlernst, wirst du sicher sehen, was ich sehe."

„Ich habe nichts gegen Faye. Ihre Mutter hat uns alle zum Essen eingeladen, und ich versuche, einen Weg zu finden, abzulehnen. Diese Familie ist anstrengend, und es ist schwer, Lorna MacKenzie Nein zu sagen."

Noch vor ein paar Wochen hätte Grant seiner Mutter versichert, dass er in ihrem Namen absagen würde. Aber er schwor sich, seiner Mum zu helfen, und dachte, die MacKenzies könnten dazu beitragen. „Tante Lorna mag forsch sein, aber sie hat ein gutes Herz. Sie und deine Cousine Brigid sind befreundet. Vielleicht solltest du Lorna eine Chance geben."

Gillian sah ihm in die Augen. „Du hast noch nie versucht, meine Meinung zu ändern. Was ist los?"

Sein Tier meldete sich zu Wort. *Sei einfach ehrlich zu ihr.*

Hatte ich vor. Hab' etwas Geduld.

Mit einem Grunzen verstummte sein Drache.

„Mir ist Faye mehr als wichtig, Mum. Sie ist meine wahre Gefährtin. Unsere Familien müssen miteinander auskommen."

Sie runzelte die Stirn. „Bist du dir sicher? Du warst nicht lange genug weg, als dass irgendein Gefährtenrausch schon hätte passiert sein können."

„Ich habe sie noch nicht geküsst. Wir beide warten auf den richtigen Zeitpunkt. Wir müssen zuerst sicherstellen, dass der Clan sicher ist." Er nahm die freie Hand seiner Mutter. „Versuch, einfach mal rüber zu ihrem Haus zu gehen. Ich weiß, dass du Dad vermisst. Vielleicht hilft es dir, die MacKenzies kennenzulernen, gegen deine Einsamkeit etwas zu tun."

Seine Mutter schwieg über eine Minute lang, und Grant fragte sich, ob er zu weit gedrängt hatte. Dann seufzte sie endlich. „Das sind einfach so viele. Ich werde einem Abendessen zustimmen, um deiner zukünftigen Gefährtin willen, aber ich kann nichts mehr versprechen."

„Ein Essen ist ein Anfang."

Nach einem Klopfen an der Tür folgte Fayes gedämpfte Stimme: „Ich bin's."

Grant blickte zu seiner Mutter und flüsterte: „Du kannst mit nur einer MacKenzie anfangen, um Nervenkraft aufzubauen. Und sie ist für mich die wichtigste." Er hob die Stimme. „Komm rein!"

Faye trat mit einem breiten Lächeln im Gesicht ein. Sie schloss die Tür und ging auf die Seite des Bettes gegenüber seiner Mutter. „Wie geht's allen?"

Wenn Grant wollte, dass seine Mutter Faye kennenlernte, würde er nicht zulassen, dass das höfliche, aufgesetzte Gesicht das einzige war, das sie kannte. „Mir ging es vor fünf Minuten gut. Ich versichere dir, dass ich nicht tot bin."

Faye legte eine Hand an die Hüfte. „Ich wollte nur nett sein, aber vielleicht sollte ich damit aufhören. Denk einfach daran, dass ich diejenige bin, die sich um dich kümmern wird. Ich kann dein Leben angenehm oder es zur Hölle machen."

„Gut. Solange du echt bist, ist das alles, was zählt."

Faye öffnete den Mund, schloss ihn dann aber sofort. Sie blickte auf Grants Mutter, die von ihm zu ihr und wieder zurückschaute. Faye räusperte sich. „Entschuldigung, Gillian. Dein Sohn ist stur und willensstark. Ich finde ehrlich zu sein und ihn auf seinen Mist anzusprechen, ist der beste Weg."

Gillian lächelte ein wenig. „Ich weiß, Mädel. Ich hatte nicht wirklich jemanden, der mir helfen konnte, als er noch ein Kind war."

Faye richtete sich weiter auf. „Nun, jetzt schon. Wir beide können ihn festschnallen und ihn zur Ruhe bringen, wenn es sein muss."

„Dir ist schon klar, dass ich hier bin, aye?", sagte Grant.

Faye ignorierte ihn und sprach mit Gillian. „Wenn du irgendwelche Tipps hast, wie man ihn zu einem besseren Patienten machen kann, dann bin ich ganz Ohr."

Gillian zögerte, bevor sie antwortete: „Es gibt da ein paar Dinge. Er liebt heiße Schokolade mit Pfefferminze. Wenn du ihm ein paar Tassen gibst, wird er eher tun, was du verlangst."

„Mum!", warf Grant ein.

Seine Mutter sah ihm in die Augen. „Es stimmt. Wenn dieses Mädel dir gehören soll, sollte sie es wissen. Sonst wird Faye mit dem Kopf gegen die Wand rennen, wenn sie versucht, dich dazu zu bringen, etwas zu tun. Und so bekomme ich nie Enkel."

Er blickte zu Faye, sah aber bei ihr kein Unbehagen bei der Erwähnung von Kindern. Er wusste, dass bis vor Kurzem keiner von ihnen daran gedacht hatte, Eltern zu sein, aber es war eine Gewissheit, sobald er sie küsste und den Gefährtenrausch auslöste. Ihr Ausdruck schickte eine Welle der Erleichterung durch seinen Körper.

Sein Drache fragte: *Und warum nicht?*

Du weißt verdammt gut, warum.

Sein Tier schnaubte. *Es wäre dennoch schön zu hören, wie du es zugibst.*

Na schön. Ich freue mich darauf, ein Kind zu haben, das zum Teil ich und zum Teil Faye ist. Ich kann mir nicht vorstellen, mit jemand anderem ein Kleines zu haben.

Faye senkte ihr Gesicht zu seinem und sagte: „Dein Drache ist ja so gesprächig heute."

Er grunzte. „Glaub mir, das weiß ich."

Grants Mutter warf ein: „Seine Drachenhälfte war immer die rationalere von beiden, obwohl Grant das leugnen wird."

Er öffnete den Mund, doch Faye kam ihm zuvor. „Gut zu wissen. Ich kann es kaum erwarten, bis mein Drache seinen besser einschätzen kann."

Da er nicht wollte, dass seine wahre Gefährtin und seine Mutter über den Rausch oder Sex sprachen, wechselte er das Thema. „Ihr beide könnt später etwas gegen mich aushecken. Wenn es nach Tante Lorna geht, kommt bald jemand vorbei, um nach mir zu sehen. Wie wär's also, wenn wir uns jetzt einfach einigen, dass wir alle zusammen zu Abend essen, sobald ich aus dem Krankenhaus entlassen werde? Ich nehme an, dass die Bedrohung bis dahin eingedämmt sein wird."

Seine Mum runzelte die Stirn. „Ich hoffe, du bist nicht wochenlang hier drin. Du wirst wirklich alle in den Wahnsinn treiben, weil du es hasst, stillzusitzen."

„Daran musst du mich nicht erinnern", brummte Grant.

Faye nickte mit dem Kopf. „Aye, das hatte ich

ganz vergessen. Also, sei brav, bis es dir wieder gut geht, und ich werde Dinge für dich einschleusen."

„Da du auch nicht gerne stillsitzt, ist das keine große Bedrohung", sagte er.

Faye hob die Brauen. „Aye, aber ich kann immer gehen."

Ein Klopfen an der Tür bewahrte ihn davor, zu antworten. Logan Lamonts Stimme drang durch die Tür. „Ich bin hier, um deine Halskrause anzulegen, schnellstens."

Lornas gedämpfte Stimme folgte. „Es besteht kein Grund, das auszusprechen. Tu es einfach."

Faye seufzte. „Kommt schon rein."

Als Logan und Lorna den Raum betraten, verschwand die Leichtigkeit zwischen seiner Mutter und Faye. Gillian zog sich in eine Ecke des Zimmers zurück.

Sein Drache sagte, *Gib ihr Zeit! Wenigstens versteht sie sich mit Faye. Das ist ein Anfang.*

Aye, ich gebe zu, es war gut zu sehen, dass sie sich bei jemandem wohlgefühlt hat, auch wenn es eine Verschwörung gegen mich war.

Logans Stimme unterbrach das Gespräch mit seinem Tier. „Du musst diese Krause so oft wie möglich tragen, bis Dr. MacFie etwas anderes sagt, aye?"

Er murmelte seine Zustimmung, aber Grants Aufmerksamkeit konzentrierte sich auf Lorna, die mit seiner Mum sprach. Während die beiden Frauen plauderten, legte Logan ihm die Halskrause um und ging. Faye setzte sich schnell in einen Stuhl neben ihn und flüsterte: „Keine Sorge. Meine Mutter ist entschlossen, sich bei Gillian beliebt zu machen. Ob du es glaubst oder nicht, sie hält sich ein wenig zurück."

Grant sah zu Fayes Blick zurück. „Sie scheint dich jedenfalls zu mögen."

„Natürlich. Ich bin extrem liebenswert."

Sie zwinkerte, und er lachte. Das weckte die Aufmerksamkeit aller im Raum. Lorna war die Erste, die wieder sprach, und zwar laut genug, dass alle es hören konnten. „Es ist schön, dich lachen zu hören, Grant. Ich bin mir nicht sicher, ob ich es gehört habe, seit du ein kleiner Junge warst."

Faye ergriff das Wort. „Nun, wir reden hier über mich. Ich kann fast jeden zum Lachen bringen."

„Faye Cleopatra, hör auf zu lügen!", befahl Lorna.

Faye zuckte mit den Schultern. „Was? Es stimmt. Kannst jeden fragen."

Alle Augen wandten sich zu Gillian. Sie sagte: „Ich glaube ihr."

Lorna schnalzte mit der Zunge. „Richtig, dann ist es Fayes Aufgabe, alle beim Abendessen zum Lachen zu bringen. Das sollte dir genügend Zeit zur Vorbereitung geben."

„Mum —"

„Komm mir nicht mit deinem ‚Mum', Faye. Das hast du dir selbst eingebrockt."

Jessie Donovan

„Ist schon okay, wirklich. Sie muss mich nicht überzeugen", sagte Gillian mit leiser Stimme.

„Unsinn", sagte Lorna und winkte es mit der Hand ab. „Du könntest selbst etwas Lachen gebrauchen, Gillian. Tatsächlich könnten wir das alle. Wie wäre es jetzt mit einem Kaffee? Wir können über die Paarung unserer Kinder sprechen und wie wir die nachfolgenden Enkelkinder verwöhnen können."

Faye sah fast bereit aus, etwas zu sagen, also griff Grant nach ihrer Hand und drückte sie. Sie sah ihm in die Augen, und er schüttelte kaum merklich den Kopf. Mit Lorna zu streiten würde nichts bringen.

Lorna sah die beiden an. „Wir sind gleich wieder da, um nach dir zu sehen. Wir könnten sogar etwas hereinschmuggeln. Du bist zu dünn, Grant, und könntest etwas Fleisch auf den Knochen vertragen."

Während Lorna Gillian aus dem Raum führte, hielt Grant Fayes Hand fest. Als sie wieder allein waren, fragte sie: „Warum sollte ich nichts sagen? Deine arme Mum wird nach einem Kaffee mit meiner traumatisiert sein."

„Wenn es eine Sache gibt, die sie gemeinsam haben und über die sie eine Bindung finden, dann sind es zukünftige Enkelkinder. Apropos, ich denke, wir müssen darüber reden. Ich werde mal ganz direkt sein. Bevor die Lust dein Gehirn trübt, muss ich wissen, ob du bereit für ein Kind bist."

„Ja", antwortete sie, ohne zu zögern. „Aber du wirst genauso mithelfen wie ich. Obwohl ich nicht zu stolz bin, meine Familie zum Babysitten einzuspannen, wenn es Beschützeraufgaben gibt, um die wir uns kümmern müssen."

Einer seiner Mundwinkel zuckte hoch. „Ich nehme an, eine große Familie zu haben, ist doch gut für etwas."

Sie hob die Brauen. „Sie werden mir auch den Rücken stärken, falls du mich jemals verletzen wirst."

Er knurrte. „Mach nicht einmal Scherze damit, Faye. Ich bin nicht mein Vater. Ich werde dir nie absichtlich wehtun."

„Ich habe niemals behauptet, du seist wie dein Vater. Und ‚verletzen' ist ein weiter Begriff. Es könnte sich beispielsweise auf verletzte Gefühle beziehen. Wenn ich in der Schwangerschaft zunehme und mich in einen molligen Drachen verwandle, könntest du etwas unverblümt sein und es ansprechen. Wenn die Hormone in meinem Körper wüten, werde ich mir nicht zu schade sein, meine Brüder zu rufen, um dir den Kopf zurechtzurücken."

Sein Drache knurrte. *Ich werde schon mit ihren Brüdern fertig. Wie ich schon sagte, sind sie keine Soldaten oder Kämpfer.*

Vielleicht nicht, aber sie sind gut darin, Ärger zu machen. Ich bin sicher, es gibt Wege für sie, es uns ohne körperliche Schläge heimzuzahlen.

Sein Tier schnaubte. *Sollen sie es doch versuchen.*

Fayes Stimme füllte erneut den Raum. „Wenn

dir irgendwas davon Angst macht, dann sollte ich vielleicht die ganze Sache mit dem Küssen und Paaren noch einmal überdenken."

„Ich habe keine Angst vor deinen Brüdern."

„Was ist mit Finn? Er ist schließlich der Clan-Führer."

„Wenn ich hier nicht festliegen würde, würde ich dich an die Wand drücken und dich sofort in den Rausch schicken. Vielleicht würde dich das überzeugen, dass ich dich nicht für etwas so Einfaches wie das Einmischen von Brüdern oder Cousins aufgeben werde. Du bist jede Schlacht wert, Faye MacKenzie. Und ich werde alles tun, was nötig ist, um dich und deinen verdammten Drachen davon zu überzeugen, dass du mir gehörst."

Faye wusste, dass sie Grant nervte, doch sie schien nicht anders zu können. Das lag wahrscheinlich an den vielen Jahren mit ihren höllischen Brüdern und deren Mätzchen. Sie war der Typ Frau, der nie aufgab.

Ihr Tier meldete sich zu Wort. *Er scheint zuversichtlich zu sein, aber du solltest ihm sagen, dass es schwerer ist, mich komplett für sich zu gewinnen, als dich.*

Kannst du aufhören damit, Drache? Du magst ihn genauso wie ich.

Grant nahm ihre Hand wieder, zog sie zu sich

und bekam damit ihre Aufmerksamkeit. „Willst du irgendwas sagen, verdammte Frau? Über Gefühle zu sprechen, ist nicht gerade eine meiner Stärken."

„Genau genommen hast du nichts über Gefühle gesagt", sagte sie.

Mit einem Knurren zog Grant sie fest genug, dass sie über seine Brust fiel. Es musste schmerzhaft sein, aber er verzog nicht einmal das Gesicht.

Er flüsterte ihr mit rauer Stimme ins Ohr: „Du willst Gefühle? Dann ja, mir liegt etwas an dir, Faye MacKenzie. Keine andere Frau kann mich zugleich beruhigen und mein Blut vor Wut kochen lassen. Ich möchte, dass du die meine bist. Wirst du verdammt nochmal zustimmen?"

„Das ist nicht gerade die höflichste Art zu fragen."

„Faye Cleopatra MacKenzie."

„Nun, wenn du meinen ganzen Namen benutzt ..." Sie spürte einen Klaps auf ihren Po und quietschte. „Wofür war das denn?"

„Manchmal sprichst du zu viel. Da ich dich noch nicht küssen kann, muss ich andere Wege finden, um deine Aufmerksamkeit zu erregen."

„Ich sollte dich wirklich wegstoßen und rausstürmen."

„Aye, und warum tust du es nicht?"

Sie hasste die männliche Überheblichkeit in seinem Tonfall.

Ihr Drache sagte: *Sei ehrlich. Dann macht es später noch mehr Spaß.*

Sie atmete tief ein und antwortete, bevor sie ihre Meinung ändern konnte: „Mir hat es irgendwie gefallen."

Er tätschelte ihr den Po, und sie wünschte, er würde ihn festhalten. Sie mochte vielleicht noch nicht alles von Grant haben, aber sie wollte alles, was sie bekommen konnte. Er sagte: „Warte, bis du nackt und vor mir bist. Dieser Po wird ein schönes Kissen sein."

Hitze flutete bei dem Bild ihre Wangen, dass Grant sie von hinten nehmen würde. Er könnte sogar an ihren Haaren ziehen, während er das tat. „Grant."

„Die unbesiegbare Faye MacKenzie ist beschämt? Ich habe nie erwartet, diesen Tag jemals zu sehen."

Sie wandte den Kopf, um seinem Blick zu begegnen. Das Verlangen in seinen Augen sandte ihr ein Kribbeln durch den Körper. „Sex ist mir nicht peinlich. Es ist einfach ... anders. So lange habe ich gedacht, ich könnte dich nicht haben. Und jetzt kann ich es, aber ich muss noch warten."

Seine Stimme war leise, als er antwortete: „Manchmal macht das Warten das Endergebnis noch viel erfreulicher."

Sie sah ihm in die Augen. „Da hat heute aber jemand Tiefgang. Bist du sicher, dass die Explosion deinem Gehirn nichts angetan hat?"

Er schlang einen Arm um ihre Taille und legte die Hand seines anderen an ihre Wange. „Meinem Gehirn, sowohl dem in meinem Kopf als auch dem in meinem Schwanz, geht's gut. Es hat mir einfach geholfen, zu erkennen, dass die einzige Möglichkeit, eine MacKenzie zu umwerben, darin besteht, in allen Bereichen offener zu sein."

Faye konnte nicht widerstehen, zu fragen: „Wen wolltest du denn noch umwerben? Fraser könnte geschmeichelt sein."

„Verdammte Frau", brummte Grant.

Sie grinste. „Nun, das hast du dir selbst zuzuschreiben."

Anstatt zu antworten, wanderte Grants Hand von ihrer Taille zu ihrer Pobacke. Während er eine massierte, flohen die Worte aus ihrem Kopf, und ihr Herz schlug kräftiger. Grants Stimme war rau, als er sagte „Was? Du bist sprachlos?"

Sie schaffte es gerade, eine Antwort in ihrem Kopf zu formulieren, als seine Hand weiter nach Süden wanderte. Als seine Finger mit ihrem empfindlichen Nervenbündel in Berührung kamen, selbst durch den Stoff ihrer Hose, keuchte sie.

„Aye, ich mag das. Ich denke, wir müssen mehr davon hören, viel mehr."

Während er weiter rieb, legte Faye ihre Stirn auf seine Brust. Die Wärme seiner Haut, sein Duft und die teuflischen Bewegungen seiner Finger machten es schwer, sich zu konzentrieren. Sie war so nah dran.

Ihr Tier meldete sich zu Wort. *Lass es geschehen. Ich wollte, dass unser erstes Mal völlig nackt ist.*

Grant erhöhte den Rhythmus seiner Finger, und

Faye verlor die Schlacht. Lust strömte durch ihren Körper, als sie an Grants Brust stöhnte.

Als ihr Körper aufhörte zu krampfen, schmolz sie gegen seine Brust. Grants Lachen grollte unter ihrem Ohr, bevor er sagte: „Ich glaube, ich habe einen Weg gefunden, gegen dich zu gewinnen. Dein Geplänkel ist meinen Fingern nicht gewachsen."

Sie stützte ihr Kinn auf seine Brustmuskeln. „Nur wegen deiner Verletzungen werde ich mich nicht revanchieren."

Seine Pupillen blitzten. „Wenn es um deine Hand oder deinen Mund geht, kannst du dich so viel revanchieren, wie du willst. Ich kann ganz still daliegen."

Na, sieh mal an, es schien, als hätte Grant eine freche Seite. „Da du verletzt bist, wirst du einfach abwarten und sehen müssen." Grant knurrte, und sie lächelte. „Genau genommen, betrachte das als Revanche." Sie setzte sich langsam auf und zog sich das Top über den Kopf. Sie trug keinen BH, und Grants Augen richteten sich auf ihre Brüste.

Da Faye wusste, dass bald jemand reinkommen konnte, zögerte sie nicht, ihre Nippel zu kneifen und sie zu rollen. Grants Augen bewegten sich nicht von dem, was sie da tat. Und obwohl die Lust mit jeder Bewegung ihrer Finger pulsierte, machte Grants Blick das Gefühl fast unerträglich. Ihre Brüste sehnten sich schmerzhaft nach Grants Berührung.

Natürlich würde das ihre Aufgabe, ihn zu

necken, nicht erfüllen. „Siehst du? Rache kann eine Schlampe sein", sagte sie.

Seine Hand streichelte ihren Rücken hinauf. Seine rauen Finger an ihrer nackten Haut ließen sie fast zittern.

Als er sie zu sich drängte, beschloss Faye, es geschehen zu lassen. Auch wenn ihre Revanche gegen Grant gerichtet war, brannte ihre Haut danach, seinen heißen Mund auf ihren Brustwarzen zu spüren.

Ihr Drache schnaubte. *Er sollte auf das Geschenk warten.*

Sie ignorierte ihr Tier und hielt inne, als ihre Brustwarzen nur noch eine Haaresbreite von Grants Mund entfernt waren. Die Hitze seines Atems machte sie nur fester.

Grant wandte den Blick nicht ab, als er eine in seinen Mund zog. Während er saugte und knabberte, legte Faye ihre Hände beiderseits auf das Bett, um sich zu stützen. Es war fast so, als könnte er ihre Gedanken lesen, wie sehr es ihr gefiel, berührt zu werden.

Als er sie endlich freiließ, tanzte sein heißer Atem gegen ihr nasses Fleisch, als er sagte: „Zieh dein Oberteil wieder an, Faye."

„Pardon?"

Einer seiner Mundwinkel zuckte hoch. „Es sei denn, du willst demjenigen, der gerade kommt, eine kostenlose Show liefern."

Ohne, dass Lust ihre Sinne trübte, hörte Faye

leise Schritte. Das Zimmer war nur größtenteils schallisoliert. Sie zog schnell das Oberteil über den Kopf.

Sobald sie es ganz anhatte, gelang es ihr gerade noch, vom Bett in einen Stuhl zu rutschen, als es anklopfte. Grant flüsterte: „Du solltest dir vielleicht die Haare glattstreichen, Mädel, sonst wird jeder wissen, was wir gemacht haben."

Wenn sie wüsste, wer auf der anderen Seite der Tür war, würde sie abwägen, seinem Befehl zu folgen oder nicht. Aber als eine männliche Stimme sagte: „Grant? Es ist Chase", glättete Faye ihr Haar und dachte an Flugroutinen. Sie hatte nicht vor, Grants Bruder in einem solchen Zustand kennen-zulernen.

Grant betrachtete Fayes Aussehen, bevor er antwortete: „Aye, komm rein!"

Eine jüngere Version von Grant, wenn auch mit längeren blonden Haaren anstelle von kurz geschnit-tenem Braun, kam in den Raum. Als er Faye bemerkte, runzelte er die Stirn. „Ist Mum nicht vorbeigekommen? Wir wollten uns hier treffen."

„Aye, ist sie, aber im Moment trinkt sie Kaffee mit Lorna MacKenzie." Grant deutete auf Faye. „Du wirst dich mit Faye als Gesellschaft zufriedengeben müssen."

Faye war es egal, dass sie seit ihrem Zusammen-kommen mit Grant Chase zum ersten Mal vorgestellt wurde, und antwortete: „Er muss sich ‚zufriedenge-ben', aye? Das werde ich mir merken."

Chase meldete sich zu Wort. „Entschuldige meinen Bruder. Er ist der weniger Charmante von uns beiden."

Chase zwinkerte, und Faye lachte über Grants Grollen. Sie sagte: „Ich habe dich nicht mehr gesehen, seit wir Kinder waren. Scheint, als wärst du außerdem immer noch der Unbeschwertere von euch beiden."

Chase grinste. „Aye, nun, das muss ich sein. Niemand wird mich einladen, elektrische Probleme zu beheben, wenn ich ihn erschrecke oder verärgere. Obwohl mein gutes Aussehen hilft bei den Frauen und bei den Männern, die auf Kerle stehen."

Grant warf ein: „Obwohl das Flirten mit gepaarten Mädels auf eigene Gefahr erfolgen sollte."

Chase winkte das mit einer Hand ab. „Ich mache ja nichts weiter."

Während die beiden Brüder sich weiter foppten, piepte Fayes Handy. Sie öffnete die Textnachricht. Sie war von Cooper: *Neue Informationen. Kannst du zur Kommandozentrale kommen?*

Als Grant ihren Namen rief, erregte das ihre Aufmerksamkeit. Er fragte: „Was ist?"

„Cooper muss mich sehen."

Chase sprang ein. „Ich kann mich ein bisschen um meinen Bruder kümmern, aye? Soweit ich höre, bist du seit Tagen hier. Ein wenig frische Luft, auch wenn es nur für einen kurzen Spaziergang ist, wird dir guttun."

„Chase hat recht", sagte Grant. Den Clan zu

beschützen, ist unsere oberste Priorität. Außerdem: Je eher du herausfindest, was los ist, desto eher kannst du zurückkommen und es mir sagen."

Da dies der erste Test für ihre mögliche Partnerschaft wäre, musste Faye Grant so vertrauen wie er ihr, wenn die Situation umgekehrt wäre. Sie erhob sich und sah zu Chase. „Stell einfach sicher, dass er nicht versucht, aus dem Bett zu kommen. Wenn du irgendwelche Zweifel hast, sprich mit Dr. MacFie oder einer Krankenschwester."

„Faye", begann Grant.

„Ich kenne dich. Du würdest dasselbe tun, wenn ich verletzt wäre, leugne es nicht." Grants Seufzen war alles, was sie brauchte. „Aye, nun, ich bin so schnell wie möglich wieder da. Wenn irgendwas passiert, kannst du mir eine SMS schreiben. Gib Chase unbedingt die Nummer."

Chase nickte. „Ich sorge dafür, dass er es tut. Er ist vielleicht älter als ich, aber ich muss nicht auf ihn hören. Als Erwachsene sind wir fast gleich groß."

Faye wollte nicht darauf hinweisen, dass Grant viel mehr Pfund Muskeln an sich hatte als Chase. „Danke! Ich bin bald zurück."

Mit einem letzten Blick auf Grant stürzte Faye aus der Tür. Was auch immer Cooper sagen musste, sie hoffte, dass sie damit der Ausrottung der Bedrohung näherkommen würden, zumindest für eine Weile. Sie wollte Grants Seite nicht lange verlassen, während er sich noch erholte.

Ihr Drache sagte: *Hör einfach auf. Er hat einen*

Clan, um den er sich kümmern muss. Wir müssen nicht alles machen.

Natürlich gibt es andere, die das tun könnten, aber das bedeutet nicht, dass ich mich nicht um ihn kümmern sollte.

Menschen und ihre Fürsorge. Das vergeudet eine Menge Zeit.

Anstatt darauf hinzuweisen, dass sich die meisten Drachen von Anfang an um ihre wahren Gefährten kümmerten und ihrer einfach nur launisch war, steigerte Faye ihr Tempo, um herauszufinden, was Cooper zu sagen hatte.

Kapitel Einundzwanzig

Eine Woche später beobachtete Grant Fayes Gesicht, als sie neben ihm in dem kleinen Krankenhausbett schlief.

Auch wenn er ihre Lebendigkeit genoss, schätzte er doch auch ihre stillen Momente. Im Schlaf entspannte sich Fayes Gesicht, und es war schwer zu glauben, dass sie für den Schutz des Clans verantwortlich war und nicht nur eine junge Drachenfrau, die nach etwas Spaß suchte.

Natürlich, wenn er einfach von der verdammten Krankenstation runterkäme, könnte er ihr etwas von der Arbeitsbelastung abnehmen.

Sein Tier meldete sich zu Wort. *Wir sollten heute entlassen werden.*

Was, magst du nicht, dass Faye das Sagen hat?

Es macht mir nichts aus, dass sie das Sagen hat, aber bei all der vielen Planung in letzter Zeit gefällt mir nicht, wie müde sie immer aussieht.

Faye war fähig, aber er stimmte seinem Tier zu. *Der Plan für Drachenwandler aus anderen Clans, die Verräter zu infiltrieren, ist von größter Wichtigkeit. Erst wenn es offiziell in Gang gesetzt ist, können wir es langsamer angehen und die anderen ihre Arbeit machen lassen.*

Ich sage immer noch, wir sollten die abtrünnigen Drachen finden und kämpfen. Die meisten sind alt und ungeschult. Sie werden verlieren.

Wir wissen nicht, wie viele es gibt. Die Amerikaner könnten es verbreitet haben. Wer weiß schon, ob nicht Drachenwandler aus anderen Ländern angereist sind, um sich ihnen anzuschließen. Es könnte mehr Drachen geben, als wir bewältigen können. Selbst ein starker Krieger muss seine Grenzen erkennen.

Sein Drache schnaubte. *Schätze schon.*

Fayes erschöpfte Stimme füllte den Raum. „Du kannst jetzt aufhören, mich anzustarren."

„Deine Augen sind geschlossen. Du kannst nicht wissen, was ich tue."

Sie öffnete ein Augenlid. „So. Ich sehe, dass du mich anstarrst. Was willst du?"

„Ich will aus diesem Bett raus, dir einen Kaffee besorgen und dabei helfen, einige deiner Aufgaben zu übernehmen."

Faye kuschelte sich an Grants Seite. „Aber es ist warm hier."

„Eine Tasse Kaffee würde dich aus dem Bett bringen, bevor ich blinzeln könnte."

Sie machte ein Geräusch in der Kehle. „Nicht jeder ist so ein Morgenmensch wie du."

„Ich habe so meine Mittel, deine Meinung zu ändern."

„Grant!", warnte Faye.

„Was?"

„Laut der riesigen leuchtenden Uhr an der Wand sollte Dr. MacFie dich jede Minute untersuchen kommen. Keine Dummheiten!"

Er küsste ihre Stirn. „Ich kann mich zurückhalten, weißt du."

„Nicht, wenn wir von den letzten paar Morgen ausgehen."

„Aye, nun, ich wecke dich gern mit einem Orgasmus auf. Funktioniert besser als Kaffee."

„Nicht heute. Wenn du entlassen wirst, kannst du mir nicht nur helfen, wir können auch deine Flugfähigkeit testen. Nichts Anstrengendes, aber ein kurzer Sprung in die Luft wäre ein guter Anfang. Dann können wir deine Genesung von dort aus anpassen."

„Du vergisst etwas, Faye."

Sie nahm sich einen Moment, um zu antworten: „Mist. Cat und Iris sollten heute wiederkommen."

„Aye, und sobald sie das tun, hast du noch mehr Fragen zu stellen."

Die Ausstellung war ein Erfolg gewesen, bis auf den letzten Tag, der wegen verdächtiger Aktivitäten abgesagt worden war. „Wir müssen immer noch herausfinden, ob die Glasgow Drachenjäger mit einigen Drachenrittern zusammenarbeiten. Das Auftauchen einer Tasche mit einer Bombe am Rande von Glasgow, in der Nähe des Veranstaltungsortes, ist mehr als ein Zufall."

Faye rollte mit einem Seufzer aus dem Bett. Als sie die Arme über den Kopf streckte, sagte sie: „Wenn das so weitergeht, werden wir nie Zeit für unseren Rausch haben."

Während sie in der letzten Woche kreativ gewesen waren, war Grants Drache ungeduldig, den Deal abzuschließen. Faye schwor, ihr Drache sei gleichgültig, aber Fayes erhöhtes Aufbrausen bei jeder Kleinigkeit bewies das Gegenteil. „Stonefire hat sich bereit erklärt, Lochguard zu helfen, wann immer wir Zeit dafür haben. Sobald dein Plan in Bezug auf die Verräter in Bewegung ist, können wir uns eine Woche oder so nehmen, um uns darum zu kümmern."

Faye hob die Brauen. „Du musst das nicht so sachlich ausdrücken."

„Ich weiß, dass das deine morgendliche Laune ist, aber pass auf, sonst versucht mein Drache, dich zu küssen, wenn du ihn ermutigst."

Sein Drache schnaubte. *Ich hasse das Warten. Drachen lehnen sich nicht zurück und planen. Du solltest unseren Instinkt übernehmen lassen.*

Es steht zu viel auf dem Spiel.

Fayes Stimme gewann seine Aufmerksamkeit. „Es ist mehr als meine Laune. Ich weiß, du bist nicht der romantischste Drachenmann der Welt, aber du könntest wenigstens so tun, als wäre der Rausch mehr als nur ein Geschäft. Vergiss nicht, es wird eine Familie gründen."

„Ich weiß, Faye-Mädel. Gib meiner Stimmung die Schuld. In diesem Raum eingesperrt zu sein, macht mich langsam verrückt."

Sie setzte sich auf die Bettkante. „Ein mürrischer, unromantischer, gesunder Grant ist besser als ein verletzter, glücklicher Charmeur."

„Sieht so aus, als wärst du auch wahnsinnig romantisch", sagte er gedehnt.

„Ach, hör auf. Ich will dich einfach. Das versuche ich durch mein morgendlich vernebeltes Gehirn zu sagen."

Er strich über ihre Wange. „Für jemanden, der gerne redet, hast du aber an bestimmten Stellen Probleme, zu sagen, was du meinst."

„Du glaubst doch nicht –"

„Das ist eines der Dinge, die ich so an dir liebe, Faye." Er nahm eine ihrer Hände und küsste den Handrücken. „Ändere dich nie."

Als sie langsam lächelte, sagte sein Drache: *Warum ist die Ärztin nicht hier? Ich will sie küssen, und mehr. Sie gehört uns. Jeder sollte es wissen.*

Aye, ich weiß. Aber wir haben nicht den Luxus, normale Clan-Mitglieder mit weniger Verantwortung zu sein. Das weißt du.

Das heißt aber nicht, dass mir das gefallen muss. Es wird immer schwieriger für mich, meine Lust zu kontrollieren.

Wenn ich etwas dazu zu sagen habe, wird Faye in ein oder zwei Tagen nackt und bereit unter uns sein.

Als sein Tier wegen dieses Zeitrahmens brüllte, wurde Grants Gespräch durch ein kurzes zweifaches Klopfen unterbrochen, und die Tür öffnete sich. Dr. Layla MacFie betrat den Raum.

Faye glättete ihre wilden Locken, obwohl sie gleich wieder hochsprangen. „Guten Morgen, Frau Doktor."

Layla hielt ihr eine kleine Tasse Kaffee hin. „Hier."

Fayes Augen begannen zu leuchten. „Du bist so aufmerksam."

„Es ist eher so, dass ich dich beschäftigen will, während ich Grant untersuche", sagte Layla.

Grant versuchte, nicht zu lächeln, scheiterte aber. „Schieb nicht alles auf Faye. Wir sind beide gespannt auf die heutige Untersuchung."

„Aye, ich weiß. Aber auch wenn du dich gut erholt hast, will ich deine Gesundheit nicht riskieren. Nicht mal dein Bruder, der versucht, Süßholz zu raspeln, wird meine Meinung ändern."

„Was hat Chase denn jetzt wieder angestellt?"

Layla lachte. „Er hat mir diesen Kaffee gegeben. Ich trinke das Zeug nicht, also dachte ich mir, dass ein kleines Weiterverschenken angebracht sein könnte. Aber wenn er ihn mir zum fünften Mal bringt, muss ich vielleicht doch mal etwas sagen."

„Ich werde mit meinem Bruder reden", sagte Grant.

Layla lächelte. „Vermutlich ist es nichts. Wenn du nach Hause gehst, wird er keinen Grund mehr haben, weiter herzukommen."

Sein Drache meldete sich zu Wort. *Sie kennt Chase' Hartnäckigkeit nicht.*

Ich werde mit ihm reden. Chase ist jung und darauf versessen, Mädels zu beeindrucken.

22 ist nicht so jung.

Wenn man bedenkt, dass Layla einunddreißig ist, ist er zu jung für sie, und mir wäre lieber, er würde aufhören, ihre Zeit zu verschwenden.

Vielleicht gibt es einen Grund, warum er so hartnäckig ist.

Verdammte Hölle, ich hoffe nicht.

Layla machte sich an die Arbeit, seine Vitalwerte zu überprüfen, seine Wirbelsäule und seinen Hals abzutasten und Grant zu bitten, seine Gliedmaßen auf bestimmte Weise zu bewegen. Sobald sie fertig war, steckte sie die Hände in die Taschen ihres Laborkittels. Das schien ihre Angewohnheit zu sein. Layla sagte: „Dir geht's gut genug, um nach Hause zu gehen. Was das Wandeln angeht, musst du es langsam angehen lassen. Ich möchte, dass du die nächsten ein oder zwei Wochen nicht länger als ein paar Sekunden fliegst."

„Zwei Wochen? Das kommt mir zu lang vor", antwortete Grant.

„Wir werden bei deinem Termin nächste Woche sehen, ob wir was an den Anweisungen ändern sollten. Wenn ich höre, dass du mehr gemacht hast, als nur in die Luft zu springen und ein paarmal mit den Flügeln zu flattern, werde ich dich sofort hierher zurückbeordern und an ein Bett schnallen. Denk daran."

Faye trank den letzten Kaffee. „Ich werde ihn im Auge behalten, Dr. MacFie."

Sie nickte. „Gut, gibt es noch weitere Fragen?"

„Was ist mit der Arbeit?", fragte Grant. „Oder darf ich nur vor dem Fernseher sitzen und mein Gehirn zu Brei matschen lassen."

Layla verdrehte die Augen. „Männliche Drachen sind die schlimmsten Patienten." Bevor Grant etwas sagen konnte, fügte sie hinzu: „Du kannst ein paar Stunden am Tag arbeiten, aber keine Ganztagssitzungen. Pass auf ihn auf, Faye!" Sobald Faye zustimmend nickte, fügte Layla hinzu: „Logan wird die Entlassungspapiere bringen und deinen nächsten Termin vereinbaren. Bis dann also."

Die Ärztin ging, und Faye war die Erste, die sprach. „Gut, dann sage ich, wir gehen nach Hause, um zu duschen, uns umzuziehen, und danach sollten wir an der Videokonferenz mit Stonefire teilnehmen können. Dann können wir Cat und Iris befragen, bevor wir uns für den Tag zurückziehen."

„Mir gefällt, dass du gesagt hast, *wir* müssen duschen."

Sie wedelte mit einem Finger. „Kein Sex unter der Dusche. Zumindest noch nicht."

„Du hast mir ihn gerade für später versprochen. Das werde ich mir merken."

Faye öffnete den Mund, aber Logan wählte diesen Moment, um mit einem Klemmbrett einzutreten. Ausnahmsweise einmal war Grant dankbar für die Ablenkung. Denn der Gedanke an Fayes nackten Körper unter einem Strom heißen Wassers half seinem Drachen nicht. Tatsächlich ging das Tier auf und ab und versuchte, nicht an seine Lust zu denken.

Bald, sagte Grant zu seinem Drachen. *Warte nur noch ein paar Stunden. Ich bin entschlossen, alles in Ordnung zu bringen, damit wir sie haben können.*

Faye tippte mit dem Finger auf den Konferenztisch, während sie auf einen leeren Bildschirm starrte und wollte, dass Brams Gesicht endlich auftauchte.

Ihr Drache meldete sich zu Wort. *Es ist noch früh.*

Das ist mir egal. Ich will wissen, ob das hier fertig ist, damit ich die nächste Phase meines Lebens planen kann.

Das ist etwas ernst, wenn man bedenkt, dass es noch nicht einmal Mittag ist.

Ach, halt einfach die Klappe. Deine falsche Nonchalance ist anstrengend.

Bevor ihr Tier protestieren konnte, baute Faye ein komplexes mentales Labyrinth und warf ihren Drachen hinein.

Ohne dass ihr Drache weiter darüber plauderte, wie sehr es ihm egal war, ob sie mit Grant schliefen oder nicht – was vollkommener Quatsch war –, war sie ruhig genug, mit dem Klopfen aufzuhören.

Grant bemerkte ihr Aufhören und flüsterte ihr ins Ohr: „Du denkst wieder an mich, oder, Mädel?"

Finns kommandierender Ton verhinderte Fayes Antwort. „Könnt ihr beide euch ein bisschen konzentrieren, aye? Ich kann es nicht gebrauchen, dass Bram mich für die nächsten zehn Jahre wegen meiner notgeilen Beschützer aufzieht."

Brams Stimme füllte den Raum. „Das klingt ja mal nach einer guten Idee."

Finn zeigte selten, wie müde er war, aber die Ringe unter seinen Augen sagten Faye, dass seine Nächte alles andere als friedlich mit drei Neugeborenen waren. Faye ergriff das Wort. „Wenn du Finn jetzt ärgerst, wird das auch Ara ärgern. Sie hat bereits alle Hände voll zu tun, um drei Kinder zu füttern und zu wickeln. Du willst es doch nicht noch schlimmer machen, aye?"

Brams verspielter Tonfall wurde durch einen besorgten ersetzt. „Geht's ihr gut? Tristan und Melanie sollten in den nächsten Tagen dort sein, sobald all diese Planung abgeschlossen ist und das Gebiet vom MDA wieder als sicher eingestuft wird. Und überhaupt: Sollte nicht Finns Familie helfen?"

„Sie helfen verdammt nochmal", knurrte Finn. „Wie wär's, wenn wir uns auf den Grund dieses Treffens konzentrieren, damit ich wieder zu meiner Gefährtin und meinen Kleinen zurückkommen kann?"

Faye hatte schon viele Videokonferenzen zwischen Finn und Bram beobachtet. Der Stonefire-Anführer gab selten so leicht auf, aber Verständnis blitzte in seinen Augen auf. Schließlich hatte Bram eine Tochter, die weniger als ein Jahr alt war. Die Stimme des Clanführers füllte erneut den Raum. „Snowridge überlegt noch immer, ob sie helfen werden oder nicht. Was Glenlough in Irland angeht, so haben sie sich zur Teilnahme bereit erklärt, sofern wir ihnen im Gegenzug helfen."

„'Wir' heißt wir beide oder Stonefire?"

„Stonefire. Ich werde Aaron Caruso in ein oder zwei Monaten dorthin schicken, während Kai die Dinge hier im Auge behält und versucht, Snowridge zur Unterstützung zu bewegen." Kai war Stonefires oberster Beschützer, Aaron war sein zweiter. „Hast du Glück mit Northcastle in Nordirland gehabt?"

Finn seufzte. „Nicht viel. Sie haben erfahren, dass wir auch Glenlough einladen, und das hat die Beziehungen schnell abgekühlt."

Faye ergriff das Wort. „Ich hatte aber das Gefühl, dass Adrian, ihr zweiter Befehlshaber, vielleicht jemanden aus seinem eigenen Undercover-Team schickt, um weitere Informationen zu sammeln. Wenn wir die Kluft zwischen den Clans in Irland irgendwie schließen können, können wir die Anzahl unserer Verbündeten vergrößern."

Bram antwortete: „Aye, das steht auf der Liste der Dinge, die zu tun sind. In diesem Fall wird es aber nicht helfen."

„Lass uns wissen, was wir tun können, um zu helfen", sagte Finn. „Da die Verräter ursprünglich von hier kommen, werden sie keine neuen Lochguard-Mitglieder nehmen. Es wird auch den Verdacht auf sich ziehen. „So sehr es mich schmerzt, das zu sagen, aber wir zählen auf Stonefire."

„Mir gefällt, dass du mir einen Gefallen schulden wirst, Finn."

„Aye, aye, ich weiß. Du kannst mir das später unter die Nase reiben. Wann fängst du an?", fragte Finn.

„In den kommenden Wochen. Aaron hat einen amerikanischen Cousin, der die Überquerung machen und es zuerst versuchen wird. Aber ich habe meine besten Überwachungsleute gebeten, die Verräter, die wir bisher gefunden haben, im Auge zu behalten. Du hörst es, sobald sich einer von ihnen in deine Richtung bewegt." Finn nickte, und Bram fuhr fort: „Was ist mit den Drachenrittern? Ich kann nicht zulassen, dass Bomben hochgehen und Ara wehtun. Sie wird immer Teil von Stonefire sein, unabhängig davon, wer ihr Gefährte ist."

Finn schluckte den Köder nicht. „Ich warte immer noch darauf, dass eure Ärzte die mysteriösen Inhaltsstoffe identifizieren. Ansonsten beobachtet das MDA die Umgebung genauso aufmerksam wie wir. Es gibt ein paar neue Techno-Gadgets rund um den Wald und den Clan, um uns auf mögliche Gefahren aufmerksam zu machen."

Faye ergriff das Wort. „Wir untersuchen auch

den Vorfall in Glasgow. Es könnte sein, dass sich die Ritter hier oben etwas abgekühlt haben und sich auf andere Teile Schottlands konzentrieren, die nicht so genau beobachtet werden wie Lochguard."

„Noch kein Wort darüber, warum sie die Bombe in den See gelegt haben?", fragte Bram.

Faye antwortete: „Nein. Wenn das MDA unsere Gefangenen nicht abgeholt hätte, hätten wir vielleicht mehr herausgefunden. Aber sie haben sich geweigert, sie länger hier bleiben zu lassen, und ich frage mich, ob sie mehr wissen als wir. Kann deine Gefährtin sehen, ob sie irgendwas herausfinden kann?"

Brams Gefährtin Evie war ehemalige MDA-Inspektorin. „Seit dem Amtsantritt der neuen MDA-Direktorin sind einige von Evies alten Kollegen auf ihre früheren Posten zurückgekehrt. Ich werde sehen, was sie herausfinden kann, obwohl ich nichts garantieren kann."

„Aye", sagte Finn. „Aber es ist besser als nichts. Wenn sich die Dinge jemals verdammt nochmal beruhigen, sollten wir ein ordentliches Treffen mit der MDA-Direktorin beantragen. Vielleicht können wir dann ein paar Dinge klären."

„Das stimmt. Wenn es sonst nichts gibt, lasse ich dich zu Ara zurück", antwortete Bram.

„Du wirst bald genug von mir hören", sagte Finn. „Und Ara hat mir gedroht, mir die Eier abzuschneiden, wenn ich dich nicht in ein paar Wochen zur Präsentations- und Tätowierungszeremonie einlade."

„Ich möchte da sein. Wir werden sehen, ob ich das hinbekomme. Grüß Ara von mir."

Als Finn nickte, wurde der Bildschirm leer. Fayes Cousin wandte seinen Blick zu ihr und Grant. „Wenn ihr die Befragung von Cat und Iris übernehmen könntet, würde ich das aufrichtig zu schätzen wissen."

Faye hob die Brauen. „Dass du so höflich bittest, macht mir Angst."

„Leg dich nicht mit mir an, Faye. Ich habe seit über einer Woche nicht mehr als zwei Stunden am Stück geschlafen. Ich kann auch keinen Kaffee trinken, weil Ara keinen trinken darf, auf Anweisung der Ärztin, und ich werde sie nicht vor ihrem Gesicht verspotten."

Faye lächelte. „Bist also doch ein Softie."

Grant unterbrach Finns Antwort. „Ich habe eine Frage, Finn. Wann kann ich Faye als die Meine nehmen und sie beanspruchen?"

Wieder typisch für Grant, aus dem Nichts zu fragen, ob er mit Finns Verwandter schlafen dürfe. Finn musterte Grant kurz und fragte: „Ich habe angefangen, dich zu akzeptieren, McFarland, aber es ist noch nicht ganz der richtige Zeitpunkt. Ihr beide müsst alles herausfinden, was ihr könnt, von den Teilnehmern der Ausstellung, nicht nur von Iris und Cat. Aber ich versichere euch, sobald wir ein wenig durchatmen können, könnt ihr euren Rausch haben. Vorausgesetzt natürlich, Faye will es."

Faye antwortete für sich selbst. „Natürlich will ich das. Ich habe dich ja auch nur jeden Tag gefragt."

Finn zuckte die Schultern. „Mein schlafloses Gehirn erinnert sich nicht mehr so gut wie früher."

„Quatsch, Finn. Geh einfach nach Hause und hilf Arabella. Grant und ich haben Arbeit zu erledigen."

Finn stand auf, ging aber nicht. „Ich werde dich nicht ewig warten lassen, Faye. Aber der Clan muss zuerst in Sicherheit sein. Ich hoffe, du weißt das."

Sie löste ihre Haltung. „Ich weiß, aber den Mann nicht haben zu können, den ich mehr als alle anderen haben will, macht mich launisch."

„Aye, ich weiß, wie sich das anfühlt. Ich habe Ara ganz schön umwerben müssen, wenn du dich erinnerst", sagte Finn. „Lasst mich wissen, was ihr herausfindet."

Finn ging, und Faye drehte sich zu Grant um. Sie waren endlich allein. „Ich habe mich gefragt, ob du zu deinem verbal eingeschränkten Selbst zurückkehren würdest, wenn andere im Raum sind."

Er grunzte und zog sie gegen seinen Körper. „Ich spreche nur, wenn es nötig ist. Bei dir wird es häufiger benötigt."

„Benötigt, aye?"

„Ja, obwohl Worte nicht immer vermitteln können, was ich fühle." Er schmiegte sich an ihre Wange, und sie lehnte sich seufzend in seine Berührung. „Ich will dich, Faye, und ich werde so viele

Verwandte fragen, wie nötig, bis ich dich haben kann."

Sie wandte den Kopf, um seinem Blick noch einmal zu begegnen. „Lass uns vermeiden, meine Mutter zu fragen, ob du Sex mit mir haben darfst, aye? Oder ich muss es bei deiner zur Sprache bringen."

Er schlug ihr auf den Po. „Meine Mutter würde von Kopf bis Fuß rot anlaufen."

„Genau." Sie küsste sein Kin und genoss die Salzigkeit seiner Haut. Die kleinen Kostproben, die sie von Grant hatte, machten sie nur ungeduldiger, ihn für sich zu haben, aber sie nahm sich, was sie bekommen konnte. „Jetzt lass uns die Dinge in Ordnung bringen für Cats und Iris' Rückkehr. Wer weiß, Iris hat vielleicht sogar Max mitgebracht."

Grant seufzte. „Warum sollte sie?"

„Nicht zum Vergnügen, sondern als Zeuge. „Er ist derjenige, der die Bombe in Glasgow gefunden hat."

„Dieser Mann hat ein Händchen dafür, Dinge zu finden, sowohl materiell als auch immateriell. Er bedeutet nichts als Ärger."

„Aber wenn er uns helfen kann, unseren Fall zu lösen, dann können wir uns endlich richtig küssen."

„Aye, mir gefällt, wie sich das anhört."

Faye atmete noch ein letztes Mal ein, um Grants würzigen Duft in Erinnerung zu behalten, bevor sie wegging. Wenn sie nicht vorsichtig war, konnte sie süchtig werden und musste anfangen, seine Hemden oder Jacken zu tragen, um ihn in der Nähe zu halten.

Ihr Tier schlug gegen das mentale Labyrinth, aber es hielt. Sie verließ sich in letzter Zeit mehr auf das Labyrinth, als sie mochte, aber sie musste sich konzentrieren, sonst konnten Leute sterben.

Dieser Gedanke ernüchterte sie schnell.

Sie drehte sich zur Tür. „Gut. Dann gehen wir in unser Büro und beeilen uns."

Als sie aus dem Raum und den Flur des zentralen Kommandogebäudes der Beschützer hinunter marschierte, spürte Faye Grants Augen auf ihrem Po. Wenn sich die Dinge endlich zu ihren Gunsten wenden würden, hätte sie viel mehr als seinen Blick dort.

Kapitel Zweiundzwanzig

Wenige Stunden später folgte Grant Faye in einen der Konferenzräume. Cat und Iris saßen am Tisch. Sein Blick richtete sich jedoch auf Max Holbrook, der mit dem Flachbildfernseher an der Wand herumfummelte. „Fass das nicht an!", bellte er.

Max unterbrach nicht, was er tat. „Ich prüfe, ob es Aufnahmegeräte gibt, aber ich sehe keine." Er wandte sich Grant zu. „Ihr solltet darüber nachdenken, welche hinzuzufügen. Stell dir den Wissensschatz vor, den ihr für die Nachwelt bewahren könntet. Obwohl ich nie gefragt habe, ob Drachenclans offizielle Aufzeichnungen haben, sollte es welche geben. Und angesichts der unzähligen Möglichkeiten, wie wir sie heutzutage speichern können, solltest du so viele Medien wie möglich nutzen."

Grant überlegte noch, wie er dem Menschen antworten sollte, als Iris einfach befahl: „Setz dich!"

„Aber –"

„Jetzt!", sagte Iris.

Mit einem Seufzen rutschte Max in einen der leeren Stühle auf der anderen Seite des Tisches. Er fragte sich, ob die beiden eine Art Deal hatten. Wenn Iris etwas wie einen Flug oder einen Besuch an einem abgelegenen Ort in Aussicht gestellt hatte, könnte dies Max' Verhalten erklären.

Sein Drache meldete sich zu Wort. *Das ist nicht wichtig. Je eher wir ihn befragen, desto eher verschwindet er von unserem Land.*

Du bist heute aber ziemlich feindselig.

Er macht immer Ärger. Ich will keine Verzögerungen, sonst bekommen wir Faye nie.

Egal, er hat Informationen, die wir brauchen.

Fayes Stimme hinderte sein Tier daran zu antworten. „Ich denke, es ist das Beste, wenn Max uns erzählt, wie er die Bombe in Glasgow gefunden hat."

Max rieb sich die Hände. Grant hoffte nur, dass es keine lange, umständliche Version war. „Nun, ich erkunde gern meine Umgebung. Archäologie ist nicht nur auf Gegenstände von vor Tausenden von Jahren beschränkt. Gebäude von vor hundert Jahren können interessante Funde in oder um sich herum haben. Schon das kleinste Ding kann uns viel darüber erzählen, was dort passiert ist." Als er innehielt, winkte Faye, dass Max weitermachen solle. „Es gab einige Gebäude ein paar Straßen weiter, in der Nähe des Flusses. Wusstet ihr, dass Glasgow einst ein wichtiger Hafen war? Ich wollte sehen, welche Überreste dieser Zeit noch existierten, oder zumindest versuchen, mir vorzustellen, wie es während seiner Blütezeit aussah. So viele ehemalige Häfen wurden wieder in Betrieb genommen und modernisiert, und das macht es schwieriger, etwas zu finden, das an vergangene Zeiten erinnert, vor allem, weil es schwierig ist, an den schicken neuen Standorten zu graben."

Grant grunzte. „Komm auf den Punkt!"

Max fuhr fort, als hätte Grant gar nichts gesagt. „Herumzustochern war nicht leicht, da zu dieser Tageszeit Leute da waren. Jedenfalls habe ich mich schließlich in ein verlassenes Gebäude gequetscht, das seit längerer Zeit nicht mehr genutzt worden ist. Gerade als ich ein paar interessante Teile herumliegen sah, bemerkte ich die aufgerollte Tasche weiter hinten, da, wo das Gebäude ans Wasser grenzt. Sie sah neu aus und mehr als ein bisschen verdächtig. Aus Erfahrung habe ich gelernt, gefährlich aussehende Dinge ernst zu nehmen, also rief ich Lachlan und Iris an, und das war's. Sie haben sie genommen, sie weggeschafft und mir später gesagt, dass es eine Bombe war."

Grant beugte sich vor. „Meine Frage ist, warum du überhaupt allein herumgelaufen bist?"

Max zuckte mit den Schultern. „Ich bin gut darin, mich unentdeckt rein- und rauszuschleichen. Ich denke gern, dass ich Iris ganz schön auf Trab gehalten habe."

Iris schüttelte den Kopf. „Ich war ein paar Minuten auf Toilette. Nächstes Mal sollte ich ihm einfach die Augen verbinden und ihn mitnehmen."

Faye meldete sich erneut zu Wort. „Cat, gibt es noch irgendwas anderes, das du uns sagen kannst? Hast du bei einer der Shows oder in der Nähe eurer Unterkunft jemanden bemerkt, der verdächtig war?"

„Nicht, dass ich mich erinnern könnte, obwohl ich nicht gerade die Aufmerksamste bin, wenn ich nicht male", antwortete Cat. „Außerdem waren alle Menschen, die zuvor zur Ausstellung gekommen waren, reichlich nett gewesen. Die Drachenhasser waren vom Betreten ausgeschlossen worden. Meiner Meinung nach haben die Sicherheitsleute gute Arbeit geleistet."

Grant sah zu Iris. „Hat einer der anderen Beschützer etwas gefunden oder bemerkt?"

Iris antwortete: „Alle schienen überrascht über das verdächtige Paket zu sein. Ich vermute, dass es im Gebäude platziert wurde, bevor irgendjemand von uns ankam. Das Sicherheitsteam des MDA hatte deutlich gemacht, dass wir keines der nahegelegenen Gebäude betreten sollten, um sicherzustellen, dass sie keine Bedrohungen waren, auch nicht, wenn uns die Eigentümer oder Bewohner die Erlaubnis erteilten. Wir haben unser Bestes an Land und in der Luft getan."

Etwas nagte an Grants Gedanken bei ihrem Kommentar. „Hat jemand Bestimmtes diesen Befehl erteilt?"

„Arjun, der Leiter des Sicherheitsteams, hat das nie erwähnt. Aber einer seiner Kollegen. George Smith."

Faye und Grant tauschten einen Blick aus, bevor Grant sagte: „Wir müssen ihn überprüfen und Arjun nach dem Befehl befragen. Iris, kann ich darauf vertrauen, dass du Arjun befragst, während wir George Smith überprüfen?"

Iris nickte. „Natürlich. Ich fand es auch etwas seltsam, aber manchmal weiß das MDA-Personal nicht, was die anderen tun. Ich dachte, das wäre normal."

„Ja, das könnte es sein. Aber ich möchte vorsichtig sein", erwiderte Grant.

Faye ergriff das Wort. „In dem Bericht wurde gar nicht erwähnt, dass sich die Bombe am Ende des Gebäudes gegenüber dem Wasser befand. Mit ihr und der im Loch, glaube ich, das geheimnisvolle Element in der Bombe könnte etwas mit Wasser zu tun haben."

Iris hob ihre Augenbrauen. „Bist du dir sicher? Keiner von uns würde je einen Fuß in Glasgows Fluss setzen. Wir sind alle mit sauberen, unberührten Lochs oder Flüssen in der Nähe unserer jeweiligen Clans verwöhnt."

Faye neigte den Kopf. „Aye, aber die Drachenritter werden nicht an eine solche Möglichkeit
denken. Für sie sind wir nicht vertrauenswürdige
Monster, und Monster interessieren sich eindeutig
nicht für sauberes Wasser." Sie sah zu Grant. „Wir
sollten sicherstellen, dass Dr. Lewis und Dr. Davies
über die Wasserverbindung Bescheid wissen. Es
könnte ihnen helfen, die geheimnisvolle Zutat einzu-
grenzen."

„Aye, sobald wir hier fertig sind", antwortete er.

Faye sprach alle im Raum an. „Wenn es noch
weitere Details gibt, egal, wie klein sie sind, dann ist
es jetzt an der Zeit, sie uns zu sagen." Als alle drei
den Kopf schüttelten, klopfte sie auf den Tisch.
„Gut, dann brechen wir das jetzt ab und machen uns
an unsere Aufgaben. Aber wenn euch etwas einfällt
oder ihr was erfahrt, sagt es uns."

Alle standen auf. Cat flüsterte Faye etwas ins
Ohr, bevor sie mit einem Lächeln ging. Als sie allein
waren, fragte Grant Faye: „Was hat sie dir gesagt?"

Faye hob eine Braue. „Dein Super-Drachen-
wandler-Gehör hat es nicht mitbekommen?"

„Jetzt ist nicht die Zeit dafür, Faye."

Sie streckte ihre Zunge heraus. „Ein bisschen
Unbeschwertheit zwischen anstrengenden Aufgaben
hat noch nie jemanden umgebracht." Als Grant nur
seine Augenbrauen hob, seufzte sie. „Okay. Sie will
sich nur bald zum Essen treffen und plaudern. Das
nennt man eine Freundin haben."

„Ich weiß, was das ist. Ich habe Freunde."

„Da ist aber jemand etwas empfindlich." Sie sah ihm in die Augen. „Dein Drache?"

Sein Tier meldete sich zu Wort. *Ja, ich bin es. Mit Faye zu duschen war eine schlechte Idee. Ich will sie. Sie sollte uns gehören.*

Grant atmete einmal tief ein, bevor er antwortete: „Aye, ein bisschen. Konzentrieren wir uns einfach darauf, alles in Ordnung zu bringen, damit wir unsere Drachen endlich freilassen können."

Faye legte eine Hand an seine Brust, und sein Drache brüllte. Er sollte sie wegstoßen, aber er wollte die Hitze ihrer Berührung so lange wie möglich genießen. Ihre Stimme war leise, als sie sagte: „Wir sind fast da, Grant. Wir müssen nur mit den Ärzten reden, uns an die anderen Clans wenden, um nach verdächtigen Paketen in der Nähe des Wassers zu suchen und festzustellen, ob es einen Maulwurf im Sicherheitsteam des MDA gibt. Das sollte einfach genug sein."

Er schnaubte. „Ich habe so das Gefühl, dass die meisten anderen dir nicht zustimmen würden."

Sie neigte den Kopf. „Vielleicht doch, nur du nicht. Du bist mir gleichgestellt, Grant. Also, wenn ich mit allem fertig werden und mit meinem mürrischen Drachen umgehen kann, kannst du das auch."

„Ist deiner nicht mehr in der Leugnungsphase?"

„Das macht meinen Fall noch schlimmer. Du kannst dich glücklich schätzen, dass deiner so unkompliziert ist."

Sein Tier schnaubte. *Ich werde die Wahrheit von*

deinem Tier schnell genug bekommen. Es wird meinem Charme und meiner Ausdauer nicht widerstehen können.

Richtig, denn Ausdauer ist das, was ein weiblicher Drache über alles andere schätzt.

Viele schon. Du verstehst keine weiblichen Drachen.

Fayes Stimme gewann seine Aufmerksamkeit. „Ich würde ja fragen, aber bei der Verärgerung in deinen Augen denke ich, dass es mir besser geht, es nicht zu wissen."

„Cleveres Mädel." Er küsste ihre Nase und blieb ein paar Sekunden länger, als er hätte tun sollen. Erst als sein Drache anfing, um sich zu schlagen, ging er weg. „Das muss fürs Erste genügen."

Das hat es nur noch schlimmer gemacht, schnaubte sein Tier.

Faye lächelte. „Na, du bist ja wieder romantisch drauf. Ich mag diese Seite an dir."

Er zog sie fester an seinen Körper. Als jede Kurve gegen ihn gedrückt war, knurrte sein Drache warnend, dass es eine schlechte Idee war, aber Grant ignorierte ihn. Ihre Hitze und ihr Duft erinnerten ihn nur daran, wofür er kämpfte. „Gut, denn ich habe vor, dich für den Rest meines Lebens zu umwerben, Mädel."

Sie grinste. „Ich liebe dich, Grant McFarland, mit deinen Eigenarten und allem."

Die Worte waren aus Fayes Mund, bevor sie sie stoppen konnte. Faye war mit so vielen männlichen Wesen im Haus aufgewachsen und wusste, dass sie Angst bekamen, wenn Gefühle zu früh enthüllt wurden. Hatte sie gerade die Dinge vermasselt? Grant trug Gefühle nicht gerade zur Schau wie ihre Familie.

Ihr Tier seufzte. *Warum interessiert dich das so sehr? Wenn er nicht bereit ist, ist er es nicht. Er wird nicht wegstoßen.*

Du bist nicht hilfreich.

Ich bin ehrlich. Das ist meiner Meinung nach die beste Hilfe.

Grant schob ihr die Haare von der Wange. Seine Berührung hinterließ ein Kribbeln.

Sie bemerkte, dass sein Mundwinkel zuckte, und Faye versuchte, sich auf seine Worte zu konzentrieren. „Mir gefällt, dass du denkst, ich sei derjenige mit Eigenarten."

Sie hob die Brauen. „Das bist du. Erinnerst du dich an meine Familie? Wenn einer von uns versuchte, zu grunzen und sich am Rand des Raumes herumzudrücken, würden die Alarmglocken schrillen."

„Deine Familie ist ja auch nicht ganz normal."

Sie kniff die Augen zusammen. Sie wusste, dass er sie ärgerte, aber der Kommentar tat trotzdem weh. „Mach dich nicht über meine Familie lustig. Versuchst du, mich zu verärgern? Denn wenn ja, machst du ziemlich gute Arbeit. Vielleicht sollte ich meine frühere Aussage zurückziehen."

„Deine frühere Aussage zurückziehen, aye? Das ist eine schicke Art, mir zu sagen, ich soll mich verpissen."

Sie zeigte ihm den Mittelfinger. „Nur, damit das klar ist."

Grant lachte. „Ich liebe es, wenn dein Temperament mit dir durchgeht."

Sie blinzelte. „Moment, wovon sprichst du?"

Er nahm ihr Kinn vorsichtig zwischen die Finger, und ihre Wut ließ einen Bruchteil nach. „Ich wollte dir zeigen, dass ich, auch wenn dein Temperament mit dir durchgeht und du mich verfluchst, dich immer noch liebe, Faye MacKenzie."

Sie sah ihm in die Augen. Konnte es wahr sein, dass Grant dasselbe für sie empfand?

Ihr Drache seufzte. *Hör auf, ihn oder dich zu hinterfragen. Das ist merkwürdig.*

Anstatt auf ihr Tier zu antworten, fragte Faye Grant: „Scherzt du wieder mit mir?"

„Nein, Mädel." Er brachte seinen Kopf näher an ihren. Sie schwelgte in der Vertrautheit seiner Hitze, als er ihr Kinn küsste. „Ich liebe dich, Faye. Niemand sonst könnte mir ebenbürtig sein und gleichzeitig meine Quelle der Ruhe. Darüber hinaus können mich nur wenige Leute zum Lachen bringen. Du tust es nicht nur, sondern auch noch, ohne mich vorher zu verrückt zu machen."

Ihre Herzfrequenz stieg an, aber sie versuchte, es

sich nicht anmerken zu lassen. „Ich versuche noch zu entscheiden, ob das ein Kompliment ist."

„Ja, das ist ein Kompliment. Und wenn ich einhundert Abendessen mit deiner Familie überleben muss, um dir zu beweisen, was ich fühle, werde ich es tun. So sehr liebe ich dich."

„Einhundert, aye? Ich bin mir nicht sicher, ob das reicht."

Er fädelte seine andere Hand durch ihr Haar und zog daran. „Kannst du meine Worte nicht einmal akzeptieren, Frau? Solche Dinge zu sagen fällt mir nicht leicht."

Sie schlang ihre Arme um seinen Hals und lehnte ihre Brust gegen seine. „Es dir nicht schwer zu machen, wäre seltsam. Bereite dich schon mal auf ein Leben lang vor, Grant. Denn sobald du mich richtig geküsst hast, habe ich nicht vor, loszulassen."

Grants Pupillen wechselten zu Schlitzen und blieben einige Sekunden lang so. Als sie endlich wieder rund waren, ließ Grant Faye los und brachte Abstand zwischen sie. Seine Stimme war angespannt, als er sagte: „Versteh meine Distanz nicht als Sinneswandel. Ich habe vor, für den Rest unseres Lebens um dich zu kämpfen. Aber mein Drache nähert sich dem Rand. Wir werden den Clan nie schützen können, wenn ich zu früh nachgebe."

Faye wünschte, sie könnte Grants Schmerz lindern, aber das Leben als Beschützerin war nie einfach. „Nur wenige Männer hätten die Kraft, sich zu widersetzen. Und lass mich dir versichern, dass deine Ehrlichkeit eine weitere Sache ist, die ich an dir liebe, Grant. Ändere das nie."

„Auch wenn ich dich einen molligen Drachen nenne, wenn du im fünften Monat schwanger bist?"

Sie zeigte ihm den Stinkefinger. „Frecher Bastard. Vielleicht sollte ich dir eine Liste machen, bei welchen Dingen es in Ordnung ist, kleine nette Lügen zu erzählen."

Ein Teil der Anspannung verließ Grants Gesicht, und er grinste. „Mir gefällt die Idee, zu wissen, wie ich Ärger entgehe. Das bedeutet, dass ich mehr Zeit in unserem Bett verbringen kann."

„Unser Bett, wie? Wir haben es noch nicht einmal in irgendein Bett geschafft."

Ihr Drache meldete sich zu Wort. *Wir werden sehen, ob er das Privileg langfristig verdient.*

Immer noch? Was willst du sonst noch? Soll er auf die Knie gehen und uns die Füße küssen? Du bist verdammt albern, Drache.

Nein, ich beschütze uns. Ich schätze die menschliche Hälfte, aber seine Drachenhälfte hat Schwierigkeiten, sich selbst zu kontrollieren. Vielleicht ist er schwächer als ich. Das wird nichts werden.

Zum ersten Mal begann Faye, den Widerwillen ihres Tiers zu verstehen. *Ich vertraue darauf, dass sein Drache genauso Alpha ist wie du, wenn nicht mehr.*

Wir werden sehen.

Grants Stimme füllte den Raum. „Wir müssen das Bett und alles, was damit einhergeht, im Detail besprechen, Mädel. Wie wäre es, wenn wir unsere Pflichten beenden, damit wir hoffentlich um meines Drachen willen den Rausch anfangen können?"

„Um deines Drachen willen?"

„Na schön, um unseretwillen."

Faye nickte. „Das ist die richtige Antwort. Und während wir arbeiten, denk daran, dass mein Mund gut für mehr ist, als nur zu reden."

Mit einem Zwinkern verließ sie den Raum und hörte Grant stöhnen. Es machte Spaß, ihn zu quälen. Er würde eine Stunde lang an ihren heißen Mund um seinen Schwanz denken. Der schwierige Teil wäre, ihre eigenen Fantasien davon, was Grant mit ihr tun würde, während sie arbeiteten, aus dem Kopf zu halten.

Als sie den Flur hinuntergingen, konnte Faye nicht aufhören zu lächeln. Grant erwies sich als alles, was sie wollte. Es war seltsam zu glauben, dass er die ganze Zeit vor ihr gewesen war und sie es nie bemerkt hatte.

Ihr Drache meldete sich zu Wort. *Ich sagte schon: Wir waren noch nicht bereit.*

Faye glaubte ihrem Tier. Der Grant von vor zwei Jahren hätte nie so leicht die Verantwortung des Clans geteilt, geschweige denn sie gehänselt.

Jetzt mussten sie nur noch sicherstellen, dass sie eine lange Zukunft zu leben hatten. Der erste Schritt bestand darin, zu sehen, ob das Sicherheitsteam des MDA einen Maulwurf hatte. Obwohl das MDA nach der kürzlichen Verhaftung des ehemaligen

Direktors gesäubert worden war, schien es immer noch etwas laxe Sicherheitsvorkehrungen zu geben. Vielleicht könnten das MDA und Lochguard eines Tages eine bessere Arbeitsbeziehung haben. Die bloße Vorstellung einer Zukunft, in der sie nicht um Hilfe bitten musste, ließ sie schneller gehen.

Aye, sie würde mit Finn und Grant zusammenarbeiten, um bessere Beziehungen aufzubauen. Schließlich hätte sie bald ein eigenes Kind, auf das sie aufpassen würde.

Faye wartete darauf, dass Panik oder Zweifel einsetzten, aber nur Vorfreude überflutete ihren Körper. Nicht nur darauf, wie ihr Kind gezeugt werden würde – auf den Teil freute sie sich – sondern auch darauf, ein kleines Kind so zu erziehen, dass es stark und sicher wäre. Faye hatte sich vielleicht bis vor Kurzem nicht als Muttermaterial gesehen, aber sie hatte nicht vor, etwas anderes als die Beste darin zu sein.

Ihr Drache seufzte. *Warum in dieser Hinsicht so kompetitiv? Es gibt viele großartige Eltern. Ich wette, selbst Fraser wird ein toller Vater sein.*

Das wird er, aber wir werden besser sein.

Anstatt zu streiten, kehrte ihr Drache ihr den Rücken zu und legte sich hin. Ihr Tier mochte es verbergen, aber der Stress, sich dem Rausch zu widersetzen, raubte ihm die Energie. Sie sagte leise zu ihm, *Nur noch ein bisschen länger.*

Grant holte sie schließlich ein, und ein Gefühl der Leichtigkeit überkam sie, als er an ihrer Seite war. Gemeinsam würden sie jedes auftretende Problem in Angriff nehmen und lösen, sei es für den Clan oder ihre eigenen Familien. Wenn irgendjemand Lochguards Pechsträhne des letzten Jahres ändern konnte, dann waren es die beiden.

Kapitel Dreiundzwanzig

G rant saß mit Faye in Finns Büro, während sie darauf warteten, dass ihr Clan-Anführer eintraf. So gern er Faye auf seinen Schoß ziehen und sie halten wollte, saßen sie in getrennten Stühlen, etwa einen halben Meter voneinander entfernt.

Es war schwer zu glauben, dass sie einander vor ein paar Stunden ihre Liebe gestanden hatten.

Die Distanz ist nötig, bemerkte sein Drache.

Trotzdem habe ich nicht öffentlich Anspruch auf Faye erhoben. Ich will nicht, dass die anderen Männer denken, dass sie eine Chance bei ihr haben.

Da klingt aber jemand ganz wie ich, oder? Aber keine Sorge. Finn ist gepaart und hat Kleine. Er ist keine Bedrohung.

Das weiß ich. Aber allein hierherzulaufen war Folter mit all den Männern, die Faye angelächelt haben.

Fayes Stimme unterbrach seine Unterhaltung. „Vielleicht sollten wir einfach zu Finns Haus gehen. Ich bin mir sicher, dass was dazwischengekommen ist. Schließlich ist er noch ein frischgebackener Dad."

Finns Stimme drang von hinten zu ihnen. „Nein zu dem Vorschlag, zu meinem Haus zu gehen, da die Drillinge endlich eingeschlafen sind. Wer auch immer sie weckt, wird Aras Zorn zu spüren bekommen."

Grant sah über seine Schulter. „Wenn du dein kleines Homeoffice besser schalldämmst, können Videokonferenzen dir das Leben in den kommenden Monaten erleichtern."

„Aye, sobald sich die Dinge beruhigt haben, werde ich zu Hause eine dauerhaftere Basis aufbauen." Finn trat hinter seinen Schreibtisch und setzte sich. „Ich habe es geschafft, die MDA-Direktorin Rosalind Abbott von meinem Cottage aus zu erreichen. Bram und ich werden uns in den kommenden Monaten mit ihr treffen, um einige Schwachstellen in ihrer Sicherheit und ihrem Personal zu beheben."

„Also haben Evies Kontakte etwas in Bezug auf George Smith herausgefunden?", fragte Faye.

Faye und Grant hatten versucht, den Mann zu finden, aber er war verschwunden. Niemand hatte ihn seit Glasgow gesehen.

„Aye", sagte Finn. „Seine Versicherungsnummer hat sich als gefälscht herausgestellt. Eine gute Fälschung allerdings, denn es hat mehrere Stunden gedauert, um festzustellen, dass sie einem Mann gehörte, der vor Jahren verschwunden war, aber nie offiziell als vermisst gemeldet worden war."

„Mit anderen Worten, George Smith war nicht sein richtiger Name", erklärte Grant.

Finn nickte. „Genau. Arjun hat uns versichert, dass es bei allen zukünftigen Ereignisse ein sorgfältig ausgewähltes Sicherheitsteam geben wird. Er hat nicht nur angeboten, sie gemeinsam zu überprüfen, er wird zurücktreten, wenn sowas jemals wieder passiert."

Grant mochte Arjuns Hingabe. Er müsste bald noch einmal persönlich mit dem Mann reden.

„Das MDA plant also, weitere Ausstellungen zu veranstalten?", fragte Faye.

„Scheint so", antwortete Finn. „Obwohl ich ihnen gesagt habe, dass wir eine kleine Pause brauchen, um hier ein paar Dinge in Ordnung zu bringen."

Grant grunzte zustimmend. „Dem stimme ich zu."

Es klopfte an der Tür und Finn rief: „Herein!"

Die große, dunkelhaarige und bebrillte Gestalt von Dr. Trahern Lewis, dem walisischen Drachen-arzt, der derzeit in Stonefire lebte, erschien in der Tür. Er sagte ohne große Vorrede: „Ich weiß, was sie vorhaben." Finn winkte ihn herein. Der Mann schloss die Tür und fuhr fort: „Sie wollten unsere inneren Drachen zum Schweigen bringen."

Finn hob die Brauen. „Pardon?"

„Der Schlüssel zur Identifizierung des Stoffes

und seiner Wirkungen war die Wasserverbindung. Emily und ich haben mehrere Tests durchgeführt, um sicherzustellen, dass unsere Ergebnisse korrekt waren, aber wenn die geheimnisvolle Zutat Wasser ausgesetzt wird, vermehrt sie sich. Sie kann dann in die Drachenhaut eindringen und mit den Drachenwandlerhormonen in unserem Körper reagieren."

Trotz der Tatsache, dass der Triumph in Traherns Augen aufblitzte, war Grant immer noch nicht sicher, wovon der Kerl redete. „Wie wäre es, wenn du es uns erklären würdest, als wären wir keine Ärzte."

Trahern räusperte sich. „Kurz gesagt, es ist eine Art Gift. Sobald es in Wasser freigesetzt wird, wachsen die Bakterien. Wenn man im infizierten Wasser schwimmt, wird der innere Drache nie wieder mit einem reden."

„Da seid ihr euch sicher?", hakte Finn nach.

Trahern rückte seine Brille zurecht. „Ich kann nicht zu einhundert Prozent sicher sein, da ich keinen Drachenwandler bitten werde, in einem Becken mit infiziertem Wasser zu schwimmen. Aber all unsere Tests zeigen eine negative Interaktion mit Drachenwandler-Hormonen. Um es platt zu sagen: Die meisten davon sind nach kurzer Zeit ausgerottet."

Faye stieß einen Pfiff aus. „Die Drachenritter haben ihr Spiel erhöht. Jetzt ist es mehr als Krieg – sie sind bereit, biologische Waffen in großem Maßstab einzusetzen. Das muss gegen irgendeine

Art Weltgesetz oder -abkommen verstoßen. Ich hoffe wirklich, du hast den Loch getestet, um sicherzustellen, dass er sauber ist."

Trahern nickte. „Ja, habe ich. Er scheint frei von Bakterien zu sein. Um jedoch sicherzustellen, dass dies so bleibt, schlage ich vor, das MDA zu fragen, ob wir Wasser in der Nähe eines Drachenclans abschirmen können, und um ihre Hilfe zu bitten, um die Gegend etwas gründlicher zu durchsuchen und herauszufinden, ob noch weitere Geräte lauern."

„Der Schirm ist nur eine kurzfristige Lösung, Doktor." Finn seufzte. „Aber ich werde sehen, was ich tun kann. Bis dahin werde ich die Nutzung des Lochs vorerst verbieten und die Beschützer dazu bringen, die Umgebung noch einmal zu durchsuchen."

Grant meldete sich zu Wort. „Was ist mit unserem Trinkwasser?"

Trahern schüttelte den Kopf. „Da es aus derselben Quelle stammt wie das der lokalen Bevölkerung, sollten wir sicher sein. Auch wenn ich noch mehr Blutproben von den Menschen brauche, die hier leben, um die Wirkung zu testen, ist meine professionelle Meinung, dass es Menschen ebenfalls schaden kann, wenn es eingenommen wird, vielleicht sogar töten, allerdings nicht, wenn es nur die Haut berührt. Ich muss noch den genauen Grund herausfinden, aber ich glaube, dass es etwas mit der chemischen Zusammensetzung von menschlicher Haut und Drachenhaut zu tun hat."

„Gibt es noch etwas, worüber wir in dieser Sekunde Bescheid wissen sollten?", fragte Finn.

„Das sind die Grundlagen. Nach zusätzlichen Tests werde ich mehr wissen. Ich bin sicher, dass ihr Bram überzeugen könnt, uns ein wenig länger bleiben zu lassen."

„Aye, aber solltest du mich nicht zuerst fragen, ob du bleiben darfst?", fragte Finn gedehnt.

„Warum? Ihr braucht unsere Hilfe. Ich weiß, dass du uns hierbehalten möchtest."

Grant unterdrückte ein Lächeln als Reaktion auf die sachliche Antwort des Arztes.

„Gut, wie wär's dann, wenn ihr wieder an die Arbeit geht? Haltet uns über alles, was sich ergibt, auf dem Laufenden." Sobald Trahern ging, blickte Finn zu Grant und Faye zurück. „Geht, sperrt euch in einem Cottage ein und fickt, solange ihr noch könnt."

Grant blinzelte. „Pardon?"

„Du hast mich gehört. Genau in dieser Sekunde gibt es nichts, was ihr tun könnt, um zu helfen. Trahern wird die Nachforschungen machen. Bram und ich werden mit dem MDA sprechen und hoffentlich die weltweiten Regierungsgremien über die Bedrohung durch chemische Waffen informieren. Iris und Cooper können mein neues Loch-Verbot durchsetzen. Ihr habt euch einen Rausch verdient." Er zwinkerte. „Amüsiert euch!"

„Finn, der über mein Sexleben redet, ist seltsam,

aber ich werde das Angebot nicht ablehnen." Faye stand auf. „Kommst du jetzt, Grant?"

Sein inneres Tier brüllte. *Endlich! Sie kann uns gehören. Beanspruche sie. Jetzt!*

Nicht, bis wir den neugierigen Blicken entkommen sind. Niemand sonst sollte ihren nackten Körper sehen.

Stimmt.

Fayes Stimme drang in ihre Unterhaltung. „Grant? Bist du bei mir? Ich merke, dass dein Drache an Bord ist, wegen deiner blitzenden Augen. Beeil dich, bevor Bomben vom Himmel fallen oder irgendwelcher anderer Müll und dein Drache den Verstand verliert."

Sein Tier knurrte. *Ich würde meinen Verstand nicht verlieren.*

Grant sah Finn ein letztes Mal an. Sein Clan-Anführer machte eine Schießbewegung. „Das hast du dir verdient, Junge. Geht! Wir bekommen mit dem Clan für ein oder zwei Wochen klar. Ich werde sogar versuchen, die MacKenzies zu beruhigen, wenn sie erfahren, dass ihre Jüngste gerade entehrt wird."

„Finn!", knurrten Grant und Faye im Einklang.

Finn schmunzelte. „Ich verspreche, es etwas feiner zu formulieren." Sein Gesicht wurde ernst. „Geht! Ihr zwei verdient eine Pause, denn wir alle wissen, dass es nicht lange dauern wird. Unser Clan hat eine Vorliebe dafür, Ärger anzulocken."

Sein Drache brüllte fast in seinem Kopf. *Hör auf,*

dich zu wehren. *Du willst Faye genau wie ich. Lass uns gehen, bevor eine weitere Katastrophe unsere Aufmerksamkeit verlangt.*

Grant stand auf und trat an Fayes Seite. Nachdem er ihre Hand genommen hatte, sagte er zu Finn: „Danke."

„Jetzt werd' mir gegenüber nicht so ein Softie, McFarland." Wir haben uns darüber unterhalten, was passieren würde, wenn du meiner Cousine wehtust. Ich hoffe, du denkst daran."

„Finn, kümmere dich um deinen eigenen Kram!", knurrte Faye.

Da Grant nicht noch mehr Zeit verschwenden wollte, vor allem, weil es bei Faye und Finn eine Weile dauern konnte, wenn sie erst einmal mit Streiten losgelegt hatten, zog Grant Faye zur Tür. „Wir lassen es dich wissen, wenn wir fertig sind."

Ohne ein weiteres Wort brachte er sie aus Finns Büro und führte sie zum Ausgang des Zentralkommandos. Er war sich Fayes warmer Hand in seiner mehr als bewusst. Wenn sein Herz noch härter schlüge, so schwor er, könnte es explodieren.

Doch trotz der Ungeduld seines Drachen und Grants Instinkt, der ihn dazu drängte, Faye in eine Ecke zu schieben und sie zu nehmen, wollte er ihr die Wahl lassen, um zu beweisen, was er damit gemeint hatte, immer mit ihr zusammenarbeiten zu wollen. Als sie das Gebäude verließen, flüsterte er: „Möchtest du zu dir oder zu mir?"

Fayes Herz trommelte in ihrer Brust. Nach so vielen Stunden und Tagen der Vorfreude und des Hinterfragens würde sie Grant McFarland endlich küssen und den Rausch auslösen.

Ihr Drache war seltsam still, aber Faye wusste jetzt, warum. Wenn Grants Drache nicht mit ihrem vertragen konnte, würde es ihrem Tier elend gehen. Faye sagte leise, *Es wird klappen.*

Wir werden sehen.

Faye bekam Grants Frage fast nicht mit. „Möchtest du zu dir oder zu mir?"

Ihr Drache meldete sich zu Wort. *Es gefällt mir, dass er fragt.*

Faye lächelte Grant an, entschlossen, die Situation für beide aufzulockern. Sie wollte nicht, dass ihre erste Erinnerung an ein Zusammensein mit Grant voller Angst war. „Das hängt davon ab. Kannst du den Boden in deinem Cottage sehen? Oder ist er unter Klamotten, schmutzigem Geschirr und Essensresten verborgen?"

„Nicht alle Männer leben auf einer Müllhalde."

„Bist du dir da sicher? Fraser würde in einem Müllhaufen leben, wenn er nicht jemanden hätte, der ihn daran erinnert, Wäsche zu waschen und Geschirr zu spülen."

Grant grunzte. „Ich versichere dir, dass ich nicht dein Bruder bin."

Sie zwinkerte. „Und ich bin sehr glücklich darüber."

Ein Teil der Spannung um Grants Kiefer ließ nach. „Kannst du einfach eine Entscheidung treffen, Faye? Hier oben ist eine Gabelung, und wir leben an entgegengesetzten Enden."

„Aber nicht mehr lange."

„Faye."

Obwohl sie nie in Grants Cottage gewesen war, wusste sie, wo es sich befand. „Zu mir. Es ist etwas größer, und wir werden den Platz irgendwann brauchen."

Faye mochte damit beiläufig erwähnen, dass sie schon bald ein Kind bekommen würden, und es machte sie nicht wahnsinnig, wie es das getan hatte.

Grant nickte. „Aye, guter Punkt. Außerdem ist dein Haus neu, und wir haben bereits Zeit dort verbracht. Ich mag es, dass fast alle deine Erinnerungen dort von uns zusammen sein werden."

„Wenn du versuchst, mit Süßholzraspeln an mein Höschen zu kommen, dann ist das unnötig. Ich bin eine sichere Sache."

„Glaub mir, wenn ich Süßholz raspele, wirst du es wissen. Ich bin nur ehrlich."

„Ich liebe dich wirklich, Grant."

Er lächelte sie an. Faye zitterte, und er sagte: „Gut."

„Gut? Mehr hast du dazu nicht zu sagen?"

Belustigung tanzte in seinen Augen. „Aye. Ich

muss diese drei Worte für den richtigen Moment aufheben."

Sie blieb stehen. „Wann ist der richtige Moment? Wenn du so sparsam mit deinen Gefühlen umgehst, dann überdenke ich diese Situation. Dein Status ‚sichere Sache' hat sich gerade zu ‚Vielleicht, wenn du Glück hast' geändert."

Er starrte sie an, und Fayes Kiefer tat schon weh, weil sie die Zähne so fest zusammengebissen hatte. Grant brach schließlich in Lachen aus, und sie verlangte zu erfahren: „Was ist so lustig?"

„Ich will dich doch nur ärgern, Mädel. Ich wette, du bist jetzt nicht mehr so nervös wie vorher."

Sie stemmte eine Hand in die Hüfte. „Nein. Aber jetzt will ich dich einfach in den Loch werfen und dich das Risiko eingehen lassen."

„Damit kann ich leben." Im Handumdrehen hob er sie hoch, und Faye quietschte. Grant fügte hinzu: „Natürlich liebe ich dich, verdammt nochmal. Und du wirst bald herausfinden, wie sehr."

Als Grant in Richtung Fayes Cottage losstürzte, kühlte sich ihr Zorn ab, und sie lehnte sich an ihren Mann. „Manchmal bist du wirklich nervtötend."

„Aye, nun, du wirst dich nie langweilen. Und glaub mir, ich weiß, dass du es hasst, gelangweilt zu sein."

Sie hätte ja versucht, es zu leugnen, aber der Gedanke, in einem Raum zu sitzen, ohne etwas tun zu können, ließ sie schreiend die Flucht ergreifen. „Denk einfach daran, dir Zeit zu lassen, denn wenn der Rausch vorbei ist, wirst du mit meiner Familie zu Abend essen. Und wenn du das nicht überlebst, wirst du mich nie wieder nackt sehen."

„Zeit mit deiner Familie zu verbringen, ist keine große Bedrohung mehr. Deine Mum mag mich, und ich kann mit deinen Brüdern umgehen, zumal Finn auf meiner Seite zu sein scheint."

Sie lächelte. „Das werden die berühmten letzten Worte sein, McFarland."

Als er sich ihrem Cottage näherte, sagte Grant: „Das werde ich mir merken." Er öffnete die Tür und trat ein. Nachdem er schnell die Eingangstür verriegelt hatte, ohne Zweifel, um ihre Familie fernzuhalten, obwohl ein Schloss Fraser oder Fergus nichts bedeutete, rannte er die Treppe hinauf. Sobald er in ihrem Schlafzimmer war, setzte er sie aufs Bett.

Seine Pupillen wurden zu Schlitzen, und seine Stimme war rau, als er befahl: „Zieh deine Sachen aus!"

Kapitel Vierundzwanzig

Grants Drache knurrte und ging in seinem Verstand auf und ab. *Warum Zeit damit verschwenden, sie auszuziehen? Reiß sie einfach herunter. Ich habe lange genug gewartet. Ich brauche sie. Jetzt!*

Bevor Grant antworten konnte, riss Faye ihr Oberteil und dann ihre Hose herunter. In der nächsten Sekunde war auch ihre Unterwäsche verschwunden.

Er blinzelte. „Das ging aber schnell."

Sie zuckte mit den Schultern, und es brauchte jede Kraft, die er besaß, um ihre Brüste nicht anzustarren, die zweifellos hüpften. Allein das Wissen, dass sie nackt war und wartete, ließ mehr Blut zu seinem Schwanz strömen.

„Kleidung kann ersetzt werden. Apropos ..."

Ihre Stimme versiegte, als sie ein paar Krallen

ausstreckte und Grants Kleidung zerschnitt. Als die kühle Luft seine Haut streichelte, stieg seine Körpertemperatur um ein paar Grad an.

Sein Drache summte. *Ja, sie weiß, was zu tun ist. Jetzt beanspruche sie. Sie wartet.*

Grant stieg aus seinem Klamottenhaufen, schob Faye zum Bett und bedeckte ihren Körper mit seinem. Die Hitze ihrer Haut gegen seine schickte mehr Blut in seinen Schwanz und machte ihn noch härter.

Warum wartest du?, knurrte sein Tier. *Wage es nicht, irgendwelche Ausreden zu erfinden.*

Ich habe immer noch meine Ehre.

Er hielt seine Lippen ein kleines Stückchen von ihren entfernt. „Bist du bereit, Mädel?"

Sie schlang ihre Arme um ihn, grub ihre Nägel in seinen Rücken und antwortete: „Zeig mir, was du hast, McFarland."

Er drückte seine Lippen gegen ihre, und sie öffnete sich sofort, um ihm Zutritt zu gewähren. Als seine Zunge in ihren heißen Mund stieß, stöhnte er, und sein Tier brüllte. Das Bedürfnis, ihre Gefährtin zu beanspruchen, rauschte durch Grants Körper. Er sprach mit seinem Drachen. *Gib mir eine Minute.*

Er schaffte es, seinen Drachen in Schach zu halten, während er Fayes Mund erforschte. Nie zuvor in seinem Leben hatte er etwas Besseres gekostet. Obwohl der süße Honig zwischen ihren Beinen direkt an zweiter Stelle kam.

Sein Drache riss sich schließlich los und kämpfte um die Kontrolle. Grants Stärke wurde schwächer, während das Verlangen seines Drachen sich zu paaren wuchs.

Hätte er sein Tier vorher nicht so lange vertrösten müssen, hätte er länger aushalten können. Aber seine Kontrolle rutschte davon. Wenn er derjenige sein wollte, der Faye zuerst beanspruchte, müsste er es schnell tun.

Er unterbrach ihren Kuss und bewegte eine Hand zwischen ihre Schenkel. „Gott sei Dank, du bist feucht. Das Vorspiel wird warten müssen, Mädel."

Fayes Pupillen blitzten auf, und sie nickte. Sie war ebenfalls kurz davor, die Kontrolle zu verlieren.

Grant positionierte seinen Schwanz und stieß in seine Gefährtin. Faye bog sich gegen ihn, als sie ihre Nägel hineingrub. „Ja, und jetzt bewegen."

Bei der Anspannung in ihrer Stimme verschwendete er keine Zeit. Grant bewegte seine Hüften zunächst langsam, erhöhte aber mit jedem Stoß das Tempo. Da er mehr von Fayes Geschmack wollte, küsste er sie noch einmal und unterbrach dabei nicht, was sein Unterkörper tat.

Gerade, als er gegen Fayes Zunge kämpfte, stöhnte sie. Nach den Nägeln in seinem Rücken zu urteilen, war sie nahe dran.

Er würde sie später darum bitten müssen, seinen Rücken zu markieren. Er wollte, dass sie ihn so vollständig beanspruchte, wie er sie beanspruchen würde.

Sein Tier zischte. *Beeil dich!*

An der Basis seiner Wirbelsäule sammelte sich die Enge, aber Grant schaffte es, sich zurückzuhalten. Faye sollte zuerst kommen.

Er änderte ein wenig den Winkel, und Faye stöhnte und unterbrach den Kuss. Sie hielt sich fest und ließ seinen Schwanz los, als sie kam, und Grant ließ endlich los.

Als er sich in seine Frau ergoss, schrie Faye lauter. Sein eigener Orgasmus sandte sie in einen weiteren.

Grant war kaum damit fertig, seinen letzten Tropfen von sich zu geben, als sein Drache knurrte und sich schließlich in den Vordergrund drängte. Grant wurde nach hinten geworfen, und obwohl er alles sehen und hören konnte, hatte er keine Kontrolle darüber, was sein Drache tun würde.

Da Fayes Pupillen geschlitzt blieben, hatte auch ihr Drache die Kontrolle. Auch wenn ihre menschlichen Hälften einander liebten und die Paarung wollten, war es an der Zeit zu sehen, wie ihre Drachenhälften damit umgehen würden.

Faye war kaum von ihrem orgasmischen Hoch heruntergekommen, als ihr Drache die Macht übernahm. Ihr Tier knurrte. *Ich bin dran. Ich muss sehen, aus welchem Holz er geschnitzt ist.*

Ihr Drache hatte nun die vollständige Kontrolle über ihren Körper und schaffte es, Grant auf den Rücken zu werfen. Sie legte ihm eine Kralle an die Kehle und zischte: „Du hast dir nicht das Recht verdient, mich zu beanspruchen."

Grants Stimme war nicht ganz seine eigene, da sein inneres Tier die Kontrolle hatte. „Ich werde vorsichtig mit dir sein."

Sie drückte fester, bis ein Tropfen Blut hervortrat. „Wage es ja nicht. Wenn du das tust, werde ich dich auf der Stelle kastrieren."

Faye sagte, *Whoa, das ist ein bisschen viel, aye?*

Ihr Drache schenkte ihr keine Aufmerksamkeit. Je länger ihr Tier Grant festhielt, desto mehr fürchtete Faye, es könnte ihn töten.

Dann lächelte Grant/sein Drache langsam. „Ich mag ein Mädel mit Biss."

Er brüllte und warf sie vom Bett. Faye landete auf ihrem Rücken, aber Grant drehte sie um, sodass ihre Brüste auf den Boden gedrückt wurden. Er hielt auch ihre Hände hinter ihr fest. Da auch sein Knie sie hinunterdrückte, würde es schwierig sein, den Griff zu lösen.

Das Tier sagte in ihrem Kopf: *Das ist Grant. Ich kenne ihn gut und kann das.*

Sie lag ruhig da, und Grants Atem streichelte bald schon ihr Ohr mit der Stimme seines Drachen.

„Und da dachte ich, ich hätte einen würdigen Gegner."

Mit einem Brüllen stieß Fayes Drache ihren Kopf zurück, und es gab einen hörbaren Knacks in Grants Nase. Sie nutzte den Sekundenbruchteil und sprang auf die Füße.

Einige Männer hätten geflucht und sie mit Hass angesehen, besonders weil sie ihm wahrscheinlich die Nase gebrochen hatte. Doch in Grants Augen war Vorfreude zu sehen. „Ich bin fertig damit, nett zu tun. Ich werde gewinnen."

„Kannst es ja versuchen", zischte sie. „Mein Mensch ist immer vorsichtig mit dir. Das werde ich nicht sein."

Mit einem Knurren griff Grant, der von seinem Drachen besessen war, sie an. Die Bewegung schien seltsam, da nur ein Anfänger diesen Fehler machen würde. Er änderte jedoch den Kurs und nahm eine der Decken, die mit zu Boden gefallen waren. Faye trat zurück, aber Grant stürzte vor und warf ihr den Stoff über den Kopf. Sie streckte ihre Krallen aus, um ihn zu zerschneiden, aber ein Satz starker Arme hielt sie fest.

Grant lachte. „Du gehörst mir."

Fayes Drache hasste die Niederlage mehr als alles andere auf der Welt. Sie würde sich befreien. Sie musste nur eine Öffnung finden. Es gab immer eine Öffnung.

Grant schob sie zurück, bis ihre Beine gegen die

Bettkante stießen. Ja. Wenn sie so tat, als ob sie es wollte, würde er unvorsichtig werden.

Sie erlaubte ihm, sie aufs Bett zu drücken. Ihre vordere Hälfte lag auf der Matratze, während sie auf dem Boden kniete.

Eine Sekunde verging und dann die nächste. Sie wartete darauf, dass er versuchte, sie zu nehmen. Das wäre ihre Zeit zu handeln.

Sie wurde ungeduldig. Doch ein Loch wurde oben in die Decke geschnitten, und sie konnte wieder sehen. Sie hob den Kopf und sah Grant in die Augen. Seine Stimme war voller Dominanz, als er fragte: „Bereit nachzugeben? Ich habe gewonnen. Du gehörst mir. Ich habe mir das Recht verdient."

Faye sprach in ihrem Verstand. *Er ist würdig. Er hat bewiesen, dass er mit dir umgehen kann.*

Noch nicht. Ich kann mich immer noch befreien.

Faye seufzte nur und wartete darauf, zu sehen, was die beiden Drachen tun würden. Wenn überhaupt, war das eine Paarungsrauschgeschichte für die Ewigkeit.

Ihr Drache schnitt weiter den Stoff in der Nähe ihrer Hände durch. Das Rascheln hinter ihnen weckte Fayes Neugier. Was zum Teufel tat Grant da?

Ihr Tier hatte den Stoff fast genug zerfetzt, um ihre Hände freizubekommen, als ein Reißgeräusch den Raum erfüllte. Im nächsten Moment fasste eine starke Hand ihre Handgelenke zusammen, bevor sie kühles Metall um das eine und dann um das andere schlug.

Ihr Drache brüllte. „Du schummelst!"

„Nein. Das nennt man vorbereitet sein."

Sie versuchte, hinter sich zu treten, aber Grants nackte Füße hielten ihre Knöchel gegen den Boden.

Sie zischte. „Ich werde immer noch gewinnen. Du bist schwach. Du kannst mich nie besiegen."

Grants Atem war heiß an ihrem Hals. „Du bist ein schlechter Verlierer."

Er knabberte an ihr und versetzte ihr einen Klaps auf den Po. Die Kämpfe ihres Drachen ließen einen Bruchteil nach, und Grant fügte hinzu: „Du bist meine Gefährtin, und ich werde dich beanspruchen. Sag mir, dass ich mir das Recht verdient habe."

Ihr Drache versuchte, die Handschellen zu brechen, aber sie mussten stark genug für einen Drachenwandler sein. Grants Füße rührten sich auch nicht.

Als Grant ihr Haar packte und ihren Kopf zurückzog, summte der Drache in ihrem Geist.

Vielleicht, nur vielleicht, war ihr Drache endlich bereit.

Grant meldete sich erneut zu Wort. „Ich werde dich nicht ficken, bis du mir sagst, dass ich dein wahrer Gefährte bin." Er zog wieder an ihrem Haar. „Gib nach."

Faye hielt im übertragenen Sinne den Atem an. Ihr Tier war stur. Vielleicht gab es nie eine Niederlage zu.

„Du bist nicht so schwach, wie ich dachte." Sie wackelte endlich mit dem Po. „Diesmal gebe ich nach."

Anstatt über die Verwendung des Wortes „diesmal" durch ihren Drachen nachzudenken, jubelte Faye. *Siehst du? Ich habe dir gesagt, er kann mit dir umgehen.*

Vielleicht. Und jetzt halt' die Klappe.

Grant riss den Rest der Decke weg, bevor er seinen Schwanz zwischen ihren Falten auf und ab strich. Sie hob ihre Hüfte und zischte: „Nimm mich, bevor ich es mir anders überlege."

Ohne zu zögern, stieß er in sie hinein. „Meine. Ich werde es dir immer wieder beweisen, bis du meine Jungen trägst. Niemand sonst wird dich haben."

„Hör auf zu reden!", knurrte sie.

Mit einem Grunzen griff Grant ihre Hüften und bewegte sich schnell. Als Fleisch gegen Fleisch schlug, summten Mensch und Drache bei dem Winkel, mit dem er sie füllte. Und seltsamerweise brachten Fessel und Niederlage ihren Drachen dazu zu schnurren.

Zweifellos würde das in Zukunft Ärger bringen.

Grant bewegte eine Hand vor ihren Körper und streichelte ihr Nervenbündel. Alle rationalen Gedanken verließen ihr Gehirn, während er weiter rieb und seine Hüften bewegte.

Sogar ihr Drache stöhnte laut.

Lust stürzte durch ihren Körper, als Grant hinter

ihr brüllte. Sein Orgasmus brachte ihren Körper nur dazu, sich noch heftiger zu verkrampfen, bis sie die Lust kaum noch ertragen konnte.

Als sie endlich von ihrem Hoch herunterkam, sackte sie gegen das Bett. Ihr Drache sagte, *Er hat sich das Recht erst einmal verdient. Du kannst kurz mit ihm umgehen. Sonst werden wir nie seine Jungen empfangen. Wenn er sich von unserem schönen Körper ablenken lässt, breche ich ihm vielleicht einen oder beide Arme.*

Faye trat in den vorderen Bereich ihres Kopfes und lachte laut. Grants Stimme, abzüglich der zusätzlichen Drachenrauheit, fragte: „Was?"

„Mach mich los."

Ihr Drache fügte hinzu: *Wir brauchen ihn aber immer noch. Wenn du nicht in der nächsten Minute anfängst, ihn zu ficken, werde ich es nochmal versuchen.*

Die Handschellen fielen ab. Grant trat zurück und hob sie auf die Füße. Als sie sein Gesicht sah, keuchte sie. Seine Nase war mit getrocknetem Blut an den Nasenflügeln geschwollen. „Du solltest einen Arzt aufsuchen."

Grant zog sie an seinen Körper. „Und den Zorn deines Drachen oder meines eigenen riskieren? Ich glaube nicht. Du wirst dich einfach mit meinem neuen Aussehen abfinden müssen."

Sie schnaubte. „Warte, bis ich die Geschichte später erzähle."

Er knurrte. „Vergiss später. Küss mich jetzt, Faye, oder wer weiß, was unsere Drachen tun werden."

So gern sie ihren Gefährten necken wollte, Faye hatte nicht vor, die Beharrlichkeit ihres Tiers zu testen. „Dann küss mich, Grant, und zeig unseren Tieren, wie fantastischer Sex ohne Gewalt sein kann."

Er zwinkerte, bevor er ihre Lippen nahm. Faye vergaß alles andere, als der Mann, den sie liebte, ihren Mund liebkoste und sie langsam wieder aufs Bett senkte.

Kapitel Fünfundzwanzig

Z *wölf Tage später*

Faye sah zu Grant hinüber. „Wir hätten damit warten sollen."

Er zog sie das letzte Stück zu Lorna MacKenzies Haus. „Ich betrachte meine Wunden als Liebesbisse, dank deines Drachen."

Sie betrachtete sein fast ganz geheiltes blaues Auge und seine etwas schiefe Nase. „Jeder wird fragen, was passiert ist. Bist du sicher, dass deine Mutter damit umgehen kann?"

Er bekam keine Chance zu antworten, weil Fraser in der Tür stand und rief: „Es ist wahr. Ihr zwei seid endlich aus der Höhle der Ungezogenheit herausgekommen."

Faye atmete einmal tief durch. Sie würde alle Kraft brauchen, die sie aufbringen konnte, um mit ihren Brüdern umzugehen.

Grant beugte sich hinab an ihr Ohr. „Ich denke fast, dass du noch nicht bereit dafür bist. Bist du zu müde?"

Sie verdrehte die Augen. „Ich bin erst seit ein paar Tagen schwanger. Leg dich nicht mit mir an, sonst lasse ich meinen Drachen auf dich los."

Ihr Tier schnaubte. *Hör auf, mich als Drohung zu benutzen. Was zwischen mir und Grants Drache passiert, ist etwas Besonderes. Ruinier es nicht!*

Wenigstens hatte ihr Drache seine Meinung über Grant geändert. Natürlich hatten sie dafür kämpfen und sich gegenseitig auf den Boden drücken müssen.

Fraser schloss die Distanz und stieß einen Pfiff aus, als er Grants Gesicht sah. „Ich habe nicht vorausgesehen, dass du gegen ein Mädchen verlieren würdest."

Faye kniff die Augen zusammen. „Ich bin kein Mädchen, Fraser. Ich bin eine Kriegerin. Und jetzt halt die Klappe, bevor ich Mama sage, was wirklich mit ihrer alten Musikbox passiert ist."

Fraser drehte sich um, um sie anzusehen. „Ach, aye? Nur zu. Solange ich Holly an meiner Seite halte, wird Mum mich nicht ausschimpfen." Er nickte feierlich. „Ja, das wäre schlecht für das Baby." Er senkte seine Stimme und richtete seine nächsten Worte an Grant. „Das solltest du dir merken."

Da Faye die Worte ihres Bruders nicht mit einer Antwort würdigen wollte, zog sie an Grants Hand, und sie verschwanden im Haus. Nachdem er zwei Schritte hineingegangen war, hallte Lornas Stimme den Flur hinunter. „Du wirst mir später von Frasers Taten erzählen. Beeil dich und komm in die Küche."

Grant flüsterte: „Wie hat sie das gehört?"

Lorna antwortete: „Ich höre alles in oder in der Nähe dieses Hauses."

Faye zuckte mit den Schultern. „Es stimmt. Komm schon, bevor sie dich mit ihrem Holzlöffel bedroht. Und glaub mir, Mums Drohungen sind immer real."

Sie betraten die Küche, um sie voll mit ihrer und Grants Familie zu finden.

Finn und Arabella hielten je ein Baby, genau wie Lorna. Holly stand an der Seite mit Kaylee MacDonald, ihrer Schwägerin. Ihr Bruder Fergus stand mit seiner Gefährtin Gina und ihrem Kleinen ebenfalls da. Ross hatte einen Arm um die Taille ihrer Mum gelegt. Grants Mutter Gillian und sein Bruder Chase standen hinten, etwas abseits von allen anderen. Da Gillians Augen beim Anblick von Grants Gesicht nicht größer wurden, musste er sie vorgewarnt haben.

Faye grinste. „Sieht so aus, als bräuchtest du bald ein größeres Haus, Mum."

„Ach, sei still! Platz ist reichlich da. Zu meiner Zeit haben sich Geschwister Zimmer geteilt, manchmal drei oder vier in einem. Die Kinder von heute sind verwöhnt. Jetzt komm und gib deiner Mutter eine Umarmung."

Sie musste kurz ziehen, um ihre Hand aus Grants zu lösen. Dann trat Faye in die Arme ihrer Mutter, und ihre Mum flüsterte: „Mein kleines Mädchen ist gar nicht mehr so klein."

Tränen brannten in Fayes Augen. „Hör auf, Mum!"

Lorna räusperte sich und ließ Faye los. „Ich werde bald mehr Enkel haben, als ich weiß, was ich mit ihnen anfangen soll, aber zum Glück habe ich noch die kleine Kaylee zum Bemuttern."

„Tante Lorna, ich bin nicht mehr klein. Ich bin erwachsen", antwortete Kaylee mit ihrem amerikanischen Akzent.

Sie wedelte mit der Hand. „Klein genug. Wir sollten noch ein paar Jahre haben, bevor wir dir einen Gefährten suchen."

Faye verdrehte die Augen. „Hör einfach auf, Mum. Vielleicht hat sie Träume, die keinen Mann beinhalten. Denk mal darüber nach." Gillian McFarland scharrte mit den Füßen und erregte Fayes Aufmerksamkeit. „Jedenfalls glaube ich, dass unsere Gäste sich außen vor gelassen fühlen. Habt ihr überhaupt alle vorgestellt?"

Fergus grunzte. „Natürlich haben wir das."

Gina tätschelte Fergus' Arm. „Tut mir leid, er ist mürrisch, und es ist meine Schuld."

Fraser meldete sich zu Wort. „Irgendwann wirst du deinen Drachen freilassen müssen, Bruder. Sonst könntest du verrückt werden. Und so gern ich das auch sehen würde, ich brauche dich in meinem Rücken, um unsere Familie zu schützen."

„Nur um die Familie zu schützen?", fragte Fergus gedehnt. „So viel zum Thema brüderliche Liebe."

Fraser streckte die Arme aus. „Braucht da jemand eine Umarmung?"

Fergus zeigte seinem Zwilling einen Vogel. „Verpiss dich, Fraser!"

Bevor Lorna die beiden tadeln konnte, erklärte Faye Gillian und Chase: „Fergus und Gina sind wahre Gefährten, aber sie haben den Rausch noch nicht durchgemacht."

„Gina brauchte eine Pause vom Schwangersein", erklärte Fergus.

Finn ergriff das Wort: „Apropos Pause: Wie wäre es, wenn wir uns alle hinsetzten? Arabella und ich haben nicht gerade viel geschlafen."

Lorna schnalzte mit der Zunge. „Sprich nicht mit mir darüber, dass ihr müde seid. Ich habe euch alle allein großgezogen."

„Aber du hast nicht drei Kinder auf einmal bekommen", antwortete Finn.

Ross rieb Lornas Rücken. „Und denk daran, Finn musste auch den Clan mit Arabellas Hilfe führen, Liebes."

Lorna sah ihn an und seufzte. „Aye, du hast recht. Aber gewöhn dich nur nicht daran."

Ross grinste. „Das würde mir im Traum nicht einfallen.“

Als Fayes ganze Familie ins Esszimmer drängte, ging Faye geradewegs zu Gillian und Chase. Chase war der Erste, der sprach. „Ich habe Gerüchte darüber gehört, wie die MacKenzies sind, und sie waren nicht ganz genau. Ihr seid viel lebhafter und liebevoller, als man sagt.“

Grant verschränkte die Arme vor der Brust. „Kannst du versuchen, die Familie meiner Gefährtin nicht zu beleidigen?“

Chase hob die Brauen. „Ich habe ihnen ein Kompliment gemacht. Außerdem hattet ihr noch keine Paarungszeremonie, also ist sie genau genommen noch nicht deine Gefährtin.“

Faye wechselte zwischen Grant und Chase. „Das ist jetzt alles nicht wichtig.“ Sie senkte die Stimme. „Du sollst nur wissen, dass es bald noch schlimmer wird. Stell dich darauf ein.“

Gillians Stimme war leise, als sie fragte: „Wie viel schlimmer?“

Faye zuckte mit den Schultern. „Sagen wir einfach, dass du ab jetzt vielleicht ein zusätzliches Set Kleidung zum Abendessen mitbringen solltest.“

Lornas Stimme dröhnte vom Esszimmer zu ihnen. „Hör auf zu übertreiben, Faye Cleopatra. Gerade du solltest nicht wollen, dass das Essen kalt wird.“

Lorna deutete mit dem Kopf zur Tür. „Das ist

unser Stichwort. Wenn du gehen willst, zwinkere mich einfach zweimal an, und ich finde einen Weg, dich herauszuholen."

„Herausholen?", wiederholte Grant. „Bei dir hört es sich an, als wäre das eine Topsecret-Operation."

„Manchmal kann es sich so anfühlen, wirst schon sehen." Faye deutete auf das Esszimmer. „Gehen wir."

Als sie alle zur Tür kamen, war Faye nicht sicher, ob sie ein ruhiges, friedliches oder ein normales Abendessen wollte.

Ihr Drache schnaubte. *Beeil dich einfach und iss. Ich habe Hunger.*

Schön zu sehen, wo deine Prioritäten liegen, Drache.

Fayes Magen knurrte, und ihr Drache saß in selbstgefälliger Stille da.

Ohne ein weiteres Wort schlossen sie sich ihrer Familie an. Sie hoffte nur, dass sie Gillian und Chase nicht in die Flucht treiben würden.

Grant sah wieder seine Mutter an und wehrte sich gegen den Drang, sie an seine Seite zu ziehen, um sie zu beschützen.

Sein Drache meldete sich zu Wort. *Es wird ihr gut gehen. Mum muss bei den MacKenzies Fuß fassen.*

Nur weil sie mich vorhin am Telefon gebeten hat, sie ihren Weg finden zu lassen, werde ich es tun.

Gut. Sie versucht, stärker zu sein. Lass sie es versuchen. Lorna wird sie nicht zu sehr drängen. Sie mag willensstark sein, aber sie ist auch nett.

Aye, ich weiß. Ich mache mir immer noch Sorgen.

Sie betraten das Esszimmer. Aus Gewohnheit betrachtete Grant die Szene.

Alle saßen an einem langen Tisch. Zu seiner Überraschung stand das Essen unberührt in der Mitte.

Dann bemerkte er Lorna, die am Kopf des Tisches stand, mit Ross an ihrer Seite, und er verstand. Niemand wollte Lorna verärgern, wenn es um ihr Kochen ging. Bei ihren wütenden Augen würde nicht einmal Grant es wagen, sich ihr in diesem Moment zu widersetzen.

Faye führte sie alle zu den verbleibenden leeren Sitzen. Grant hatte erwartet, in der Nähe von Lorna und Ross zu sitzen, da seine Mutter gut mit Lorna auskam. Doch sie saßen alle bei Fayes Brüdern und deren Gefährtinnen. Fraser sah ihn unschuldig an und rülpste dann. Fergus flüsterte: „Benimm dich, Fraser, sonst mache ich beim nächsten Mal mehr, als dir nur auf den Fuß zu treten."

„Gewalt ist auch gegen die Regeln, Bruder. Ich finde, das macht uns gleich", sagte Fraser.

Fergus knurrte. „Hör auf, es unseren Gästen mit deinem Verhalten unangenehm zu machen."

Lorna räusperte sich, und Fraser hielt den Mund.

Grant setzte sich mit Faye auf der einen Seite und seiner Mutter auf der anderen. In der Sekunde, in der sie alle saßen, sagte Lorna: „Heute Abend ist ein besonderer Abend, da wir eine weitere Familie in unserer Gruppe begrüßen. Faye und Grant haben schon eine ganze Weile gegen ihr Schicksal gekämpft, aber es ist schön zu sehen, dass sie endlich etwas Verstand hatten und dem nachgegeben haben."

„Wir haben nicht dagegen gekämpft", bemerkte Faye. „Wir sind nur erwachsen geworden."

„Aye, das habt ihr. Aber manchmal braucht es einfach das richtige Timing, damit alles klappt. Dennoch begrüßen wir die McFarlands zu vielen Jahren des Brotbrechens an diesem Tisch."

„Mum, warum so förmlich?", fragte Fraser. „Ist etwas merkwürdig, aye?"

Lorna runzelte die Stirn. „Ich versuche, nett sein. Ruinier es nicht!"

Grant ergriff das Wort. „Wie wär's, wenn wir essen, anstatt zu streiten? Faye hat Hunger."

„Faye hat immer Hunger", sagte Fraser.

Faye nahm eine Erbse und warf sie auf Fraser. Sie prallte von seiner Wange ab, und er hob seine dunkelroten Augenbrauen. „Mehr hast du nicht? Im Alter lässt du nach, Schwesterchen."

Mit einem Knurren nahm Faye ein Brötchen, aber Grant riss es ihr aus der Hand, bevor sie es werfen konnte. „Du musst das Essen essen, nicht werfen."

Faye klimperte mit den Wimpern. „Was war das, Liebes?"

Ihr unschuldiger Tonfall, kombiniert mit ihrer Hand um etwas, das er nicht sehen konnte, machte ihn misstrauisch. Bevor er sich jedoch überlegen konnte, was er sagen sollte, ohne in Schwierigkeiten zu geraten, landete eine Kugel Kartoffelpüree an seinem Kopf, als Fraser „Bingo!" rief.

Lorna schnalzte mit der Zunge, aber Chase nahm eine mundgroße Kartoffel und warf sie auf Fraser. Sie schlug laut gegen seine Stirn, und Fraser grunzte. Chase grinste. „Habe ich vergessen zu erwähnen, dass ich Cricket spiele und ganz gut bowlen kann?"

„Das war's. Das bedeutet Krieg", antwortete Fraser.

Bevor Fraser jedoch den nächsten Teller mit Rübenpüree nehmen konnte, sagte Lorna: „Hört auf, sonst esst ihr gar nicht!"

Alle Augen wandten sich zu Finn, ihrem Clan-Anführer. Er zuckte mit einer Schulter, während er ein Baby ans andere hielt. „Das hier ist Tante Lornas Haus." Es ist der einzige Ort, an dem alle auf sie hören, auch ich."

Alle saßen schweigend da. Grant war sich nicht sicher, ob er träumte. Er hatte sie alle noch nie so still gesehen.

Er sah zu seiner Mutter hinüber, unsicher, was er

sehen würde. Aber Gillian saß mit einem Lächeln im Gesicht da und versuchte, nicht zu lachen. Fraser schnippte schlau einen Eiswürfel in Fayes Richtung, und seine Mutter lachte laut. Lorna lächelte sie warm an. „Aye, sie haben die Manieren wilder Hunde, aber sie können einen wie niemand anders zum Lachen bringen. Und wie ich immer sage: Lachen ist wertvoller als Gold."

„Seit wann sagst du das?", fragte Faye gedehnt.

„Seit jetzt. Ihr wart alle schon immer zu beschäftigt damit, Essen zu nehmen oder zu werfen, um euch meine weisen Worte zu verdienen."

Ross schnaubte, und Lorna starrte ihren Gefährten an. Ross küsste ihre Wange. „Wir lieben dich so wie du bist, Lorna."

Das Lächeln seiner Mutter verblasste, und Lorna bemerkte es. „Mach dir keine Sorgen, Gillian. Jeder verdient eine zweite Chance. Wir werden deine für dich finden."

Gillian schüttelte den Kopf. „Nein, mir geht's gut —"

„Unsinn", sagte Lorna. „Es gibt mehrere alleinstehende ältere Männer im Clan oder in den umliegenden menschlichen Städten. Ross wird mir helfen, einen zu finden, der deiner würdig ist."

Ross seufzte. „Nun, Lorna, wie wäre es, wenn wir sie fragen, was sie will, Liebes?"

Faye sprang ein. „Wie wäre es, wenn wir das später besprechen? Ich komme um vor Hunger. Da ich ein Kleines trage, solltest du mich nicht warten lassen. Außerdem hat Holly wahrscheinlich auch Hunger."

Holly hob ihre Hände hoch. „Ich halte mich da raus."

Fraser sagte: „Dann sage ich was. Ich habe ihren Bauch knurren gehört. Du willst doch nicht, dass sie mitten beim Abendessen umkippt, oder, Mum?"

Lorna schüttelte den Kopf. „Ich bin vom Kochen erschöpft. Macht nur, esst, aber denkt daran, dass die Gäste zuerst wählen und dann die neuen oder werdenden Mütter."

Faye nahm vier Brötchen und warf sie auf ihren Teller. „Grant, gib deiner Mum was. Ich muss meinen Teller aufladen, bevor Fraser die besten Bratenscheiben nimmt und so tut, als wären sie für seine Gefährtin, obwohl sie eigentlich für ihn sind."

Grant erwartete einen weiteren Streit darüber, aber Fraser war damit beschäftigt, Essen auf den Teller seiner Gefährtin zu häufen.

Grant wusste, dass Faye auf sich selbst aufpassen konnte, wenn es ums Essen ging, also wandte er sich seiner Mutter zu. „Nur zu, Mum. Ich habe so das Gefühl, dass, wenn du jetzt nichts nimmst, du vielleicht leer ausgehen könntest."

Gillian lächelte und sagte zu Lorna: „Es sieht köstlich aus."

Lorna winkte das mit einer Hand ab. „Es ist nichts. Nächstes Mal können wir zusammen kochen. Ich habe gehört, dass du ein Saucenrezept hast, für das man sterben kann."

Als Gillians Wangen rot anliefen, ergriff Chase das Wort. „Das stimmt. Wir haben ihr schon oft gesagt, dass sie Sylvia MacAllister ein paar Tipps geben sollte. Das meiste Essen in ihrem Restaurant ist großartig, aber Mum hat ein paar Rezepte, die die Gäste in den Wahnsinn treiben würden."

„Still, Chase!", flüsterte Gillian.

„Gillian kann es in der Zwischenzeit mir erzählen. Wenn wir zu zweit kochen, wird es das einfacher machen, euch alle zu füttern", antwortete Lorna. „Dieses Haus ist so ziemlich ein eigenes Restaurant, außer, dass keiner der Gäste von der zahlenden Sorte ist."

Fayes Mund war halb voll, als sie sagte: „Du würdest uns nicht verhungern lassen. Außerdem habe ich versucht, dich dazu zu bringen, mir das Kochen beizubringen, aber du hast es immer abgelehnt."

„Das liegt daran, dass du die meisten Zutaten isst, bevor wir anfangen, Faye."

„Ein Koch soll doch immer kosten", antwortete Faye.

„Kosten bedeutet nicht, alles in Sichtweite zu essen", sagte Lorna und neigte den Kopf.

Während Faye und ihre Mutter weiter stritten, konnte Grant nicht anders, als das Vergnügen zu bemerken, das in den Augen seiner eigenen Mutter tanzte. Mit Faye an seiner Seite, die sein Kind trug, und seiner Mutter, die sich zum ersten Mal, seit wer weiß, wie langer Zeit, amüsierte, war Grant zufrieden. Er mochte Faye vielleicht immer noch vor dem gesamten Clan für sich beanspruchen müssen, aber er brauchte keine Zeremonie, um zu erkennen, dass sie das Beste war, das nicht nur ihm, sondern auch seiner Familie hatte passieren können.

Faye MacKenzie war genau das, was er brauchte, ohne es gewusst zu haben.

Epilog Eins

Eine Woche später

Faye versuchte ein letztes Mal, ihr wildes Haar zu zähmen, aber jedes Mal, wenn sie es glättete, sprangen die Locken wieder hoch. Sie hasste jedes Produkt in ihren Haaren, also wenn sie sich nicht den Kopf rasierte, würde sie es nicht besser machen.

Ihr Drache seufzte. *Spielt keine Rolle. Grant mag unsere Locken, und seine Meinung ist die einzige, die zählt.*

Meine Meinung zählt also nicht?

In diesem Fall nein.

Du bist nur schlecht gelaunt, weil Mum Grant und uns letzte Nacht getrennt hat schlafen lassen.

Ich verstehe nicht, warum das nötig war. Er ist unser Gefährte. Nichts ändert daran etwas.

Auch wenn Faye froh war, dass ihr Drache seine Einstellung zu Grant geändert hatte, wollte das Tier ständig die Kontrolle übernehmen und Grants Drachen herausfordern. *Du weißt schon, dass du in ein paar Monaten deine rauen und turbulenten Momente zurückhalten musst.*

Ein Grund mehr, mir in der Zwischenzeit mehr Zeit zu geben.

Während sie noch versuchte, sich eine Antwort zu überlegen, klopfte Lorna an und betrat den Raum. „Ich werde nicht fragen, ob du bereit bist, weil ich weiß, dass du es bist. Aber ich musste meine Jüngste ein letztes Mal sehen, bevor sie einen Gefährten hat."

„Mum, ist ja nicht so, als würde ich jetzt nach Sibirien ziehen. Grants und mein Job ist es, den Clan zu beschützen. Das bedeutet, dass wir in Lochguard bleiben, wahrscheinlich eher als andere Paare im Laufe der Zeit."

„Ich weiß. Und auch wenn ich alle meine Kinder gleichermaßen liebe, warst du das letzte Geschenk, das ich von deinem Vater erhalten habe. Und jetzt muss ich dich gehen lassen."

Fayes Augen kribbelten. „Er ist im Geiste hier, Mum. Außerdem sagst du immer, dass Fergus nach ihm kommt. Wir werden immer den etwas ernsteren Einfluss durch ihn haben."

Lorna nahm Fayes Gesicht in die Hände. „Ich

bin mir sicher, dass Grant auch helfen wird. Gott weiß, dass Ross dich öfter auch noch ermutigt als nicht."

Faye lächelte. „Er passt zu dir wie Grant zu mir. Wir hatten Glück, Mum. Also lass uns feiern statt weinen, aye?"

Lorna küsste ihre Wange und nickte dann. „Du hast recht. Außerdem ist heute eine Doppelfeier, und wenn ich anfange, nach deiner Paarungszeremonie zu weinen, dann werde ich bei der Tätowierungs- und Präsentationszeremonie für Finns und Aras Kleine weitermachen."

„Du musst nicht immer stark sein, weißt du."

Lorna richtete sich weiter auf. „Was, und Meg Boyd das gegen mich benutzen lassen? Nein, danke. Ich mag es, die Lieblingsmatriarchin des Clans zu sein, so stark er auch ist."

Faye hatte Hunderte Male versucht, ihre Mutter davon zu überzeugen, dass sie und Meg eigentlich Freundinnen waren, nicht Feinde, und dass ihre Wettbewerbe lächerlich waren. Doch es hatte alles nichts genützt, also antwortete sie nur: „Ich liebe dich, Mum, aber die Zeremonie beginnt gleich, und du musst gehen."

Lorna schlang ihre Arme um Faye, und sie erwiderte die Umarmung. „Ich liebe dich, Faye Cleopatra."

„Ich dich auch, Mum."

Lorna zog sich zurück. „Gut, dann bin ich jetzt weg, um sicherzustellen, dass deine Brüder keinen

Ärger machen. Komm nachher zu uns, wenn der Clan dich nicht zuerst mobbt."

Faye lächelte. „Selbst wenn ich wilde Hunde bekämpfen muss, werde ich Grant als Schild benutzen und dich finden."

Lorna versetzte ihr einen Klaps auf den Arm. „Hör auf, so albern zu sein. Ich gehe jetzt."

Faye winkte ihrer Mutter hinterher und war bald wieder allein.

Obwohl Faye ihren Vater nie getroffen hatte, wünschte sie sich, er könnte hier sein.

Ihr Drache meldete sich zu Wort. *Und was ist mit Ross? Er macht Mum glücklich.*

Du hast recht. Und wenn man bedenkt, dass ich Dad nie getroffen habe, ist es seltsam, ihn zu vermissen.

Nicht unbedingt. Wir wären ohne ihn nicht hier.

Ein Geräusch hallte in der großen Halle wider. Das war Fayes Zeichen, hinauszugehen.

Sie atmete einmal tief ein, richtete sich groß auf und verließ den kleinen Raum neben der Haupthalle. Der Wiederaufbau des Clans war noch nicht ganz abgeschlossen – die große Halle war vor etwas mehr als sechs Monaten bombardiert worden – aber es gab ein Dach und Feuer in den Kaminen entlang der Ränder. Wenn man die Anwesenheit des gesamten Clans hinzufügte, einschließlich einiger Gäste aus Stonefire, war es perfekt.

Sie ging zielgerichtet auf das erhöhte Podium vorn zu, wo Grant in seinem kiltähnlichen Outfit stand. Er sah für sie immer gut aus, aber die tiefrote Farbe machte ihn nur noch attraktiver. Natürlich konnte es daran liegen, dass seine Muskeln und sein Tattoo zu sehen waren und sie eine Schwäche dafür hatte.

Grants Blick brannte in ihren, als sie die Treppe hinauf und über die Bühne ging, um sich neben ihn zu stellen. Drachenwandler-Paarungszeremonien fanden zwischen zwei Personen statt, und in diesem Augenblick registrierte Faye nicht die Hunderte von Anwesenden im Raum. Die Liebe in Grants Blick brachte sie zum Lächeln. „Hey, Fremder."

Er zwinkerte kurz und nahm ihre Hand. Grant verlor keine Zeit. Er sprach mit starker, selbstbewusster Stimme, die im Flur widerhallte. „Faye MacKenzie. Wir kennen uns schon unser ganzes Leben. Als Kinder haben wir einander ständig geärgert. In der Armee hatten wir noch mehr Differenzen und Ärger. Und doch hat sich letztes Jahr etwas geändert. Du warst nicht mehr nur die übermäßig selbstbewusste und lebhafte Kollegin. Aye, du hattest immer noch diese Eigenschaften, aber allein eine Berührung hat meine Haut verbrannt. Ich glaube, wir mussten ein bisschen erwachsen werden, um wirklich zu erkennen, was vor uns war. Ich bin froh, dass wir die Chance ergriffen haben, denn ich kann mir nicht vorstellen, dass jemand anders bei allen Prüfungen des Lebens an meiner Seite steht und mir hilft, den Clan zu schützen. Ich liebe dich, Faye, und ich möchte dich als meine Gefährtin beanspruchen. Wirst du meinen Anspruch akzeptieren?"

Das Herz schlug ihr in der Brust, aber sie schaffte es zu nicken. Grant lächelte langsam, als er die silberne Manschette von einem Ständer neben ihnen nahm. Sein Name war in Mersae eingraviert, der alten Drachensprache.

Als das kühle Metall um den oberen Bizeps ihres nicht tätowierten Arms rutschte, summte ihr Drache zustimmend.

Faye berührte das Silber und ergriff das Wort. „Du hast recht, wir hatten eine ganz schöne Menge an Differenzen, wie die meisten des Clans bestätigen können." Ein paar Leute lachten leise. „Aber gemeinsam machen wir einander auf eine Art und Weise besser, die wir uns nie hätten vorstellen können. Du passt perfekt zu mir. Nur wenige Männer würden eine Frau an ihrer Seite akzeptieren, um den Clan zu schützen, geschweige denn wissen, wann sie die Kontrolle übernehmen oder abgeben sollten. Ich liebe dich, Grant McFarland, und ich möchte dich vor allen zu meinem Gefährten machen. Wirst du meinen Anspruch akzeptieren?"

„Aye", antwortete er feierlich.

Sie wusste, dass er das absichtlich getan hatte, um sie zu verärgern, aber sie fiel nicht darauf herein. Faye nahm den größeren silbernen Armreif, in den ihr Name in der alten Drachensprache eingraviert war. Sobald sie ihn an Grants nicht tätowierten Bizeps anlegte, zog er sie an seinen Körper und flüsterte: „Du gehörst mir für immer, Faye. Zeigen wir es dem Clan."

Sie wollte sagen, dass er genauso ihr gehörte, aber Grant senkte den Kopf und küsste sie. Als sie sich öffnete, um seine Zunge hereinzulassen, achtete sie nicht auf die Pfiffe und die Jubelrufe. Faye schwelgte nur im Geschmack und dem Gefühl ihres Gefährten. Sie hatte mehr als nur Liebe, sie hatte einen ebenbürtigen Partner. Und das war für Faye das Wichtigste von allem.

Epilog Zwei

Arabella MacLeod legte die Decke um jedes ihrer Babys im Kinderwagen. Alle drei schliefen wie die Toten. Sie kamen in dieser Abteilung auf jeden Fall nach Finn.

Ihr Drache meldete sich zu Wort. *Wir schlafen mittlerweile auch besser. Schwanger zu sein ist unangenehm.*

Sagt das Tier, das dafür gesorgt hat.

Ihr Tier schnaubte. *Das war Instinkt. Außerdem denke ich, dass es effizient ist, drei auf einmal zu haben. Wir müssen das nicht nochmal tun.*

Finn kam zu ihr und rieb Arabellas Rücken. „Bereit, Liebes?"

Sie richtete sich auf. „Ja. Aber sag mir, hast du jemanden aus Seahaven in der Halle gesehen?"

Der Clan Seahaven war ein kleiner Clan, der Lochguard vor Finns und Arabellas Zeit verlassen hatte, damals, als menschliche Gefährten nicht gut angesehen waren. Die Beziehungen waren immer noch steinig. „Nein." Finn seufzte. „Aber Babyschritte, aye? Auch wenn jeder denkt, ich kann meine Magie bei jedem wirken lassen, der Anführer von Seahaven ist ein sturer Bastard."

„Nicht, dass du ihm das vorwerfen kannst. Der ehemalige Clanführer hat ihn und die anderen verbannt."

„Aye, ich weiß. Aber darüber können wir später reden." Er beugte sich über den Kinderwagen. „Wie geht's unseren drei Musketieren?"

Sie seufzte. „Ich wünschte, du würdest aufhören, sie so zu nennen."

Finn grinste. „Ich habe dir eine Liste mit Namen gegeben, und das ist der, den du am wenigsten abgelehnt hast."

„Das Dämonentrio schafft nicht gerade Vertrauen, wenn es darum geht, Babysitter zu finden", sagte Arabella.

„Finns drei erstaunliche Nachkommen ist immer noch eine Option."

„Finn!"

„Aye, ich weiß. Du bist todmüde, und mein Necken hilft auch nicht gerade."

Sie lehnte sich an seine Seite. „Ich bin nur froh, dass Tristan und Melanie heute gekommen sind. Sie können uns helfen, uns anzupassen."

Der Clan war vor ein paar Tagen erst als sicher eingestuft worden. Finn war immer noch vorsichtig mit dem See, aber das MDA hatte die Bedrohung durch chemische Waffen ernst genommen. Mit dem MDA und der Gruppe von Lochguard- und Stonefire-Wissenschaftlern, die an einem Neutralisationsmittel arbeiteten, war Arabella zuversichtlich, dass sie die Drachen in naher Zukunft von mindestens einer Bedrohung befreien könnten.

Finn ergriff erneut das Wort. „Ich sage immer noch, dein Bruder hätte in seinem eigenen Cottage wohnen können."

Sie hob die Brauen. „Tristan würde Melanie auf keinen Fall erlauben, für ihren Besuch in einem anderen Haus zu wohnen. Das weißt du."

Finn grunzte. „Vielleicht."

Sie verdrehte die Augen. „Vergiss einfach meinen Bruder. Heute sollte es um Gray, Dec und Freya gehen."

Arabella sah hinab auf ihre drei Babys und lächelte. Sie wusste nicht, wie man drei Menschen auf einmal so schnell lieben konnte, aber sie konnte sich ihr Leben ohne ihre drei Kleinen nicht vorstellen. Sie war vielleicht ständig müde und hatte schon eine Menge Windeln zu wechseln, aber sie wollte ihre Kinder nicht als selbstverständlich nehmen. Ihre eigenen Eltern hatten Arabella und ihren Bruder viel zu früh verlassen. Egal, was nötig war, Arabella würde alles in ihrer Macht Stehende tun, um sicherzustellen, dass ihre Babys ihre Eltern für viele Jahre hatten.

Finn küsste sie oben auf den Kopf. „Vergiss nicht Faye und Grant. Es ist auch ihr Tag."

„Ihre Zeremonie ist vorbei. Unsere sollte gleich beginnen."

Bram Moore-Llewellyn, der dunkelhaarige Clan-Anführer von Stonefire, betrat den Raum, der als Wartebereich ausgewiesen war. Bram war wie ein Bruder für Arabella, und sie lächelte ihn an. „Ich freue mich, dass du kommen konntest, Bram."

„Aye, nun, Evie war nicht so glücklich, nicht mitkommen zu können, aber es ist zu gefährlich, mit den Kindern zu reisen. Trotzdem musste ich selbst kommen, um sicherzustellen, dass Finn die Kleinen nicht jetzt schon korrumpiert."

Finn öffnete den Mund, doch Arabella kam ihm zuvor. „Er versucht es, aber Tante Lorna und ich sollten es unter Kontrolle halten."

Ein teuflischer Blick glänzte in Finns Augen. „Apropos, Tante Lorna will dich unbedingt wiedersehen, Bram."

Bram zuckte die Schultern. „Ich werde nach der Zeremonie nicht lange bleiben können, also, was auch immer du geplant hast, du wirst eben enttäuscht sein."

„Das ist in Ordnung. Wichtig ist nur, dass du jetzt hier bist", erklärte Arabella. Sie hielt einen Moment lang inne und fügte hinzu: „Ich höre die Musik, mit der der Clan für Ansagen zum Schweigen gebracht wird, wir sollten also loslegen können."

Bram schloss die Distanz und schlang Arabella in eine Umarmung. „Ich freue mich für dich, Ara."

„Danke, Bram. Du hast viel damit zu tun gehabt."

Finn räusperte sich. „Genau wie ich."

Bram ließ sie los und schüttelte den Kopf. „Wenn du mit Finn umgehen kannst, sollten deine Kinder ein Klacks sein."

Bevor Finn etwas sagen konnte, verließ Bram den Raum. Arabella sah zu ihrem Gefährten auf. „Ich liebe dich, aber hör auf mit der Eifersucht. Bram ist mein älterer Bruder, nur nicht im Blut. Du bist mein Gefährte, Finn. Ich brauche dich an meiner Seite für die Zeremonie, sonst fange ich vielleicht an zu heulen."

Er küsste sie sanft auf die Lippen. „Heulen ist erlaubt. Die meisten Mums tun das, wenn ihnen die zukünftigen Tattoos für ihre Kleinen präsentiert werden."

„Aber sie sind nicht mit dem Clanführer verpaart." Die Musik verstummte. „Gut, dann sehen wir mal, was Dylan und Kevin sich ausgedacht haben." Wieder küsste sie ihn. „Danke, dass du Stonefires Silberschmied erlaubt hast, unserem zu helfen."

„Nun, Kevin Ogilvie ist seit Langem mit dem jüngsten Zuwachs an Kleinen im Rückstand. Es war eine praktische Entscheidung." Sie schlug sanft seine Seite, und er fuhr fort: „Okay, es ist mehr als das. Stonefire ist unser engster Verbündeter. Es schien nur passend zu sein, dass unsere Kinder von beiden Teile der Geschichte erhalten."

Arabella nickte und schob den Kinderwagen. Finn half ihr, als sie sich auf den Weg nach draußen und die Treppe des Podiums hinauf machten.

Kevin, der Silberschmied von Lochguard, und Dylan Turner, der Silberschmied von Stonefire, warteten auf sie. Drei große, eingewickelte Rechtecke standen hinter ihnen.

Sobald sie die beiden Drachenmänner erreichten, stellte sich Finn dem Clan gegenüber. „Danke, dass ihr heute gekommen seid, nicht nur um die Paarungszeremonie meiner Cousine zu feiern, sondern auch, um die Ankunft meiner drei Kinder zu feiern." Applaus erhob sich. Sobald er versiegte, fuhr Finn fort: „Diese Zeremonie ist etwas ganz Besonderes und nicht nur, weil sie für meine drei perfekten Kinder ist." Er zwinkerte, und ein paar Leute lachten. „Heute Abend haben zwei Silberschmiede aus verschiedenen Clans zum ersten Mal gemeinsam Tattoos für Lochguard-Kinder entworfen. Ich glaube, die meisten von uns wissen bereits, wie besonders unsere Allianz ist, aber ich wollte es ganz deutlich machen. Nur gemeinsam können wir Großbritannien zum Besseren verändern."

Die Menge brüllte, und Arabella lächelte. Erst vor wenigen Jahren, bevor Finn Clanführer wurde, hatten die beiden Clans noch nicht einmal miteinander geredet.

Ihr Tier meldete sich zu Wort. *Das ist in der Vergangenheit. Wir müssen uns auf die Zukunft konzentrieren.*

Finns Stimme hinderte Arabella daran, auf ihr Tier zu antworten. „Nun, ohne weitere Umschweife, fangen wir an."

Kevin und Dylan traten vor. Einer hielt drei kleine Pakete in Decken und der andere hielt die drei größeren Rechtecke. Kevin sprach zuerst. „Mögen eure Kinder wachsen und gedeihen, damit sie an ihrem sechzehnten Geburtstag das Geschenk unseres Tattoo-Entwurfs erhalten."

Finn nahm jedes kleine Bündel und packte es aus, um gerahmte Bilder der drei Designs zu enthüllen. Jedes war eine etwas andere Kombination aus Kanten und Kurven, inspiriert von Finns und Arabellas sowie einigen originellen Schlingen.

Als Finn jedes zu den Füßen ihrer Kinder legte, stachen Tränen in ihren Augen. Sie hatte gerade erst ihre Babys bekommen. Sie wollte noch nicht daran denken, wie es wäre, wenn sie sechzehn waren und ihre Tattoos bekamen.

Finn drückte sanft ihre Seite, bevor er wieder mit der Menge sprach. „Grayson James, Declan George und Freya Anne Jocelyn werden euer Kunstwerk gerne der Welt zeigen, wenn sie das Alter erreicht haben."

Nachdem Finn die zeremonielle Reaktion beendet hatte, überreichte Dylan von Stonefire ihr, Finn und Kevin jeweils ein größeres Paket. Sie packten sie aus, um größere Versionen der Tätowierungen zu enthüllen. Sie drehten sie der Menge zu, und alle klatschten, pfiffen oder jubelten.

Nach einer Minute rief Finn: „Willkommen im Clan, Grayson, Declan und Freya!"

Die Menge jubelte lauter. Arabella sah auf ihre Babys hinab, aber sie schliefen noch. Ausnahmsweise war sie froh, dass sie mehr nach Finn als nach ihr kamen.

Ihr Tier schnaubte. *Ich denke immer noch, dass sie unseren gesunden Menschenverstand haben werden. Sonst bin ich vielleicht versucht, sie ein paarmal in den See zu werfen.*

Schhh, Drache. Das wirst du nicht tun.

Finn schlang einen Arm um ihre Taille, und sie sah zu ihrem Gefährten auf. „Ich liebe dich."

Er flüsterte zurück: „Ich liebe dich auch."

Als er sie küsste, stieg der Geräuschpegel in der Halle noch weiter an. Arabella hatte geglaubt, dass ihr Leben nicht besser werden könnte als ihr Paarungstag mit Finn. Doch als sie jetzt hier stand und von ihrem Gefährten geküsst wurde, mit ihren Kindern vor sich und dem gesamten Clan, der seine Unterstützung gab, fühlte sich Arabella wie die glücklichste Frau der Welt. Ihre Vergangenheit mochte dunkel gewesen sein, aber ihre Zukunft war strahlender als je zuvor.

Die Drachenfamilie

Lochguard Highland Drachen Nr. 5

** Dies ist keine separate Geschichte. Bitte lesen Sie vorher zumindest *Den Drachen heilen* (Stonefire Dragons Nr. 4). Ich würde sehr empfehlen, auch die anderen Bücher der Lochguard-Serie zu lesen.**

Für Finlay Stewart ist es leichter, der Anführer eines Drachenwandlerclans zu sein, als seine Familie zu managen ...

Finn gibt sein Bestes, trotz wenig Schlaf zu arbeiten und seinen Clan zu beschützen; Drillinge zu haben ist seine bisher schwierigste Herausforderung. Aber mit seiner Gefährtin Arabella an seiner Seite findet er einen Weg, damit zurechtzukommen. Doch als die Situation außer Kontrolle gerät, mit einer schwangeren Cousine, einem Cousin, der ständig gegen den

Gefährtenrausch ankämpft, und noch einem, der seine im achten Monat schwangere Gefährtin in den Wahnsinn treibt, macht Finn sich Sorgen, dass der Clan ihn für inkompetent halten könnte. Seine nächste Mission ist es daher, einen Weg zu finden, dafür zu sorgen, dass sich alle benehmen und nicht aus der Reihe tanzen. Das einzige Problem ist, dass die MacKenzies ein sturer Haufen sind und Finn vielleicht zu viel um die Ohren hat.

Kann Finn einen Weg finden, alle zur Zusammenarbeit zu bewegen? Oder muss er seine Führungsposition an jemanden abgeben, der nicht mit den MacKenzies verwandt ist?

Bücher von Jessie Donovan

Über die Autorin

Jessie Donovan hat mehr als eine halbe Million Bücher verkauft, Hunderttausende weitere kostenlos an ihre Leser*Innen verschenkt und es sogar auf die Bestsellerlisten der *NY Times* und *USA Today* geschafft. Sie ist vor allem für ihre Drachenwandler-Serie bekannt, schreibt aber auch über Elfenhexen, Vampire, Alien-Krieger und hat sogar eine verrückt-komische Liebesromanreihe aufgelegt, die in Schottland spielt. Wenn sie nicht gerade ein Buch liest, auf ihrem Laufband joggt oder mit nur wenigen Groschen in der Tasche durch ein fremdes Land reist, findet man sie oft auf Facebook oder TikTok, wo sie mit ihren Lesern interagiert. Sie lebt in der Nähe von Seattle. Dort regnet es zwar oft, doch der Regen macht auch alles grün.

Besuchen Sie ihre Website unter: www.JessieDonovan.com

www.ingramcontent.com/pod-product-compliance
Lightning Source LLC
Chambersburg PA
CBHW020252030726
47499CB00001B/167